Judith Kilnar

Augenschön
Das Ende der Zeit

Für Caity, Lea und Lea.

Und für Janna und Sabse – als Beweis dafür, dass auch Archibalde Totenkopftattoos haben können.

Judith Kilnar

Augenschön
Das Ende der Zeit

Tomfloor Verlag

Auflage 2018

Umschlaggestaltung und Umschlagrechte:
© T.C., Tomfloor Verlag
Umschlagbild: Shutterstock.com
© Blackspring, © Eastimages, © Elnur

Druck in EU

ISBN 9783964640000

Tomfloor Verlag
Thomas Funk
Alex-Gugler-Straße 5
83666 Waakirchen
https://tomfloor-verlag.com

Bibliografische Information der Deutschen Nationalbibliothek:
Die Deutsche Nationalbibliothek verzeichnet diese Publikation in der Deutschen Nationalbibliografie; detaillierte bibliografische Daten sind im Internet über http://dnb.dnb.de abrufbar.

Prolog

Es war der Tag vor Weihnachten. Durch die Fenster der kleinen Häuser, die entlang der Allee standen, drang flackerndes Licht von Kerzen, die die grün benadelten Christbäume schmückten. Leise Weihnachtsmusik waberte auf die schneebedeckte Straße. Draußen war kaum jemand unterwegs, da alle in den wohlig warmen Wohnzimmern mit der Familie vor dem Kamin saßen.

Nur eine Gestalt, ein Mann, eingehüllt in einen dicken Wintermantel, eilte die Straße entlang, um der eisigen Kälte und den wirbelnden Schneeflocken zu entkommen. Der Schnee knirschte unter seinen schweren schwarzen Stiefeln. Vor einem erhellten Fenster leuchtete kurz das Gesicht des Mannes auf, dann war er erneut in schützende Dunkelheit getaucht. Vor dem letzten Haus der Cottage Hill Street hielt er inne. Er streckte den Arm aus. Kurz verharrte sein Finger in der Luft, doch nur eine Sekunde später drückte er entschlossen auf die Klingel. Ein leises Läuten ertönte und das Gelächter, das eben noch aus dem Wohnzimmer zu hören gewesen war, verstummte.

»Ich gehe schon, esst ihr weiter«, hörte man eine junge Frauenstimme gedämpft sagen.

Das Gespräch wurde wieder aufgenommen und das Schaben eines zurückgeschobenen Stuhls gab zu erkennen, dass die Frau aufstand. Schritte klackerten den Flur entlang. Kurz darauf öffnete eine hübsche junge Frau mit schwarzrotem Haar und intensiven blauen Augen lächelnd die Tür. Als das Licht der Diele auf das Gesicht des Mannes fiel, gefror ihr das Lächeln jedoch im Gesicht. Sie erbleichte.

»Was willst du hier?« Ihre Stimme bebte vor unterdrücktem Zorn.

»Das Gleiche wie letztes Mal«, erwiderte der Mann ruhig.

»Ich habe es dir schon einmal gesagt«, zischte sie wütend, »ich habe nichts damit zu tun.«

»Und ich habe dir schon einmal gesagt, was ich von dieser Lüge halte«, erwiderte der Mann nicht mehr ganz so ruhig wie zuvor. »Du warst bei ihm, als es passiert ist, und ich glaube, du weißt mehr darüber, als du der Polizei verraten hast.«

»Nein, weiß ich nicht!« Auf den Wangen der Frau bildeten sich hektische rote Flecken. »Zum hundertsten Mal, ich habe nichts mit dem Tod deines Bruders zu tun! Und jetzt lass mich in Ruhe!« Sie wollte die Tür mit einem Ruck schließen, doch der Mann stellte flink seinen Fuß dazwischen.

»Ich lasse mich nicht so schnell abwimmeln wie letztes Mal, *Cara*!« Den Namen stieß er hervor, als würde es sich um ein Stück Dreck handeln.» Die Untersuchungen haben nichts ergeben! Mein Bruder soll angeblich eines plötzlichen und natürlichen

Todes gestorben sein. Aber das glaube ich nicht, im Gegensatz zu diesen dämlichen Polizisten. Ich habe ein bisschen nachgeforscht, Cara. Auf eigene Faust. Und ich finde meine Ergebnisse sehr erstaunlich, aber äußerst interessant. Was hast du denn mit meinem Bruder allein im Wald gemacht? Mitten in der Nacht? Und erzähl mir nichts von geheimen Liebesbeziehungen, die mich nichts angehen. Ich weiß, dass das nicht stimmt. War der Grund für das Treffen, dass er etwas über dich wusste? Dass er etwas gesehen hatte? Weißt du, Cara, ich bin nicht dumm. Ich kann eins und eins zusammenzählen. In seinem Tagebuch hat er …«

Bei diesen Worten wurde die Frau, die der Mann Cara genannt hatte, noch blasser.

Der Mann bemerkte es und grinste hämisch. »Ja, daran hattest du nicht gedacht, was? Dass mein Bruder ein begeisterter Tagebuchschreiber war. Sonst wärst du vielleicht vorsichtiger gewesen, hmm? Jedenfalls standen einige Informationen darin. Er schrieb, du hättest etwas mit dem Tod von Verena Noston zu tun. Er hätte dich bei etwas gesehen und du wolltest es ihm erklären. Er sei äußerst verwirrt, schrieb er. Und noch etwas stand da, etwas über deine Augen. Ich habe es nicht richtig verstanden, aber du wirst es mir bestimmt verraten, oder? Du weißt, dass ich dich mit all meinen Informationen enorm in Schwierigkeiten bringen könnte. Was die Polizei wohl dazu sagen würde? Oder der Richter?«

Die Haut zart und blass wie Elfenbein, stand die

hübsche junge Frau da und versuchte ihre Gefühle in den Griff zu bekommen. Doch die Wut und der Zorn, zusammen mit der Angst, waren schier überwältigend. Schnell, fast panisch, schloss sie die Augen.

Lass es nicht zu, ermahnte sie sich selbst. *Bekomm es unter Kontrolle!*

»Was ist?«, höhnte der Mann. »Hast du etwa Angst, mir in die Augen zu schauen? Ist dein schlechtes Gewissen so groß?« Er packte sie unsanft an der Schulter. »Los, erzähl mir die Wahrheit! Sieh mich …«

»Nein!« Der verzweifelte Ruf der Frau hallte durch die stille Nacht.

»… an!«, beendete der Mann unbeeindruckt seinen Satz.

Kurz war es, als wollte sie erneut widersprechen, doch der Nachhall seiner Worte war bereits verklungen. Die marmornen Lider der Frau hoben sich. Wie in Trance öffnete sie ihre Augen. Diese Augen, vorher noch warm und lebendig, blickten nun kalt und starr in die des Mannes. Ein seltsames Blau schien von ihnen auszugehen. Jetzt hatten sie nicht mehr nur eine strahlende und leuchtende Farbe, sondern sie leuchteten wirklich. Ein intensives blaues Strahlen. Licht züngelte aus den Augen heraus, wie gierige Flammen flirrte es in der Luft und leckte gierig an den Augen des Mannes. Es drang hinein, brannte wie Feuer, verspeiste und verwandelte jeden Zentimeter der inneren Nerven, alles Leben, zu Asche.

Rasend schnell schoss der blaue Blitz weiter, bahnte sich seine Wege tiefer hinein in den Mann. Wie Gift breitete er sich in seinem Körper aus, lechzend nach Zerstörung spaltete er sich weiter, um zum Zentrum des Denkens, dem Gehirn, und zur Lebensquelle, dem Herzen, zu gelangen.

Einen Augenblick schaute der Mann verdutzt drein und ließ die statuenhafte junge Frau los. Dann öffnete er den Mund in einem stummen verzweifelten Schrei, als das quälende Gefühl von eisiger Kälte und brennender Hitze unerträglich wurde, doch im nächsten Moment sackte sein lebloser Körper auf den Stufen vor der Tür zusammen.

Als das Lichtband zwischen den beiden Augen zerrissen wurde, zog sich das Blaue blitzschnell, wie ein überdehntes Gummiband, zurück in die Augen der Frau. Sie erwachte aus ihrer Starre und blickte voller Grauen auf die tote Gestalt des Mannes zu ihren Füßen.

Betäubende Angst machte sich in ihr breit. Ihre bleiche, zitternde Hand tastete hilfesuchend hinter sich nach der Kommode. Sie stolperte rückwärts ins Haus, drehte sich zur Seite und stützte sich Halt suchend auf die Kante des schweren Möbelstücks. Sie blickte in den Spiegel, betrachtete das kalkweiße, wunderschöne Gesicht vor sich. Die vollen rosa Lippen, die langen Wimpern, die einen Kranz um ihre panisch aufgerissenen Augen bildeten, deren schöne Farbe so oft gelobt wurde, die jedoch nichts anderes waren als eine Waffe. Die Farbe, die schon zuvor genauso erbarmungslos zugeschlagen und immer den Tod gebracht hatte. Immer.

Ein wahnwitziger Gedanke kam ihr in den Sinn. Was wenn ...?

Sie lehnte sich vor, bereit zu sterben, um all dieser Folter ein Ende zu bereiten. Hoffend auf Erlösung schaute sie ihrem Spiegelbild in die Augen. Sie musste sich nicht einmal weiter anstrengen, ihre Gefühle waren ohnehin aufgewirbelt, chaotisch und unkontrolliert. Sie hatte sich nie in den Griff bekommen, hatte immer die Kontrolle über sich und ihre Gefühle verloren. Zu viele hatten für ihre Fehler bezahlen müssen, und nun hatte sie keine Kraft mehr, dagegen anzukämpfen.

Die junge Frau lehnte sich noch weiter vor. Ihre Nasenspitze berührte fast den Spiegel. Sie sah sich selbst ein letztes Mal in die Augen, die schon so häufig Aufmerksamkeit erregt hatten, und überließ ihrem inneren Feuer die Oberhand. Erneut wurden die Augen kalt und starr, der strahlende Flammenblitz schoss hervor. Er prallte auf den Spiegel, hinterließ einen schwarzen Brandfleck und die Flamme züngelte zurück, drang in sich selbst ein, in den Körper der jungen Frau, und zerstörte sie. Scheinbar leblos sackte sie am Boden zusammen, angegriffen von ihren eigenen Augen, und verschwand.

Augenschöne

das Augenschön; die Augenschöne (f); der Augenschöne (m)

Bezeichnung für einen Menschen, der innerhalb seiner ersten sieben Lebensjahre von einem Gott cyniert wird, dem somit dessen Gene zugefügt werden, sodass er zu einem Schleifenwesen wird mit der Fähigkeit zu magizieren. Durch die Augen kann er Gebrauch von dieser Fähigkeit machen, durch die Cynierung wird ihm traumhafte Schönheit zugeteilt. Augenschöne gibt es in jeder Zeit, in jedem Jahrhundert, bis sie in die Inneren Schleifen überwechseln.

Kapitel 1

Südosten Englands, 1603

»Darf ich Euch daran erinnern, Mylady, dass in einer Dreiviertelstunde der Besuch eintreffen wird?«, tadelte mich eine ungeduldige Stimme.

Die Worte der groß gewachsenen Frau, die neben meinem Bett stand, wischten die letzten verschwommenen Spuren des Schlafes aus meinen Augen.

»W-was? Bereits so bald?«, stieß ich entsetzt hervor und schwang meine Beine über die Kante des Himmelbetts. »Weshalb teilt Ihr mir das erst jetzt mit? Rasch, helft mir doch!«

Ich hielt mitten in meinen Bemühungen, mir das weiße Nachthemd über den Kopf zu ziehen, inne und sah Mrs Murphy, die mir vorübergehend als Zofe zur Verfügung stand, anklagend an.

Sie eilte sofort herbei, um mir zu helfen. »Natürlich, Mylady.«

Schnell befreite sie mich aus meinem Nachthemd.

»Welche Uhrzeit haben wir denn?«, keuchte ich, während ich anfing, mir mit dem Wasser aus der Waschschüssel hastig die Arme zu reinigen. Meine Haut kribbelte, denn es war eiskalt. War ich denn so spät dran, dass nicht einmal genug Zeit war, mein Waschwasser aufzuheizen?

»Gleich halb fünf«, antwortete Mrs Murphy und nickte zu der bronzenen Wanduhr. »Die ersten Gäste haben sich für die nächste halbe Stunde angekündigt.«

Sie stellte die Waschschüssel weg und half mir in die Unterkleider. Am heutigen Tage waren es zwei, da das winterliche Wetter nichts anderes zuließ.

Meine Zofe bugsierte mich zum Kleiderschrank und holte mein neues Überkleid heraus. Die Schneiderin hatte es erst vor zwei Tagen fertiggestellt und ich war sehr zufrieden. Durch den goldenen Stoff zogen sich Muster aus eingestickten Blumen, die in kreiselnden Spiralen den Samtstoff luftiger wirken ließen. Meine Seidenärmel schienen bei jeder Bewegung in der Luft zu schweben.

Als Nächstes nahm sich Mrs Murphy meine hüftlangen, silberblonden Locken vor und legte sie in einem geflochtenen Kranz um meinen Hinterkopf. Nachdem meine Wangen gepudert und die Ohrringe eingehängt waren, legte sie mir die Halskette um, während ich in meine Schuhe schlüpfte.

Mit klappernden Absätzen verließ ich eilig mein Zimmer und Mrs Murphy folgte mir wie ein Schatten. Über mehrere Flure und Treppen gelangten wir in die Eingangshalle.

Mrs Murphy knickste vor meinen Eltern, dem Duke und der Duchess de Mintrus, und nickte auch meinen beiden älteren Schwestern Florence und

Evelyna zu, bevor sie sich an die Wand neben die anderen Bediensteten zurückzog.

Ich eilte nervös neben meine Schwestern, und wartete darauf, dass ich Schelte bekommen würde. Doch außer, dass mein Vater mir einen Blick unter seinen buschig zusammengezogenen Augenbrauen zuwarf, sagte niemand etwas. Glück gehabt!

Ich wagte einen Seitenblick auf meine beiden Schwestern. Florence, die Ältere, lächelte mich aufmunternd an und Evie – Evelyna, wurde sie nur genannt, wenn unsere Eltern verärgert waren – zwinkerte mir neckisch zu. *Doch noch rechtzeitig*, sollte das vermutlich heißen.

Wie lange sie wohl schon hier stand?

Meine Überlegung wurde durch ein lautes Klopfen unterbrochen.

Mein Vater winkte kurz mit seiner Hand und zwei der Diener öffneten das schwere Eichentor. Auf den marmornen Stufen davor stand eine ältere Frau mit grauen Haaren, die in einer komplizierten Hochsteckfrisur um ihren Kopf verteilt waren. Sie trug ein elegantes oranges Kleid und auf ihrem Busen, der aus dem Dekolleté zu quellen schien, thronte eine reich verzierte Goldkette. Neben ihr stand ein glatzköpfiger Mann mit weißem Schnauzbart und einem faltigen Gesicht, der mindestens einen Kopf kleiner war als die Frau.

Mein Vater breitete die Arme aus und knipste ein strahlendes Lächeln an. »Mr und Mrs Hughes, was für eine Freude, Euch zu sehen!«

»Die Freude ist ganz auf unserer Seite, mein lieber Duke«, erwiderte Mrs Hughes und gab ihr übliches, gekünsteltes Lachen von sich.

Derweil hatte mein Vater Mr Hughes die Hand geschüttelt und ihn freundlich hereingebeten.

»Welch ein Tag, welch ein Tag«, plapperte Mrs Hughes weiter und trat zu meiner etwas überfordert aussehenden Mutter. »Da erinnere ich meine Clarice doch gestern Abend noch, sie solle mir mein neues Kleid zurechtlegen, und was sehe ich heute Morgen? Das falsche Kleid ist herausgelegt worden und Clarice schlummert friedlich in ihrer Kammer.«

Meine Mutter schaute verwirrt. »Wer ist …?«

»Clarice?«, fiel ihr Mrs Hughes ins Wort. »Aber meine liebe Celine, das ist doch meine Zofe. Durchaus noch sehr jung, doch sie war die beste, die ich auftreiben konnte«, stöhnte sie theatralisch. »Sie werden immer schlechter, die Zofen, nicht wahr? Und die guten sind schon weg. Wobei Clarice eigentlich recht erzogen ist. Ein bisschen vergesslich vielleicht, aber – wer vergisst nie etwas und hat immer alles bereit und ist über alles informiert? Ach, wenn wir dabei sind, Clarice ist ein wahrer Quell, was Klatsch betrifft. Sie weiß einfach über alles Bescheid! Stellt Euch nur vor, sie hat gehört, dass die Duchess von Wederssay eine Affäre mit einem der Stallburschen gehabt haben soll.« Mrs Hughes beugte sich vertraulich zu meiner Mutter. »Es dürfte also keine Überraschung sein, dass der kleine Sohn mehr Ähnlichkeiten mit ihm aufweisen soll, als mit dem Duke, seinem angeblichen Vater …«

Ich wandte mich ab. Immer die gleichen langweiligen Klatschgeschichten.

Doch den nächsten Gast, den mein Vater begrüßte, hatte ich noch nie gesehen. Neugierig musterte ich ihn. Es war ein hochgewachsener Mann mit dunklen Haaren und markanten Wangenknochen.

»Ihr müsst der Earl of Holeweavers sein«, sagte mein Vater gerade und reichte dem Mann die Hand.

Der Earl musterte meinen Vater mit hochgezogenen Augenbrauen. »Genau der bin ich«, erwiderte er kühl und ließ meinen Vater einfach stehen.

Verdutzt schaute mein Vater ihm nach, wandte sich dann aber wieder ab, da bereits die nächsten Besucher eintrafen. Ich sah mich um. Florence und Evie plauderten mit Mr Hughes über das kalte Wetter, meine Mutter hörte immer noch der quasselnden Mrs Hughes zu, die Geschichten aus Clarice' Gerüchteküche zum Besten gab, und mein Vater war mit den neuen Gästen beschäftigt. Nur der Earl starrte mich von der gegenüberliegenden Seite der Eingangshalle aus an. Es würde also fast niemand merken, wenn ich mich davonstahl.

Ich schlich in den Flur zurück, die Treppe hinauf, vorbei an den Gemälden, die den Flur schmückten, auf mein Zimmer. Stöhnend ließ ich mich auf das Bett fallen und vergrub mein Gesicht im Kopfkissen. Wie ich dieses ganze Theater verabscheute!

Es hatte sich hier in der Gegend die Mode entwickelt, mindestens einmal im Jahr eine Gesellschaft zu veranstalten und alle Adligen und wichtigen Persönlichkeiten aus der Umgebung einzuladen, um Kontakte zu pflegen. Meiner Ansicht nach hatte das Ganze jedoch nur einen Zweck – mit seinem Reichtum zu prahlen.

Man führte die Gäste an den eleganten Spiegelsälen vorbei, servierte die feinsten Speisen, kleidete sich mit den edelsten Samt- und Seidenstoffen und untermalte das ganze Spektakel mit kostspieliger Musik aus Paris. Wer Geld und Macht hatte, zeigte beides gern und ließ sich von den anderen dafür bewundern und beneiden.

Oft genug hatte ich die zusammengekniffenen Lippen bemerkt, mit denen die Besucher alles genau beobachteten, um ihr eigenes Fest noch besser zu gestalten und das vorige zu übertrumpfen. Den größten Reichtum hatte man jedoch durch sich und seine Familie. Je hübscher die Gesichter, je seidiger die Haare und je perfekter geformt der Körper in den prächtigen Kleidern, desto größer die Anerkennung der Leute. Nur deswegen wurden meine Schwestern und ich auf das Herrlichste hergerichtet. Damit wir herumgeführt werden und mein Vater und meine Mutter sagen konnten: »Dies hier ist unsere hinreißende Tochter Lucy.«

Daraufhin wurde ich von meinem jeweiligen Gegenüber begutachtet, wie von einem Forscher, der seinen neuesten Fund bewertet, und bekam einen anerkennenden, oft von Eifersucht begleiteten Blick. Florence hingegen, die nicht die Schönheit in Person war, und deren Kleider einige Nummern größer waren als meine, erntete meist nur ein amüsiertes Lippenkräuseln und ein sarkastisches: »Ja, ja, sehr schön«, und dann wurden wir schon weitergewinkt, um dem Nächsten vorgeführt zu werden.

Man könnte eigentlich meinen, ich müsste das Ganze toll finden, da ich wie alle hübschen Mädchen nur gelobt wurde, aber das war falsch.

Nach den bewundernden und neidischen Blicken, setzten die meisten Leute an, um etwas zu sagen, und sahen mir so, wie die Höflichkeit es verlangte, in die Augen. Sofort kam das verwunderte Augenbrauenhochziehen und das irritierte Stirnrunzeln, denn im Gegensatz zu den meisten Menschen hatte ich keine normalen grünen, braunen oder blauen Augen, sondern goldene. Als wäre das nicht genug, strahlte meine goldene Farbe auch noch so hell, dass jeder sie bemerkte. Ich hatte keine Ahnung, woher diese ungewöhnliche Färbung kam. Jedenfalls wandten sich die Leute schnell ab und versuchten, das unbehagliche Gefühl loszuwerden, das sie beim Anblick meiner Augen überkam. Selbst wenn sie versuchten, es sich nicht anmerken zu lassen, konnte ich ihr Befremden und ihre Ablehnung deutlich spüren.

Ich kniff die Augen fester zusammen und zog mir ein weiteres Daunenkissen über den Kopf.

Um möglichst wenig mit meinen Augen aufzufallen, versteckte ich mich immer so lange in meinem Zimmer und versuchte nicht an die Besucher zu denken, bis es jemandem auffiel und man mich holen ließ.

Leise pochte es an meine Tür.

»Lucy?«, hörte ich Evies gedämpfte Stimme durch das Kissen.

»Grmph«, antwortete ich und drehte mich auf den Rücken. »Was willst du?«

»Verzeih bitte, dass ich störe«, entschuldigte sich meine Schwester und ließ sich auf die Bettkante sinken, »aber Mutter bat mich, dich zu holen.«

»Prächtig!«, grummelte ich sarkastisch und funkelte Evie wütend an, was eigentlich ungerecht war, denn sie war ja nicht schuld an meiner schlechten Laune.

Sie seufzte. »Ich weiß, du magst diese Besuche nicht, aber es gibt wirklich vorzügliches Essen. Und denke daran, dass morgen alles vorbei sein wird, und niemand mehr an dich denkt!«

»Ich weiß.« Gereizt setzte ich mich auf. »In ein paar Wochen jedoch werden wir wieder bei jemandem eingeladen sein. Die ganzen Qualen werden von vorn beginnen. Welch einen Sinn soll das deiner Meinung nach haben?«

Als Evie nicht antwortete, murrte ich: »Siehst du, habe ich es doch gewusst«, und ließ mich wieder auf den Rücken fallen.

»Nein, ich weiß es auch nicht«, gab Evie zu und stand auf, »doch was ich weiß, ist, dass das heutige Fest auch Schönes bringen wird. Es gibt ein Buffet mit Speisen unseres neuen wunderbaren Kochs, und die Musikanten aus Paris werden die Herzen zum Schmelzen bringen.«

Ich rührte mich nicht vom Fleck.

»Abgesehen davon gilt es, Vater und Mutter nicht zu enttäuschen. Das wäre unverzeihlich.«

Mit diesem Argument bekam mich Evie immer herum. Meine Eltern lagen mir am Herzen und ich wollte ihnen nicht mehr Unannehmlichkeiten bereiten, als ich es ohnehin schon tat. Ich gab mich geschlagen und stand auf.

Evie hielt mir die Zimmertür auf und sah mich aufmunternd an.

Ich schnitt eine Grimasse und sie lachte.

»Wie gut du gelaunt bist!«, spottete sie und zog mich an der Hand den Flur entlang zur Treppe. Auch die Gesichter auf den Gemälden schienen mir hämisch zuzugrinsen und die Stufen unter unseren Füßen knarzten unheilvoll.

Hätte ich auch nur geahnt, was geschehen würde, dieses Mal wäre ich nicht mit Evie mitgegangen.

Als wir den Spiegelsaal betraten, war das Fest bereits in vollem Gange. Vor den hohen Wänden bogen sich die Tische unter der Last des Buffets.

Lachen und Geplauder erfüllten den Saal und übertönten die sanften Melodien, die die Musiker aus Paris zum Besten gaben.

Meinen Vater entdeckte ich zwischen einem alten Herrn und einer korpulenten braunhaarigen Dame mittleren Alters, die wild gestikulierend auf ihn einsprach. Papas Blick fand meinen und ich verstand seine stumme Bitte darin. Ich schlängelte mich um die Leute herum zu ihm durch, nachdem Evie mit einem kurzen Winken in Richtung Buffet davongeeilt war.

»... wahrhaftig, mein lieber Ferris, Ihr habt vollkommen recht. Es ist tatsächlich ein echter Rubin!«, sagte die Frau gerade zu meinem Vater. Dabei schwenkte sie ihre dicke, klirrende Kette mit einem roten Anhänger vor seiner Nase herum.

Als mein Vater mich neben ihr erblickte, huschte ein erleichtertes Lächeln über sein Gesicht und er zog mich vor sich.

»Eine wundervolle Rubinkette besitzt Ihr da, Lady Mephins«, erwiderte er freundlich und deutete dann auf mich. »Ihr erinnert Euch noch an meine Tochter Lucy Elizabeth? Sie ist inzwischen siebzehn Jahre alt und noch unverheiratet.«

Was sollte das jetzt heißen? Hatte er etwa vor, mir einen Bräutigam zu suchen?

Lady Mephins musterte mich mit zusammengekniffenen Augen. »Oh tatsächlich, ein wahres Prachtstück«, tönte sie, während ihr Blick eifrig über meinen Körper wanderte und sie jede Einzelheit gierig aufzunehmen schien. Dann streckte sie ihre pummelige Hand aus und grapschte sich meine.

»Ihr seid wahrhaftig eine Augenweide, mein Kind«, piepste sie mit ihrer näselnden Stimme.

Ich atmete erleichtert auf. Da Lady Mephins mir nur bis zur Brust ging, konnte sie meine Augen gar nicht erkennen.

»Sehr freundlich, Mylady«, leierte ich so höflich wie möglich meine Erwiderung herunter und entzog meine Hand schnell ihrem verschwitzten Händedruck.

Lady Mephins wandte sich wieder an meinem Vater. Sie hatte wohl das Interesse an mir verloren.

»Hatte ich erwähnt, dass mein Schneider mir Bernsteine in das Kleid eingearbeitet hat? Das trägt man jetzt überall in Paris«, verkündete sie stolz und zupfte an ihrem zu engen schlammbraunen Kleid herum.

Ich drehte mich weg. Meine Schuldigkeit hatte ich getan.

Doch als ich mir durch die vielen Menschen einen Weg zum Buffet bahnen wollte, von dem Evie so geschwärmt hatte, legte sich mir unerwartet eine kalte Hand auf die Schulter. Erschrocken und genervt zugleich wandte ich mich um.

Vor mir stand der Earl of Holeweavers.

Ich fragte mich, warum er noch immer seinen Mantel trug, und fühlte mich gleichzeitig unwohl unter seinem prüfenden Blick.

»Sie müssen die junge Lady de Mintrus sein«, sagte er mit seiner kühlen Stimme, die leicht überheblich klang.

Ich richtete mich auf und reckte das Kinn in die Luft. Jetzt konnte ich endlich eine der Sachen anwenden, die wir in unserem täglichen Unterricht lernten. Dem Rang nach stand der Earl unter mir, der

Tochter eines Dukes, auch wenn ich weitaus jünger war als der Adlige.

»Genau die bin ich«, antwortete ich ihm hochmütig und benutzte dabei die gleichen Worte, die er zuvor zu meinem Vater gesagt hatte.

Der Earl lächelte. »Ah, ich stelle fest, wir verstehen uns. Sind vom gleichen Schlag.«

Überrascht und etwas verärgert über seine plumpe Vertraulichkeit, sah ich ihn an. »Ich wüsste nicht, was es bei uns für Ähnlichkeiten geben könnte, Mylord. Da müsstet Ihr mich schon aufklären.«

»So, müsste ich das?«, fragte der Earl in seinem überheblichen Ton und mustert mich aus seinen ... schwarzen Augen.

Mir lief es kalt den Rücken herunter. Der Mann hatte tatsächlich kohlrabenschwarze Augen!

Der Earl of Holeweavers öffnete erneut den Mund, um etwas zu sagen, doch ein erfreutes, hohes Quieken ließ ihn innehalten.

»Lucieeeeeeee!«

Evie tauchte hinter dem Mann auf.

»Da bist du ja!« Sie schien ihn, der sie mit hochgezogenen Augenbrauen musterte, gar nicht zu bemerken, als sie sich torkelnd an mir festhielt.

Ich starrte sie entsetzt an. Wie viel Wein hatte sie bloß getrunken?

»Wo bleibst du denn? Ich hatte dir doch gesagt, das Buffet ist vorzüglich.« Sie rüttelte an meinem Arm. »Komm doch! Begleite mich! Du musst unbedingt auch davon kosten!«

Ich ließ mich bereitwillig von ihr mitziehen, nur um dem Mann mit den schwarzen Augen zu entkommen.

Fühlten sich die Leute ebenso, nachdem sie mir in die Augen geschaut und das leuchtende Gold bemerkt hatten? Wenn ja, würde ich ihnen künftig keinen Vorwurf mehr machen. Die schwarzen Augen, die mich suchend gemustert hatten und bei denen man die schwarze Iris nicht von den Pupillen hatte unterscheiden können, waren wahrhaftig unheimlich gewesen.

»Luce?« Evie schaute mich erwartungsvoll an.

Ich musterte erst sie, dann die Teller mit Speisen auf dem Buffet neben uns. Wir standen neben dem Tisch mit den Desserts, auf dem sich fluffige Törtchen neben sahnigen Teigtaschen und krossen Keksen stapelten. Meine Schwester musterte mich leicht verärgert.

»Kannst du mir mal zuhören?« Sie deutete auf ein hellbraunes Teigröllchen. »Sieh dir diese Köstlichkeiten an!« Sie nahm eines der Röllchen in die Hand und hielt es mir hin. »Ich weiß nicht, wie ihr Name lautet, doch sie sind fabelhaft. Unser neuer Koch ist ein Meister seines Handwerks!«

Zerstreut nahm ich das Röllchen und biss davon ab. Es hatte eine cremige Füllung, in der sich kleine Schokoladenstückchen tummelten. Ich schob mir den Rest der Rolle in den Mund.

»Was ist?«, fragte ich, denn Evie starrte mich so merkwürdig an. Als sich unsere Blicke begegneten, spürte ich ein heftiges Brennen in meinen Augen. Ich schloss sie schnell und rieb mir über die Lider.

Evie hickste laut und ich sah sie erneut an. »Wirklich, Evie, wie viel Wein hast du getrunken?«

Meine Schwester wirkte empört. »Keinen einzigen Schluck. Aber nun, da du es erwähnst, ich fühle mich tatsächlich ziemlich wackelig auf den Beinen.«

Ich nahm mir eines der Röllchen und schnüffelte daran. Rum! Das erklärte einiges.

»Das Gebäck ist wirklich sehr schmackhaft, besonders der Rum.«

»Rum?« Evie betrachtete schuldbewusst die Röllchen. »Das war mir nicht bekannt ...«, fing sie an, sich zu rechtfertigen, doch was sie sonst noch sagte, hörte ich nicht. Mein Blick traf erneut auf zwei schwarze kalte Augen.

Der Earl of Holeweavers stand nicht weit von uns entfernt und fixierte mich.

»Du hörst mir schon wieder nicht zu«, beklagte sich Evie.

»Doch schon. Es ist nur ...« Ich brach ab. Nur wieso? Ich hatte ihr doch immer alles erzählen können. Warum nicht auch das?

»Kann ich dir etwas anvertrauen?«

Evie runzelte die Stirn, vermutlich, weil mein Ton plötzlich so ernst war.

»Du weißt doch, dass du mir alles sagen kannst.« Sie klang, als wäre sie mit einem Schlag wieder nüchtern und ich war in diesem Moment unheimlich froh, jemanden wie Evie als Schwester zu haben.

Keine Ahnung, weshalb ich gerade jetzt daran dachte, aber sie war so oft die Einzige gewesen, die mir zugehört und mich verstanden hatte.

Auch wenn meine Eltern und Florence es niemals zugegeben hätten, verunsicherten meine besonderen Augen sie. Ebenso wie die Zofen, die meine Mutter für mich aussuchte. Keine von ihnen ertrug meine Gegenwart länger als ein paar Wochen.

Nur Evie blieb mir. Sie hatte als Einzige kein Problem mit meinen strahlenden goldenen Augen.

Sie war nicht nur meine große Schwester und Spielkameradin, sie war vor allem meine beste Freundin und Vertraute. Als früher niemand mit dem Mädchen mit den seltsamen goldenen Augen spielen wollte, war es Evie gewesen, die alle Freundinnen, die ich verloren oder niemals gehabt hatte, ersetzte. Meine wunderbare Schwester war immer da, wenn ich sie brauchte, und über die Jahre hatte sich unser Band noch mehr verfestigt. Ich verdankte ihr so viel.

»Komm!« Evie griff nach meiner Hand und zog mich durch die Menge auf die Tür des Personals zu, die wir manchmal heimlich benutzten.

Ich stolperte hinter ihr her, rempelte einige Gäste an, die mir missbilligend nachsahen, und war froh, als wir endlich zwischen den engen Wänden des Dienstbotenganges an den alten Türen vorbeischlichen. Evie öffnete eine der Türen, die ein knarzendes Geräusch von sich gab, und schob mich in den Raum dahinter.

»Bin gleich so weit«, flüsterte sie und holte ein Streichholz aus einer Rockfalte. Sie riss es am Steinboden entlang an, entzündete drei Kerzen, die auf einem Regal standen, und schloss die Tür.

»Also? Welche Sorge bedrückt dich?«

Ich ließ mich auf einen der verstaubten Schemel in der Abstellkammer sinken.

»Ich weiß auch nicht recht«, setzte ich an und knetete nervös meine Hände. Mein Blick glitt durch die Abstellkammer und mich überkam ein warmes Gefühl, als ich an die Momente dachte, in denen Evie und ich uns vor dem Unterricht oder an den winterlichen Waschtagen hier versteckt hatten. An diesem Ort fühlte ich mich irgendwie geborgen.

»Vor diesem Mann graut es mir«, gestand ich schließlich und erzählte ihr von meinem Gespräch mit dem Earl of Holeweavers und seiner kalten, überheblichen Art. Ich verschwieg auch nicht, wie seine schwarzen unheimlichen Augen mich gemustert hatten, und dass er auf meine goldenen Augen überhaupt nicht reagiert hatte. Das fiel mir jetzt erst überhaupt auf.

Evie hörte mir wie bei all meinen Problemen ruhig zu und eine nachdenkliche Falte erschien auf ihrer Stirn.

»... er beobachtet mich die ganze Zeit. Auch als wir am Buffet standen«, jammerte ich.

Die Falte verschwand und ein kleines Lächeln zuckte über Evies Gesicht. »Womöglich ist er an dir interessiert. Ich habe nämlich gehört, er sei noch unverheiratet.«

»Evie!«, zischte ich sie an. »Das ist nicht witzig! Ich habe Angst vor diesem Mann.«

»Du und Angst?«, kicherte sie. »Das ist ja wie Feuer und Wasser.«

Verärgert stand ich auf. »Könntest du bitte so höflich sein und dich ein bisschen zusammennehmen, um mir hilfreiche Antworten zu geben?«

»Meine Antwort ist hilfreich«, Evie zog einen Schmollmund, »denn so abwegig mit dem Interesse ist das gar nicht. Als wir heute Nachmittag in der Eingangshalle auf dich und die Gäste gewartet haben, hat Vater mir und Florence mitgeteilt, dass er uns, dich eingeschlossen, gern vermählen würde. Er will uns in sicheren Händen wissen, so wie unsere anderen Schwestern und unseren Bruder, falls er vorzeitig sterben sollte. Der Earl steht im Rang zwar unter uns, doch er ist bestimmt ein wohlhabender und angesehener Mann, wenn Vater ihn eingeladen hat. Vielleicht denkt Papa, dass er eine von uns heiraten könnte?«

Ich setzte mich wieder und ließ mir Evies Neuigkeit durch den Kopf gehen.

»Und selbst wenn, ich finde ihn immer noch unheimlich. Diese grässlichen schwarzen Augen.« Ich schauderte.

Evie zuckte die Achseln. »Mir ist gar nichts bei ihm aufgefallen. Vielleicht haben dich deine Augen ja getrogen?« Plötzlich kicherte sie. »Ich finde ihn übrigens gar nicht so übel und wäre dir sehr gern bei der Suche nach einem Brautgewand behilflich. Welches Stoffmuster wünschst du dir denn?« Sie prustete los.

»Herrgott, Evie!«, fluchte ich und fixierte sie zornig. Heute war wirklich ein schlimmer Tag.

Sie kringelte sich jedoch vor Lachen und nahm die ganze Sache nun nicht mehr ernst.

Ich wurde immer wütender. Nicht nur auf Evie, sondern auch auf den Earl und dieses unerträgliche Fest.

Ein Schmerz durchzuckte meine Augen, so wie vorhin am Buffet, nur viel stärker. Ich schlug mir die Hände vors Gesicht. »Autsch!«

Evie verstummte sofort. »Lucy?«, fragte sie besorgt und legte ihre Hände auf meine. »Luce, was ist los?«

Ich stöhnte gequält auf. »Meine … meine Augen, sie brennen so fürchterlich.«

Evie sog scharf die Luft ein. »Hast du dir ins Auge gefasst? Oder Staub hineinbekommen?«

»Nein.« Ich krümmte mich zusammen, die Hände immer noch auf meinen Augen. »Es … es kommt irgendwie von innen.«

Evie zog mich hoch. »Ganz langsam, Lucy, alles wird gut werden«, murmelte sie beruhigend, doch ihre Stimme zitterte. »Nimm deine Hände bitte für einen Augenblick von den Augen. Ich bin zwar nicht der Medicus, vielleicht erkenne ich aber trotzdem, woher die Schmerzen kommen, die dich plagen.«

Ich nahm langsam die Hände vom Gesicht und

öffnete die schmerzenden Augen.

»Was …?«, schrie Evie auf.

»Evie!« Jetzt packte ich ihre Schultern. »Was hast du?« Doch im selben Moment erstarrte auch ich. Der Raum wurde von einem hellen goldenen Licht erleuchtet, das von meinen brennenden Augen zu kommen schien. Ich sah Evies aufgerissene Augen vor mir. Sie starrte mich an. Ich starrte zurück und konnte mich nicht vom Fleck rühren. Ein goldener Strahl aus meinen Augen schoss in ihre, und ließ die Luft vor Hitze flimmern. Keine Sekunde später fiel Evie zu Boden.

Der dumpfe Aufprall ihres leblosen Körpers holte mich aus meiner Starre. Das Leuchten zog sich in meine Augen zurück, verschwand aber nicht ganz, sondern ließ sie weiterhin im Halbdunkeln glühen.

Was ging hier nur vor sich?

Ich ließ mich neben meine Schwester in den Staub fallen. »Evie …«, flüsterte ich entsetzt und rüttelte leicht an ihren Schultern. Meine brennenden Augen waren vergessen, jetzt zählte nur noch Evie. Was war mit ihr passiert? Was hatte dieser goldene Strahl mit ihr gemacht? Panisch drehte ich sie auf den Rücken und legte meine Hand dorthin, wo ich ihr Herz vermutete. Nichts. Ich hob mein Ohr über ihren Mund und ihre Nase und lauschte auf ihren Atem. Auch nichts.

»Nein! Nein!!!«, schluchzte ich. Tränen traten mir in die Augen, aber ich spürte, wie sie in der Hitze des goldenen Glimmens einfach verdampften.

Das konnte nicht sein! Nein, Evie war nicht tot. Sie konnte es einfach nicht sein!

Aus den Lexika der Augenschönen
(Band 1, Kapitel 5)

Die Augen eines Augenschönen sind von dem Moment der Cynierung an bereit, Magizismen auszuführen. Willentlich wurde dies vor der Ersten Fahrt (siehe Kapitel 6) bisher noch nicht geschafft, lediglich die Gefühlsausbrüche eines Augenschön in den Äußeren Schleifen können Magizismen verursachen, welche dann besonders stark ausfallen und häufig mit dem Tod einer oder mehrerer Personen enden.

Wenn die Augen zum ersten Mal einen Magizismus produzieren, ist das für das Augenschön sehr schmerzhaft. In den meisten Fällen kommt es sogar zu Blutungen der Augen, da diese die große Kraft nicht gewohnt sind. Bei den später folgenden Magizismen sind die Augen bereits auf die Ballung der Magie eingestellt und mit steigender Häufigkeit sinkt die Anzahl der Nebenwirkungen.

Aus dem Bericht:
Der erste Magizismus von E. Shepden

Kapitel 2

»Evie!« Ich wusste, dass es sinnlos war, doch ich redete weiter auf sie ein. »Evie, alles wird gut werden. Bewahre deine Kräfte noch kurz. Ich werde dich zum Medicus bringen.«

Ich mühte mich, sie hochzuheben, und legte ihren Arm um meine Schulter. Unter ihrem schweren Gewicht keuchte ich leise und wankte zwei Schritte vor zur Tür. Ich drückte die quietschende Klinke herunter und taumelte in den Gang. Bei der nächstbesten Tür, die aus den Dienstbotengängen hinausführte, hielt ich an und drückte sie ebenfalls auf. Ich zog Evie hinter mir hinaus auf den Flur und sah mich um.

Wir waren in einem der Spiegelgänge gelandet, die sich durch das gesamte Schloss zogen. Ich schaute den Gang entlang und suchte nach Hinweisen, wo wir uns genau befanden. Vor lauter Angst hatte ich nicht auf den Weg geachtet und war vollkommen orientierungslos. Mein Blick blieb an einem der großen Spiegel hängen.

Ich ließ Evie sanft zu Boden gleiten und trat auf die gegenüberliegende verspiegelte Wand zu. Ich sah zwei Mädchen. Eines auf dem Boden hinter mir und eines, das mich entsetzt anstarrte.

Aber das konnten nicht Evie und ich sein, denn die

Kleider der Mädchen waren an einigen Stellen zerrissen und schmutzig. Über die Gesichter und die Arme waren Rußspuren verteilt, als hätten sie sich in einem Kamin gewälzt. Rote Striemen und Kratzer zogen sich über die Haut. Doch das Verrückteste war das goldene Leuchten.

Ich trat noch näher an den Spiegel und musterte mein Gegenüber, das wohl ich sein musste. Meine Augen bestanden aus einem goldsilbernen, tanzenden Feuer. Die Flammen leckten an meinen Pupillen und an den äußeren Rändern der Iris, als wollten sie alles verbrennen. Sie leuchteten heller als Kerzenschein und warfen glitzernde Punkte an die Spiegelränder.

Ich hatte meine Augen schon oft im Spiegel betrachtet, um besser verstehen zu können, was alle anderen daran so abstieß. Sie waren schon immer ungewöhnlich gewesen, mit ihrer intensiven goldenen Farbe und dem leichten Glitzern, besonders wenn ich sie bei Sonnenschein betrachtete. Doch so ein Leuchten wie jetzt hatte es noch nie gegeben.

»Interessant, nicht wahr?«, vernahm ich eine hohe kalte Stimme.

Ich fuhr herum und hätte am liebsten laut geschrien. Es war der Earl. Er stand etwa vier Meter von mir entfernt und lächelte mich kühl an.

»Was ... was wollt Ihr?«, stotterte ich unsicher.

Er ließ sich mit seiner Antwort Zeit. Sein Blick wanderte zu Evie.

Ich stellte mich schnell schützend vor sie und

versuchte, ruhig zu bleiben.

»Diesmal musste also die eigene Schwester dran glauben.« Er schüttelte missbilligend den Kopf, ohne den Blick von ihr zu lösen. »Wer war es davor?«

»Was meint Ihr mit *davor*?«, fragte ich und wich ängstlich einen Schritt in den Gang zurück. Es behagte mir überhaupt nicht, Evie allein auf dem Boden zwischen mir und diesem Mann liegen zu sehen, der mir Angst machte.

»Ach Engelchen«, sagte er gespielt entrüstet, »ich weiß doch ohnehin alles. Mit siebzehn begeht kein Augenschön seinen ersten Mord.«

»M-mord?« Ich hatte nicht einmal die Hälfte von dem verstanden, was er gesagt hatte, doch dieses Wort schon. Stimmte das, was er sagte? Hatte ich meine eigene Schwester ermordet?

Der Mann schaute wieder zu mir auf. Kurze Verunsicherung huschte über sein Gesicht, dann war es erneut unbewegt und ausdruckslos.

»Ja, meine Süße, Mord. Du hast dein hübsches Schwesterchen getötet, so wie all die anderen, die du mit deinen Augen ausgebrannt hast.«

Mit meinen Augen ausgebrannt? Was schwafelte dieser seltsame Earl da nur?

»Ich habe noch nie jemanden ausgebrannt«, widersprach ich mutiger, als ich mich fühlte. Außerdem hatte ich keine Ahnung, was ausbrennen bedeutete.

»Also Herzchen …«

Ich zuckte zusammen, als er mich mit dem

Kosenamen anredete, den meine Mutter immer benutzte.

»... so belügen kannst du mich nicht«, fuhr er fort und machte einen Schritt in meine Richtung. »Eine hast du mindestens umgebracht.« Er wies mit dem Finger auf Evies leblosen Körper. »Du sagst, es war die Einzige?« Er schaute mir fragend ins Gesicht und ich nickte schnell.

»Hmm ... dann bist du wohl eine Schwache? Oder eine besonders Mächtige? Die Augen leuchten immer noch«, murmelte er leise. »Sonne auf jeden Fall, aber was noch? Nun ja, wen interessiert das schon? Niemand wird es je herausfinden.«

Er hatte kurz geistesabwesend gewirkt, doch nun wandte er seine Aufmerksamkeit wieder mir zu. »Für dich macht das keinen Unterschied.«

Als ob ich überhaupt irgendetwas von dem verstanden hätte, was er gesagt hatte!

»Tot ist tot«, fauchte er in veränderter Stimmlage.

Tot? Das verstand ich. Entsetzt stolperte ich zurück.

Auch der Earl trat einen halben Schritt zurück und kauerte sich auf den Boden. So wie eine Katze, die sich bereit zum Sprung machte. Er stieß ein unmenschliches Knurren hervor, das mir die Haare zu Bergen stehen ließ und meinen Fluchtinstinkt wachrief.

Der Earl fing an, sich zu verändern. Seine Finger wurden länger und länger, bogen sich wie die Klauen eines Adlers.

Sein Gesicht schien aufzureißen, Fellbüschel sprossen aus der Haut. Seine schwarzen Augen wurden größer und zogen sich in die Breite. Sein Bauch hingegen zog sich in die Länge. Als sein Hemd aufplatzte, konnte ich runde, matschbraune Schuppen erkennen. Die Beine wuchsen in seinen Körper hinein und die Arme immer weiter hinaus, bis er auf ihnen zu stehen schien.

Er riss sich den Mantel herunter und ich konnte erkennen, warum er ihn die ganze Zeit getragen hatte. Aus seinem Rücken entfalteten sich zwei lederne Flügel, die zwischen den Gangwänden kaum Platz hatten, sodass er sie nicht ganz ausbreiten konnte. Die Nase und der Mund wuchsen zusammen zu einem braunen, krummen Schnabel, den das Geschöpf jetzt öffnete, wobei es einen grellen Schrei hervorstieß. Es war ein Knurren, Zischen und Krähen zugleich.

Es war der unpassendste Moment, aber beim Anblick der Kreatur fiel mir die alte Henne unseres Gärtners ein, die voriges Jahr gestorben war. Nur hatte das Huhn keinen schuppigen Schlangenkörper mit einem Hundegesicht gehabt. Außerdem war diese Kreatur leider äußerst lebendig. Gerade legte sie den Kopf in den Nacken, stieß ein weiteres keckerndes Knurren aus und schlängelte sich auf mich zu. Es war närrisch, da ich diesem Monster nie entkommen würde, doch mein Fluchtinstinkt gewann die Oberhand. Ich drehte mich um und rannte panisch los. Ein hämisches Zischeln erklang hinter mir, als würde das Monster mich für meinen erbärmlichen Fluchtversuch auslachen. Ich rannte trotzdem weiter, so schnell ich konnte. Nur war ich nicht besonders erfolgreich damit, da ich ein schweres Kleid mit mehreren Unter- und Überröcken trug.

Ein schleifendes Geräusch hinter mir informierte mich, dass der Schlangenkörper mir folgte. Ich strengte mich in panischer Angst bis zum Äußersten an und meine Augen fingen erneut an zu brennen. Es war ein quälender Schmerz, der mir fast den Verstand raubte. Diesmal hielt ich meine Augen geöffnet, da es zuvor ohnehin nichts genutzt hatte, sie zu schließen, und rannte einfach weiter. Vor mir konnte ich eine Biegung im Gang sehen, und auf dem Spiegel, der dort die Wand schmückte, sah ich mich und das Monster. Mich mit strahlenden goldenen Augen, die Blitze in alle Richtungen abschossen.

Instinktiv duckte ich mich, als einer von dem Spiegel abprallte und zurückkam. Der Blitz zischte über mich hinweg und ein ohrenbetäubender Knall ertönte. Ich wirbelte herum und sah eine große Staubwolke. Das Monster war verschwunden.

Verwirrt schaute ich mich um. Meine Augen schossen brennende Pfeile umher, deren flackerndes Licht den Gang golden erhellte. Was war nur los mit mir?

Da hörte ich plötzlich das leise Zischeln von Flammen direkt vor mir. Ich konnte den Blick nicht schnell genug abwenden und ein goldener Feuerblitz, der von einem Spiegel zurückgeworfen wurde, traf mich mitten in den Augen. Es war ein Schmerz, wie ich ihn noch nie verspürt hatte, als würde ich innerlich verbrennen, als wäre alle Peinigung in meinen Körper übertragen worden und wollte mich zerstören.

Mein gellender Schrei hallte durch die Gänge, bevor alles schwarz wurde, und ich fiel. Immer tiefer. Doch gleichzeitig schien ich in Millionen Stücke zerrissen zu werden und meine Schreie konnten die gefühlte Qual nicht mehr ausreichend ausdrücken.

Ich spürte und roch warmes Blut, das mir die Wangen hinunterlief. Es tropfte aus meinen Augen und verklebte meine Wangen, wie Tränen. Dann war alles schwarz.

Aus den Lexika der Augenschönen
(Band 1, Kapitel 6)

Das erste Zeichen dafür, dass jemand ein Augenschön ist, ist die Veränderung der Augenfarbe innerhalb der ersten sieben Lebensjahre. Meist ereignen sich in der Zeit danach viele Unfälle, die erst nach und nach seltener werden. Bei solchen Gefühlsausbrüchen kann es auch zum Tod einer oder mehrerer Personen kommen. Die Erste Fahrt in die Inneren Schleifen ereignet sich in der Regel zwischen dem sechzehnten und dem zwanzigsten Lebensjahr während gewünschten Zauber in Beibehaltung *eines Gefühlsausbruchs. Beim gewöhnlichen Tode fährt das Augenschön sofort in die Inneren Schleifen. (So ist auch die Erste Fahrt mit nur dreizehn Jahren möglich.)*

Aus dem Bericht:
Die Erste Fahrt von E. Shepden

Kapitel 3

»… ist einfach so hier reingeplatzt.«

»In die dritte Schleife?«

»Ja … ist ungewöhnlich … wohl eine mächtige Magie.«

»Welches Alter?«

»Ich schätze so sechzehn, siebzehn.«

»Ehrlich? Ganz schön spät für so eine Kraft.«

»Ja, … die anderen kommen meistens früher. Der normale Durchschnitt kommt eher in diesem Alter.«

»Könnte das womöglich eine Titanin sein? … mehrere … Elternteile?«

»Die letzten Titanen … schon eine Weile her …«

»Die Möglichkeit kann bei so einer Kraft durchaus bestehen.«

»Ja, aber … schaut! Sie bewegt sich.«

Verschwommene Gesprächsfetzen sickerten langsam in meinen Kopf, der pochte, als wollte er die Trommeln am Hofe des Königs übertönen. Ein leises Stöhnen drang über meine Lippen und ich drehte den Kopf herum, sodass meine Wange kühlen Boden berührte. Marmor vielleicht? Ich öffnete die Augen und sah in ein schummrig waberndes Licht, das aus der Luft selbst zu kommen schien. Leicht hob ich eine Hand an und fuhr durch den weißen Nebel, der den Boden bedeckte. Ja, er war aus Marmor. Hatte ich es doch gewusst! Wo war ich hier?

»Bin ich tot?«, flüsterte ich mit brüchiger Stimme zu niemand Bestimmtem.

»Schön wär's«, antwortete eine fremde männliche Stimme hinter mir.

»Pssst«, zischte ein weiterer Mann.

Ich richtete mich ein Stück auf und dachte angestrengt nach. Was war passiert? *Evie!*, durchschoss es mich. Das seltsame Leuchten, das von meinen Augen auszugehen schien, der Mann im Mantel. Die Blitze, die das Monster getötet hatten, das zuvor noch der Earl gewesen war. Der eine Blitz, der auf mich zugekommen war, die Schmerzen und das Gefühl, innerlich zerrissen zu werden.

Unwillkürlich fuhr ich mit meiner Hand zu meinen Augen und betastete sie. Als ich den Finger vor mein Gesicht hielt, glänzte er blutrot. Geschockt und verwirrt sah ich mich aus meiner halb liegenden Position weiter um. Ich befand mich in einem riesigen Raum, dessen Decken ich ebenso wie die Wände nur schemenhaft erkennen konnte. Einige Schritte von mir entfernt waberte der Nebel um vier Gestalten, die im aufsteigenden Dunst ebenfalls nicht richtig zu sehen waren.

Noch immer wackelig setzte ich mich richtig auf und stellte fest, dass es sich bei den Gestalten um drei Männer, einer davon noch ziemlich jung – nur wenige Jahre älter als ich – und um eine Frau handelte. Entgeistert starrte ich sie an. Sie trug Hosen.

Eine seltsam enge Hose, wie ich sie noch nie gesehen hatte – und ich hatte auch noch nie davon gehört, dass es Frauenhosen gab. Doch nicht nur die Frau trug andersartige Kleidung, alle vier sahen seltsam aus.

Einer der Männer trat auf mich zu.

»Ich bin Mr Honk und sehr erfreut, dich kennenzulernen«, sagte er mit angenehm warmer Stimme. »Kann ich dir aufhelfen?« Er streckte eine Hand aus und ich ergriff sie erleichtert. Mr Honk zog mich hoch und stützte mich, als ich etwas benommen schwankte. Der andere ältere Mann und die Frau betrachteten mich mit kaum verhohlenem Interesse. Der junge Mann starrte nur missmutig zu Boden.

Die Frau lächelte mich an. »Ich bin Tatjana«, stellte sie sich vor und deutete auf den Mann neben sich, »und das ist Elvon.«

Der Mann nickte mir ebenfalls lächelnd zu, bevor er zu dem jüngeren Mann hinübersah. Der hatte die Hände in seinen Taschen vergraben und starrte noch immer nach unten. Doch zumindest brummte er nun eine undeutliche Begrüßung.

»Und wer bist du?«, fragte mich der Mann, der sich mir als Mr Honk vorgestellt hatte.

»Lucy Elizabeth de Mintrus.« Obwohl mich niemand darum gebeten hatte, nannte ich meinen vollen Namen, der mir hier irgendwie angebracht schien. Verlegen strich ich über mein Kleid, das zerrissen und rußverschmiert an mir herabhing.

Die zwei älteren Männer und die Frau tauschten

schnelle Blicke aus. Und da fiel es mir auf. Ihre Augen.

Mr Honk hatte kastanienbraune, die Frau, Tatjana, graue und die des Mannes namens Elvon waren violett. Doch das war nicht das Seltsamste an ihnen. Alle waren von einer genauso strahlenden farbigen Intensität wie meine. Sie schienen zu leuchten, ohne einen einzigen Lichtfunken abzusenden.

Der junge Mann blickte kurz auf, sah mich an und mein Mund blieb offen stehen. Er hatte Augen in einem so wunderschönen Türkis wie das Meer. Winzige Wellen schienen durch seine Iris zu wogen und sich an seiner Pupille zu brechen. Als sich Mr Honk an mich wandte, drehte ich mich hastig um und klappte schnell meinen Mund wieder zu.

»Also ... Lucy, ist es in Ordnung, wenn wir dir ein paar Fragen stellen?«

Ich nickte vorsichtig. Diese Leute wirkten nicht bösartig. Womöglich war ich ja doch tot und die Fragen waren eine Art Aufnahmeprüfung für den Himmel.

Tatjana und Elvon stellen sich neben Mr Honk, während der Jüngere blieb, wo er war.

»Dann fangen wir mal an.« Mr Honk musterte mich mit seinen leuchtenden braunen Augen. »Wie alt bist du?«

»Siebzehn.« Wozu wollte er das wissen?

»Wo wohnst ... hast du gewohnt?«

»In dem Anwesen meiner Familie, im Südosten Englands.«

»Mit wem hast du dort gewohnt?«

Ich runzelte die Stirn. Wieso redete er immer in der Vergangenheit? »Mit meinen Eltern, meinen beiden älteren Schwestern und unseren Bediensteten.«

Die drei tauschten abermals Blicke aus.

»In welchem Jahr wurdest du geboren?«, übernahm nun Elvon.

»I-ich glaube, 1586.«

»Und wo?«

Seine violette Iris irritierte mich. »Bei uns auf dem Anwesen.«

»Und seit wann hast du deine Augen?«

»Ähm … schon immer?« Jeder Mensch hatte Augen, von Geburt an. Hatte ich die Frage falsch verstanden?

»Ich glaube, ich habe meine Frage falsch formuliert«, bestätigte mir Elvon und faltete die Hände zusammen. »Ich wollte eigentlich wissen, seit wann deine Augen diese ungewöhnliche goldene Färbung haben.«

Empörung machte sich in mir breit. Er bezeichnete meine Augenfarbe als ungewöhnlich, dabei hatte er selbst noch ungewöhnlichere Augen. Dennoch antwortete ich wahrheitsgemäß. »Meines Wissens habe ich diese Augenfarbe schon immer. Jedenfalls so lange ich mich zurückerinnern kann.«

Elvon runzelte die Stirn. »Und deine Eltern? Haben sie diesbezüglich mal irgendwann etwas erwähnt?«

Ich war gerade dabei, den Kopf zu schütteln, als

eine uralte Erinnerung in mir aufstieg, die ich zu verdrängen versucht hatte. Die Erinnerung handelte von einem Tag, an dem mein Unterricht bei Miss Lessing, meiner Lehrerin, früher geendet hatte, und ich, keine sieben Jahre alt, auf dem Weg zu meinem Zimmer am Studierzimmer meines Vaters vorbeigekommen war und ein leises Schluchzen gehört hatte.

Leise schlich ich näher an die Tür und lauschte der Stimme meines Vaters, die durch das Holz etwas dumpf klang. »Celine, Schatz, beruhige dich bitte.«

Ein Stuhl knarzte und eine weibliche Stimme jammerte leise eine Antwort, die ich jedoch nicht verstehen konnte.

»Was bedrückt dich, Liebling?«, wollte mein Vater mit seiner beruhigenden dunklen Stimme wissen.

»Ach, es ist nur …«, vernahm ich dann die Stimme meiner Mutter deutlich, die sich darum bemühte, sich zusammenzureißen. »Oh Ferris! Ich bin so schrecklich in Sorge. Wegen Lucy.«

Eigentlich wollte ich gar nicht hören, worüber sie sich sorgte. Doch ich war wie gelähmt und blieb stehen.

»Sie ist so furchtbar einsam, ohne jegliche Freunde. Alle Kinder finden sie seltsam, befremdlich. Und weshalb? Wegen dieser abscheulichen goldenen Augen.«

»Celine! Gerade du solltest nicht so von ihr sprechen.« Mein Vater klang verärgert. »Sie ist ein wundervolles, kluges Kind. So schön und makellos …«

»Das ist es doch gerade«, unterbrach ihn meine Mutter aufgebracht. »Merkst du das nicht, Ferris? Jeder, der sie sieht, hält sie für perfekt.«

»Ja …«

»Eben! Sie ist einfach *zu* perfekt. Hat keinen einzigen Fleck auf ihrer glatten, pfirsichfarbenen Haut, keinen einzigen krummen Nagel an ihren zarten Händen oder Zehen, und kein einziges stumpfes Haar in ihrer prachtvollen, wallenden Mähne. Sie ist *zu* hübsch. *Zu* makellos, *zu* perfekt. Sie ist nicht normal, und obwohl das eigentlich gute Eigenschaften sind, macht es den Leuten Angst, weil sie so anders ist.« Ein Seufzen drang durch die Tür. »Und als Krönung von alledem, die goldenen Augen. Warum konnten sie nicht die schöne grüne Färbung, die sie hatten, behalten? Warum haben sich ihre Augen wenige Tage nach ihrer Geburt in diese goldenen Monster verwandelt? Warum …?«

Ich stolperte von der Tür weg und Tränen liefen mir über die Wangen. Meine Mutter hatte es mit ihren Worten geschafft, dass ich mich selbst hasste.

Von dem Tag erschien mir meine Schönheit wie ein Fluch und noch etwas veränderte sich. Evie wurde noch wichtiger für mich. Sie wurde so etwas wie meine Mutter, während mich meine richtige Mutter nach ihren Worten für immer verloren hatte.

Ich blinzelte den Schleier der Erinnerung von meinen Augen und kehrte zurück in die Gegenwart.

»Ich habe einmal bei einem Gespräch meiner

Eltern gehört, dass ich die goldene Färbung wenige Tage nach meiner Geburt bekommen habe.«

»Wenige Tage? Bist du sicher?« Elvons Falten auf seiner Stirn vertieften sich.

Ich nickte.

Jetzt trat Tatjana vor, sodass ich ihre Damenhose besser betrachten konnte. Sie war aus einem blauen, engen Stoff, fast wie eine Strumpfhose. Vielleicht war dies die neueste Mode aus Paris, die nur noch nicht ihren Weg zu uns gefunden hatte?

»Ich stelle dir nun eine Frage, die möglicherweise etwas unangenehm ist, auf die ich mir aber dennoch eine ehrliche Antwort wünsche.« Ihre grauen Augen glitzerten auf eine geheimnisvolle Weise und ließen sie irgendwie weise erscheinen, als sie mich mit ernster Miene fragte: »Wie viele Menschen hast du in deinem Leben schon umgebracht?«

Da war es wieder, das Wort. Umgebracht. Getötet. Ermordet. Etwas Ähnliches hatte mich bereits der Earl gefragt, bevor er sich in einen Dämon verwandelt hatte.

Dass es Dämonen gab, hatte mir eine meiner Zofen erzählt, die recht abergläubisch war. Sie war sich sicher gewesen, dass diese Wesen in den Schatten lauerten. Dort warteten sie, nachdem sie aus der Hölle emporgestiegen waren, wo sie dem Teufel dienten, um Sünder in die qualvollen Tiefen zu ihresgleichen zu ziehen. Am schlimmsten würde es die Hexen und Magier treffen, die versteckt in der Menschenwelt lebten und die Leute in ihrer Umgebung verfluchten. Später hatte sich herausgestellt, dass die Zofe in mir eine Hexe vermutet und mir die Geschichte erzählt hatte, um mich von meinen finsteren Zaubereien abzuhalten, von denen sie annahm, dass ich sie mit der Kraft meiner goldenen Augen zelebrierte. Wie so viele war sie keinen Monat geblieben und ich hatte wieder eine neue Dienerin gebraucht.

Ich wich drei Schritte zurück. Wenn Tatjana mir dieselbe Frage wie der Dämon stellte, dann waren sie und die anderen womöglich auch welche? Vorsichtig sah ich mich um auf der Suche nach einer Tür, einem Ausgang, der mich retten konnte. Doch dieser Raum schien keinen Anfang und kein Ende zu haben, keine Wände und Decken. Es gab nur den kalten Marmorboden und den allgegenwärtigen Nebel.

»Du hast keine andere Möglichkeit, außer unsere Frage zu beantworten. Ohne Hilfe findest du hier nicht hinaus.« Es war die Stimme des jungen Mannes, der zuvor »Schön wär's« gesagt hatte.

»Ruhe«, wies Tatjana ihn zurecht und trat mit halb ausgestreckter Hand einen Schritt auf mich zu, den ich mit erneutem Zurückweichen ausglich.

»Bitte, Lucy, es ist wichtig, dass wir eine Antwort von dir bekommen.«

»Weshalb?« Meine Stimme zitterte leicht. »Geht das Umbringen so schneller?«

Tatjana wirkte irritiert und sah hilfesuchend zu Mr Honk und Elvon, die allerdings genauso verwirrt wirkten. Da trat der jüngere Mann vor und sah mich aufmerksam an. Mein Herz begann, schneller zu klopfen.

»Ist dir denn bereits jemand begegnet, der vorhatte, dich umzubringen?«

Tatjana sah ihn fragend an, bevor sich langsames Verstehen auf ihrem Gesicht ausbreitete.

Ich verstand immer noch nichts. Misstrauisch beäugte ich ihn, bis ich rot wurde und den Blick senkte. »Ja … einmal«, flüsterte ich, »gerade eben erst. Es war der Earl of Holeweavers. Ein seltsamer Mann. Das heißt, er war einer, bevor er sich plötzlich in ein Monster verwandelt hat. Ein seltsames hundeköpfiges Schlangenhuhn. Er wollte mich töten.«

Tatjana sog scharf die Luft ein und der Mann mit den türkisblauen Augen trat zurück in den dichteren Nebel.

»Um eines klarzustellen, Lucy, wir wollen dich nicht töten.« Die Frau kam abermals näher.

Ich blieb abwartend stehen.

»Genau genommen wollen wir dir helfen. Über dieses Monster sollten wir uns später noch unterhalten, doch erst einmal solltest du unsere Frage beantworten. Lucy, wie viele Menschen hast du umgebracht?«

»Mit deinen Augen«, ergänzte Mr Honk.

»Mit meinen Augen? Ich …« Meine Stimme versagte. »Meint Ihr damit, dass sie … anfangen zu brennen? Zu leuchten? Strahlen zu erzeugen und goldene Blitze um sich zu werfen?«

»So in etwa, ja. Nur die Blitze … sind … sind außergewöhnlich.«

Ich schauderte und wich den erwartungsvollen Blicken der vier aus. Sollte ich ihnen tatsächlich von Evie erzählen? Was würden sie dann mit mir machen? Und woher wussten sie überhaupt, dass ich jemanden umgebracht hatte?

Ich schluckte schwer. »I-ich habe …«, setzte ich an und fuhr zitternd fort, »… nur eine Person getötet. Und es war ein … ein Versehen.« Ich musste ihnen nicht die ganze Geschichte sofort erzählen, richtig? Dass es meine Schwester gewesen war?

Evie … bei dem Gedanken traten mir Tränen in die Augen und ich musste heftig schlucken, um nicht zu weinen.

Die vier musterten mich gleichermaßen skeptisch und Tatjana fragte vorsichtshalber nach. »Nur eine?«

Auf einmal wurde ich wütend und ich funkelte Tatjana an. »Was glaubt Ihr denn, wie viele ich ermordet habe? Zehn? Fünfzig? Vielleicht auch hundert? Habt Ihr das erwartet?«

Tatjana blickte betreten zur Seite und auch die Mimik der beiden Männer sprach Bände. Ich hatte ins Schwarze getroffen. Verletzt zerknüllte ich den zerrissenen Samtstoff meines Kleides in den Händen und starrte zornig zu Boden.

Nun passierten so viele Dinge so schnell hintereinander, dass ich ihnen fast nicht folgen konnte.

Der junge Mann lachte leise, und der höhnische

Ton machte mich noch wütender.

In meine Augen kehrte das wilde Brennen zurück, zwei goldene Blitze schossen daraus hervor, ein ohrenbetäubendes Krachen hallte in meinen Ohren und ich wurde ruckartig zurückgeschleudert. Mein Kopf schlug hart auf den Boden auf, durch meine Schultern ging ein Ruck und ein leiser Schrei entfuhr mir. Stöhnend richtete ich mich auf, musste husten von der Rauchwand, die sich langsam von der Stelle entfernte, an der ich bis vor einem Augenblick noch gestanden hatte. Dahinter erkannte ich, wie Tatjana, Mr Honk, Elvon und der Jüngere händewedelnd versuchten, aus dem Aschegrau aufzutauchen.

Ich torkelte ein paar Schritte, bevor ich sicher stand und den Boden entsetzt betrachtete. Einen halben Meter vor mir, wo die goldenen Blitze eingeschlagen waren, zog sich ein breiter Riss durch den Marmorboden, aus dem feiner Rauch emporstieg. War das etwa ich gewesen? Mit meinen Augen?

»Verzeihung«, brachte ich stockend hervor. »Das war keine Absicht.«

Rechtfertigte ich mich tatsächlich für das Zerspalten eines Marmorbodens?

»Es tut uns leid, dass wir dich ... aufgeregt haben« Mr Honk lächelte leicht. »Könntest du dennoch versuchen, unsere Halle der Erkenntnis nicht noch weiter zu zerstören?«

»So eine starke Kraft und nur ein großer Ausraster?«, hörte ich Elvon murmeln und seine Worte jagten mir einen eisigen Schauer über den Rücken.

»Du sagtest, du hast mit deiner Familie und eurer Dienerschaft zusammengelebt«, führte Tatjana ihre Befragung fort. »Hattest du häufig Kontakt zu anderen Leuten?«

»Ich ... ja, aber ich war nie sonderlich willkommen bei Fremden«, gab ich zu. »Meine Andersartigkeit war schon immer abstoßend. Besucher kommen natürlich trotzdem zu uns. Ich versuche, ihnen aus dem Weg zu gehen, auf meinem Zimmer zu bleiben. Besuchen wir jemanden, genieße ich lieber das Alleinsein im Garten oder, falls möglich, die Abgeschiedenheit in der Kutsche. Das ... ist mir lieber als die geheuchelte Freundlichkeit der Leute, die damit ihre Abscheu verbergen wollen.«

Tatjana warf Elvon einen Blick zu, als wäre in meiner Erzählung die Antwort auf seine vorige Frage zu finden. Sie richtete ihre klugen grauen Augen abermals auf mich. »Wie war dein Verhältnis zu den Menschen auf dem Anwesen? Standen sie dir nahe? Nicht nur deine Familie, auch die Bediensteten?«

Ich wusste nicht, welchem Zweck ihre Frage diente, antwortete aber weiterhin bereitwillig.

»Mit meinen älteren Schwestern verstehe ich mich vorzüglich. Vor allem ...«, meine Kehle wurde trocken und ich musste schlucken. »Vor allem mit der jüngeren der beiden. Sie stand mir sehr nahe. Meine Eltern liebe ich ebenso. Mein Vater ist am besten für lange Unterhaltungen zu haben, ich habe viel von ihm gelernt. Meine Mutter ... ich fürchte, ich bin ihr etwas unheimlich, deshalb vermeide ich es, mit ihr länger allein zu sein. Doch obwohl sie mich anders sieht, hat sie ein gutes Herz und ich weiß das auch.« Wieder musste ich schlucken, und diesmal dauerte es einen Augenblick, bis ich weitersprechen konnte.

»Meine Zofe ist noch neu bei uns, allerdings nehme ich nicht an, dass sie länger bleibt als die anderen. Sie haben sich bisher alle vor mir gefürchtet. Aber mit meiner Lehrerin Miss Lessing verstehe ich mich blendend. Bei unserer übrigen Dienerschaft … nun ich kenne nur unseren neuen Koch Monloe. Er ist ein leidenschaftlicher Märchenerzähler. Ach, und dann ist da noch Stefan, unser Kutscher, mit dem ich mich unterhalte, wenn wir zu einem auswärtigen Besuch mit ihm aufbrechen. Er ist allerdings recht schüchtern. Alle anderen kenne ich höchstens vom Sehen. Sie sind eben Bedienstete. Das kennt Ihr doch gewiss.«

Als ich Tatjanas Gesichtsausdruck bemerkte, war ich mir da nicht mehr so sicher. Sie wirkte eigentlich nicht wie jemand, der mit einer Dienerschaft zusammenlebte.

»Oder auch nicht«, ergänzte ich deshalb schnell und führte erklärend hinzu: »Ich meine, sie bewegen sich hauptsächlich in den Dienstbotengängen und sind eigentlich wie Geister. Man bemerkt sie gar nicht und sieht nur das Resultat ihrer verrichteten Dienste. Das gemachte Bett, der gefegte Hof …«

»Dann verstehst du dich mit allen Leuten, mit denen du am häufigsten zu tun hast, gut?«, vergewisserte sich die Frau.

Ich nickte.

»Und wer war die Person, die du versehentlich umgebracht hast?«

Ich zuckte zusammen. Einen Moment überlegte ich, auf die Frage, von der ich gehofft hatte, sie würde sie nicht stellen, keine Antwort zu geben. Doch ich riss mich zusammen. »Wie gesagt, es war ... es war ein Unfall! So wie der Riss im Marmorboden. Ich wollte das alles nicht, ich hatte keine Ahnung, was ich da tat ...«, brach es aus mir heraus, und während ich mich zwang, weiterzusprechen, schaute ich auf meine Schuhspitzen, als würden dort plötzlich interessante, kleine rote Blumen wachsen. »Die Person ... war meine ... meine Schwester.« Ich stockte. »Evie. Sie war immer für mich da. Und ich? Ich habe sie getötet!«, stieß ich voller Selbsthass hervor.

Tatjana zögerte kurz, bevor sie den Meter, der uns trennte, mit zwei schnellen Schritten überbrückte und mich tröstend in den Arm nahm. Ich schluchzte auf und lehnte mich erschöpft gegen ihre Schulter.

»Das war aber nicht deine Schuld«, murmelte sie beruhigend, während ihre warme Hand über meinen Rücken strich. Schließlich nahm sie ihren Arm weg und brachte wieder Abstand zwischen uns, um mich weiter zu befragen.

»Was ist danach passiert? Wie haben deine Eltern ihren Tod aufgenommen? Übrigens kannst du gern du zu mir sagen.«

Ich räusperte mich, um den weinerlichen Klang aus meiner Stimme zu vertreiben und ihr normal antworten zu können. »Ehrlich gesagt, ich weiß es nicht. Das Ganze … ist erst gerade passiert, bevor ich … gestorben bin?«

Tatjana verschränkte grüblerisch die Arme vor der Brust. »Wie wäre es damit, Lucy? Bevor du uns mit deinen Antworten nur noch weitere Fragen in den Kopf scheuchst, erzählst du uns die ganze Geschichte. Von deiner Schwester, dem Licht aus deinen Augen, dem … Monster und, wie du glaubst, hierhergekommen zu sein. Und für dich zum Verständnis: Du bist nicht gestorben!«

Ich wusste nicht, ob ich über ihre Mitteilung erleichtert sein sollte oder nicht. Also beschloss ich, die Entscheidung auf später zu verschieben, holte tief Luft und begann mit einer detailreichen Schilderung des vergangenen Abends. Dabei verschränkte ich die Finger ineinander, was ich immer tat, wenn ich mich zu konzentrieren versuchte.

Ich erzählte ihnen von den Besuchern, die zu unserem Fest gekommen waren und unter denen sich der Earl befunden hatte, gekleidet in seinen langen Mantel, der so gar nicht zu den sommerlichen Temperaturen gepasst hatte. Ich verschwieg auch nicht die Schmerzen, das Brennen meiner Augen und wie Evie mir hatte helfen wollen, bevor ich erstarrt war und der Strahl aus meinen Augen in sie eingedrungen war. Wie ich sie dann auf den Gang geschleppt hatte und dort dem schwarzäugigen Mann begegnet war. Auch von seiner unheimlichen Verwandlung berichtete ich, und dass ich Evie hatte zurücklassen müssen, um vor dem Monster zu fliehen.

Als ich die Goldblitze erwähnte, sah ich wie Tatjana Mr Honk zunickte. Doch bei der Schilderung, wie die Blitze von den Spiegeln abgeprallt waren und einer schließlich das Monster getroffen hatte, das daraufhin zu Staub zerfallen war, fühlte ich erneut ihre Blicke auf mir. Ich endete mit dem Strahl, der mir in die Augen geschossen war und wie ich geglaubt hatte, innerlich zerrissen zu werden und mit blutenden Augen zu sterben. Als ich endlich fertig war, herrschte einen Augenblick lang Stille.

»Und ... bei deinem Ausbruch, was für Gefühle hattest du da?«, unterbrach schließlich Tatjana das Schweigen mit einer weiteren seltsamen Frage.

»Ähm ... ich glaube, dass ich vor allem Angst und Panik hatte, wegen des Monsters. Ich war verzweifelt wegen Evie und ziemlich verwirrt, weil aus meinen Augen dieses Leuchten und die goldenen Blitze kamen.«

Mr Honk ergriff das Wort. »Und vor diesem einen Mal, genauer gesagt, vor heute, hast du noch nie das Leuchten aus deinen Augen schießen sehen? Noch nie ein schmerzhaftes Brennen verspürt?«

Ich schüttelte den Kopf. »Dürfte ich nun ebenfalls Fragen stellen?« Ich wartete ihre Antwort gar nicht erst ab. »Wo bin ich, wenn ich nicht tot bin? Und wer seid Ihr und was wollt Ihr von mir? Und ... verzeiht bitte, wenn es unhöflich klingt, warum tragt

Ihr eine Hose, Mylady?«

Tatjana sah an sich herab und, als sie dann wieder aufblickte, lächelte sie mich an. »Lucy, sicherlich hast du bemerkt, dass das alles sehr kompliziert ist. Wir vier, dieser Raum und der Grund, warum du den Boden aufgespalten hast, das ist alles erst der Anfang. Wie du gerade sicherlich zu verstehen beginnst, gibt es zwischen Himmel und Erde mehr, als du geahnt hast. Wir werden versuchen, dir nach und nach alles zu erklären und dir helfen, dich bei uns einzugewöhnen. Du bist zwar nicht tot, aber das Leben, das du bisher geführt hast, kannst du nicht mehr so weiterleben. Du wirst in den Inneren Schleifen bleiben müssen.«

»Innere Schleifen?« Geschockt starrte ich sie an. Ich verstand zwar nicht alles, was sie sagte, aber eines begriff ich: Ich würde nie wieder nach Hause zurückkehren.

»Die Inneren Schleifen sind Zeitschleifen.« Tatjana lächelte mich mitleidig an. »Sie existieren neben und zwischen der Welt, aus der du stammst. Es ist unsere Heimat und nun auch deine, Lucy, denn du bist eine von uns. Du bist eine Augenschöne. Eine junge Göttin.«

Wer herausfordert die Zeit,
der führt einen verlorenen Kampf.

(Silvana Gustani, Augenschöne, zu Lebzeiten eine Nele)

Kapitel 4

Ich hätte gerne etwas Schlaues geantwortet. Etwas, das darauf schließen ließ, dass ich die gesamte Situation logisch überschauen konnte. Etwas Lockeres, wie: »Ach, jetzt wo Ihr es sagt. Selbstverständlich bin ich eine junge Göttin.« Leider war das Einzige, was ich herausbrachte nur ein »Hä?«

Tatjana wandte sich kurz an Mr Honk und Elvon. »Ich denke, ich werde Lucy einmal herumführen, die übliche Prozedur, und ihr alles erklären.«

Mr Honk nickte und steckte zeitgleich mit Elvon seine Hand in die Tasche seiner Jacke. Ein leises Klicken ertönte, Elvon erstrahlte in lilafarbenem Licht, Mr Honk in braunem und dann ... waren beide verschwunden.

Ich starrte die Stellen, an denen sie Sekunden zuvor noch gestanden hatten, schockiert an.

»Atlas, du kannst ebenfalls zurück in die vierte Schleife«, wandte sich Tatjana unterdessen an den verbliebenen Mann. »Egal zu welchem Auftrag man eingeteilt ist, Übung kann niemals schaden.«

Der Jüngere, Atlas, nickte mürrisch, steckte seine Hand zurück in seine Tasche, ein Klicken ertönte, er leuchtete im Türkis seiner Augen auf und war ebenfalls verschwunden.

Ein leises Platschen, wie von verschüttetem Wasser, hallte in der Halle nach. Was ging hier vor sich? Waren das Magier wie eben jene, von denen mir die Zofe erzählt hatte?

Tatjana sah sich um. »Beginnen wir am besten direkt.«

Etwas Nebel wirbelte auf, als sie neben mich trat.

»Wie bereits erwähnt, ist das hier die Halle der Erkenntnis. Dieser Nebel ist magisch. Sein Einatmen wird dir helfen, die Dinge besser zu verstehen, mich besser zu verstehen. Doch erst einmal starten wir mit dem Ursprung all dessen.«

Das erleichterte mich ein wenig. Wenn alles der Reihe nach ging, konnte ich besser folgen.

»Du hast im 16. und 17. Jahrhundert gelebt, also gab es bereits Uhren. Somit ist dir Zeit ein Begriff?«

Ich nickte.

»Es gibt Sekunden, Minuten, Stunden, Tage, Wochen, Monate, Jahre, richtig?«, hakte Tatjana nach.

Ich nickte erneut.

»Und manchmal fragt man sich, wann das alles angefangen hat. Wann war der Beginn dieser Zeit? Wann wird das Ende sein?« Sie sah mich ernst an. »Hier, wo wir sind, das sind die Zeitschleifen. Doch sie sind nicht nur ein Wohnort für unseresgleichen. In den Zeitschleifen gibt es keine Zeit. Man ist in der Zeit, vor der Zeit, nach der Zeit. Das ist etwas verwirrend, nach und nach wird es klarer. Kennst du dich mit Geschichte aus?«

Bei Miss Lessing hatte ich so einiges gelernt, also

nickte ich ein drittes Mal.

»Vor deiner Zeit haben viele Menschen gelebt und sind gestorben. Und auch nach deiner Zeit werden viele Menschen leben und sterben. Nun stell dir vor, man könnte durch die Zeit reisen. In die Vergangenheit wie auch in die Zukunft. Um ein paar Tage, ein paar Jahre, ein paar Jahrhunderte oder Jahrtausende. Stell dir vor, das würde so funktionieren, dass man in Zeitschleifen steigt, die dich in eine andere Zeit bringen können. Diese Schleifen sind Orte, die man von außen, der gewöhnlichen Zeit, nicht wahrnehmen kann. Diese Schleifen sehen unterschiedlich aus, jede anders und mit ihren eigenen angepassten Bewohnern. Wo wir uns befinden, ist die dritte Schleife. Wir stecken zwischen der richtigen Zeit fest. Man könnte es so sagen, dass gerade in den Äußeren Schleifen, der zeitlich gesteuerten Welt, alles passiert, bereits passiert ist und alles noch passieren wird.«

Ich starrte Tatjana an. Nur langsam sickerten ihre verwirrenden Worte und die darin enthaltenen Informationen in meinen Kopf. Die einzige Frage, die über all dem schwebte, war allerdings eine andere.

»Was habe ich mit all dem zu tun?«

Tatjana schmunzelte.

»Diese Zeitschleifen gibt es eigentlich schon immer. Jedenfalls seit die Erde existiert – das nehmen wir zumindest an. Und was es auch schon von jeher gab, war die Natur, mit all ihren Inhalten. Inklusive Himmel, Mond, Sonne und Sternen. Es gab auch schon seit Anbeginn der Zeit diejenigen, die diese Dinge innehatten. Im alten Griechenland oder in Rom hat man an viele Götter geglaubt. Besondere, mächtige Götter, die eine oder mehrere Aufgaben haben, die sie erfüllen müssen. Diese Götter – in gewisser Weise gibt es sie wirklich. Doch nicht nach der herkömmlichen Vorstellung, dass sie wie ein Mensch aussehen, meine ich. Sie bestehen stattdessen aus den Dingen, dessen Herr sie sind. Den Dingen, die sie repräsentieren. Es gibt zum Beispiel den Gott der Weisheit. Er ist überall dort, wo Weisheit herrscht, auf der ganzen Welt, durch die Zeit verteilt. Dann gibt es noch solche Götter, wie den Gott des Mondes. Er besteht nur aus dem Mond, der um die Erde kreist. Allerdings ist er ebenfalls dort anwesend, wo an ihn gedacht wird. Von Göttern gibt es Milliarden. Götter, die Gegenstände, Dinge, Gase, Flüssigkeiten, Gerüche und so viel mehr verkörpern. Götter, die Herrscher über ein Gefühl sind. Vielleicht kennst du ja ein paar alte Mythen über Götter?«

Wieder konnte ich guten Gewissens nicken.

»Fast immer spielen auch ihre Kinder eine große Rolle. Hier gehen Wirklichkeit und Mythos jedoch stark auseinander. Die wahren Götter können keine Kinder bekommen. Das überlassen sie den Menschen. Allerdings fügen sie ausgewählten Kindern ihre Gene ein. Diesen Prozess nennt man Cynierung. Die eingefügten Gene enthalten aber nicht das Aussehen des göttlichen Elternteils, sonst würden sich manche ihrer Kinder entmaterialisieren. Es sind nur die Kräfte des Gottes in einer abgewandelten Form. Die Kinder verändern sich auch nicht sehr. Sie unterscheiden sich von normalen Menschen lediglich durch die innere Magie und ein fortwährend tadelloses Aussehen, das sie nahezu perfekt erscheinen lässt. Nur ein Teil ihres Körpers verkündet deutlich, wer ihr göttlicher Elternteil ist.«

»Die Augen«, flüsterte ich rau. Endlich begriff ich. Tatjana, Mr Honk, Elvon und dieser Atlas waren Götterkinder. Tatjana hatte sie vorhin Augenschöne genannt … und ich war eine von ihnen.

»Genau, die Augen. Sie sind auch der Schlüssel zur Nutzung der Magie, die einem mit den Genen zugefügt wurde. Bei guter Übung und hartem Training kann man lernen, diese Kraft zu steuern. Sie den eigenen Willen erfüllen lassen. Das ist jedoch wie gesagt harte und schwere Arbeit.«

Ich beobachtete Tatjana, die gedankenverloren in den Nebel starrte.

Irgendwann schüttelte sie ihren Kopf und sprach weiter. »Die Magie tritt entweder durch gezielte, kontrollierte Steuerung des Willens aus oder durch sehr starke Gefühle. Hast du schon einmal die Redewendung gehört, in den Augen könne man die Gefühle der Menschen erkennen? Diese Redewendung kommt von uns. Bei großen, heftigen Gefühlsausbrüchen, die wir wie Wutausbrüche nicht wirklich kontrollieren können, tritt die Magie unaufgefordert und von selbst aus den Augen heraus.«

»Wodurch ich meine Schwester getötet habe«, flüsterte ich und meine Augen füllten sich erneut mit Tränen.

»Wie ich schon sagte, du konntest nichts dafür. Du hast noch nicht gelernt deine Kräfte zu kontrollieren.« Tatjana drückte mitfühlend meine Hand. »Viele von uns haben liebe Menschen auf diese Weise verloren in unserem früheren Leben in den Äußeren Schleifen. Irgendwann aber kommen wir hierher. Entweder während wir etwas ganz Normales machen, wie essen, schlafen ... oder wenn wir als normale Menschen sterben würden, weil wir beispielsweise ertrinken oder erschossen werden. Selten passiert es auch, dass man durch einen heftigen Gefühlsausbruch hierher geschleudert wird, so wie du. Bei den meisten passiert das im Alter von fünfzehn bis fünfundzwanzig. Es gibt jedoch ein paar Ausnahmen, wie Elvon und mich, wir sind ein paar der Älteren. Der Jüngste bei uns ist dreizehn. Leider, denn wenn man in die Inneren Schleifen kommt, wird man nicht mehr älter.«

»I-ich bleibe für immer siebzehn?«, fragte ich schockiert.

»Ja, du wirst ab jetzt nicht mehr altern. Niemand von den zweihundert Augenschönen tut das«, antwortete Tatjana und zwirbelte zerstreut an einer ihrer Haarsträhnen.

Zum ersten Mal fiel mir auf, dass sie, bis auf die seltsame Kleidung, eigentlich ganz hübsch aussah. Ihre glatten braunen Haare trug sie in einem hohen

Pferdeschwanz zusammengebunden und ihre Haut hatte einen leichten Olivstich, zu dem ihre grauen Augen wunderbar passten. Ich schätzte sie auf Anfang dreißig. Doch wenn man hier nicht alterte, wie alt war sie dann wirklich?

»Übrigens wohnen alle Augenschönen in der vierten Schleife«, unterbrach sie meine Gedanken. »Dort wirst du ebenfalls hinkommen, wenn ich dir alles erklärt und gezeigt habe. Wir leben dort zusammen und trainieren. Nicht nur, um die Kraft unserer Augen zu kontrollieren, sondern auch, um zu kämpfen.«

»Auch die Mädchen?«

»Auch die Mädchen. Kämpfen müssen wir alle lernen, da wir einen immerwährenden Krieg gegen die Nächtlichen Geschöpfe führen. Das sind schreckliche Monster, die danach trachten, uns auszulöschen. Du bist einem von ihnen in deiner Zeit begegnet. Sie leben ebenfalls in den Schleifen, und wir haben es uns zur Aufgabe gemacht, sie zu bekämpfen. Zum einen, um unser eigenes Leben zu schützen. Zum anderen aber auch, um die Zeit zu retten, denn die Nächtlichen Geschöpfe versuchen, Herr über Gegenwart, Zukunft und Vergangenheit zu werden. Doch dazu später mehr. Jetzt rüsten wir dich erst einmal für dein neues Leben. Äußerlich sowie innerlich. Wir beginnen genau hier.«

Tatjana holte ein kleines gläsernes Fläschchen mit einer milchig trüben Flüssigkeit aus ihrem Mantel und ging in die Hocke. Sie machte eine kreisende

Handbewegung in der Luft. Der Nebel ballte sich zusammen und schoss in das Fläschchen. Als es sich vollständig gefüllt hatte, schloss Tatjana den Deckel und richtete sich auf. Sie reichte mir das Gefäß, in dem der Nebel über der Flüssigkeit herumwirbelte. Ich nahm es vorsichtig in die Hand und betrachtete die weißgrauen Schlieren darin.

»Wie ich bereits sagte, der Nebel ist magisch. Bei uns nennt man ihn den Nebel der Erkenntnis. Erkenntnis hat immer etwas mit Worten zu tun, deshalb gehört das auch zur Magie des Nebels. Öffne den Deckel vom Fläschchen und halte es dir vor Mund und Nase. Atme den Nebel ganz tief ein und nimm die Magie darin in dich auf. Der Nebel wird dir alle Geheimnisse und Entwicklungen der Sprache mitteilen, sodass du auch die Worte verstehen kannst, die mehrere hundert Jahre nach deiner Geburt in deiner Sprache verwendet werden«, erläuterte mir Tatjana. »Da du ihn schon eine Weile eingeatmet hattest, bevor wir dich fanden, konntest du dich schon etwas unserer Sprache anpassen. Durch die Substanz in dem Fläschchen wird er extrem verstärkt. Wenn du das Gemisch jetzt einatmest und die ganze Magie des Nebels in dir hast, wirst du alles darüber wissen.«

Ich betrachtete den Nebel in dem Fläschchen. Magisch? Vorsichtig drehte ich an dem Verschluss und hielt es mir vor den Mund. Als ich den Deckel abnahm, holte ich tief Luft und sog den Nebel in meine Lungen. Geschockt torkelte ich, denn eine Flut von

Gedanken drohte mich zu ersticken. Es fühlte sich an, als würde jemand gewaltsam Wissen in mich hineindrücken. Buchstaben *a, b, c, d*, die Worte bildeten. *Realität, sagenhaft, Hallo.* Worte, die Sätze formten. Monologe, Erklärungen, Texte, Bücher! Mein Kopf schwirrte und ich lehnte mich keuchend an Tatjana, die mich festhielt, bis ich wieder einigermaßen da war und sprechen konnte.

»W-was war d-das?«

»Du hast die Sprache gesehen, sie in dich aufgenommen. Jetzt kannst du dich auch mit Leuten unterhalten, die erst Jahrhunderte nach dir geboren wurden und mit anderen Worten und Ausdrucksarten aufgewachsen sind.« Sie stützte mich und ließ mich erst los, als ich wieder allein stehen konnte. »Jetzt machen wir mit der menschlichen Entwicklung weiter. Mit Technik, der Ernährung, der Geschichte und so weiter.«

Während sie sprach, ging sie einfach in den Nebel hinein. Ich beeilte mich, ihr zu folgen, damit ich sie nicht verlor. Wir liefen eine Weile schweigend nebeneinander her, bis wir zu einer großen, breiten Tür gelangten. Offensichtlich hatte die Halle doch Wände und Ausgänge.

Tatjana öffnete die Tür und ich kniff geblendet die Augen zusammen, denn nach dem schummerigen Licht in der Halle der Erkenntnis, war das hier, wie in die Sonne zu schauen. Vor uns erstreckte sich ein weiterer großer Saal, in dessen Mitte eine Tafel mit den merkwürdigsten Speisen stand, die ich jemals gesehen hatte. Auf riesigen silbernen Platten stapelten sich große sahneverzierte Kuchen, die einem das Wasser im Mund zusammenlaufen ließen. Daneben bog sich eine Schale unter dem Gewicht seltsam aussehender Früchte, die scharlachrot im hellen Licht glänzten. Der ganze Tisch war bedeckt mit Speisen auf Tellern, in Schüsseln und auf Tabletts. Der Boden um den Tisch herum war gepolstert mit großen weichen Kissen.

Wozu die wohl dienten?

Tatjana führte mich an der Tafel entlang, bis ungefähr zur Mitte. Dort stand ein weißer Teller mit saftigen Erdbeeren. Davor stand ein kleines hölzernes Schild, auf dem in schnörkeliger Schrift stand:

17. Jahrhundert, weiblich, 16 bis 17 Jahre

»17. Jahrhundert?« Ich sah Tatjana mit gerunzelter Stirn an. »Wie viele Jahrhunderte kommen denn danach noch?«

Tatjana lächelte amüsiert.

»Ganz genau wissen wir es nicht. Auch wir kennen die Zeit, zwischen der sich die Schleifen befinden, nicht genau. Wir haben Augenschönen aus dem 21. Jahrhundert bei uns. Zwei Mädchen stammen sogar aus dem 22. und 23. Jahrhundert. Allerdings sind sie sehr jung und konnten uns nicht viel Sinnvolles berichten. Außerdem wurden sie zu Lebzeiten gefangen gehalten.«

Ich starrte Tatjana entsetzt an. »Gefangen gehalten? Warum?«

»Wegen ihrer Augen«, seufzte Tatjana und wirkte

auf einmal sehr müde und ausgelaugt. »Die eine ist ein Kind des Regenbogens, die andere ein Kind des Veilchens. Ihre Augen haben darum besonders auffällige Farben, zusätzlich zu den ohnehin schon vorhandenen Effekten. Welcher normale Mensch hat eine bunte oder violette Iris? Und wie so oft in der Geschichte der Menschheit zeigt sich auch in Fällen, die mit uns zu tun haben, dass der Mensch Neues und Unbekanntes fürchtet. Das Fremde wird als gefährlich eingestuft und eingesperrt. Es scheint für sie die einzige Möglichkeit zu sein, mit Andersartigkeit umzugehen.«

In meiner Angst vor dem Ungewissen war ich wohl nicht viel besser als diese Leute. Seit ich in dieser seltsamen Schleife gelandet war, waren das Misstrauen und die unterschwellige Furcht nicht von meiner Seite gewichen.

»Menschen tun manchmal schreckliche Dinge, weil sie sich nicht anders zu helfen wissen«, sinnierte Tatjana. »Ich wünschte, dass sie andere Wege fänden, als sich mit Gittern und Mauern ein Gefühl von Sicherheit zu verschaffen«, sie machte eine wegwerfende Handbewegung. »Aber lassen wir die Schattenseiten des Menschen und fahren mit deiner Vorbereitung fort.« Sie deutete auf den Tisch und die sich darauf befindenden knallroten Erdbeeren. »Du musst diese Erdbeeren essen. Sie dienen als Wissensüberbringer, da sie mit dem Gift der Dromeden gefüllt sind.«

Gift?! Ich wich vom Tisch zurück und alles in mir

verkrampfte sich. Wurde ich letztendlich doch getötet? Verwirrt sah ich Tatjana an, als diese auf mein erschrockenes Verhalten hin nur lachte. Das ließ mich zusätzlich auch einige Schritte vor ihr zurückweichen.

»Du verstehst das falsch, Lucy. Es ist kein böses Gift. Es ist nur giftig, wenn du zu viel oder das falsche nimmst. So wie du es bekommst, handelt es sich eigentlich um flüssiges Wissen in Form eines Gifts. Wenn du die Erdbeere isst, wird das Wissensgift in dich einströmen, aber es wird dich nicht töten. Es funktioniert so wie bei dem Nebel in der Halle der Erkenntnis. Das Gift hat so wie der Nebel die Fähigkeit, dir Unmengen von Informationen innerhalb eines Bruchteils einer Sekunde zu vermitteln. Über den Fortschritt der Menschen, das Produkt aller Forschungen, die nach deinen Lebzeiten durchgeführt wurden.«

Ungläubig starrte ich sie an. Ich würde einfach nur eine Erdbeere essen und müsste nie wieder etwas lernen? Konnte so etwas wirklich möglich sein? Das wäre ja …

Doch Tatjana zerstörte meine schönen Gedanken: »Bedauerlicherweise können wir dir damit nicht alles beibringen. Es wird noch genug Dinge geben, die du später auf herkömmliche Weise lernen musst, aber das Gift wird dir helfen, dich zumindest einigermaßen in der vierten Schleife zurechtzufinden.« Sie schmunzelte. »In gewisser Weise erfährst du sogar etwas über dein eigenes Jahrhundert, denn in deiner Zukunft haben die Menschen viel über die Vergangenheit herausgefunden. Auch über die Jahrhunderte, Jahrtausende und Jahrmillionen davor.«

Ich beäugte noch immer unsicher die unschuldig daliegenden Erdbeeren, mit ihrem grünen Schopf und dem weichen Fruchtfleisch, in dem sich die kleinen Kerne tummelten. In diesem Moment kamen sie mir allerdings wie riesige starrende Augen vor. Ich schüttelte leicht den Kopf, um die Gedanken zu vertreiben. Da sah ich also bereits Monster auf Obsttellern!

Tatjana beobachtete noch immer amüsiert mein Mienenspiel, offenbar erheitert durch mein seltsames Verhalten.

Schließlich gab ich mir einen Ruck und nahm eine der Früchte in die Hand. Sie war schwerer, als sie aussah, verströmte aber einen süßen Duft.

»Stell dich besser etwas weiter weg vom Tisch auf«, empfahl Tatjana mir. »Die Erdbeere enthält viel mehr Informationen als der Nebel, und wie du selbst gespürt hast, hatte der bereits viel Kraft. Du konntest dich da schon kaum auf den Beinen halten, und wenn man deine Erschöpfung dazuzählt, ist dein Zustand nicht unbedingt ideal für die Erdbeere. Riskieren wir es also lieber nicht, dass du dich am Tisch verletzt.«

Ich nickte nachdenklich und drehte die Frucht zwischen den Fingern, während ich sie weiter misstrauisch betrachtete.

»Wie soll ich sie essen? Ganz normal, und dann

fange ich irgendwann an zu torkeln?«

Die junge Frau grinste. »Es kommt ganz auf das Augenschön an und was es isst. Manche schlucken nur einen winzigen Bissen, andere schaffen einen ganzen Kuchen.« Sie musterte mich mit einem nahezu neugierigen Blick. »Ich bin gespannt, wie viel du schaffst. Vielleicht ist dir die Magie, von der anscheinend ein Haufen in dir steckt, von Vorteil.«

Wahrscheinlich wollte sie mir nur Mut machen, doch das Gerede über Magie machte mir große Angst. Ich hatte diverse Geschichten über sie gehört, die allesamt zwar recht unglaubwürdig waren, in einem entscheidenden Punkt jedoch übereinstimmten. Magie war böse. Gefährlich, schlecht, tödlich. Und sie kam direkt aus der Hölle. Ich schluckte die aufblühenden Gedanken von Geschichten über krummnasige Hexen und Spitzhüte tragende Zauberer herunter, hob die Beere an den Mund und biss hinein, bevor ich es mir anders überlegen konnte.

Das Fruchtfleisch war weich und saftig und schmeckte besser als alles, was ich je gegessen hatte. Ich kaute, schluckte, und biss ein weiteres Stück ab.

Tatjana beobachtete mich aufmerksam, während ich in Windeseile die Erdbeere verspeiste. Sie schmeckte fabelhaft. Ich aß das letzte Stück und hielt nur noch den grünen Blätterkranz in den Händen.

Tatjana zog nachdenklich die Augenbrauen zusammen, nachdem ich mir die letzten Fruchtsaftreste von den Lippen geleckt hatte. Sie hatte recht. Sollte nicht längst etwas passiert sein?

Ich öffnete den Mund, um sie zu fragen, ob ich etwas falsch gemacht hätte, als sie vor meinen Augen verschwamm und mein Kopf explodierte. Ein furchtbarer Schmerz überkam mich, als würde jemand Nägel in meinen Schädel schlagen, und ein durchdringender kreischender Laut hallte durch meine Ohren. Geisterhafte Bilder schwebten durch meinen Kopf, die ich durch all den Schmerz nicht ganz zu fassen bekommen konnte. Wie ein Wasserfall sprudelten sie durch mich hindurch, zusammen mit Stimmen, die mir Erklärungen dazu einzuflüstern schienen. Kleine Strudel bildeten sich, die mich ausfüllten, aber unter dem Schmerz kaum greifbar waren.

Ich erkannte Menschen, geteerte Straßen, auf denen sich seltsame Gefährte entlangbewegten, die in der Sonne metallen glänzten. Ein neues Bild glitt vorbei und ich sah Frauen, die wie Tatjana Hosen trugen. Ich staunte über riesige glitzernde Kästen, die bis in die Wolken reichten und plötzlich … wusste ich einfach, dass die seltsamen Metallgefährte Autos waren. Ich begriff, dass Hosen für Frauen ganz normal waren, und dass die glitzernden Kästen Hochhäuser waren, deren Fensterfassade alles um sie herum spiegelte, und dass sie auch Wolkenkratzer genannt wurden.

All das nahm ich nur nebenbei wahr, denn der größte Teil meines Verstands war damit beschäftigt, einen Ausweg zu finden, um den Schmerz zu bewältigen und das Kreischen nicht mehr mit anhören zu müssen, da mich beides zu erdrücken schien. Doch dann, plötzlich, flaute der Strom an Bildern ab. Auch der Schmerz zog sich zurück. Auf einmal fiel mir auch auf, dass *ich* so entsetzlich kreischte. Es drang gepeinigt aus mir hinaus, weil ich der Qual eine Stimme geben musste. Sofort verstummte ich und lauschte auf das dumpfe Pochen in meinem Kopf. Vorsichtig öffnete ich die Augen und bemerkte nicht wirklich überrascht, dass ich auf dem Boden lag.

Tatjana kniete neben mir, betrachtete mich ängstlich und bemühte sich, mir beim Aufrichten zu helfen.

Ein Stöhnen entfuhr mir, als ich ein heftiges Stechen in meinem Kopf spürte.

»Warum hast du mich nicht vor dem Schmerz gewarnt?« Ich sah Tatjana anklagend an.

Doch die schüttelte noch immer sichtlich beunruhigt den Kopf.

»Ich konnte dich nicht warnen, weil ich nicht wusste, dass das passieren würde. Es ist mir nämlich noch nie jemand untergekommen, dem die Wissensaufnahme wehgetan hat. Es war schon ungewöhnlich, dass du die ganze Erdbeere gegessen hast. Allerdings kommt das schon ab und zu vor. Dass bei dir aber etwas schiefgelaufen ist, habe ich erst bemerkt, als du kalkweiß geworden bist, die Augen verdreht und geschrien hast. Zum Glück wurdest du schnell wieder ruhig. Was hast du denn gesehen?«

Sie hielt mir ein Glas Wasser hin.

»Ich weiß nicht ...« Ich trank einen Schluck. »Es fühlt sich merkwürdig an, so als ob ich jetzt alles wüsste. Ich habe Personen gesehen, Gebäude …« Ich verstummte, denn ich konnte nicht beschreiben, wie es gewesen war und was ich gerade erlebt hatte. Selbst wenn man es nüchtern betrachtete und meine Leiden abzog, dann war die Flut von Informationen einfach nur überwältigend gewesen.

Tatjana lächelte zufrieden. »Du weißt jetzt alles, was nötig ist. Zumindest hat das geklappt, auch wenn ich immer noch nicht verstehe, wieso es bei dir anders war. Wobei …« Ihre Augen wurden groß und sie verstummte.

Ich sah sie erwartungsvoll an, während ihr Blick in die Ferne glitt und ein seltsamer Ausdruck auf ihr Gesicht trat.

»Wobei, was?«, hakte ich nach, als sie keine Anstalten machte, fortzufahren.

Sie schaute mich kurz an, bevor sie abwesend den Kopf schüttelte.

»Nichts.«

Merkte niemand, dass, wenn man mit »nichts« antwortete, augenblicklich klar war, dass es nicht »nichts« war?

Tatjana ignorierte meine gerunzelte Stirn, stand auf und streckte mir ihre Hand entgegen, um mich hochzuziehen.

»Wir machen jetzt weiter mit deiner Einführung. Aber keine Angst«, sie lächelte, »du musst nichts mehr essen, und ich gebe dir mein Wort, dass ich darauf achten werde, dass dir nichts mehr passiert.«

Als ich ihre Hand ergriff, zog sie mit der anderen

eine alte Taschenuhr aus ihrem Mantel hervor, die an einer goldenen Kette hing. Sie war breit wie ein Apfel und sah seltsamer aus, als jede Uhr, die ich zuvor gesehen hatte. Am oberen Rand waren neun kleine Knöpfe oder Rädchen angebracht, die man betätigen konnte. Irritiert musterte ich das Ziffernblatt, auf dem acht Zeiger, alle verschieden lang, ständig in Bewegung waren. Sie wiesen nicht auf Zahlen, sondern auf zwölf kreisrunde Bildchen, auf denen Symbole und Zeichen zu erkennen waren.

Tatjana warf einen kurzen Blick darauf – was vermochte sie in diesem Durcheinander zu erkennen? – und fuhr mit weiteren Erklärungen fort.

»Wir reisen jetzt eine Schleife weiter, in die vierte Schleife. Dort leben, wie schon gesagt, alle Augenschönen. Du wirst ein eigenes Zimmer bekommen, neue Kleidung, und was du sonst noch benötigst.«

Ich hörte ihr nur mit halbem Ohr zu, da ich nach wie vor fasziniert auf das Ziffernblatt der Taschenuhr blickte. Soeben hatte ein kleines Bildchen von einer Wolke zu einer Sonne gewechselt, auf die ein langer dünner Zeiger rückte. Was das wohl heißen sollte?

Auf einmal bemerkte ich, dass Tatjana aufgehört hatte zu reden und mich mit wissendem Gesichtsausdruck beobachtete. Sie nickte zur Uhr hin. »Offensichtlich findest du die hier interessanter, als mir zuzuhören.«

»Nein, nein, ich …«

»Du musst dich nicht rechtfertigen. Ich kann dich

verstehen. Eigenartige Dinge, diese Taschenuhren, was? Sie werden übrigens Omunalisuhren genannt. Neben den verschiedenen Informationen, die sie uns liefern, können sie uns auch in eine andere Schleife bringen.« Sie fasste meine Hand fester und ein schelmisches Grinsen stahl sich auf ihr Gesicht. »Bist du bereit, das auszuprobieren?« Ohne meine Antwort abzuwarten, drückte sie auf den obersten Knopf ihrer seltsamen Uhr.

Ein leises Klicken ertönte, und der dickste Zeiger sprang auf das Feld, das anstelle der Ziffer Elf stand, dessen Bildchen sich soeben zur römischen Zahl IV gedreht hatte. Ein Rauschen ertönte. Ich sah, wie Tatjana und ich grau aufleuchteten, bevor ich in grelles weißes Licht getaucht wurde. Mich überkam ein eigenartiges Gefühl, ganz so, als würde ich fliegen. Schwerelos fühlte ich mich, wie eine Feder, die langsam zu Boden schwebt. Allerdings wurde ich ziemlich unsanft aus diesem träumerischen Gefühl gerissen, als meine Füße wieder festen Boden unter sich hatten. Stolpernd landete ich auf meinem Hintern.

Von Tatjana kam ein kurzes Kichern. Die junge Frau stand fest und ruhig auf dem Boden, ohne zu wanken, als hätte sie schon den ganzen Tag dort gestanden. Sie ließ meine Hand los und steckte ihre Uhr ein. Ihre, wie hieß sie noch gleich? Omunalisuhr?

Sie schmunzelte, während ich mein Kleid raffte und aufstand.

Verstohlen rieb ich mir mein schmerzendes Hinterteil. Meine lächerliche Bruchlandung war mir mehr als peinlich.

»So ergeht es den meisten beim ersten Mal«, tröstete Tatjana mich, als ich versuchte, mir etwas Dreck von dem ohnehin rettungslos beschmutzten Kleid abzuklopfen.

Wir waren auf einem breiten, gekiesten Pfad gelandet, der sich hell durch einen Laubwald schlängelte. Durch das luftige Blätterdach drang warmes Sonnenlicht, das tanzende grüne Punkte auf den Waldweg warf.

»Komm, wir müssen dort entlang«, wies Tatjana mich an und nahm den Weg nach links.

Ich beeilte mich, ihr nachzukommen, und stolperte prompt über ein paar am Boden liegende Stöcke.

Der Weg ging nur ein paar hundert Meter weiter, und als er dann langsam breiter wurde, erkannte ich vor uns eine große Wiese, auf der niedriges Gras neben bunten Frühlingsblumen wuchs. Hinter der Wiese konnte ich gegen das Licht Umrisse von ein paar Häusern ausmachen. Neugierig lief ich weiter.

Neben mir hörte ich Tatjana noch »Vorsicht!« rufen, doch da war ich schon auf ein Stück der Wiese getreten. Ich hatte nicht bemerkt, dass sie steil abfiel, bevor sie unten gerade weiterging, und verlor sofort den Boden unter den Füßen. Erschrocken ruderte ich mit den Armen in der Luft und erwartete, erneut hinzufallen und blaue Flecken zu bekommen oder mir, noch schlimmer, die Nase zu brechen.

Doch nichts davon geschah. Zwei starke Arme hielten mich fest, sodass ich mein Gleichgewicht wiederfand.

Ich blickte auf und sah in das Gesicht eines jungen Mannes, der etwa in meinem Alter sein musste. Er hatte kurze braune, fast schwarze Haare, durchdringende, strahlend grüne Augen und einen vollen Mund, der sich gerade zu einem neckischen Grinsen verzog.

»Da übt man an einem gewöhnlichen Nachmittag Bogenschießen, langweilt sich dabei und wünscht sich etwas Abwechslung, und als hätte der Himmel meinen Wunsch erhört, fällt mir plötzlich eine wunderschöne Prinzessin mit goldenem Haar und goldenen Augen in die Arme. Von dir, holde Maid, habe ich schon gehört. Du musst die ehrenwerte Lucy sein!«

Ich starrte ihn verdattert an und errötete unter seinen Komplimenten. Doch woher kannte er meinen Namen?

»Ja, das ist sie«, antwortete hinter dem jungen Mann eine andere männliche Stimme.

Ich befreite mich aus den Armen des Grünäugigen, drehte mich zur Seite und erkannte, wer dort stand. Es war der »Schön-wär's-Mann« mit der türkisfarbenen Iris aus der Halle der Erkenntnis.

Er stand vor einer Gruppe von etwa fünf weiteren Burschen, alle in unserem Alter, die interessiert unserer Unterhaltung lauschten. Sie alle hielten Bogen in der Hand. Ich bemerkte auf der Wiese in fünfzehn Metern Entfernung etliche Zielscheiben, in denen Pfeile steckten.

»Da warst du ja mal zur richtigen Zeit am richtigen Ort, James«, ertönte Tatjanas belustigte Stimme und erleichtert wandte ich mich zu ihr um.

»Hallo, Tatjana«, begrüßte sie der, der mich aufgefangen hatte, grinsend.

»Wie du richtig erkannt hast, und wie Atlas es dir bestätigt hat, ist das hier Lucy de Mintrus. Unser Neuzugang«, stellte Tatjana mich korrekt vor. »Und? Wie geht das Training voran, James?«

»Es lief sehr gut, bis der Engel neben dir hereingepurzelt ist und uns alle mit seiner Schönheit erstarren ließ.« Er zwinkerte mir zu und ich spürte, wie die Röte meine Wangen hinaufkroch.

Der junge Mann aus der Halle der Erkenntnis gab ein Schnauben von sich, das James herumfahren ließ. »Was ist dein Problem, Atlas?«, zischte er verärgert.

Doch Atlas presste nur seine Kiefer zusammen, wandte sich ab und zog einen Pfeil aus einem am Boden liegenden Köcher. Er zielte auf eine der Scheiben und ließ den Pfeil los. Mit einem Surren zischte der nach vorn und traf die Scheibe genau in der schwarzen Mitte.

Ich starrte den Pfeil mit offenem Mund an.

James sah Atlas an und runzelte, offensichtlich verärgert, die Stirn, bevor er sich wieder mir zuwandte.

»Ich hoffe, wir werden uns bald wiedersehen, damit ich mich weiter an eurer Schönheit ergötzen kann, holde Maid.« Er deutete eine Verneigung an und stellte sich gemeinsam mit den anderen auf, um mit dem Bogenschießen fortzufahren, wobei er den am weitesten von Atlas entfernten Platz wählte.

Tatjana legte mir ihre Hand auf die Schulter und bugsierte mich zu einem kleinen Trampelpfad, der sich durch die Wiese zog.

»Da hast du aber ordentlich Verehrer gesammelt«, schmunzelte sie und überholte mich.

Verehrer? Das Wort klang seltsam schön in meinem Kopf nach. Ich hatte noch nie einen jungen Mann getroffen, der mich so mit Komplimenten überhäuft und mit gestelzten Worten meine Schönheit gepriesen hatte wie dieser James. Meine Andersartigkeit hatte auch die Männer von mir ferngehalten.

Ob er mich tatsächlich schön fand? Oder war es lediglich ein Spaß gewesen, den er aufgrund seiner selbst bekundeten Langeweile mit mir getrieben hatte?

Noch mehr Kopfzerbrechen bereitete mir allerdings Atlas' Verhalten. War er immer so schlecht gelaunt? Oder bekam nur ich diese Seite von ihm zu spüren, weil er mich vielleicht aus einem mir noch unbekannten Grund nicht mochte? Hatte ich etwas Falsches gesagt oder getan? War er wütend, weil ich die Halle der Erkenntnis beschädigt hatte? Er war allerdings schon davor schlecht gelaunt gewesen. Ja,

wenn ich es mir recht überlegte, hatte er mich von Anfang an so missbilligend angesehen.
»Nicht trödeln!«, ermahnte mich Tatjana und ich schloss hastig zu ihr auf.

Hinter der Wiese erstreckte sich ein gekiester Hof, um den mehrere Gebäude standen. Tatjana lief auf das am nächsten gelegene zu. Es war groß und weiß und hatte eine breite schwarze Tür, an die Tatjana klopfte. Das Pochen hallte dumpf dahinter nach. Wir hörten eilige Schritte und die Tür wurde von einem jungen Mädchen geöffnet. Sie hatte schulterlange, glatte brünette Haare und trug dunkelblaue enge Hosen und ein weißes T-Shirt, auf dem ein blaugraues Auge mit einer Wolke drumherum aufgedruckt war. Ihre echten Augen strahlten ebenfalls in einer blaugrauen Farbe und sie lächelte uns an. Sie musste wie alle anderen, die ich bisher getroffen hatte – mit Ausnahme der drei Älteren, Tatjana, Elvon und Mr Honk – ungefähr in meinem Alter sein.

»Hallo, Tatjana. Wen hast du denn da aufgegabelt?« Sie musterte mich höchst interessiert und hielt die Tür weit auf.

Tatjana trat ein und ich folgte ihr schüchtern.

»Das ist Lucy de Mintrus. Eine neue Augenschöne aus dem 17. Jahrhundert. Wir haben bereits die Halle der Erkenntnis und den Saal des Wissens aufgesucht.«

Das Mädchen blinzelte mir zu. »Guten Tag, Lucy. Mein Name ist Rosalie, aber du kannst mich Rose nennen. Hast du ebenfalls einen Spitznamen?«

Überrumpelt schüttelte ich den Kopf. »Nein, ich … ich werde nur Lucy genannt.«

»Das ist nicht schlimm«, lachte Rosalie hell auf, »ich werde schon noch einen für dich finden. Und falls nicht, dann ist das auch nicht der Weltuntergang.«

Sie zwinkerte mir erneut zu und ein warmes Gefühl durchströmte mich. Sie war wunderbar sympathisch, ich mochte sie auf Anhieb.

»Rosalie«, schaltete Tatjana sich ein, »kannst du Lucy mitnehmen und ihr beim Waschen und Anziehen helfen? Ich muss etwas Wichtiges mit Elvon und Mr Starrson besprechen.«

»Selbstverständlich!« Rosalie hakte sich bei mir ein. »Wo soll ich sie hinbringen, wenn wir fertig sind?«

»Zu Mr Starrsons Büro wäre nett. Sie soll davor warten.« Tatjana nickte uns zum Abschied kurz zu und verschwand um die nächste Ecke.

Rosalie grinste mich an. »Das wird ein Spaß mit uns zweien«, rief sie euphorisch.

Ich nickte nur, obwohl ich so gern etwas Kluges gesagt hätte, um einen guten Eindruck auf sie zu machen.

Doch offenbar konnte sie sich in mich hineinversetzen, denn sie erkundigte sich mitfühlend: »Ziemlich viel Neues auf einmal, was?«

»Ja, ziemlich. Außerdem verstehe ich nicht einmal die Hälfte des Ganzen.« Mein Blick glitt nachdenklich über die Wände, während wir langsam einen schmalen Gang entlangliefen. »Auch wenn bis jetzt alles recht ... positiv klang.«

»Ach, das wird schon«, strahlte Rosalie mich an, »mit mir als bester Freundin.«

»Wirklich?« Es war erbärmlich, doch ich konnte einfach nicht verhindern, dass sich in meine Stimme Sehnsucht mischte. Ich hatte noch nie überhaupt eine Freundin gehabt, geschweige denn, eine beste Freundin, mit der ich hätte spielen, tratschen und Spaß haben können. Kurz und schmerzhaft durchzuckte mich die Erinnerung an Evie. Ich zwang mich, sie zu verdrängen. Die Trauer musste ich mir für später aufheben. Es wäre mir peinlich gewesen, vor Rosalie in Tränen auszubrechen.

»Wirklich was?« Das Mädchen musterte mich verblüfft. »Du wolltest mich doch gerade nicht echt fragen, ob wir wirklich beste Freundinnen sein könnten?«

Hoffnungsvoll nickte ich und verfolgte ihr Mienenspiel.

Sie zog mich grinsend weiter. »Das sind wir doch längst! «

Ich schaute verlegen zur Seite. »Nun ja, ehrlich gesagt hatte ich noch nie eine Freundin.«

»Tatsächlich?« Rosalie schob sich eine Strähne hinters Ohr.

Mir fiel auf, dass sie jeden Fingernagel in einer anderen Farbe bemalt hatte.

»Ich hatte ebenfalls noch nie eine Freundin, bis auf dich. Das passt doch perfekt. Bestimmt Schicksal.«

Ihr linkes Auge zwinkerte mir wieder mal zu und ich lachte, erleichtert über ihre Offenheit und ihren Humor. Rosalie war toll!

Wir gingen weitere Flure entlang, einige Treppen hinauf und durch mehrere kleine Zimmer, bis wir zu einer weißen Tür gelangten, an der ein Schild mit der Aufschrift »Waschraum« hing.

Rosalie drückte die Klinke hinunter und ich trat hinter ihr in einen riesigen Raum, in dem sich Duschkabine an Duschkabine reihte. Der Boden und die Wände waren gekachelt. Direkt neben der Tür stand eine Bank, daneben ein Tischchen, auf dem verschiedene Tuben lagen.

Rosalie deutete auf die Bank. »Hier kannst du dein schmutziges Kleid ausziehen. Die Seifen auf dem Tisch da kannst du benutzen. Soll ich dir vielleicht helfen?« Sie betrachtete kritisch mein zerrissenes und völlig verschmutztes Kleid.

Ich nickte und hob entschuldigend die Schultern. »Allein komme ich aus dem Gewand wohl nicht heraus. Zu Hause hatte ich eine Zofe, die mir beim An und Auskleiden geholfen hat.«

Erneut überkam mich Traurigkeit, als ich an mein altes Zuhause, das schöne Anwesen, dachte. Es tat weh, darüber in der Vergangenheitsform zu sprechen. Würde ich wirklich nie wieder dorthin zurückkommen? Würde ich für immer hier, in einer … Schleife, leben müssen?

»Du hattest eine Zofe?« Mit ehrfürchtig geweiteten Augen starrte Rosalie mich an. »Eine echte Zofe, wie in Büchern? Hast du auch in einem Schloss gewohnt?«, erkundigte sie sich neugierig und begann, die Knöpfe des Kleides an meinem Rücken zu öffnen.

»Nein, kein Schloss. Nur ein großes Anwesen auf dem Land.« Ich schlüpfte aus meinen ramponierten Schuhen.

Rosalie zog mir die Fetzen des Kleides über den Kopf und entdeckte meine beiden Unterkleider.

»Ist das nicht zu warm?«

»Doch, schon«, ich schälte mich aus einem der verschwitzten Ärmel, »aber heute Morgen war bei mir zu Hause noch tiefster Winter.« Dass ich mitten im Frühling landen würde, hatte ich ja nicht ahnen können.

Rosalie half mir aus den restlichen Kleidern, hängte sie sich über ihren Arm und reichte mir ein großes flauschiges Handtuch. Dabei musterte sie die kleinen Blutstriemen, die sich über meine Haut zogen, und die getrockneten Blutreste auf meinen Wangen, die die Überbleibsel meiner wunden Augen waren.

»Du siehst ziemlich mitgenommen aus. Am besten wäschst du auch deine Haare. Da klebt ziemlich viel Schmutz drin. Wie gesagt, die Seifen und Shampoos auf dem Tisch stehen dir zur Verfügung.«

»Danke, Rosalie.«

Sie lächelte und nickte in Richtung Tür. »Ich hole dir inzwischen etwas zum Anziehen. Bin gleich wieder da. Ach, und nicht vergessen, du kannst Rose zu mir sagen.«

Sie tänzelte durch die Tür, schloss sie leise hinter sich und ließ mich in dem gigantischen Duschraum allein zurück.

Bericht: Auftrag 312

Nach fünfzigstündiger Überschreitung der eingestellten Zeitfahrtdauer wird angenommen, dass Cara Shepden nicht mehr von ihrem Besuch im fünfzehnten Jahrhundert zurückkommen wird. Die Sucheskorte blieb erfolglos. Es wird angenommen, dass Cara bereits in die Inneren Schleifen zurückgeworfen wurde. Möge sie in Frieden ruhen.

Anmerkung:
Die Trauerfeier wird in einer Woche am Südwestwald abgehalten. Elvon hat sich erst einmal von seinen Aufgaben zurückgezogen. Ihm wird vollstes Verständnis entgegengebracht.

Aus den alten Berichtaufzeichnungen

Kapitel 5

Ich zog meine Unterwäsche aus, schnappte mir drei der Tuben vom Tisch und ging auf eine der Duschen zu. Als ich am Knauf drehte, stürzte ein Strahl warmes Wasser auf mich herab. Ich stellte die Tuben am Boden ab und schlüpfte ganz unter die warme Dusche. Den Haarkranz an meinem Hinterkopf löste ich und entflocht die Haare, sodass sie mir offen auf den Rücken fielen. Ich schloss die Augen und musste auf einmal lachen, weil das Ganze so absurd war.

Ich stand in einem Waschraum an einem Ort, zwischen der Zeit, an dem ganz viele Leute mit magischen Augen lebten und duschte mit gewöhnlichem warmen Wasser. Das machte das Ganze noch verrückter, da es mir ganz normal vorkam.

Hätte man mir heute Morgen dieses Bild gezeigt, hätte ich wenig damit anfangen können. Ich hätte nicht mal gewusst, wozu die Duschen gut waren. In meinem Zuhause hatte es so etwas nicht gegeben.

Der Wasserstrahl ging aus und ich seifte mir mit einem der Shampoos die Haare ein. Danach machte ich mich daran, mir das Blut und den Dreck vom Körper abzuwaschen. Jetzt konnte ich zwar die schmerzenden Muskeln deutlich spüren, doch unter den Blutresten schienen die Wunden seltsamerweise bereits verheilt. Ich wusch auch die Haut um meine Augen herum und merkte, dass sie leicht geschwollen waren. Kein Wunder, so sehr wie sie nach meinen Bluttränen wehgetan hatten.

Unter dem stetigen Strom des Wassers entspannte ich mich etwas. Ich hatte seit dem Fest heute … Nachmittag? – hier schien auch irgendwie die Zeit anders zu vergehen – so viel durchgemacht und erlebt, wie in meinem ganzen bisherigen Leben nicht. Ich war von einem Monster in Menschengestalt beobachtet worden, hatte es mit Hilfe von Blitzen, die aus meinen Augen kamen, bei einer Verfolgungsjagd ebenso umgebracht wie vorher meine Schwester. Ich schluckte und überlegte schnell weiter.

Ich war in einer nebligen Halle vier magischen Menschen begegnet, hatte einen Marmorboden aufgesprengt und erfahren, dass ich eine Art Göttin war. Eine saftige Erdbeere, die gutes Gift enthielt, hatte mich ausgeknockt, und nachdem ich mein Bewusstsein wiedererlangt hatte, wusste ich mehr, als die meisten Menschen nach hundert Jahren. Ich war ein zweites Mal durch irgendwelche Zeitschleifen gereist und in einen Pulk magisch begabter, Pfeile schießender junger Männer gefallen. Und ich hatte ein Mädchen kennengelernt, das ganz wild darauf war, meine beste Freundin zu werden.

Ich seifte mir die Haare ein zweites Mal ein und versuchte, alle Knoten herauszubekommen. Wehmütig erinnerte ich mich daran, wie die gute Mrs Murphy mir dabei geholfen hatte, und seufzte. Hier würde ich wohl keine Zofe haben. Wie das wohl sein würde?

Seit Kindertagen hatte ich immer jemanden um mich gehabt, der mir half, mich zurechtwies und mich bei schlechtem Benehmen schimpfte. Irgendjemand war immer da gewesen, egal ob im Anwesen, draußen oder bei den Besuchen. Allem Anschein nach würde ich hier neue Freiheiten haben. Aber was machte man den ganzen Tag in einer Zeitschleife? Nach den Erzählungen standen einem unendlich viele Stunden, Tage, ja, sogar Jahre zur Verfügung. Würde das nicht große Anfälle von Langeweile hervorrufen?

Seit unserer Ankunft hatte ich nicht viel gesehen. Die Gruppe bei Atlas und James, Rosalie ... äh Rose, die Tatjana und mich empfangen hatte, und ein paar andere, die uns auf den Fluren begegnet waren. Wo waren wohl die restlichen?

Ein leises Klicken von der Decke riss mich aus den Grübeleien und ich sah nach oben. Die Deckenlichter waren angegangen und tauchten den Raum in ein helles, weißes Licht. Ich blickte aus einem der hoch an der Wand angebrachten Fenster. Der Himmel, der vorhin noch in einem Mittagsblau gestrahlt hatte, erstreckte sich jetzt in einem zarten Rosarot hinter der Scheibe. Anscheinend schaltete sich das Licht hier von selbst an, und es wunderte mich, dass mir das gar nicht seltsam erschien.

Ich wusch mir die letzten Schaumreste aus dem Haar und stellte das Wasser ab. Vorsichtig lugte ich um eine der dünnen Trennwände, die die Duschen begrenzten, und sah, dass über der Bank ein weiteres großes Handtuch lag. Es musste jemand hier gewesen sein, während ich geduscht hatte. War es Rose gewesen?

Hastig trippelte ich über den kalten Boden zu der Bank und zog das Handtuch herunter. Ich trocknete mir Füße, Beine, Rücken und Arme ab, und wickelte mich dann in das Handtuch. Mit dem zweiten trocknete ich meine Haare. Es würde ewig dauern, bis sie ganz trocken waren.

Es pochte leise an die Holztür des Waschraums und Rose streckte den Kopf herein. In der Hand hielt sie ein Gerät mit Kabel, das ich auf den zweiten Blick als Föhn identifizieren konnte. Verwirrt, dass ich den Namen des Gerätes kannte und wusste, dass es mit sogenannter Elektrizität funktionierte, aber dennoch erleichtert, weil meine Haare damit schneller trocknen würden, lächelte ich sie an.

Rose' Blick wanderte über meine langen, vom Wasser dunkel gewordenen Haare und blieb an der kleinen Pfütze hängen, die sich unter ihnen am Boden gebildet hatte und in die gerade ein weiterer Tropfen mit einem leisen Plitsch fiel. Sie presste die Lippen zusammen, um nicht loszulachen.

»Bei deinen Haaren würden wir ja noch in hundert Jahren hier stehen, wenn wir nur ein Handtuch zum Trocknen hätten. Zum Glück habe ich an den Föhn gedacht, was? Oder sollen wir sie gleich ganz abschneiden, damit das Problem erst einmal für eine

Weile behoben ist?« Sie grinste, als sie meinen erschrockenen Gesichtsausdruck sah. Dann ging sie an mir vorbei und steckte das Kabel des Föhns in eine kleine rechteckige Steckdose neben der Bank.

Ich wrang währenddessen meine Haare aus, was die Pfütze am Boden um einiges größer machte, und setze mich dann auf die Ecke der Bank. Rose schaltete den Föhn ein und ein warmer Wind breitete sich auf meiner Kopfhaut aus.

»Aber jetzt mal ernsthaft«, schrie sie laut gegen den Lärm an, den der Föhn machte, »warum hast du so lange Haare? Zu deiner Zeit gab es doch noch gar keinen Föhn, oder? Da war es doch bestimmt schwierig, die Haare trocken zu kriegen. Und die Ärzte waren bei einer Erkältung auch nicht besonders hilfreich, habe ich gehört.« Rose schaute mich neugierig an und schien sich tatsächlich für meine Lange-Haare-Angelegenheit zu interessieren.

»Nun ja, meine Mutter hatte so lange Haare und meine Schwestern auch«, versuchte ich wenig geistreich, zu erklären. »Mit langen Haaren sind die besten Frisuren möglich. Je aufwendiger die Frisur, desto höher das Ansehen. Du hast zwar recht, was das Trocknen, das kalte Wetter und den Medicus angeht, aber damit kommen wir eigentlich klar.«

Rose quiekte belustigt auf. »Medicus? Ehrlich? So heißt der Arzt?« Sie bog sich vor Lachen, und der warme Föhnwind verschwand aus meinen Haaren.

Ich schaute etwas beleidigt auf meine Fingernägel und strich über deren glatte Oberfläche. Eigentlich hätten meine Fingernägel nach dem heutigen Tage abgebrochen und eingerissen sein sollen. Stattdessen waren sie rosig und gepflegt, als hätte ich gerade eine fünfstündige Maniküre hinter mir. Kein Wunder, nach dem was ich nun über mich wusste.

Als mich der heiße Strahl des Föhns im Nacken traf, zuckte ich kurz zusammen.

Rose gluckste immer noch in sich hinein und ich wandte mich empört um.

»Wenn du den Begriff Medicus so witzig findest, dann erzähl mir doch mal etwas aus deiner Zeit, damit ich auch etwas zu lachen habe. Wann hast du denn gelebt?«

Rose grinste mich an. »Da gibt es bei mir nicht viel zu erzählen. Ich erinnere mich nur an ganz wenig.«

Als ich sie nun entgeistert ansah, zuckte sie mit den Schultern.

»Du musst wissen, dass ich schon ziemlich lange in den Inneren Schleifen lebe. Ich habe in der Zeit des alten Ägypten in Europa gelebt. Ein paar Jahrzehnte vor Tutenchamun.«

Mein verwirrtes und mitgenommenes Gehirn versuchte, dieses neue Wissen aufzunehmen und zu begreifen. Als Tatjana mir vorher davon erzählt hatte, dass einige bereits sehr lange hier lebten, hatte ich nicht groß versucht, mir das vorzustellen. Doch wenn ich Rose so zuhörte, war das etwas ganz anders. Wie alt mochte sie wohl sein? Offenbar ziemlich alt. Das stand schon mal fest.

Ich musterte sie neugierig.

Rose bemerkte meinen Blick natürlich. »Bitte versuche jetzt nicht, dir eine uralte Frau vorzustellen, mit vielen Falten, die sich in einem jungen Körper versteckt. Und auch kein junges Mädchen, das alle Erinnerungen, Erfahrungen, und Weisheiten einer so alten Frau hat. So ist es nämlich nicht.« Sie holte eine Bürste aus der Tasche und fuhr mir damit rhythmisch zum Wind des Föhns durch die Haare, während sie überlegte, wie sie mir diese Sache erklären konnte.

»In gewisser Weise bin ich tatsächlich etwas älter als mein siebzehnjähriger Körper. Jedoch nur minimal. Ich habe vielleicht die Sehnsüchte, Gedanken, Wünsche, Angewohnheiten und den Geschmack einer Achtzehnjährigen. Ich denke quasi so wie du, nicht wie eine erwachsene Frau. Mein Körper hat mit siebzehn aufgehört, zu altern, und auch mein Gehirn. Hinzu kommt noch, dass ich durch das Wissensgift regelmäßig über alles Neue und andere aufgeklärt werde. Wenn du also mit mir Zeit verbringst, tust du das mit einer gleichaltrigen Freundin und nicht mit einer alten Frau.« Sie wirkte auf einmal sehr unsicher.

Doch als ich ihr in die Augen sah, verstand ich ihre Gefühle und ich begriff auch, was sie mir zu erklären versuchte. Ich blickte in zwei junge blitzende Augen, die trotz der Lebensfreude, die sie ausstrahlten, auch eine andere Empfindung zeigten. Das Gefühl, dass auch ich gehabt hätte, wenn ich denken würde, dass meine neu gewonnene beste Freundin mich abstoßend finden würde. Nein, sie war keine alte Frau, sondern ein junges Mädchen, genauso, wie ich eines war.

Ich lächelte sie an. »Das wusste ich schon, bevor du es mir erklärt hast. Du bist eigentlich genau wie ich.«

Rose strahlte und drückte mich kurz. »Danke!«

Ich runzelte nachdenklich die Stirn. »Du hast gesagt, du würdest dich nicht an dein altes Leben erinnern. Wieso das?«

Rose machte eine wegwerfende Handbewegung. »Ich habe mich dagegen entschieden, als es darum ging, die Erinnerung an mein altes Leben zu bewahren. Nach all dem, was ich jetzt noch weiß, hatte ich kein schönes Leben. Außerdem habe ich wohl ziemlich viele Menschen getötet, worauf niemand stolz sein darf. Ich glaube, ich wollte mein altes Ich loswerden und mir hier ein schönes neues Leben aufbauen. Daher habe ich mir auch einen anderen Namen ausgesucht.«

»Aber wie geht das denn? Das mit dem Vergessen, meine ich?«, fragte ich neugierig. »Ist es so wie mit dem Wissen? Du isst etwas und alles ist verschwunden? Aus deinen Gedanken gelöscht?«

»Nein, nein.« Rose stellte den Föhn ab und zog den Stecker aus der Steckdose.

Verwunderlich, dass mir das völlig normal erschien.

»So funktioniert das nicht. Es ist eher wie ein ... normales, menschliches Vergessen. Je länger du hier lebst, je mehr vergisst du von deinem früheren Leben. Es gibt den Brunnen mit dem Wasser der Erinnerungen. Es ist … magisches Wasser. Wenn du nichts vergessen willst, dann trinkst du einmal im Jahr davon. So bleiben deine Erinnerungen erhalten. Ich habe mich jedoch dagegen entschieden. Wie schon gesagt, ich merkte, dass ich meine Erinnerungen nicht vermissen werde. Bis jetzt funktioniert das auch super!« Sie wickelte das Kabel um den Föhn und reichte mir die Bürste.

Ich strich mir damit durch meine Haare, die fast trocken waren. Wie schnell das mit dem Föhn gegangen war …

»Und du?« Rose setzte sich neben mich auf die Bank. »Was glaubst du, was du wählen wirst? Wie war dein altes Leben denn genau? Ein paar von uns waren zu Lebzeiten eingesperrt, weil man sie für gefährliche Hexen hielt. Was ist mit dir? Warst du auch eingesperrt?«

Ich schüttelte den Kopf. »Mein Leben war, abgesehen von den seltsamen Augen, recht normal. Nun ja, ich hatte außer meinen Geschwistern keine Freunde, aber damit kam ich im Großen und Ganzen zurecht. Eingesperrt war ich nie. Wieso auch? Ich habe niemandem etwas getan.«

Rose riss die Augen auf und wollte etwas einwerfen. Doch ich hob die Hand und bedeutete ihr, zu warten, bis ich ausgeredet hatte.

»Nein, das stimmt nicht. Heute, ich meine, bevor ich herkam, habe ich … habe ich aus Versehen meine

Schwester umgebracht …« Meine Stimme brach und jetzt konnte ich die Tränen nicht mehr zurückhalten. Sie flossen heiß meine Wangen hinunter und meine Schultern begannen zu beben. Rose nahm mich stumm in die Arme und ich legte meinen Kopf auf ihre Schulter, sodass meine Tränen ihr Oberteil durchnässten. Ich schniefte und holte zitternd Luft, dann richtete ich mich auf und wischte mir energisch die Tränen aus den Augen.

Rose lächelte mir aufmunternd zu und stand auf. »Ich habe deine Sachen noch draußen. Eine Sekunde.«

Ich lächelte leicht, als die Tür hinter ihr ins Schloss fiel. Rose war wie dafür gemacht, eine beste Freundin zu sein. Wie hätte sie sonst wissen sollen, dass ich kurz etwas Zeit für mich brauchte, um mich zu beruhigen?

Ich zog geräuschvoll die Nase hoch und tupfte meine Augen mit einem Zipfel des flauschigen Handtuchs ab. Normale Mädchen hätten sich in diesem Moment um ihre verquollenen und geröteten Augen gesorgt. Doch ich konnte an einem der Wandspiegel sehen, dass mein Gesicht nach wie vor leicht rosig und meine Haut unter den Augen normal war. Ich strich mir die trockenen Haare auf den Rücken und setzte mich gerade hin. Jetzt war ich wieder gefasst. Genau in diesem Moment quietschte leise die Tür und Rose kam mit einem Stapel Klamotten auf ihrem Arm herein.

»Hier, schau mal.« Stolz breitete sie die Kleidung

auf dem Tisch aus. Dann hob sie ein Shirt hoch und zeigte es mir. Es sah fast genauso aus wie ihres. Komplett in Weiß mit einem aufgedruckten Auge. Im Gegensatz zu ihrem war die Iris des Auges golden, mit kleinen silberfarbenen Splittern, genau wie meine Augen. Um das Auge herum war jedoch im Gegensatz zu Rose' T-Shirt keine Wolke abgebildet.

Meine neue Freundin deutete auf das goldene Auge. »Auf deinem T-Shirt ist das Lebensauge mit deiner Augenfarbe abgedruckt. Genau wie bei mir und fast allen hier.« Sie zeigte auf die Wolke, die auf ihrem Shirt zu sehen war. »Ich habe außerdem noch das Zeichen des Gottes aufgedruckt, der mein Elternteil ist. Ich bin ein Kind des Wolken- und Regengottes, deswegen auch die Wolke. Bei den anderen ist immer deren Zeichen abgedruckt.« Sie reichte mir mein Shirt und ich betrachtete es von Nahem.

»Du bist ganz neu und hattest das Cynungs-Bekenntnis deines göttlichen Elternteils noch nicht. Das bedeutet, dass im Laufe deines Lebens hier etwas geschieht, bei dem das Zeichen deines göttlichen Elternteils erscheint. Der jeweilige Gott bekennt sich zu dir, seinem Kind. Das ist das Cynungs-Bekenntnis. Bei mir zum Beispiel«, sie kicherte, »bei mir war es richtig witzig. Im Gegensatz zu den meisten eher langweiligen Cynungs-Bekenntnissen, bei denen das Zeichen einfach nur auf dem Boden vor dem jeweiligen Augenschönen auftaucht, passiert es manchmal auch spektakulärer. Ich war zu dem Zeitpunkt bei Elvon und half ihm, ein paar Blätter zu sortieren. Ich machte gerade Notizen auf einem Blatt, als mir der Stift plötzlich aus der Hand hüpfte, zu leuchten begann und anfing, Wolken an die Wände zu malen. Bis wir den Stift eingefangen hatten, war das halbe Zimmer mit schwarzen Wolken verschmiert. Da war klar, wer mein göttlicher Elternteil ist.«

Sie kratzte ein bisschen Lack von ihrem Fingernagel. »Manchmal passiert auch etwas *richtig* Spektakuläres. Ein Junge, ein Sohn des Feuers, hatte aus Versehen das Feld drüben vor dem Wald abgefackelt, die Ostwiese. Nachdem einige der Kinder, deren Eltern etwas mit Wasser zu tun hatten so wie ich, das Feuer gelöscht hatten, wuchs verdorrtes Gras in Flammenform, der Rest war abgebrannt. Das war ein eindeutiges, aber auch spannendes Bekenntnis.«

Ich konnte nur noch staunen. Ein ganzes Feld abbrennen oder ein riesiges Feuer löschen können? Dagegen waren meine Lichtblitze doch gar nichts.

Mir fiel auf, dass Rose nachdenklich mein Shirt betrachtete.

»Ich bin gespannt, wie es bei dir verlaufen wird. Du bist vermutlich eine Tochter der Sonne, nach deiner Augenfarbe zu schließen. Davon war ich eigentlich komplett überzeugt, bis ich die silbernen Splitter auf dem Aufdruck gesehen habe. Das verwirrt mich etwas. Die Sonne ist meist golden auf den Oberteilen abgebildet, manchmal leicht orange oder rötlich, aber silbern?«

»Woher hast du eigentlich das Oberteil? Und

warum ist meine Irisfarbe so detailgetreu abgedruckt?« Ich sah sie fragend an.

»Ich habe das Oberteil von Tatjana.«

»Tatjana?«

»Ja, Tatjana. Vielleicht hast du bereits bemerkt, dass ihre Augen grau sind. Sie ist eine Tochter der Weisheit und Klarsicht.«

Klarsicht? Bei einer nebelgrauen Farbe? Das kam mir etwas unlogisch vor.

»Tatjana empfängt die meisten Neulinge und lässt dann schnell Kleidung für sie anfertigen. Sie erkennt mehr Dinge als wir anderen. Alle Kinder der Weisheit und Klarsicht tun das. Das ist eine ihrer besonderen Begabungen.«

Das hörte sich interessant an. Was Tatjana wohl noch klar sehen konnte? Außer den Augenfarben? Ich hoffte, dass sie nicht etwas so Bizarres wie Gedanken sehen konnte. Denn wenn ja … hatte ich etwas Schlimmes über sie gedacht?

Rose riss mich aus meinen Gedanken, weil sie einen plötzlichen Schrei ausstieß und von der Bank aufsprang.

Sie zeigte auf meine Haare und grinste vergnügt. »Mir ist gerade eine gute Idee gekommen. Zieh du dich schon einmal an.« Und damit war sie aus der Tür gerauscht.

Hatte sie immer so gute Laune? Mir gefiel es jedenfalls.

Ich wickelte mich aus dem großen Handtuch und schlüpfte in die Sachen, die sie mir mitgebracht hatte. Noch nie in meinem Leben hatte ich solche Kleider gesehen, geschweige denn angehabt. Doch als ich in das weiße Oberteil, die enge schwarze Hose und die Schuhe schlüpfte, kam mir alles selbstverständlich vor. Trotz dieses natürlichen Gefühls fühlte es sich jedoch auch seltsam an, eine Hose zu tragen und keine schweren Stoffe, die oft beengend gewesen waren und mich beim Laufen behindert hatten.

Gespannt stellte ich mich vor einen der Spiegel und betrachtete mich. Was für ein ungewohnter Anblick! Würde ich ab heute immer solche Kleidung tragen? Und liefen wirklich alle Augenschönen so herum? Ich versuchte meinem Gehirn, das diese Information eigentlich bereits haben müsste, die Antwort zu entlocken und ein Bild der Kleidung vor meinem inneren Auge auftauchen zu lassen. Doch so sehr ich mich auch anstrengte, es funktionierte nicht.

Als ich meine Haare abgetrocknet hatte, war mir die Idee mit dem Föhn auch nicht gekommen. Ich hatte mich erst daran erinnert, dass es ihn gab, als Rose damit in den Waschraum gekommen war. Natürlich würde ich ihn auch zukünftig benutzen, da er jetzt in meinem Kopf war. Vielleicht funktionierte das bei der Kleidung ähnlich? Musste ich sie erst gesehen haben, bevor ich wusste, dass es sie gab und wie sie aussah? Ich musste Rose unbedingt danach fragen.

Als hätte sie meine Gedanken gehört, öffnete sich

die Waschraumtür ein weiteres Mal und sie kam hereingestürzt.

Ich drehte mich vom Spiegel weg und sie stellte sich vor mich. Sie hatte die Hände hinter ihrem Rücken versteckt und sah mich ungeduldig an.

»Ich bin Tatjana begegnet. Sie hat gesagt, dass ich dich gleich zu ihr bringen soll, damit sie dir deine Omunalisuhr geben kann. Also müssen wir uns beeilen, wenn ich dir noch meinen grandiosen Einfall zeigen will.« Sie holte ihre Hände hinter dem Rücken hervor und sah mich erwartungsvoll an. Sie hielt ein breites schwarz-weiß gemustertes Band in der Hand. Eine schwarze Linie verlief in einem Zickzack darüber und in den einzelnen Ecken waren auf der weißen Grundierung schwarze Punkte. Es war ein ... schön gemustertes Haarband.

»Bist du bloß wegen eines Haarbandes so aufgekratzt?«

Rose sah mich empört an. »Nur ein Haarband? Das ist die perfekte Ergänzung zu deinen bereits schwarz-weißen Klamotten!«

Auch das noch. Rose war wohl richtig – ich suchte nach dem korrekten Begriff – modeversessen.

»Ich bin aber nicht modeversessen, falls du das denkst«, verteidigte sie sich, als ob sie meine Gedanken gelesen hätte.

Ich grinste. War sie sich da so sicher?

»Na ja, vielleicht ein bisschen«, fügte sie achselzuckend hinzu. »Auf jeden Fall soll meine tolle beste Freundin wunderschön aussehen.«

Sie zwinkerte mir zu, legte mir das Haarband an die Stirn und knotete es an meinem Hinterkopf zusammen. Dann nahm sie ein paar Strähnen meiner hüftlangen Haare von hinten und legte sie mir vorne über die Schultern. Sie trat ein paar Schritte zurück und musterte mich zufrieden von oben bis unten. »Das passt super! Ein bisschen wie eine Indianerin.«

Einen winzigen Augenblick lang fragte ich mich, was wohl eine Indianerin war, da hatte das Gift diese Wissenslücke bereits ausgefüllt.

Ich sah mich erneut im Spiegel an. Das Band an meinem Kopf erinnerte mit etwas Fantasie tatsächlich an den Haarschmuck der Indianer, die oft Federn darin stecken hatten.

Wieder verwirrt über mein plötzlich aufkommendes Wissen blickte ich zu Rose, die etwas aus ihrer Hosentasche holte und leicht die Stirn runzelte, als sie das Ding betrachtete. Es war eine Taschenuhr und sie sah so ähnlich aus, wie die von Tatjana, nur etwas kleiner und silberfarben statt golden. Eine Omunalisuhr. Hatte sie diese vorhin nicht zusammen mit Tatjanas Namen erwähnt?

Rose steckte sie zurück in ihre Tasche. »Wir sollten uns beeilen, damit Tatjana nicht warten muss.«

Sie griff nach meinem Handtuch und wandte sich zur Tür. Ich folgte ihr und schloss die Tür hinter mir mit einem leisen Klacken. Rose nickte mit dem Kinn den Flur hinunter, in die entgegengesetzte Richtung, aus der wir gekommen waren.

»Geh dort den Gang hinunter, dann rechts und

noch mal rechts. Da kommst du dann in einen Durchgang. Dort musst du nach links, bis zu der großen schwarzen Tür. Sollte Tatjana noch nicht da sein, dann warte dort einfach auf sie. Ich werde mal das Handtuch wegbringen und dein Zimmer herrichten. Dann stoße ich zu euch.«

Allein durch dieses riesige Haus gehen? Das konnte ja heiter werden. Am Ende würde ich noch völlig orientierungslos durch die Gänge irren und Tatjana und Rose würden mich suchen müssen.

Doch ich nickte. Rose drehte sich um und ging, nachdem sie mir nochmals zugelächelt hatte, in die andere Richtung davon.

Rechts, rechts, Durchgang, links, schwarze Tür. Das klang doch gar nicht so kompliziert, sprach ich mir selbst Mut zu und machte mich ebenfalls auf den Weg.

Während ich durch den Gang lief, betrachtete ich die Bilder, die hier und da an den Wänden hingen. Sie hatten ganz unterschiedliche Stilrichtungen und die verschiedensten Motive. Einmal waren es gezeichnete Landschaften, ein anderes Mal Ölbilder mit bunten Formen und Farbklecksen.

Ich bog nach rechts ab und lief einen anderen Gang entlang. Er war breiter und etwas heller gestrichen, was sich sofort positiv auf meine Stimmung auswirkte. Guten Mutes wählte ich die nächste Abzweigung nach rechts. Nach einigen Schritten gelangte ich in einen offenen Raum, dessen hohe Decke mit Bildern von Engeln geschmückt war, wie in einer Kirche. Ich lief in den linken Korridor, der noch breiter war als der vorige. Von diesem gingen mehrere Türen ab, neben denen Schilder hingen.

»Büro Elvon Shepden«, las ich auf einem und auf einem anderen »Beratungsraum«. Nach der dritten Tür, auf der »Büro Tatjana« stand, fand ich eine breite Tür aus fast schwarz wirkendem Holz. Neben ihr war ein Schild angebracht, auf dem in fettgedruckten Buchstaben »Mr Starrson« stand.

Hier musste ich richtig sein, auch wenn von Tatjana weit und breit nichts zu sehen war. Doch darauf hatte Rose mich ja vorbereitet.

Ich beschloss, mir die Wartezeit zu verkürzen, indem ich mich den Fotografien zuwandte, die auf der anderen Seite der Tür hingen. Die ganze Wand war voll mit ihnen.

Interessiert beugte ich mich vor, um sie genau zu betrachten. Einige waren vergilbt und alt, färbten sich bereits braun-gelb. Andere waren ganz neu und sogar durch die dünnen Glasscheiben konnte ich erkennen, dass ihre Hochglanzschichten das Licht leicht reflektierten. Es waren alles Gruppenfotos mit Personen zwischen sechzehn und einundzwanzig Jahren, soweit ich das beurteilen konnte. Hin und wieder waren auch noch ein paar etwas jüngere oder ältere dabei. Am rechten Rand standen immer vier Erwachsene. Ich konnte Mr Honk, Elvon und Tatjana erkennen. Die vierte Person war ein Mann um die fünfunddreißig, der der Älteste von allen zu sein schien. War das Mr Starrson, mit dem Tatjana gerade redete und vor dessen Tür ich wartete?

Ich musterte die restlichen Gesichter auf den älteren, ausgeblichenen Fotos. Obwohl sie nicht mehr die beste Qualität hatten, konnte man erkennen, dass die Augen der Personen außergewöhnlich waren. Sie hatten etwas Stechendes an sich, das den Blick sofort einfing. Die Gruppen waren recht groß, es schienen immer um die zweihundert zu sein.

Ich wanderte mit meinem Blick weiter nach links. Hier hingen wohl die ganz alten Bilder. Seltsam, auf diesen Fotos waren die Gruppen deutlich größer. Es mussten etwa vierhundert Leute sein. Ich erkannte erneut die vier Erwachsenen am Rand. Es stand sogar eine weitere Person bei ihnen. Es war eine junge Frau, die sich an Elvon lehnte. Auf den vorderen Bildern hatte sie gefehlt. Ich streifte mit meinem Blick über die Gesichter in den Reihen und stockte. Diese Gesichter kannte ich doch!

Meine Nasenspitze berührte fast das Bild, auf dem James war. Er sah fast genauso aus, wie ich ihn heute kennengelernt hatte, nur seine Haare waren etwas länger. Ich schaute die Person neben ihm an und zuckte zusammen.

War das Atlas? Der Atlas, der mir heute nur mürrisch, schweigsam und schlechtgelaunt begegnet war?

Auf diesem Bild lachte er mir glücklich ins Gesicht. Er hatte sich, anders als James, seit der Aufnahme des Fotos bis heute ziemlich verändert.

Außer dem fröhlichen Gesicht, das er dort machte,

waren auch seine braunen Haare auf diesen älteren Fotos viel kürzer und lässig verstrubbelt. Er wirkte überhaupt entspannter und nicht so, als ob ihm eine Horde von Läusen über die Leber gelaufen wäre. Wie alle auf dem Bild hatte er ein kurzes weißes Shirt an und dunkelblaue Hosen. Den Aufdruck seines Oberteils konnte ich jedoch nicht so gut erkennen, da er halb von einem Mädchen mit hellblondem, glatten Haar verdeckt war.

Aus einem mir unbekannten Grund sog ich bei dem Anblick seines Arms um ihre Taille scharf die Luft ein. Sie hatte ihre Hand auf seinen Arm gelegt und lehnte sich leicht an ihn. Ein fieser Stich von Eifersucht durchzuckte mich.

Über mich selbst überrascht, wich ich einen Schritt von dem Foto zurück. Ich kannte diesen jungen Mann ... ähm Rose sprach immer von Jungs ... also Jungen gar nicht richtig und wurde bei einem Bild, auf dem er ein Mädchen umarmte, eifersüchtig? Wahrscheinlich lag sein Arm nur so da, und sie waren nicht einmal zusammen. Dennoch konnte ich nicht verhindern, dass mein Blick zum nächsten Bild wanderte, das meinen letzten Gedanken leider komplett widerlegte.

Die Leute auf diesem Bild waren fast dieselben, ein bis zwei neue Gesichter waren zu sehen und die Personen waren anders aufgestellt. Atlas stand hier vorne links, wieder neben der Blondine und gab ihr einen Kuss auf die Wange. Sie hielten Händchen und das blonde Mädchen lächelte warm und glücklich in die Kamera. Die kleinen Bläschen der Hoffnung, die irgendwo tief in meinem Unterbewusstsein entstanden waren, zerplatzen schmerzhaft.

Entschlossen schüttelte ich den Kopf, um diese wirren Gedanken loszuwerden. Also wirklich, Lucy!

Schnell ließ ich meinen Blick weiter zum nächsten Bild wandern und ging die Reihen auf der Suche nach Atlas durch. Beim ersten Mal fand ich ihn nicht, und als ich das Bild intensiver betrachtete und ihn schließlich doch entdeckte, wusste ich auch, warum er mir zuerst nicht aufgefallen war. Ich hatte nach dem Atlas Ausschau gehalten, den ich auch auf den vorigen Fotos gesehen hatte. Doch der Unterschied zwischen diesem Atlas und dem auf den anderen Bildern hätte größer nicht sein können.

Von seinem weißen Shirt war nichts zu erkennen, denn nun trug er eine dunkle Jacke. Seine Hände waren in den Taschen versenkt und er schaute grimmig in die Kamera. Hier sah er so aus, wie der Atlas, dem ich heute begegnet war. Außerdem war die Blondine neben ihm verschwunden. Wieso? War sie … gestorben? Und hatte er sich womöglich von ihrem … Tod bis heute nicht erholt?

Ich wandte mich zum nächsten Rahmen und erschrak. Über die Hälfte der Leute, die auf den vorigen Fotos gewesen waren, fehlten. Die, die noch übrig waren, standen eng beisammen und wirkten müde und abgekämpft. Niemand lächelte. Atlas sah blasser aus als auf den Fotos zuvor.

Ich schaute in den nächsten Rahmen, es waren

wiederum weniger Leute als auf dem vorletzten, doch alle hatten wieder etwas mehr Farbe in ihren Gesichtern und sie lächelten. Nur Atlas nicht.

Genauso verhielt es sich auf den Bildern danach. Jedes Foto wirkte fröhlicher als das vorige. Alle schienen wieder glücklicher und lachten. Nur Atlas sah auf jedem Foto mit seiner dunklen Jacke mürrisch und schlecht gelaunt aus. Lediglich seine Hautfarbe besserte sich und nahm nach und nach wieder den pfirsichfarbenen Ton an.

Das letzte Bild, das recht neu zu sein schien, sah aus wie eines, das vor der radikalen Abnahme der Augenschönen aufgenommen worden war, nur dass es um die zweihundert statt vierhundert Augenschöne zeigte. Atlas stand in einer der hinteren Reihen, neben einigen anderen Jungs. Immer noch die dunkle Jacke, immer noch mürrisch, immer noch schlecht gelaunt.

War es wirklich wegen des blonden Mädchens? Hatte ihn ihr Verschwinden so aus der Bahn geworfen? So zerstört? Was hatte er für eine Beziehung zu ihr gehabt? War sie so intim gewesen, wie das Foto mit dem Kuss mir gezeigt hatte? Hatte ich dann überhaupt eine Möglichkeit, ihm nahezukommen?

Hilfe! Was war das wieder für ein Gedanke gewesen? Warum fühlte ich mich so seltsam zu diesem Jungen hingezogen, der mich offensichtlich nicht ausstehen konnte und den ich überhaupt nicht kannte?

Ich brauchte unbedingt frische Luft, damit ich

wieder klar denken konnte und mein Kopf nicht von solchen Gedanken beherrscht wurde. Daher trat ich von der Wand weg und versuchte, eines der großen Fenster auf der gegenüberliegenden Seite des Ganges zu öffnen. Es klemmte und ich musste ziemlich daran rütteln, bis es schließlich aufging.

Eine kühle, frische Brise strich mir über das Gesicht. Ich streckte mich ihr entgegen und atmete mit geschlossenen Augen tief den warmen Duft eines Frühlingsabends nach Blumen, Frische und Freiheit ein.

Ich musste Atlas aus meinen Gedanken bekommen, aber dafür brauchte ich Ablenkung. Also öffnete ich meine Augen und widmete mich dem Ausblick.

Das Fenster musste an der gegenüberliegenden Seite der Eingangstür liegen, durch die Tatjana und ich das Gebäude betreten hatten, etwa zwei Stockwerke höher. Vor mir sah ich den großen gekiesten Innenhof, der von diesem und weiteren großen und etwas kleineren Gebäuden eingeschlossen wurde. Sie wirkten alle gut gepflegt. Die Fassaden waren sauber und die Dächer in schönem Rot gedeckt. Es schienen die einzigen Gebäude weit und breit zu sein, denn hinter ihnen lagen weitere Wiesen und ein riesiger Wald.

Ich kniff die Augen zusammen. Tatsächlich, auf der Wiese konnte ich fünf oder sechs Gestalten sehen, die beisammenstanden und sich unterhielten.

Auf die Entfernung konnte ich nicht erkennen, ob

es Mädchen oder Jungen waren, doch sie trugen alle weiße Oberteile, auf denen bestimmt ihre Augenfarben abgedruckt waren, und hatten dunkle Hosen an.

Plötzlich begann es in der Gruppe grün zu leuchten und ein dünner Strahl Licht tastete sich vorsichtig seinen Weg über das Feld. Auf dem Stamm einer großen Tanne, die ich sogar von diesem Fenster aus deutlich sehen konnte, verharrte der Strahl. Ein leichtes Flimmern durchzuckte ihn und der Strahl leuchtete heller.

Ich konnte den Blick nicht von dem abwenden, was dort geschah. Die Tanne war von einem leichten grünen Schimmer umgeben und wuchs. Und wuchs. Bald überragte sie alle Bäume, schoss aber immer noch weiter in die Höhe. Auf einmal stockte der grüne Strahl kurz und ein furchtbares Krachen ertönte, als die nun gigantische Tanne, vom grünen Bann befreit, einen großen Riss am Stamm bekam und auf die Wiese fiel. Bevor sie jedoch auf dem Feld, knapp neben der Personengruppe, aufschlagen konnte, leuchtete ein dunkelgrauer Strahl auf und die Tanne hatte sich in Staub aufgelöst.

Mir fiel die Kinnlade herunter. Was ... war ... das ... gewesen? Ein wachsender Baum, der sich in monströser Form in Staub auflöst?

Ich schloss den Mund und schluckte. Hatte ich gerade einen Einblick in die magischen Dinge bekommen, die man mit göttlichen Augen vollbringen konnte?

Würde ich so etwas oder etwas Ähnliches auch

können? Das wäre wirklich ... verrückt! Es schien mir jedoch, als würde es hier nur Verrücktes und nichts Normales geben.

Offenbar hatte der Wind seine Richtung geändert, denn mir kam ein nach Tannennadeln riechender Staubschwall entgegen, sodass ich einen kleinen Hüpfer zurück machte. Ich wollte nicht wie eine uralte, verstaubte Statue aus dem hintersten Winkel des Kellers aussehen.

Als der Wind nachließ, wedelte ich etwas mit meiner Hand in der Luft herum, um die letzten Reste der grauen Wolke zu vertreiben. Da hörte ich Stimmen. Ich hielt mit meinem Gefächel inne und lauschte. Tatjana! Das war doch Tatjanas Stimme. Ich blickte den Gang rauf und runter, konnte sie aber nirgends entdecken.

»... noch mal, was ...«, hörte ich eine leise Männerstimme antworten. Die Worte kamen aus der Tür vor mir.

Ich schlich leise näher heran und horchte weiter nach den Stimmen, wohl wissend, dass sich das nicht gehörte. Hieß es nicht: »Der Lauscher an der Wand hört seine eigene Schand«? Auch, wenn das hier eher unwahrscheinlich war.

»... bin mir nicht sicher«, erwiderte in diesem Moment Tatjanas Stimme. Natürlich! Sie war die ganze Zeit hier in Mr Starrsons Büro gewesen.

»... könnte eine Titanin sein. Was für eine Kraft ... ein breiter, langer Riss und ... eine Explosion in der Halle der Erkenntnis ... ungesteuert! Wie stark muss ihre Magie denn sein, wenn sie sie steuert?«

Ich atmete ganz leise und flach. Ging es in diesem verworrenen Gespräch tatsächlich um mich? Ich trat noch näher an die Tür und entdeckte, wieso ich vorher nichts gehört hatte. Der Windstoß musste so kräftig gewesen sein, dass er die Tür um ein winziges Stück geöffnet hatte. Der Spalt war viel zu klein, um hindurchzuspähen, doch Fetzen des Gesprächs sickerten zu mir heraus.

»… und bei der Wissenszufuhr hatte sie unglaubliche Schmerzen«, informierte Tatjana ihren Gesprächspartner. »Sie ist umgefallen und hat schreiend das Bewusstsein verloren. Ihr Körper muss sich gegen das Gift gewehrt haben, anstatt es kampflos einzulassen. Was für eine Macht, die sogar die leiseste Gefahr erkennt.«

Obwohl ich nichts von dem Gesagten wirklich verstand, hörte ich weiter zu. Der Mann, höchstwahrscheinlich Mr Starrson, antwortete so leise, dass ich es nicht hören konnte, aber Tatjana sprach wieder deutlich.»… das habe ich mich doch auch gefragt. Sie muss ein Kind der Sonne sein, doch das allein kann nicht ausreichen … ihr Oberteil bedrucken ließ, waren noch grüne Sprengsel zu sehen. Als ich es dann aber Rose gab, waren sie silbern! Wer weiß, wie sie noch …, wenn es mehr als drei Götter sind? *Viel* mehr als drei?«

Der Mann murmelte erneut etwas Unverständliches und ich hörte Papier rascheln.

»Unbändige Kraft!«, setzte Tatjana nach.

Ihre Stimme klang dumpfer, so als würde sie sich über die Papiere beugen, die eben geraschelt hatten. »Vielleicht genau das … ja … und vielleicht ist es worauf wir gewartet haben. Ich muss mit … und mit ihm auch über den Auftrag reden. Auf jeden Fall muss … ab jetzt ständig Unterricht und Training … schnell, viel und gut lernen. Womöglich begleitet sie den Auftrag. Ich muss mich schnellstens darum kümmern. Nachher komme ich noch mal, dann reden wir weiter.«

Ich hörte einen Stuhl über den Holzboden schaben und wich hastig von der Tür zurück zum Fenster. Ich lehnte mich gegen den Fensterrahmen, um so zu wirken, als würde ich hier schon die ganze Zeit stehen, und blickte hinaus. Die Gestalten auf dem Feld waren verschwunden. Nichts wies mehr darauf hin, dass sie da gewesen waren, oder auf das, was sie gemacht hatten. Nur ein leichter Harz- und Nadelgeruch drang noch immer zu mir.

Hinter mir knarzte es und ich drehte mich um. Tatjana trat aus dem Zimmer, und als sie mich freundlich anlächelte, atmete ich innerlich auf. Offenbar konnte sie keine Gedanken lesen. Hätte sie es gekonnt, wäre sie mir bestimmt nicht mit einem so offenen und freundlichen Gesicht entgegengetreten, sondern hätte mir klargemacht, dass ich bei privaten Gesprächen nicht lauschen sollte. Ich schämte mich etwas.

»Hallo, Lucy. Wartest du schon lange?«, begrüßte sie mich und schloss die Tür hinter sich.

»Nein, nein. Noch nicht lange.« Ich wies zum Fenster. »Außerdem hatte ich so Gelegenheit, mir die Aussicht hier etwas genauer anzuschauen. Es ist ja alles so neu für mich. Viele Information auf einmal und ein Leben, auf das ich nicht vorbereitet war.« Ich machte eine Handbewegung, die alles um mich herum umfasste, und Tatjana lachte auf.

»Da hast du recht. Auf die Zeitschleifen ist kein Augenschön vorbereitet. Übrigens«, sie musterte mich von Kopf bis Fuß, »dir stehen die Hose und das Oberteil super.« Sie runzelte kurz die Stirn und ihr Blick verweilte für einen Moment auf meinem originalgetreuen Augenaufdruck. Sie schüttelte kaum merklich den Kopf und sah mir dann wieder ins Gesicht. »Also, nachdem Rosalie dich eingekleidet hat, gebe ich dir jetzt auch deine Omunalisuhr. Folge mir.«

Sie ging den Gang weiter, aus dem ich gekommen war, und ich lief schnell hinter ihr her.

Hilfe! Ohne einen Führer würde ich nie mehr aus dem Gebäude herausfinden.

Wer fragt, der weiß,
dass Wissen wichtig ist.
Daraus folgt, dass wer fragt, auch weise ist.

(Sonja Bills; Augenschöne)

Kapitel 6

Doch Tatjana blieb bereits ein paar Türen weiter vor einer grauen Tür stehen und klopfte.

Die Tür war alt und niedrig. Daneben, ungefähr auf Brusthöhe, hing ein Schild, das *Zeituhren* verkündete. Wir warteten kurz, doch es machte niemand auf. Tatjana beugte sich etwas hinunter, bis sich ihre Augen auf Höhe des Schlüssellochs befanden.

Wollte sie etwa auch spionieren?

Doch auf einmal wurde ihr Gesicht ganz glatt. Die Luft zwischen ihr und dem Schlüsselloch begann zu vibrieren und ein feiner Strahl grauen Lichts wand sich aus ihren Augen und schlang sich in das Schlüsselloch. Ein leises, sattes Klicken ertönte. Die Tür schwang auf. Tatjana richtete sich auf und lud mich mit einer Handbewegung ein, einzutreten. Ich schaute sie ehrfürchtig an und schlich eingeschüchtert an ihr vorbei.

Tatjana grinste. »Das war nicht so schwierig, wie es dir womöglich erscheint«, schwächte sie das eben Geschehene ab.

Schwierig hatte es eigentlich nicht ausgesehen. Eher magisch, aber an die offensichtliche Existenz von Magie hatte ich mich noch nicht gewöhnt.

»Das war ohnehin eine Tür der Art meines göttlichen Elternteils, grau. Da ist es einfacher. Das wirst du bald selbst lernen.«

Türen mit den Augen aufschließen? Einige Halunken würden bestimmt alles dafür geben, dachte ich bei mir.

Tatjana drückte die Tür hinter uns ins Schloss und ich sah mich neugierig in dem Raum um, der ein überwältigendes Bild bot. Ähnlich wie in der Halle der Erinnerung schien es auch hier keine Wände und Decken zu geben. Man konnte sich nicht einmal mehr eines Bodens sicher sein. Bei jedem Schritt schwebte man geradezu. Ich spürte keinen harten Untergrund unter meinen Füßen. Es fühlte sich fast an wie das Schwebegefühl, als Tatjana und ich zuvor mit ihrer Omunalisuhr »gereist« waren.

Auch hier waberte Nebel herum, er war jedoch heller als in der Halle der Erkenntnis. Das Verrückteste aber waren die Taschenuhren. Reihe um Reihe hingen sie an langen Ketten von oben herab. Alle hatten verschiedene Farben und Formen, keine war wie die andere. Ein durchgehendes leises Summen, Ticken, Klicken und Surren ging von ihnen aus und füllte den Ort mit seltsamer Musik.

»Herr im Himmel«, flüsterte ich und ging ein paar Schritte weiter.

»Das alles sind Zeituhren. Auch bekannt als Omunalisuhren. Das ist der Fachbegriff für sie, den alle benutzen. An diesem Ort sind Milliarden von ihnen aufgehängt«, erklärte Tatjana.

»Und wozu? Ich meine, weshalb so viele?«

»Es sind die Omunalisuhren für unsere Neuzugänge, aber auch Ersatzuhren, falls von den unseren welche kaputt gehen. Es sind so viele, weil jede von ihnen auf einen bestimmten Augenschönen zugeschnitten ist. Da es die verschiedensten Charaktere gibt, gibt es eben auch entsprechend viele Uhren.«

Für jede Art von Augenschön eine? Das konnte ich mir nicht vorstellen.

»Und woher weiß ich, welche Uhr zu meinem Charakter passt?«, erkundigte ich mich und strich vorsichtig mit dem Finger über das Glas einer der Uhren, die direkt neben mir hingen.

»Eine schlaue Frage.« Tatjana winkte mich zu sich. »Am besten, du stellst dich hierhin«, sie rückte mich etwas in die Mitte eines der Wege, die zwischen den Reihen hindurchführten, »und sagst laut und deutlich deinen vollen Namen. Den Rest wirst du sehen.«

Sie entfernte sich etwas von mir, während ich einmal tief Luft holte. Einfach meinen Namen sagen und dann weiterschauen? Ganz einfach!

»Lucy Elizabeth de Mintrus.« Meine Stimme war klar und deutlich, und doch zitterte sie etwas vor Aufregung.

Die Worte hallten in dem Raum nach. Ich wartete und rechnete wie zuvor nach dem Genuss der Erdbeere mit einem heftigen und schmerzhaften Zufluss von Wissen. Doch es kam anders.

Plötzlich vernahm ich eine Art neue Melodie.

Ein leises Summen, das fröhlich klang und mich unglaublich glücklich stimmte. Mich drängte es förmlich, diesem Laut zu folgen und seinen Ursprung zu finden. Es war, als würde es mich rufen, und ich begann, durch die Reihen zu laufen, immer weiter und weiter, gesteuert von der Anziehungskraft des Summens.

Dass Tatjana mir dabei folgte, nahm ich kaum wahr. In meinem Kopf und meinem ganzen Körper war nur noch das leise klickende Summen und füllte mich komplett aus. Es führte mich durch die Reihen, an hunderten von Omunalisuhren vorbei, immer tiefer in den Raum hinein. Ich lief eine Ewigkeit, bis das Surren leiser wurde und schließlich verstummte. Ich blieb stehen und wandte mich einer der Uhren zu, die hier von der Decke hingen.

Da war sie. Ich konnte es spüren. Das war *meine* Omunalisuhr.

Sie war recht klein, hätte in meine Hand gepasst und hatte eine Farbe, die eine Mischung aus Bronze und Silber war. Doch trotz der kleinen Größe waren am oberen Rand ebenso viele Knöpfchen und Rädchen wie an Tatjanas und Rose' Uhr angebracht.

Begeistert strich ich mit meinem Finger über den zugeklappten Deckel. Sie war so wunderschön! Auf dem Deckel waren Rosen eingraviert, die sich um eine spiralförmige Mitte wanden. Ein fantastisches Spiel der Blumenformen.

Ich drückte leicht an der Seite und der Deckel sprang auf. Auf dem weißen Ziffernblatt prangten, wie bei Tatjana, keine wirklichen Zahlen, sondern die kleinen Bilder, auf die acht verschieden lange und unterschiedlich dicke Zeiger wiesen. Die Bilder waren mit einem kleinen Kreis markiert, dort, wo eigentlich die zwölf Zahlen hätten sein sollen. Die Bildchen drehten sich unter der Oberfläche wohl weiter, denn ich konnte mit ansehen, wie eine XV zurück auf die I sprang. Doch nicht nur die Bildchen drehten sich durchgehend, auch von den verschiedenen Zeigern war mindestens einer in Bewegung. Ein ständiges leises Ticken und Klicken war zu hören.

Tatjana stellte sich neben mich.

»Nimm sie vom Haken und dann gehen wir wieder, damit ich dir in Ruhe das Ziffernblatt und die Funktion der Zeiger erklären kann.«

Ich strich an der Kette entlang, mit der die Omunalisuhr von oben herab befestigt war. Dabei sah ich, dass die Kette der Taschenuhr hier in eine kräftigere und größere Kette überging. Ich hakte die Ketten auseinander und ließ die Uhr sanft in meine Hand fläche sinken. Dabei klappte ich den filigran gearbeiteten Deckel vorsichtig zu. Ein lautes Rasseln ertönte, als die Kette, an der meine Uhr gehangen hatte, zurück nach oben gezogen wurde.

Ich legte den Kopf in den Nacken und sah ihr nach. Es schien, als würde sich das Nebelgewaber nach oben hin unendlich ausdehnen, denn es dauerte sehr, sehr lange, bis die Kette aus meinem Blick verschwand. Doch wie konnte das sein?

Das Gebäude war niemals so hoch gebaut!

Ich wandte mich kopfschüttelnd ab und lief hinter Tatjana her, die bereits den Rückweg angetreten hatte. Schon nach wenigen Reihen hielt sie jedoch an und blinzelte kurz mit den Augen. Ein grauer Lichtstrahl erschien und erlosch sofort. Vor uns tauchte eine graue Tür aus dem Nichts auf, die Tatjana öffnete.

Ich trat hinter ihr auf einen Gang hinaus und schloss die Tür – Augenblick mal. Ich war nicht auf *einen* Gang getreten, sondern auf eben den, von dem aus wir vorhin den Raum betreten hatten. Ich staunte nicht schlecht. Wir waren ewig vom Eingang bis zu meiner Uhr gegangen und jetzt kamen wir so plötzlich wieder an der gleichen Stelle heraus?

Tatjana ging bereits weiter und ich versuchte, mir meine Überraschung nicht weiter anmerken zu lassen, während ich ihr folgte.

»Wir gehen jetzt zur Bibliothek«, ließ sie mich wissen. »Die Bibliothek ist in einem der anderen Gebäude. Ich werde dir dort die Uhr erklären und dann wird Rosalie zu uns stoßen und den Rest der Führung für heute übernehmen.«

Bei der Erwähnung von Rose fühlte ich mich erleichtert. Es war nicht so, dass ich Tatjana nicht mochte, aber mit Rose war es einfach witziger. Sie tänzelte um mich herum, redete ständig und versuchte mich zum Lachen zu bringen.

Tatjana hingegen lief meist stumm vor mir her und

von Witz konnte bei ihr nicht die Rede sein. Das bewies sie erneut, als wir weitere Gänge und Flure durchquerten, Treppen hinunter- und wieder heraufstiegen und verschiedenfarbige Türen passierten.

Endlich erreichten wir eine große Glastür, durch die ich den gekiesten Hof sehen konnte. Tatjana stieß sie auf und ich schlüpfte hindurch, bevor sie hinter mir zufiel. Unsere Schritte knirschten auf den kleinen Steinchen, während ich den Hof und die umliegenden Gebäude von unten inspizierte. Auch von hier konnte ich die gepflegten Fassaden und die moosfreien Dächer erkennen. Ganz offensichtlich kümmerte sich jemand sehr um die Häuser.

Tatjana ging auf ein kleineres Gebäude zu, das zwei Häuser vom ersten – dem Verwaltungsgebäude, wie ich vermutete – entfernt war. Es war breit gebaut, dafür aber nicht sonderlich hoch. Eine messingfarbene Schwingtür bildete den Eingang, durch den wir direkt in die Bibliothek kamen.

Mein Herz hüpfte, denn ich stand in einem Paradies aus Büchern. Regal um Regal, vollgestopft mit Büchern aller Art, standen überall in dem riesigen Raum, der ebenfalls kein Anfang und kein Ende zu haben schien, und reichten oft bis zum Dachgebälk hinauf. Ein feiner Duft nach Papier wehte mir entgegen und ich konnte Buchseiten rascheln hören.

Die Bibliothek war überwältigend und Traurigkeit überkam mich, als ich an Evie dachte.

Sie hatte so gern gelesen und auch ich hatte es geliebt, mich in der Welt der Bücher zu verkriechen.

In den Geschichten Zeit zu verbringen, war mir schöner erschienen, als in der realen Welt zu leben.

»Liest du gern?«, wollte Tatjana wissen, während wir nebeneinander an den Regalen vorbeigingen.

Ich nickte stumm und ließ den Blick über all die Bücher streifen. Zwischen den Reihen standen hin und wieder runde Tische, an denen Augenschöne über Büchern, Karten oder alte Pergamentrollen gebeugt saßen. Viele ließen sich von uns nicht stören, aber es gab auch welche, die neugierig aufschauten, als wir vorbeiliefen.

Der neue, noch so ungewohnte Teil von mir, hoffte jedes Mal, wenn wir an jemandem vorbeiliefen, dass es Atlas wäre. Doch ich hatte Pech.

»Das hier ist die Sachabteilung.« Tatjana bog in einen der Zwischenwege ein, der durch die Regale führte. »Im hinteren Bereich sind die Erzählungen, Abenteuerromane oder Liebesromane beispielsweise.« Sie blieb stehen und griff nach einem dicken, in Leder gebundenen Buch, das neben anderen in der Abteilung des Buchstaben O stand. Sie klemmte es sich unter den Arm und ging an mir vorbei, zurück zu dem letzten der runden Tische, der noch frei war.

Ich folgte ihr und stellte fest, dass der Teppichboden jeden Laut verschluckte.

An dem Tisch standen vier bunt zusammengewürfelte Stühle aus Holz, die trotz der offensichtlichen Tatsache, dass sie viele Jahrzehnte alt sein mussten, im Licht der Strahlen der Abendsonne, die durch die hohen Fenster fiel, wie neu glänzten.

»Setzen wir uns.« Tatjana zog mir einen Stuhl hervor und ließ sich auf einen der anderen sinken.

Ich nahm ebenfalls Platz, während sie das Buch auf den Tisch legte, aufschlug und anfing die Seiten durchzublättern.

Feiner Staub rieselte mir entgegen und ich musste niesen.

»Gesundheit.« Tatjana schlug eine weitere Seite auf und beendete damit ihre Suche. »Das Buch wird nicht sonderlich oft genutzt. Meist nur, wenn man neue Augenschöne und ihre Omunalisuhren einführen muss. Da verstaubt es etwas.« Sie schob mir das Buch zu, sodass ich die Zeichnung darin erkennen konnte.

Es war die Abbildung einer Omunalisuhr, etwas vergrößert, mit den zwölf kleinen Bildern und den acht Zeigern. Auch die Knöpfe und Rädchen am oberen Rand waren abgebildet. Jeder Zeiger, jedes Knöpfchen oder Rädchen und jedes Bild war mit einem Pfeil versehen, an dessen anderem Ende weitere kleine Zeichnungen, Zahlen und Erklärungen standen.

Die Überschrift der Buchseite lautete: »Die Omunalisuhr – Aufgaben, Anwendungen, Anleitungen.« Unterhalb davon, doch über der Zeichnung, stand noch ein kleiner Text:

Die Omunalisuhr – das wunderbare Ergebnis aus Technik und Magie. Jedes Augenschön sollte eine Zeit-

bzw. Omunalisuhr besitzen, denn sie ist nicht nur Zeit,- Wetter-, Schleifen- und Temperaturanzeige zugleich, sondern hat auch die üblichen Funktionen einer Uhr. Sie zeigt verwendete Magie an, gibt Auskunft über die nächsten Termine oder weist bei Orientierungslosigkeit die ungefähre Richtung des Rückwegs. Omunalisuhren, mit dem modischen Aussehen alter Taschenuhren, sind individuell und perfekt auf jedes einzelne Augenschön zugeschnitten. Vom Aussehen bis zum Ton des Klickens passt sich die Omunalisuhr an. Sie ist eine Kombination der wichtigsten Informationen, die in jeglicher Lebenslage benötigt werden. Jeder Blick auf das Ziffernblatt verrät Neues. Erklärungen zur Anwendung der Uhr und ihrer Aufgaben finden Sie unter der Zeichnung und auf den folgenden Seiten.

Ich wandte mich erneut der abgebildeten Omunalisuhr zu. Wie ich bereits gesehen hatte, waren an den zwölf Stellen, wo normalerweise die Zahlen Eins bis Zwölf abgebildet waren, kleine Kreise mit Bildchen. Ich beugte mich weiter über das Buch und las mir die Erklärungen zu Bildern, Zeigern, Knöpfchen und Rädchen durch.

Aus dem Lexikon der Omunalisuhr:

Die Ziffern:

1. Bild; steht an der Stelle der Stunden 12/24. Zeigt die Schleife an, in der sich die Person momentan befindet.

Zu sehen sind die Schleifen I, II, III, IV, V, VI, VII, VIII, IX, X, XI, XII, XIII, XIV, XV. Beim Aufenthalt in anderen Schleifen bleibt die Anzeige leer, da die Augenschönen bisher nur in den ersten fünfzehn leben.
2. Bild; steht an der Stelle der Stunden 1/13. Es ist die Wetteranzeige. Beispielbilder und ihre Bedeutung: Sonne ~ Sonnenschein. Schneeflocke ~ Schnee oder Frost. Graue Schwaden ~ Nebel. Sonne hinter Wolke ~ gemischte Wetterlage etc. Defekte können bei wetterlosen Schleifen (siehe unten) auftreten.

3. Bild; steht an der Stelle der Stunden 2/14. Es zeigt die Temperatur an, z.B. -1 °C; 5 °C. Defekte können in wetterlosen Schleifen (siehe unten) auftreten.

4. Bild; steht an der Stelle der Stunden 3/15. Besonderes Bild; wird erst in einer Partnerschaft mit einer anderen Omunalisuhr aktiviert. Man drückt die Hinterseiten der Uhren aneinander und beide Augenschönen strahlen die Uhr mit den Augen an. Durch die Magie werden die Uhren verbunden und zu sogenannten Partneruhren. Fortan zeigt das Bild folgende Zeichen an: Ein kleines rotes Herz ~ der Besitzer der Partneruhr lebt / ein kleines schwarzes Kreuz ~ der Besitzer der Partneruhr ist tot. Dieses wechselt sich ab mit einem kleinen Pfeil, der wie eine Kompassnadel funktioniert, nur dass er in die Richtung des Besitzers der Partneruhr deutet.
Das Feld dient Augenschönen, die als Zeitler (siehe unten) unterwegs sind, damit sie ihren jeweiligen Partner

nicht verlieren und über den Lebenszustand des Trägers der Partneruhr Bescheid wissen.

Wichtiger Hinweis: Wenn sich der Träger der Partneruhr in einer anderen Schleife befindet, zeigt das Herz/Kreuz zwar noch verlässlich an, der Pfeil allerdings rotiert und kann keine Informationen mehr angeben.

5. Bild; steht an der Stelle der Stunden 4/16. Es zeigt den nächsten Termin oder das nächste vorhersehbare Ereignis an, z.B. Mittagessen, Bogenschießtraining, Treffen, Erledigungen etc.

6. Bild; steht an der Stelle der Stunden 5/17. Ein Diamant für Ortssprünge und Schleifenfahrten ist hier eingelassen. Man fixiert den Diamanten, mentalisiert sich auf den Zielort (eine andere Schleife oder einen anderen Ort als den, an dem man sich gerade aufhält) und lässt einen Magizismus aus den Augen treten. Der Augenschöne wird in den Diamanten gezogen und erscheint am gewünschten Zielort.
(Die Diamantenmagie wird im Lexikon der Magizismen, Band 3 erläutert.)

7. Bild; steht an der Stelle der Stunden 6/18. Es zeigt die Uhrzeit mit Stunden Minuten und Sekunden an.

8. Bild; steht an der Stelle der Stunden 7/19. Es zeigt in den Inneren Schleifen (siehe unten) nichts an; ist daher komplett weiß. Zeigt bei einer Reise in die Äußeren Schleifen (siehe unten) das Datum mit Tag, Monat und Jahr zur Orientierung an.

9. Bild; steht an der Stelle der Stunden 8/20. Wenn ein Zeiger darauf gesetzt ist (siehe Zeigerchroniken), was auch meistens der Fall ist, und man den obersten Knopf (A) drückt, wird man automatisch in die erste Schleife I gebracht. Diese Funktion wird meist verwendet, wenn man in den Inneren Schleifen reist und zurück in die Schleifen der Augenschönen gelangen möchte.

10. Bild; steht an der Stelle der Stunden 9/21. Es leuchtet auf, wenn das Schleifenfahrtsportal bei einer Fahrt in die Äußeren Schleifen offen steht.

11. Bild; steht an der Stelle der Stunden 10/22. Es leuchtet in der Farbe des Augenschöns auf, wenn dieses Magie benutzt. Es hat eine ebenso strahlende Farbe wie die echte Magie.

12. Bild; steht an der Stelle der Stunden 11/23. Wechselt zwischen den verschiedenen ersten fünfzehn Schleifen: I, II, III, IV, V, VI, VII, VIII, IX, X, XI, XII, XIII, XIV, XV. Wird beim Wechseln zwischen verschiedenen Schleifen benutzt. Man wartet, bis die gewünschte Zielschleife angezeigt wird, und drückt den zweiten Knopf (B), dann gelangt man durch die sogenannte interne

Schleifenfahrt in die gewünschte Schleife der ersten fünfzehn.

Erklärungszusatz: Wetterlose Schleife: Bisherige Forschungen haben ergeben, dass es unter den Inneren Schleifen auch wetterlose gibt, das heißt, dass die normalen Bestimmungen des Wetters nicht gelten. Da Bild 2 und Bild 3 normalerweise das Wetter anzeigen und dieses in den beschriebenen Schleifen nicht existiert, können Defekte auftreten, die nicht nur die Anzeigen von Bild 2 und Bild 3 betreffen, sondern Auswirkungen auf alle Bilder haben können. Man kann dies vermeiden, indem man die Bilder deaktiviert. (Setzen eines Zeigers und Drücken des Knopfes C; Erklärung siehe Zeigerchronik.)

Zeitler: Augenschön, das einen Auftrag in den Inneren oder Äußeren Schleifen ausführen muss, auch Pilgerschön genannt.
Innere Schleifen: Die Zeitschleifen, die parallel oder zwischen der äußeren Welt (Äußere Schleifen) verlaufen. Durch sie kann man in verschiedene Äußere Schleifen reisen. Es gibt keinen wirklichen Rahmen von Zeit und Raum und nur Schleifenwesen können darin leben. Die Augenschönen bewohnen und nutzen die ersten fünfzehn Schleifen.

Äußere Schleifen: Die Zeitschleifen, in denen Orte und Zeit einen festen Rahmen haben. Sie sind die äußere Welt, in der Menschen und Huminustiere (Tiere, die nicht in Inneren Schleifen leben können) wohnen. Es ist der ursprüngliche Lebensraum der Augenschönen, vor ihrer ersten Fahrt in die Schleifen. Man kann durch ihre festen Muster nicht reisen und muss dafür die Inneren Schleifen benutzen.

Die Knöpfe und Zeiger; Zeigerchronik:

Die Omunalisuhr verfügt über sieben Knöpfe und Rädchen, die am oberen Rand der Uhr angebracht sind. Sie sind beschriftet mit den Buchstaben A bis G, wobei A der oberste Knopf ist, B das Rädchen links daneben, C der Knopf neben B und D der Knopf neben C. E befindet sich wiederum rechts neben A, F ist der zweite Knopf rechts neben A und G der dritte. Nebenbei hat die Uhr noch acht verschieden lange und breite Zeiger.

Zeiger a: Der längste und dünnste; durchgehend in Bewegung, bewirkt durch Magie, dass normale Menschen, die auf das Ziffernblatt schauen, eine normale Taschenuhr sehen.

Zeiger b: Halblang und dünn; weist meist auf Bild 12. Durch das Drücken des Knopfes A gelangt man in die Schleife der Augenschönen, die gerade angezeigt wird. Befindet man sich bei einer gesteuerten Schleifenfahrt in den Äußeren Schleifen, dann gelingt man durch das Drücken des Knopfes A und bei einem geöffneten Schleifenfahrtsportal zurück in die Inneren Schleifen.

Zeiger c: Lang und rot (alle anderen schwarz); weist auf das momentan wichtigste Bild.

Zeiger d: Halblang mit rotem Ende; weist meistens auf Bild 9 und durch das Drücken des Knopfes C, gelangt man zurück in die erste Schleife der Augenschönen.

Zeiger e: Kürzester und breitester; kann im Notfall, wenn Zeiger b oder Zeiger d nicht auf die Stammfelder deuten, durch das Drehen des Rädchens B auf Bild 9 oder Bild 12 gebracht werden, sodass die gewünschte Aktion ausgeführt werden kann.

Zeiger f: Der kürzeste und dünnste. Drückt man Knopf D, dann rückt der Zeiger auf Bild 2. Wenn man Knopf E drückt, dann rückt der Zeiger auf Bild 3. Durch das folgende Drücken von Knopf F wird das Feld, auf das der Zeiger weist, deaktiviert. Da bei wetterlosen Schleifen Defekte durch Bild 2 und Bild 3 verursacht werden können, ist diese Funktion für Zeitler empfehlenswert.

Zeiger g: lang und breit; lässt sich durch Drücken des Knopfes G und anschließendes Drehen des Rädchens B auf ein beliebiges Feld stellen. Beispielsweise, um das für einen persönlich wichtigste Bild zu markieren.
Zeiger h: halblang und breit; durch gleichzeitiges Drücken der Knöpfe G und E und Drehen des Rädchens B kann man den Zeiger auf Bild 11 deuten lassen, damit dieses nichts mehr anzeigt. Dies kann durchaus nützlich sein, wenn man z. B. einen verborgenen

Magizismus verwendet. Solange der Zeiger f nicht gebraucht wird, wandert er stetig von Feld zu Feld.

Ich verstand nicht einmal die Hälfte, musste aber dennoch beeindruckt schlucken, nachdem ich den ganzen Text gelesen hatte.

»Das alles kann diese kleine Taschenuhr?« Beinahe ehrfürchtig legte ich meine Omunalisuhr, die ich bis jetzt in der Hand gehalten hatte, auf den Tisch neben das Buch.

»Oh ja, sie sind sehr vielseitig, aber das macht sie ja erst so nützlich.«

»Ähm ... Tatjana?«

»Ja, Lucy?«

»Ich glaube, dass ich mindestens drei Viertel davon nicht verstanden habe.« Ich sah mir mit leicht überfordertem Gesichtsausdruck die Seiten an.

Tatjana lachte. »Ich habe Kopien der Blätter für dich da.« Sie holte zwei gefaltete Papiere aus ihrer Tasche und reichte sie mir. »Wenn du sie dir jeden Tag ein- bis zweimal kurz durchliest, begreifst du das Ganze recht schnell. Und wenn du irgendetwas trotz der Erklärungen nicht verstehst, kannst du gern mich oder andere Augenschöne fragen. Das gilt übrigens auch für alles andere. Oder du liest es einfach hier in der Bibliothek nach. In den Büchern kannst du fast alle Antworten finden.«

Ich steckte die Blätter in die Tasche meiner Hose, die für mich noch immer ungewohnt eng war.

»Ich muss jetzt leider schon wieder los, Lucy«,

entschuldigte sich Tatjana und erhob sich. Sie klappte das Buch zu, das immer noch auf dem Tisch lag, klemmte es sich unter den Arm und schob den Stuhl an den Tisch zurück. »Ich stelle das Buch dorthin, wo es gewesen ist. Du wartest hier. Rosalie wird dich bald abholen.« Mit diesen Worten nickte sie mir zum Abschied zu und lief zurück zu den Bücherregalen.

Ich kam mir vor wie ein kleines Kind, dem man immer wieder sagte, wo es bleiben oder hingehen sollte.

Aus den Lexika der Augenschönen
(Band 2, Kapitel 10)

Als Grundmagie werden die Magizismen/Zauber bezeichnet, die jedes Augenschön unabhängig der göttlichen Eltern ausführen kann. (Definition siehe Kapitel 23).

Als Variantmagie werden die Magizismen/Zauber bezeichnet, die das Augenschön abhängig vom göttlichen Elternteil durch die ihm zukommenden besonderen Gene ausführen kann, wobei auch bei den gleich Cynierten Unterschiede bestehen. Keine Variantmagie ist ganz gleich. (Definition siehe Kapitel 25)

Aus dem Bericht:
Die verschiedenen Formen der Augenschönmagie
von R. Starrson

Kapitel 7

Ich nahm meine Omunalisuhr in die Hand und strich erneut über den mit eingravierten Rosen geschmückten bronze-silber-farbenen, kuppelförmigen Deckel. Dann betätigte ich den Verschluss und der Deckel sprang nach links auf.

Mit meinem neuen Wissen betrachtete ich die Uhr. Ich konnte die römische Zahl IV in einem der oberen Bilder erkennen. Sie bestätigte mir, dass ich mich in der vierten Inneren Schleife befand. Mein Blick wanderte über die Sonne, für das schöne Wetter, die 18-Grad-Anzeige, das freie Feld, das erst eine Partneruhr brauchte, und blieb an dem fünften Bild hängen.

Ich stutzte und betrachtete es genauer. Stand dort wirklich: *Auf Rose warten*?

Ich hatte zwar gerade in dem Buch gelesen, dass die Uhr das mit der ihr verfügten Magie konnte, aber es war etwas ganz anderes, es hier zu sehen.

Woher sollte die Uhr denn wissen, dass ich genau das tun sollte?

In diesem Moment hörte ich Rose' mir inzwischen so vertraute Stimme. »Hallo Lucy, da bist du ja! Komm, wir gehen dein Zimmer anschauen.«

In dem Augenblick, in dem sie das sagte, klickte

die Uhr leise und das Bild, auf dem gerade noch *Auf Rose warten* gestanden hatte, zeigte jetzt *Zimmer anschauen* an. Verrückt!

Rose kam auf mich zugehüpft und setzte sich schwungvoll auf den Tisch, der ein leises Proteststöhnen von sich gab. Sie ignorierte das jedoch und startete, nach einem Blick auf die Omunalisuhr in meiner Hand, einen ihrer Redeschwalle: »Du hast wohl soeben von Tatjana die Einführung zur Uhr bekommen, richtig? Musstest du dir ebenfalls die komplizierten Texte im Lexikon durchlesen? Eine wirklich langweilige Einführung, findest du nicht auch? Lieber sollten sie die Entstehungsgeschichte der Uhr erzählen. Sie ist nämlich viel spannender! Willst du sie hören?«

Ich nickte ergeben. Gegen meine neue Freundin wäre ich ohnehin nicht angekommen. Außerdem interessierte es mich tatsächlich ein bisschen.

»Also schön.« Rose rutschte auf dem Tisch hin und her, als würde sie eine bequeme Position suchen. »Es begab sich zu den anfänglichen Zeiten der Gemeinschaft der Augenschönen. Ein paar Jahrzehnte, nachdem man das Leben in den ersten fünfzehn Schleifen fertig aufgebaut hatte, stieß ein junges Mädchen zu der damals um die fünfzig Leute große Gruppe. Sie hieß Alis und war äußerst schön. Bald lernte sie Omun kennen, einen Jungen, der bereits länger in den Schleifen lebte. Sie verliebten sich schnell und sehr stark ineinander. Leider galt damals noch das Schutzgebot, dass es keine Beziehungen, die über Freundschaft hinausgingen, zwischen Augenschönen geben durfte ...«

»Moment mal«, unterbrach ich Rose. »Wieso war das verboten?«

»Heute ist es anders. Heute sind Beziehungen erlaubt, aber ganz früher war es verboten, weil ...« Sie wurde rot.

Was war ihr denn peinlich?

»Am besten erkläre ich es dir ganz sachlich«, fuhr sie fort. »Wie du weißt, bricht das Magische oft aus Augenschönen heraus, wenn sie sehr starke Gefühle haben. Diese Magieausbrüche sind meist nicht positiv, können zu Verletzungen führen und richten mehr Schaden an, als sie Gutes bewirken. Und da Liebe ein ziemlich großes und starkes Gefühl ist, hatte man Angst, dass sie bei Augenschönen Magieausbrüche auslöst. Es war deshalb absolut verboten, eine Beziehung zu haben, bei der man mehr als Freundschaft füreinander verspürte. Wie gesagt, heute ist das anders. Der Grund dafür ist Bestandteil dieser Geschichte. Jetzt ist es erlaubt, Partner zu haben oder auch verheiratet zu sein. Nur Geschlechtsverkehr ist noch wegen des Risikos und ... aus anderen Gründen verboten.«

Was sollte ich dazu sagen?

Doch zum Glück fuhr Rose mit ihrer Geschichte der Omunalisuhren bereits fort. »Zurück zu Omun und Alis. Wo war ich stehen geblieben? Ah ja, sie verliebten sich ineinander, doch konnten sie sich aufgrund des Verbots nicht offen zueinander bekennen oder auch nur treffen. Und was taten sie wohl?«

Rose wartete gar nicht darauf, dass ich antwortete, sondern erzählte gleich weiter.

»Sie trafen sich natürlich heimlich. Sie gingen im Wald spazieren oder suchten sich nachts andere abgelegene Orte. Neben ihrer Liebe zueinander entdeckten sie auch ihre gemeinsame Leidenschaft für Technik und die Ableger der Magie. Sie begannen, die Vorgänger der heutigen Omunalisuhr zu entwickeln. Unglücklicherweise wurden sie dann eines Tages von jemandem erwischt, während sie beisammen waren, und dieser jemand verpetzte sie. Man wusste nicht, was mit ihnen geschehen sollte, und beschloss, sie erst einmal voneinander fernzuhalten.« Rose seufzte.

»Und? Hat es funktioniert?«

»Natürlich nicht. Die Sehnsucht trieb sie weiter dazu, sich heimlich zu treffen. Einer der damaligen Leiter hier, Elvon, ja, der Elvon, der auch heute noch da ist, machte sich einige Gedanken über die beiden. Er dachte: Wenn eine so große Liebe wie die der beiden noch keine Magieausbrüche hervorgerufen hatte, musste das Risiko bestimmt sehr gering sein. Doch ehe er den anderen seinen Vorschlag, das Verbot aufzuheben, unterbreiten konnte, deckte man auf, dass Omun und Alis sich weiterhin getroffen hatten. Man überlegte erneut, wie man sie bestrafen konnte. Die beiden hatten solche Angst, getrennt zu werden, dass sie beschlossen, mithilfe ihrer Uhren abzuhauen. Sie reisten lange Zeit durch die Inneren Schleifen und lebten ein verborgenes, glückliches Leben. Derweil setzte Elvon sich für das Aufheben des Verbotes ein, und erreichte dies letztendlich auch. Das war der Verdienst von Omun und Alis. Sie gelten als eine Art Symbol für die Liebe.«

»Dann wurde alles gut für die beiden?«

»Leider nicht.« Rose schüttelte traurig den Kopf. »Omun und Alis hatten nämlich unterdessen alle Vorsicht fahren lassen und … miteinander geschlafen. Alis wurde schwanger, doch es ging ihr nicht gut dabei. Das Kind in ihr schien sie mit seinem seltsamen Mix aus den Magien der Gottheiten regelrecht auszuzehren. Omun beschloss, sie zurück in die vierte Schleife zu bringen und dort um Hilfe zu bitten. Die Überraschung war groß, als sie eintrafen, und wurde noch größer, als man die schwache und kranke Alis mit ihrem runden Bauch sah, der von der Schwangerschaft erzählte. Sie versprachen Omun, ihr zu helfen, so weit es ihnen möglich war. Leider war es entweder bereits zu spät und Alis zu schwach oder sie hatten nicht die nötigen Mittel dafür. Alis verstarb wenige Tage später. Das unmöglich Scheinende war geschehen, denn bisher war noch nie ein Augenschön gestorben.«

Augenschön konnten nicht sterben? Verblüfft starrte ich Rose an.

Doch sie bemerkte es nicht und redete schon weiter. »Vielleicht lag es bei Alis an den göttlichen Genen und der Magie, die das Kind besessen hatte.

Vielleicht war Alis' Körper aber einfach zu schwach gewesen und sie wäre auch bei einem normalen Kind unter normalen Umständen bei einer Schwangerschaft in den Äußeren Schleifen gestorben. Man wusste es nicht und weiß es bis heute nicht, da bisher keine Augenschöne mehr schwanger geworden ist. Geschlechtsverkehr ist bis heute verboten. Man wollte auch die bloßen Beziehungen erneut verbieten, aber Elvon und Omun konnten das glücklicherweise verhindern. Omun meinte, dass das, was er gemeinsam mit Alis erlebt, gefühlt und was sie verbunden hatte, größer und stärker war, als dass ein Verbot es je hätte aufhalten können. Man solle lieber die wirkliche Gefahr – Sex – verbieten, als Hindernisse für sich wirklich Liebende aufzustellen. Sonst könnte es zu einer Wiederholung von Alis' tragischer Geschichte kommen. Also ließ man die Partnerschaften und Beziehungen zu. Nach Alis' Tod verbrachte Omun fast die ganze Zeit bei der Weiterentwicklung der magisch-technischen Uhren. Schließlich war das Werk vollendet und er taufte die entstandene Uhr die Omunalisuhr, in Erinnerung an seine große Liebe Alis.«

Rose schniefte etwas. Die Geschichte schien sie ziemlich mitgenommen zu haben. Und es stimmte, sie war wirklich traurig gewesen, allerdings beschäftigte mich etwas anderes.

»Du hast gesagt, Augenschöne könnten nicht sterben. Aber müsste Omun dann nicht noch leben? Und als ich auf Tatjana gewartet habe, habe ich alte

Fotos gesehen. Auf ihnen fehlten auch oft Personen, die auf den vorigen noch dabei waren. Sind sie nicht gestorben?«

»Omun und Alis' Geschichte trug sich, wie bereits erwähnt, vor sehr langer Zeit zu. Man hatte noch nicht besonders viele Erfahrungen gemacht. Alis war die erste tote Augenschöne. Bald darauf erfuhr man von einer weiteren Methode, zu sterben. Das ist das noch traurigere Ende der Geschichte. Manche mögen es als romantisch bezeichnen, doch ich weiß nicht, ob ich damit übereinstimme. Omun wusste nämlich nicht, was er mit dem Rest seines unendlich lang scheinenden Lebens anfangen sollte. Er beschloss, seiner Geliebten in den Tod zu folgen.«

Ich zuckte zusammen. Omun hatte Selbstmord begangen?

»Er probierte viele verschiedene Dinge aus«, fuhr Rose schaudernd fort. »Er stürzte sich von Türmen, versuchte sich zu ertränken oder stieß sich eigenhändig ein Messer in die Brust. Doch Augenschöne haben eben die Eigenschaft, unsterblich zu sein. Zwar nicht unverwundbar, aber unsterblich. Das heißt, du kannst verletzt werden, aber nicht durch Verletzungen sterben. Zudem heilen Verletzungen viel schneller als bei Menschen. Wenn man sich also von Türmen stürzt, brechen einem alle Knochen und man schrammt sich alles auf, aber nach nicht allzu langer Zeit sind die Wunden vollkommen verheilt. Bei einem Messer in der Brust ist es gleich, man stirbt sogar für ein paar Sekunden, aber auch das

Herz verheilt schnell und man lebt wieder weiter.«

Rose rieb sich über die Arme, auf denen sich genau wie bei mir, die Härchen aufgestellt hatten.

»Man versuchte selbstverständlich, Omun davon abzuhalten, doch er wollte nicht hören und machte immer weiter. Selbst nachdem er eine Woche auf dem Grund des Flusses verbracht hatte und immer noch lebte, gab er nicht auf. Schließlich erreichte er sein Ziel, als er, auf der Suche nach weiteren Selbstmordmöglichkeiten, durch die Inneren Schleifen reiste. Dort begegnete er einem Nächtlichen Geschöpf. Mr Honk hat mir erzählt, du seist bereits einem begegnet?«

Ich nickte.

»Es sind Kreaturen, geboren aus der Finsternis und dem Bösen. Sie können die Gestalt von Menschen annehmen, nur ihre Augen bleiben immer pechschwarz.«

Mir jagte der Gedanke an den Earl immer noch Schauer über den Rücken.

»Die normalen Gestalten sind meist verkrüppelte Mischungen aus vielen Tieren, deren Zähne ein für uns tödliches Gift enthalten. Es gibt auch noch eine zweite Art ihrer natürlichen Gestalt, die von riesigen Fledermäusen. Auch deren Zähne enthalten dieses Gift. Omun traf also auf ein Nächtliches Geschöpf. Er musste gar nicht darum bitten, umgebracht zu werden, denn diese Monster waren dafür gemacht. Er war der Erste, der durch ein Nächtliches Geschöpf starb.«

»Der Erste? Willst du damit sagen, alle anderen, die nach ihm starben, wurden auch von diesen Nächtlichen Geschöpfen umgebracht?« Ich dachte an das blonde Mädchen und all die anderen Personen, die auf den Fotos verschwunden waren.

»Mehr oder weniger, ja.« Rose sprang vom Tisch.

Mehr oder weniger? Was sollte das bedeuten?

Ich wollte nachhaken, doch Rose zog mich vom Stuhl hoch. »Komm. Jetzt muss ich dir endlich dein Zimmer zeigen.«

Es war offensichtlich, dass sie nicht weiter über dieses Thema sprechen wollte. Sie zog mich mit sich und ich konnte mir nur noch schnell meine Omunalisuhr schnappen.

»Übrigens sind mir einige sehr schöne Spitznamen für dich eingefallen.« Rose fing an zu strahlen, während wir um die Ecke eines der Bücherregale bogen.

»Wirklich? Welche denn?« Offenbar machte sie sich wirklich viele Gedanken über mich. Ich musste schlucken.

Auch meine neue selbsternannte beste Freundin freute sich sichtlich, dass ich mich dafür interessierte.

»Na klar. Einer ist übrigens mein Favorit, aber welcher das ist, verrate ich nicht. Ich möchte deine Entscheidung ja nicht beeinflussen, in Ordnung? Ich werde sie dir, manchmal mit einer Erklärung, nennen, und du sagst mir dann, welcher dir am besten gefällt.«

Ich nickte gespannt und lief weiter neben ihr her.

»Ich hatte anfangs ganz viele, da waren aber auch ein paar ziemlich verrückte dabei! Hier sind meine vier besten. Ich habe mir deinen ganzen Namen angeschaut und ein bisschen gemischt. Erstens: Izzy. Von Lucy und Elizabeth. Zweitens: Lizzy, ähnlich, aber mit dem l aus Elizabeth dazu. Drittens: Betti, von Elizabeth. Viertens: Luce, eine Abwandlung deines Vornamens.«

Izzy, Lizzy und Betti? Eigentlich alles ganz schöne Namen. Doch bei Luce musste ich schlucken.

»Du musst dich nicht sofort entscheiden«, warf Rose ein. »Lass dir die Namen durch den Kopf gehen und dann kannst du mir deine Entscheidung mitteilen.«

Sie ging durch die Schwingtür, bei der wir inzwischen angelangt waren, hielt sie für mich auf, und ließ sie dann zufallen. »Jetzt zu deinem Zimmer. Dazu musst du erst mal die Gebäude richtig kennen.«

Wir traten auf den großen Hof hinaus. Rose zeigte auf das Gebäude links von der Bibliothek. Es war recht klein und sah aus wie mehrere ineinander gebaute Großfamilienhäuser.

»Die Bibliothek hinter uns kennst du bereits. Das hier ist das Wohnhaus, in dem Tatjana, Elvon, Mr Honk und Mr Starrson wohnen. Es ist Wohnhaus 4. In dem Haus daneben warst du auch schon. Das ist das Verwaltungsgebäude. Dort sind Büros und ein paar Forschungsräume. Außerdem sind dort auch die Zimmer mit den Dingen zur Einführung von

Neulingen, wie der Waschraum, die Druckerei für die neuen Oberteile oder der Raum der Zeituhren.«

»Aber warum sind dort so viele Duschen im Waschraum? Kommen sonst so viele Neulinge auf einmal an?«

Rose schüttelte den Kopf. »Die vielen Duschen sind nur für alle Fälle da. Wenn Krieg in den Äußeren Schleifen herrscht, sterben dort viele Menschen. Wenn unter diesen zufällig einige Augenschöne sind, kommen sie hierher, so wie jedes Augenschön bei seinem Tod. Also besser zu viele Duschen als zu wenige.«

Ich nickte auf ihre Erklärung hin. Das klang einleuchtend.

»Das breite Gebäude daneben«, fuhr Rose mit ihrer Aufzählung fort, »ist die sogenannte Abstellkammer. Ich weiß, ich weiß«, sagte sie, als ich ungläubig die Augenbrauen hob.

Das Gebäude war riesig, ziemlich breit und hatte ein flaches Dach. Es war ein breiter Betonklotz, das genaue Gegenteil einer Abstellkammer.

»Das mit der Abstellkammer ist als Witz gemeint«, versicherte Rose mir. »Innen befinden sich die verschiedensten Waffen und Übungsgeräte.«

»Waffen? Soll das etwa auch ein Witz sein?« fragte ich verblüfft, hatte diesmal jedoch das Gefühl, dass es das nicht war.

»Nein, das ist kein Spaß. Hier wird nämlich hauptsächlich kämpfen geübt, falls du das noch nicht bemerkt haben solltest. Und obwohl unsere Augen ziemlich gute Waffen abgeben, müssen wir auch Pfeil und Bogen, Schwert, Speere oder Dolch beherrschen. Denn manche Feinde sind immun gegen unsere Augenmagie. Außerdem«, grinste sie mich an, »wer will schon freiwillig das nächste Opfer der Nächtlichen Geschöpfe sein?«

Auch, wenn sie das so scherzhaft sagte, merkte ich dennoch, dass ein gewisser Ernst in ihren Worten mitschwang. Kämpfen. Ich hatte es unterbewusst bereits vermutet, aber es jetzt gesagt zu bekommen, war etwas anderes. Ich würde zur Kämpferin mit Pfeil, Schwert, Speer und Dolch ausgebildet werden. Inklusive magischer Augen.

Und ich würde vermutlich weiteren Nächtlichen Geschöpfen begegnen und gegen sie kämpfen müssen. Ich schauderte innerlich, während Rose zu ihrer Beschreibung der Räumlichkeiten zurückkehrte.

Diesmal konnte ich erkennen, wofür das Gebäude genutzt wurde, das uns direkt gegenüber stand, bevor Rose es mir erzählte. Am Rand entlang waren große Fenster, die die weißen Wände unterbrachen. Durch sie konnte man ins Innere sehen, wo sich lange hellbraune Tische mit herangeschobenen Stühlen in geordneten Reihen befanden.

Am linken Ende bemerkte ich den hinteren Teil einer Essenstheke, bevor sich die Wand schloss und den Rest, der vermutlich die Küche beinhaltete, vor meinen Blicken verbarg.

»Der Speisesaal!«, rief ich aus.

»Genau.« Meine Freundin zupfte ein paar lose

Strähnen hinter ihr Ohr. »Wenn du mich fragst, ist das der beste Ort in allen Schleifen.«

Sie lachte und ich stimmte mit ein. Es war so einfach, sich mit ihr zu unterhalten, und ich hätte mich sogar nach Stunden sicherlich nicht mit ihr gelangweilt.

»Dort frühstücken wir, essen zu Mittag und zu Abend. Alle zusammen. Zwischendurch kannst du dir kleine Snacks holen oder etwas zum Mitnehmen, was oft der Fall ist, wenn man so gern isst wie ich.«

»Na, da bin ich aber froh, dass ich nicht die einzige bin«, bemerkte ich.

Rose hob die Hand und aus einem Instinkt heraus, der irgendwo aus meinen Tiefen kommen musste, schlug ich ein. Ich blinzelte. Dieses gesamte Du-weißt-Dinge-die-du-eigentlich-nicht-weißt verwirrte mich noch immer.

Neben dem Speisesaal standen drei Gebäude in einem Viertelkreis, die fast identisch aussahen. Sie hatten weiße Fassaden, waren gleich hoch gebaut und hatten wie die anderen Häuser rote Dächer. Große Fenster waren in regelmäßigen Abständen in ihnen eingelassen, vor manchen hingen Blumenkästen. Sie hatten große gläserne Eingangstüren, neben denen die Zahlen 1, 2 und 3 in einem kontraststarken Schwarz aufgepinselt waren. Aus dem Haus mit der 1 kamen zwei Jungen, liefen an der Wand entlang und bogen dann um die Ecke, wahrscheinlich auf dem Weg zu der Wiese, auf der vorhin der Zauber mit dem Baum stattgefunden hatte.

»Und das sind unsere Wohnhäuser.« Rose klang stolz, als sie das sagte. »Wohnhaus 1, 2 und 3. Dort hat jedes Augenschön seine eigenen privaten Zimmer. Dort schlafen … manche und dort leben wir. Ich wohne in Haus 2. Und weißt du was? Du auch!« Sie grinste fröhlich.

Überhaupt schien Rose jemand zu sein, der gern und viel lachte, grinste und lächelte. Genau so jemanden brauchte ich gerade.

»Das ist ja toll.« Ich machte einen kleinen Glückshüpfer, wurde dann aber sofort still. Das Haus Nummer 2 … dort würde ich ab jetzt wohnen. Und vermutlich für … immer? Das Wort jagte mir Angst ein, ich versuchte dennoch, mir nichts anmerken zu lassen.

Wohnhaus 2 sah genauso wie die anderen beiden einladend aus. Die helle Fassade schien einem entgegenzuleuchten und zu rufen »Komm herein, bei mir ist es wunderbar«. Die Blumenfenster machten es bunter und das rote Dach ließ es noch etwas edler erscheinen.

Rose warf mir einen unsicheren Blick zu.

»Alles in Ordnung«, beeilte ich mich zu sagen. »Erzähl doch weiter.«

»Ich glaube nicht, dass bei dir alles in Ordnung ist«, meinte sie vorsichtig. »Du hast diese kleine Kuhle neben den Brauen, wenn dich etwas beunruhigt oder dir unbehaglich ist. Das ist mir schon aufgefallen. Ist es das Haus?«

Ich biss mir auf die Lippen und schüttelte dann den

Kopf. Warum musste Rose nur so aufmerksam sein? Sie kannte mich doch kaum.

Sie seufzte, drückte kurz meine Hand und machte dann zum Glück mit der Vorstellungsrunde der Häuser weiter. Neben dem dritten Wohnhaus standen zwei kleine, viereckige Gebäude in einer Kurve. Das eine war schlicht und im Stil eines neumodischen Kaufhauses gestaltet. Jedenfalls flüsterte mir dies das Wissensgift ein. Zwei Blumentöpfe, die davor standen, flankierten eine Holztür.

»Das ist unser Laden. Dort kaufst du dir nicht wirklich Sachen, du holst dir dort nur beispielsweise die für dich angefertigten Klamotten ab. Das daneben ...«, Rose zeigte auf das zweite würfelförmige Haus, »ist unser Wohnzimmer.« Es sah aus, wie ein kleines Bauernhaus, ganz aus hellem Holz gezimmert. Davor stand eine alte Hollywoodschaukel. Eine gemütliche, heimelige Atmosphäre ging von ihm aus.

»Dort halten wir uns bei schlechtem Wetter auf oder wenn wir uns entspannen wollen. Jedenfalls ist das so vorgesehen. Allerdings machen das nur wenige, es gehört praktisch den Nocturnals und mit denen will man nicht so viel zu tun haben ... wobei ... ach vergiss das gleich wieder. Es ist gemütlich eingerichtet, mit Sofa und Sesseln. Wenn man Lust hat, kann man auch die zahlreich vorhandenen Spiele spielen oder einen Film schauen. Das macht tagsüber aber fast niemand.«

Tagsüber? Gab es etwa auch Nachtaktivitäten?

Rose zögerte, als ich sie das fragte.

»Es ist ein bisschen komplizierter«, antwortete sie ausweichend.

Ich ließ nicht locker und schließlich gab sie nach. »In Ordnung. Aber es ist etwas seltsam und gruselig. Sag am Ende nur nicht, ich hätte dich nicht davor gewarnt, es genauer wissen zu wollen.« Sie sah mich ernst an und ich nickte ihr beruhigend zu.

»Ich werde dir sicherlich keinen Vorwurf machen.«

»Gut.« Sie holte tief Luft. »Es gibt viele verschiedene Arten von Augenschönen. Der allergrößte Unterschied sind natürlich die göttlichen Elternteile. Doch dann gibt es noch weitere Unterschiede. Ein weiterer großer ist die Sache mit den Nocturnals.« Sie sah mich von der Seite an. »Menschen schlafen nachts. Die meisten Augenschönen auch. Das tun sie hier in den Wohnhäusern. Doch es gibt manche, die können nicht schlafen. Nie. Sie haben in den Wohnhäusern zwar Betten, doch benutzen tun sie diese nicht. Die schlaflosen Augenschönen werden auch Nocturnals genannt, die Nachtaktiven. Seltsamerweise gibt es nichts, was ihnen sonst gemeinsam ist. Es sind nicht nur die Kinder der Wassergottheiten oder der Pflanzengottheiten, sondern sie sind verschiedenen Ursprungs. Sie haben unterschiedliche göttliche Elternteile und es gibt unter ihnen Jungen und Mädchen. Sie werden allerdings erst zu Nocturnals, nachdem sie in die Inneren Schleifen kommen. Davor haben sie wie alle Menschen normal geschlafen. Wir wissen nicht, wie und warum es passiert. Elvon meint, dass die Nocturnals nachtaktiv sind, als natürlicher Schutz, um die anderen schlafenden Augenschönen vor nächtlichen Angriffen zu bewahren.«

Das klang auch für mich ziemlich einleuchtend.

»Dagegen spricht jedoch«, fuhr Rose fort, »dass die Nocturnals auch tagsüber wach sind. Welchen Sinn soll es also haben? Mr Honk vermutet, dass Nocturnals und die anderen Augenschönen von verschiedenen Spezies stammen. Wenn du mich fragst, ist das ausgemachter Unsinn. Wir stammen doch von niemandem ab, sondern wurden nur cyniert. Und wie gesagt, nicht alle gleich cynierten sind schlafende beziehungsweise nichtschlafende Augenschöne, sondern diese können von allen Gottheiten abstammen. Es ist nur eine von vielen Theorien. Jedenfalls verbringen die Nocturnals ihre Nächte meistens im Wohnzimmer, das heißt, soweit ich weiß. Schließlich bin ich kein Nocturnal und schlafe in meinem Bett im Wohnhaus. Es gibt ziemlich wenige Nocturnals. Und ehrlich gesagt, haben sie nicht den besten Ruf. Die meisten von ihnen meidet man und eben auch das Wohnzimmer. Es ist irgendwie … was weiß ich … seltsam, wenn manche Augenschöne nie schlafen und nie müde sind.«

Nie schlafen. Nie müde sein. Diese Nocturnalgeschichte war tatsächlich etwas gruselig und auch seltsam. Da konnte ich Rose nur zustimmen. Ich hoffte jedenfalls, dass ich kein Nocturnal war.

Ob man das irgendwie beeinflussen konnte? Doch ehe ich danach fragen konnte, setzte Rose bereits ihre Erläuterung über die Gebäude fort.

»Das letzte Haus neben dem Wohnzimmer und hier neben der Bibliothek ist die Veranstaltungs- und Versammlungshalle. Dort treffen wir uns manchmal, um wichtige Dinge zu besprechen. In drei Monaten ist, glaube ich, das nächste Treffen anberaumt. Bin schon gespannt, was da berichtet wird. Vielleicht endlich etwas Neues über den Auftrag. Der ist schon seit bestimmt mehreren Jahren in der Schwebe.« Nachdenklich starrte sie in die Luft. Dann rümpfte sie kurz verwirrt die Nase und fasste sich wieder. »Und nun, auf zu deinem Zimmer!«

Sie marschierte los und ich hinterher, quer über den Hof. Der war riesig, damit alle Gebäude drumherumpassten. Keine Ahnung weshalb, aber auf dieser großen Fläche unter dem Himmel fühlte ich mich irgendwie nackt und der Gefahr ausgesetzt. So musste sich eine Maus auf freiem Feld fühlen, immer in Angst vor Raubvögeln, die sie auffressen wollten. Und hier, an diesem Ort, an dem alles neu für mich war, fühlte ich mich von solchen Gefahren nicht allzu weit entfernt.

Als wir den Hof fast ganz überquert hatten, trat ein weiterer Junge aus Wohnhaus 1. Er trug eine dünne, schwarze Jacke gegen den Wind, der gerade auffrischte und mir eine kleine Gänsehaut auf den Armen erscheinen ließ. Seine Füße steckten in mattblauen Turnschuhen und er hatte seine Hände in seiner blauen Hose vergraben. Er blinzelte kurz gegen die Sonne und entdeckte Rose und mich. Ein selbstgefälliges Grinsen erschien auf seinem Gesicht und er schlenderte auf uns zu.

Rose gab ein genervtes Stöhnen von sich. »Das ist Tyler. Er ist ein riesiger Angeber, genau wie sein Kumpel. Wetten wir, dass er dich gleich anspricht oder dich mit Komplimenten überhäuft. Das ist kaum auszuhalten! Hoffen wir, dass es bei dem einen bleibt und nicht der zweite …«

In diesem Moment kam tatsächlich ein zweiter Junge aus dem Haus. Im Gegensatz zu vorhin beim Bogenschießtraining trug James jetzt keine Jacke mehr. Um seine breiten Schultern spannte sich das weiße Shirt mit dem grünen Auge. Das andere Symbol erinnerte an einen Baum. Er blickte sich um, sah, wie Tyler auf uns zukam, und lief ihm nach.

»… auch noch kommt«, beendete Rose resignierend ihren Satz. »Leider umsonst gehofft. Das ist James. Der ist eigentlich noch schlimmer als Tyler. Er flirtet, wo es nur geht.«

Das hatte ich dann wohl bereits mitbekommen. Waren die Sprüche auf der Wiese bei meiner Ankunft seine üblichen Floskeln gewesen? Brachte er sie bei jedem Mädchen an?

Inzwischen hatte James Tyler eingeholt, boxte ihm freundschaftlich gegen die Schultern und die beiden blieben vor uns stehen.

»Na Rose, wer ist denn die Süße neben dir?« Tyler musterte mich genüsslich und ich kam mir auf einmal unglaublich entstellt vor. Was schaute der so dämlich? Er war mir sofort unsympathisch.

»Tyler, ein bisschen mehr Respekt vor den Damen«, schaltete James sich ein. »Außerdem kennst du den Engel hier eigentlich schon. Das ist Lucy, der neue und größte Stern am Schönheitshimmel.« Er grinste mir zu, was mich noch mehr verunsicherte. Ich warf Rose einen hilfesuchenden Blick zu.

»Ach ja!«, rief Tyler aus und klatschte sich mit der Hand gegen die Stirn, als wäre ihm der Gedanke jetzt erst wiedergekommen. »Wie konnte ich das nicht sofort erkennen? Das ist die blonde Prinzessin aus dem Märchenwald. Jetzt fällt es mir ein.«

»Das wundert mich ziemlich, Tyler«, feixte Rose, »dass dein Gehirn sich überhaupt irgendwas merken kann, habe ich gar nicht gewusst. Neu ist mir übrigens auch, dass du überhaupt ein Gehirn hast.«

Ich sah sie erstaunt an. Rose konnte ziemlich schlagfertig sein.

Tyler wollte etwas erwidern, doch Rose rollte genervt mit den Augen und zog mich am Arm in Richtung unseres Wohnhauses. »Die gehen einem so was von auf die Nerven! Zum Glück ist nur James ein Nocturnal und nicht beide. Wäre bestimmt schrecklich, wenn man vor beiden nie Ruhe hätte.«

»James ist ein Nocturnal!?« Ich warf einen Blick über die Schulter und sah, wie James und Tyler über den Hof davongingen.

»Ja, leider«, seufzte Rose. »Deswegen bin ich natürlich umso glücklicher, dass ich selbst keines bin. Er bringt mich schon tagsüber auf die Palme. Genau wie Tyler.«

»Dafür, dass sie dich so ärgern, hast du mit einem guten Kommentar reagiert.«

»Mit der Zeit lernt man eben, sich gegen sie zu wehren. Und mit ihren dämlichen Vorlagen sind Treffer gar nicht so schwer zu erzielen. Im allerschlimmsten Fall hilft dann eben nur eins: schnellstmöglich abhauen.« Grinsend drückte Rose die Eingangstür von Wohnhaus 2 auf.

Hier schien jeder kommen und gehen zu dürfen, wann er wollte, denn Rose hatte an dem breiten silbernen Schloss, das so gar nicht zur Eingangstür passte, keinen Schlüssel verwendet.

Ich trat neben sie in den breiten, hohen Gang. Er führte auf eine Marmortreppe zu, die sich nach fünf Stufen in zwei verschiedene Richtungen teilte. Rechts und links gingen zwei kleinere Gänge ab, denen Rose keinerlei Beachtung schenkte. Sie lief zielstrebig auf die Stufen zu und bog dann auf die rechts abzweigende Treppe ab. Ich folgte ihr und stieg bedächtig nach oben.

Als ich am Ende der fünf Stufen am Geländer hinunter und hinauf schaute, staunte ich nicht schlecht. Direkt vor der Treppe, einen Meter weiter unten, war ein großer Saal. Der Boden war aus weißem Marmor und kostbar aussehende Teppiche zierten die Wände. Die Treppen führten in das zweite Stockwerk und endeten in einem Gang, der oberhalb um den Saal herum angebracht war. Runde Säulen unterbrachen das Geländer stellenweise und stützten die leicht kuppelartige Decke, die den Raum noch größer erscheinen ließ. Mit kunstvollen Linien und Strichen waren die schwarzen Umrisse eines Auges darauf gepinselt. Etwa zwei Meter vom Geländer entfernt waren an der Wand, im Abstand von wenigen Schritten, dunkelblaue Türen, die auf Räume dahinter schließen ließen.

Verwirrt musterte ich den Saal unter mir. Ich konnte keinerlei Eingänge entdecken. Wie sollte man dorthin gelangen und wozu war dieser Raum überhaupt gut?

»Den Saal dort unten benutzen wir nie. Früher fanden dort sogenannte Haustreffen statt, doch heute ist das anders«, erklärte Rose, als hätte sie meine unausgesprochene Frage gehört.

Sie stieg weiter die Treppe hinauf. An eine Säule gelehnt wartete sie auf mich, streckte mir die Hand entgegen und ließ etwas in meine fallen. Es war ein kleiner, bronzefarbener Schlüssel mit einem blauen Tuch als Anhänger, auf dem die Zahl Zwölf eingestickt war.

»Das ist dein Zimmerschlüssel und nun viel Spaß beim Suchen!«

Sie sah mich abwartend an, während ich widerwillig das blaue Tuch durch meine Hand gleiten ließ. Die Farbe war exakt die gleiche, in der auch die Türen gestrichen waren.

Ich wandte mich einer zu und musterte sie suchend. An der linken Seite befand sich die Klinke, mit der sich die Tür nach innen öffnen ließ. Rechts oben über dem Türrahmen entdeckte ich eine kleine Zahl. Ich trat näher heran und erkannte, dass es eine 20 war. In dem Moment wurde die Tür geöffnet und eine Person lief in mich hinein. Ich kippte nach hinten um und fing mich mit den Händen ab.

»Mist!«, fluchte ich und rappelte mich umständlich auf.

»Kannst du nicht aufpassen?«, fuhr mich eine Stimme an.

Ich erkannte sie sofort wieder. Mein Herz setzte einen Schlag lang aus, nur um dreimal so schnell wie zuvor weiterzuschlagen. Es fühlte sich an, als ob dort eine Herde von Pferden einen Marathon veranstalten würde. Ich war mir sicher, dass es jeder hören musste. Unangenehm warm kroch das Blut meine Wangen hinauf und verlegen blickte ich in Atlas' türkisfarbenen Augenozean.

»Tut mir leid«, murmelte ich und strich mir die wirren Haare hinter das Ohr. »Ich wollte mir bloß die Zahl über deiner Tür anschauen, um die Richtung zu meinem eigenen Zimmer zu finden.« Wie zum Beweis hob ich den Schlüssel mit dem Tuchanhänger hoch.

Atlas sah sich die Zahl darauf an. »Zimmer 12 ist dort drüben.« Er zeigte auf eine der blauen Türen, was ich jedoch nicht so richtig wahrnahm.

Ich war noch immer wie gebannt von seinem Anblick.

»Und pass auf, dass du auf dem Weg dorthin keine

weiteren Leute umrennst.«

Ich erwachte aus meiner Starre und verschränkte empört die Arme. »Du hast mich hier gerade umgerannt, nicht umgekehrt. Ich bin nämlich gerade zu Boden gegangen und nicht du. Vielleicht solltest du eher aufpassen, mit welcher Geschwindigkeit du durch Türen rennst, anstatt mir Vorwürfe zu machen.«

Ich war selbst erstaunt, dass ich diese Abfolge von Sätzen grammatikalisch und logisch hinbekommen hatte, während ich Atlas gegenüberstand.

Er zog eine Augenbraue hoch. »Also Vorwürfe machst du mir gerade. Und könntest du jetzt bitte etwas zur Seite treten, um mich durchzulassen? Womöglich hast du es noch nicht bemerkt, aber ich habe es eilig.«

Ich machte einen raschen Schritt nach rechts und Atlas drängte sich an mir vorbei, ging zur Treppe und hastete die Stufen hinunter.

Rose starrte ihm mit offenem Mund hinterher. »Hatte ... hatte ich gerade eine Halluzination oder hat Atlas eben keine schwarze Jacke über seinem Oberteil angehabt und uns nicht mit seinem miesepetrigen Gesicht die Laune verdorben?«

Ich wusste nicht, was sie daran seltsam fand, doch ich bejahte ihre Frage.

Ungläubig schüttelte sie den Kopf.

»Was ist denn daran so komisch?«, wollte ich wissen. Mir kam eher ihre Reaktion seltsam vor, es sei denn, dass Atlas bei ihr das gleiche Gefühlschaos auslöste, wie bei mir.

»Das ist … das ist seit Jahrhunderten das erste Mal.«

»Das erste Mal von was?«

»Das erste Mal, dass er helle Kleidung trägt, also das weiße Oberteil. Und es ist das erste Mal, dass er nicht so schaut, als hätte er in eine saure Zitrone gebissen. Warum sich das wohl geändert hat?«, sinnierte sie.

Ich starrte Atlas' Tür an. Meinte Rose, dass es das erste Mal war, seit das blonde Mädchen von den Fotos verschwunden war? Das musste es sein, denn auch auf allen Fotos danach hatte er dunkle Kleidung getragen und ein griesgrämiges Gesicht gemacht. So hatte ich ihn kennengelernt.

»Lucy? Luuucy?« Rose wedelte vor meinem Gesicht herum, auf dem beim Gedanken an Atlas sicherlich ein verzückter Ausdruck lag, und musterte mich prüfend.

Ich wich ihrem Blick aus und das Blut, das in der Zwischenzeit aus meinen Wangen gewichen war, schoss wieder zurück. Ich knetete meine Hände, schaute auf die Spitzen meiner Schuhe und versuchte, so normal wie möglich zu wirken.

Rose hob mein Gesicht mit dem Zeigefinger an. »Dich hat es erwischt, was? Aber wirklich, *Atlas*?«

Ich drehte meinen Kopf weg und nuschelte etwas Unverständliches. Ich verstand es doch selbst nicht. Wieso war ich in Atlas … verliebt? Und war ich überhaupt verliebt? Nach nicht einmal einem halben

Tag? Sofort musste ich an das Pferdegetrampel von vorhin denken, sah Atlas' türkisfarbene Augen vor mir und hörte seine warme Stimme in meinen Gedanken. Schon ging es wieder los. Mein Herz fing an zu klopfen, als würde ich rennen. War das ein eindeutiges Zeichen? Und wenn ja, wie konnte das sein? Das und all das seltsame andere, das in mir herumspukte, woher kam das? Es fühlte sich so an, als ob ich Atlas schon ewig kennen würde, als wäre es mir nur erst jetzt wieder eingefallen. Er schien mir so vertraut, so nah, wie meine Schwester mir gewesen war.

Im Gegensatz zu ihr schien er mich jedoch nicht leiden zu können. Wie sonst wäre seine abwehrende Haltung zu deuten?

Rose seufzte.

Mein Schweigen war ihr anscheinend Antwort genug.

»Sei hinterher aber bitte nicht allzu enttäuscht«, murmelte sie.

Ein Herz, das geliebt hat,
ist ein Herz, das gelebt hat.

(Alis; Augenschöne)

Kapitel 8

Ich ging an Atlas' Tür vorbei zu der, auf die er gewiesen hatte. Und tatsächlich: Oben in der Ecke war eine kleine 12 gemalt.

»Jetzt konntest du gar nicht selber suchen!«, beschwerte sich Rose im Spaß. »Das wäre richtig witzig geworden. Die Türen haben zwar Nummern, sind aber nicht in der richtigen Reihenfolge angeordnet.«

Ich schaute mir die Tür neben mir an. Sie hatte die Nummer 92. Rose hatte recht.

»Wer hat sich denn so etwas ausgedacht?«, fragte ich. »War das Absicht oder war derjenige nicht ganz bei Verstand?«

Rose kicherte. »Also ... nicht bei Verstand ist vielleicht etwas übertrieben, aber es wird manchmal gemunkelt, dass Mr Starrson tatsächlich nicht mehr alle Tassen im Schrank hat.«

Mr Starrson? War das nicht der Mann, mit dem Tatjana das seltsame Gespräch geführt hatte – über mich? Und was für eine Rolle spielte er in dieser Schleife von Augenschönen?

»Wer ist Mr Starrson?« Vielleicht konnte mir Rose ein paar dieser Fragen beantworten.

»Er ist einer der vier Neles.«

»Was ist denn nun schon wieder ein Nele?« So viel zum Thema Fragen beantworten. Jeder Satz von Rose warf neue Fragen auf.

»Das ist eine der vielen Abkürzungen, mit denen wir Tatjana, Elvon, Mr Honk und Mr Starrson bezeichnen. Nerviger-Erziehender-Langweiliger-Elternersatz. Nele. Sie werden so bezeichnet, weil sie die Ältesten hier sind und sich deswegen um uns kümmern.«

»Die Ältesten? Sie können doch alle höchstens Mitte dreißig sein.«

»Ja, das stimmt tatsächlich. Tatjana und Elvon sind vom Aussehen und der Entwicklung ihrer Körper her gerade einmal neunundzwanzig. Mr Honk ist einunddreißig und Mr Starrson dreiunddreißig. Trotzdem sind sie die Ältesten, denn die meisten hier sind erst sechzehn, siebzehn, achtzehn oder neunzehn«, erklärte mir Rose geduldig.

»Als Ausnahmen davon gibt es einen Dreizehnjährigen und einen Dreiundzwanzigjährigen. Aber das war es auch schon. Die Neles sind die Ältesten. Nicht nur körperlich, sondern auch in Wirklichkeit. Wie ich dir schon erzählt habe, hat Elvon mit Omun und Alis zu tun gehabt. Mr Starrson und er waren zwei der allerersten Augenschönen. Sie haben alles miterlebt. Inzwischen ist es ihre Aufgabe, gemeinsam mit Tatjana und Mr Honk die Neuen einzuführen, uns zu trainieren und alles andere zu verwalten und zu organisieren. Und Mr Starrson hat eben auch die Wohnhäuser entworfen. Aber jetzt mach schon endlich deine Tür auf! Ich will doch wissen, wie es dir gefällt.« Sie schob mich zu der blauen Tür des Zimmers mit der Nummer 12.

Als ich meine Hand mit dem Schlüssel hob, zitterte sie etwas. Ich steckte den kleinen Schlüssel in das Schloss und drehte ihn wie in Zeitlupe nach rechts. Das leise Klicken der Entriegelung ertönte und ich drückte leicht an der Klinke, sodass die Tür aufsprang. Vorsichtig schob ich sie ganz auf und trat über die Schwelle in mein neues Zuhause.

Ich stand in einem großen Raum mit hoher Decke, in dessen Mitte sich ein runder Holztisch mit vier Stühlen befand. An der hinteren Wand thronte ein weinrotes, flauschiges Sofa neben einem niedrigen Ablagetisch. Von der linken Wand gingen zwei Türen ab. Das leere Regal dazwischen wirkte trostlos und einsam und auch ein wenig eingequetscht. Hier würde ich umräumen müssen.

Von der rechten Wand führte ebenfalls eine Tür in einen angrenzenden Raum. Daneben stand eine Kommode aus dunklem Holz. Den Tisch in der Mitte des Raums schmückte eine große Vase mit weißen Rosen. Meine Lieblingsblumen! Woher hatten die Leute das gewusst? Aber eigentlich sollte es mich nicht wundern. Die Lieblingsblumen zu kennen schien neben der anderen Magie doch eher unbedeutsam und einfach.

Bis auf die Blumenvase war der Tisch, ebenso wie das Regal, der Abstelltisch und die Kommode leer. Doch womit würde ich sie je auffüllen können? Ich besaß nichts mehr und ich wusste nicht, wo ich etwas Neues herbekommen sollte. Vielleicht in dem kleinen Laden, den Rose mir vorhin gezeigt hatte?

Meine Freundin schlüpfte an mir vorbei in das Zimmer.

»Das hier ist dein eigenes Wohnzimmer. Sind weiße Rosen deine Lieblingsblumen?«

Sie lief in die Mitte des Raumes und steckte ihre Nase zwischen die weißen Blütenblätter. Ihre Schritte machten gar keinen Lärm und mir fiel auf, dass das Zimmer Teppichboden hatte. Ich zog mir meine Schuhe aus und stellte sie neben den Eingang. Schmutzflecken waren wohl schwer aus dem Teppich zu waschen.

Rose hatte die Rosen in der Vase zurechtgerückt und schlüpfte nun ebenfalls aus ihren Schuhen.

»Meine Lieblingsblumen sind lila Krokusse, diese Frühlingsblumen. Ich hatte sie gar nicht gekannt, bis ich mein Zimmer zugeteilt bekam und die Krokusse auf dem Tisch standen. Bis dahin hatte ich mir nicht besonders viel aus Blumen gemacht.«

Sie lief anmutig zu dem großen Fenster hinter dem Sofa, durch das die letzten Reste des dämmrigen Lichtes drangen, und öffnete es. Kühle Luft kam herein und beruhigte mich etwas.

»Möchtest du dir auch die anderen Zimmer ansehen?« Rose kam zu mir zurück. »Sie sind wunderschön.« Sie zog mich zu der Tür auf der rechten Seite neben der Kommode.

»Hier ist dein Schlafzimmer, wie bei mir. Alle

Wohnungen sind nämlich gleich aufgebaut.«

Ich zögerte, öffnete dann aber schnell die Tür. Überrascht blieb ich stehen. Ich hatte mit einem weiteren spartanisch eingerichteten Zimmer gerechnet. Bett, Schrank, Fenster. Das war zwar alles wirklich vorhanden, bloß um einiges größer und viel wundervoller.

Das Bett hatte eine so breite Matratze, dass es als Doppelbett hätte durchgehen können. Darauf lagen zwei weiße Kissen mit roten Punkten, die recht witzig auf dem Bett wirkten, und eine ebenso getupfte Bettdecke. Ein Schrank, aus dem gleichen edlen Holz wie die Kommode, passte trotz seiner etwas überdimensionierten Größe genau in die Nische neben dem Bett. Die Wände meines Schlafzimmers waren weiß getüncht, bis auf ein grün-blaues Farbmuster aus Blumen und Schnörkeln, das sich als Band daran entlang zog. Wie im Wohnzimmer gab es ein großes Fenster und erfreut entdeckte ich weitere weiße Rosen in den Blumenkästen davor. Wie konnten die dort nur blühen?

Rose hatte recht gehabt. Auch ich war begeistert von diesem Zimmer.

Gespannt drehte ich mich zu den beiden verbliebenen Türen um. Hinter der linken befanden sich eine hellblaue Toilette und ein kleines Waschbecken. Die Kacheln an den Wänden und am Boden waren genauso gemustert wie das grün-blaue Blumenband in meinem Zimmer. Außerdem duftete es nach frischen Blüten und saftigem Gras.

Die angrenzende Tür führte in ein Bad mit riesiger Dusche. Durch das Milchglasfenster musste es hier tagsüber hell und freundlich sein, doch jetzt war es ohne künstliches Licht dämmrig. Dennoch konnte ich sehen, dass in der Dusche bereits drei Tuben mit Seife und Shampoo standen. Bei näherem Hinsehen erkannte ich, dass es sich um die gleichen handelte, die ich im Waschraum im Verwaltungsgebäude benutzt hatte.

Ich drehte mich strahlend zu Rose um.

»Das ist wirklich fantastisch! Nur ... etwas leer.«

Rose zuckte mit den Schultern. »Klar ist es leer. Du ziehst gerade erst ein aber ... », sie ging vor mir her zurück in mein Schlafzimmer und hielt auf den Kleiderschrank zu, den sie schwungvoll öffnete, » ... der hier ist nicht leer.«

Ich trat zu ihr und mir blieb die Spucke weg. Der Schrank hatte auf der linken Seite fünf Fächer und drei ausziehbare Schubladen. Die rechte Seite war nicht unterteilt, dort hing eine Kleiderstange mit Bügeln. Und überall waren Kleider!

Ich trat noch näher. In den Fächern lagen verschiedenfarbige Hosen, die meisten davon aber schwarz. Ein Stapel mit weißen Oberteilen und goldenem Augenaufdruck, wie das, was ich gerade trug, war neben einem gleichartigen Stapel, nur hatten diese Shirts lange Ärmel. Im Fach darüber fand ich Kapuzenpullis neben fein säuberlich gefalteten Blusen. Ich wechselte von den Fächern zu der Stange und begutachtete ein schwarzes kurzes Spitzenkleid.

»Schön, nicht wahr? Die Kleidung ist perfekt auf dich abgestimmt. So wie die Omunalisuhr, die Möbel oder die weißen Rosen.«

Ich ließ von dem Schrank ab und fiel erschöpft auf mein Bett. Die Kleidung war zwar wirklich schön, doch schon jetzt vermisste ich meine langen Kleider.

»Du kannst dich kurz ausruhen, bis zum Abendessen. Ich gehe derweil auf mein Zimmer. Es ist übrigens das mit der Nummer Sechs. Deine Omunalisuhr wird dir ein Erinnerungssignal schicken, wenn es so weit ist. Dann kommst du zu mir ins Zimmer. Also heißt es doch noch suchen!«, fügte sie grinsend hinzu.

Ich seufzte leise, zum Zeichen, dass ich sie gehört hatte, und schon war Rose verschwunden.

Ich konnte sie im Wohnzimmer beim Anziehen der Schuhe rumoren hören. Kurz darauf fiel die Wohnungstür ins Schloss.

Ich drehte mich auf dem gemütlichen Bett auf den Bauch und schmiegte meine Wange an den kühlen Stoff des Bettbezugs. Jetzt konnte ich endlich in aller Ruhe meinen Gedanken nachhängen.

Als Erstes schoss mir Evies lächelndes Gesicht in den Kopf und ich ließ mit einem leisen Schluchzen die Trauer in mich hinein, die ich den ganzen Nachmittag so erfolgreich verdrängt hatte. Meine Schultern bebten, während ich den Kopf im Kissen vergrub und den Tränen freien Lauf ließ.

Dim-di-di-di-di-di-dim-di-di-di. Eine leise Melodie drang verzerrt in meine Ohren.

Ich blickte auf und sah den verschwommenen Umriss meines Schrankes. Ich blinzelte ein paarmal und bekam ein klareres Bild in meine verklebten Augen.

Die Konturen des Schrankes traten stärker hervor. Ich musste wohl eingeschlafen sein, denn inzwischen war es stockdunkel im Zimmer.

Dim-di-di-di-di-di-dim-di-di-di. Schon wieder dieses Geräusch.

Ich stieg umständlich aus dem Bett und torkelte leicht, als ich ins Wohnzimmer lief. An der Wand tastete ich suchend nach einem Lichtschalter und drückte erleichtert darauf, als ich ihn fand.

Die Melodie kam vom Tisch in der Mitte des Raumes, genauer gesagt, von meiner Omunalisuhr, die darauf lag. Als ich sie aufklappte, verstummte die Musik augenblicklich. Ich musterte die Bildchen suchend und fand schließlich den roten Zeiger, der immer auf das wichtigste Bild deuten sollte. Wenig überrascht sah ich, dass er auf das fünfte Bild deutete. *Zu Rose' Zimmer gehen*, stand dort.

Stimmt, das hatte sie doch zu mir gesagt. Ich drückte den Deckel der Uhr zu und öffnete die Tür zum Bad. Ein kurzes Tasten und ich knipste auch hier das Licht an und trat zum Waschbecken, um in den Spiegel darüber zu schauen.

Ich musste beim Schlafen das schwarz-weiße Haarband verloren haben und meine Haare waren wild und verstrubbelt. Verschlafen blinzelten mich zwei goldene Augen an. Ich drehte den Wasserhahn auf und spritzte mir eine Ladung kühles Wasser ins Gesicht, um die Spuren des Schlafes und meiner Tränen zu verwischen.

Am Spiegelrand bemerkte ich einen hölzernen Knauf. Neugierig zog ich daran. Ein kleines Holzbrett teilte den verborgenen Schrank in zwei Fächer. Im unteren steckte eine Zahnbürste in einem Becher, daneben standen zwei Zahnpastatuben und eine runde Dose Hautcreme. Im Fach darüber lagen eine Bürste und ein Kamm neben bunten Haargummis und Spangen. Einige kleine Fläschchen und Tuben, die ich noch nicht identifizieren konnte, standen daneben.

Ich griff nach der Bürste und einem Haargummi, schloss den Schrank wieder und dankte stumm demjenigen, der ihn gefüllt hatte. Wer weiß, vielleicht würde ich noch andere nützliche Dinge in meiner Wohnung entdecken.

Ich wollte gerade meine Haare durchbürsten, als ich stutzte und mein Spiegelbild betrachtete. Die vorhin noch verstrubbelten Haare fielen in weichen, glitzernden Wellen auf meine Schultern und über meinen Rücken. Es sah aus, als hätte ich eine fünfstündige Haarkur hinter mir. Vorsichtig fuhr ich mit meinen Fingern hindurch. Wie Seide fühlten sich meine Haare an, makellos und perfekt.

Ich schauderte. Früher hatten meine Haare zwar auch so ausgesehen, allerdings erst, nachdem meine Zofe sie durchgebürstet hatte. Hier passierte es von selbst. Offensichtlich war der Schönheitsfaktor an diesem Ort um einiges höher.

Rasch band ich mir die Haare mit dem dünnen Haargummi zu einem hohen Pferdeschwanz. Die langen blonden Locken reichten mir zwar immer noch fast bis auf die Hüften, doch für aufwendige Frisuren hatte ich wirklich keine Zeit. Schnell schaltete ich das Licht im Bad aus und trat zurück ins Wohnzimmer. Hier war es wegen des offenen Fensters inzwischen ziemlich kalt geworden.

Vorsichtig schloss ich es und machte einen erneuten Abstecher in mein Schlafzimmer zu meinem Kleiderschrank. Bei den abendlichen niedrigen Temperaturen konnte ich nicht bloß ein kurzärmeliges Oberteil tragen. Ich nahm einen schwarzen Pulli heraus, zog ihn an und schloss den Reißverschluss. Zurück im Wohnzimmer nahm ich den Schlüssel von der Kommode, zog meine Schuhe an, knipste das Licht aus, schlüpfte aus der Wohnungstür und schloss hinter mir ab. Zufrieden steckte ich den Schlüssel in meine Hosentasche zu der Omunalisuhr. Für meinen ersten Tag hier hatte das alles ziemlich gut geklappt.

Suchend lief ich an den blauen Türen entlang. Wo war nur die verflixte Nummer Sechs? Rose hatte vielleicht Spaß daran, mich suchen zu lassen, doch ich fand es ehrlich gesagt ziemlich öde. Vor der nächsten Tür hielt ich kurz an. Es war die Zwanzig, Atlas' Wohnung. Ob er nach unserem Treffen vorhin noch einmal zurückgekommen war?

Oder war er anschließend auf direktem Weg zum Abendessen gegangen?

»Hey Lucy!«

Ertappt wirbelte ich herum.

Rose stand im Türrahmen ihrer, wie ich vermutete, eigenen Wohnung.

»Ich habe deine Tür gesucht«, rechtfertigte ich mich schnell. Es war nicht ganz gelogen.

»Ja, klar. Und du bist dabei zufällig an Atlas' Tür hängen geblieben, habe ich recht?«

Verlegen zupfte ich an meinem Pferdeschwanz.

»Ach Lucy, ich möchte doch nur nicht, dass du am Ende mit einem gebrochenen Herzen dasitzt.« Rose kam auf mich zu.

»Werde ich nicht«, sagte ich bestimmt, war mir dabei aber alles andere als sicher.

Schnell lief ich an Rose vorbei zur Treppe. Sie folgte mir schweigend und ich hatte sofort ein schlechtes Gewissen. Sie meinte es doch nur gut und sie konnte rein gar nichts dafür, dass sie vermutlich recht hatte.

Ich öffnete die gläserne Eingangstür und ließ Rose an mir vorbei.

»Du willst mir helfen, das weiß ich zu schätzen ...«, setzte ich zu einer Entschuldigung an, doch Rose schnitt mir das Wort ab.

»Lass gut sein. In gewisser Weise hast du auch recht. Deine Gefühle gehen mich eigentlich überhaupt nichts an. Also lass es uns vergessen.«

Ich nickte zustimmend und machte mich mit ihr

zusammen auf den Weg zum Speisesaal, der neben Wohnhaus 1 lag.

Die Fenster waren hell erleuchtet, an den Tischen saßen bereits viele Leute und hatten ein Tablett vor sich stehen, von dem sie aßen. Sogar durch das Glas konnte man noch das Geschnatter und das Klirren des Bestecks hören.

Rose steuerte den Haupteingang des Gebäudes an und wir traten ein. Ich lief hinter ihr zur Essenstheke und nahm mir so, wie sie es tat, ein Tablett.

Während wir in der kurzen Schlange anstanden, bemerkte ich, dass mir von fast allen neugierige Blicke zugeworfen wurden. Rose musste das auch aufgefallen sein, denn sie stellte sich schräg neben mich und verbarg mich so vor den anderen.

»Mach dir keine Gedanken wegen denen«, rief sie mir gegen den Lärm zu. »Wir bekommen selten neue Augenschöne. Das letzte Mal ist zehn Jahre her und damals war es ein Junge. Der Augenschöne davor auch. Das letzte Mal, als ein Mädchen kam, ist siebenundzwanzig Jahre her. Darum sind auch alle so gespannt auf dich.«

Sie nahm sich einen Teller mit Suppe und eine kleine Schüssel Salat. Die Essensauswahl war reichlich. Neben Suppe gab es auch Nudeln mit Tomatensoße, Würstchen mit Kartoffelsalat und einen Gemüseauflauf als Hauptspeise. Alles Speisen, die ich durch das Wissensgift erkannte.

Bei den Salaten standen Schüsseln mit grünem Salat, mit Tomaten und Zwiebeln und mit Gurken.

Außerdem befanden sich mehrere Obstkörbe mit verschiedenen Früchten auf der Theke, von denen man sich bedienen konnte.

Ich nahm mir einen Apfel und ein paar Trauben. Nach der ganzen Aufregung heute würde ich bestimmt nicht viel hinunterbekommen.

Ich legte das Obst auf einen Teller und stellte diesen auf mein Tablett. Rose hatte sich noch Löffel und Gabel geschnappt und Wasser in zwei Gläser gefüllt.

Sie beäugte tadelnd das Essen auf meinem Teller und stellte das Glas dazu.

»Ich bin zwar niemand von den Neles, aber du solltest mehr als nur Obst essen.«

Ich zuckte gleichgültig mit den Achseln. »Ich habe aber keinen großen Hunger. Wo setzen wir uns hin?«, lenkte ich sie schnell ab.

Rose zeigte auf zwei freie Plätze am Fenster. »Lass uns dorthin gehen. Ein bisschen Ungestörtheit.« Sie nahm ihr Tablett und lief strammen Schrittes auf das Tischende zu.

Während ich ihr durch die Reihen folgte, hielt ich heimlich nach Atlas Ausschau. Doch zwischen den vielen anderen Gesichtern konnte ich seins nicht ausmachen.

Ich stellte das Tablett ab und nahm gegenüber von Rose Platz. Die löffelte hungrig ihre Suppe und ich bereute fast schon, mir nicht auch eine genommen zu haben. Krachend biss ich in den Apfel und ließ erneut den Blick durch den Saal streifen.

Drei Tische weiter sah ich James und Tyler, die

wild gestikulierend diskutierten. Ich sah schnell weg, bevor sie zu mir schauen konnten und mich dabei erwischten, wie ich sie beobachtete. Enttäuscht erkannte ich, dass Atlas wohl noch nicht da war. Aber vielleicht … ich schaute zur Essenstheke und mein Herz machte einen Hüpfer.

Da war er! Wieder trug Atlas keine Jacke. Er lud sich gerade an der Theke Nudeln auf seinen Teller.

Bei unseren vorigen Begegnungen war ich immer nur mit seinen fesselnden Ozeanaugen beschäftigt gewesen, aber nun betrachtete ich ihn genauer. Sein weißes Shirt spannte sich um seine Schultern und ließ auf einen muskulösen Rücken schließen. Auch seine Arme wirkten gut trainiert.

Das Gefühl, das mich bei seinem Anblick durchströmte, konnte man kaum beschreiben, obwohl er doch nur normal dastand und sich mit der Hand durch seine kurzen dunkelbraunen Haare fuhr.

Ich stutzte. Kurz? Und musterte ihn erneut. Ja, kurz. Das gab es doch nicht. Er hatte sich tatsächlich die Haare geschnitten. Sein Haarschnitt sah wieder so aus, wie auf den alten Fotos. Das stand ihm eindeutig besser.

»Was starrst du denn so verzückt an?« Rose folgte meinen Blick interessiert und prompt fiel ihr der Löffel aus der Hand.

Ich zuckte zurück, denn die Suppe spritzte in alle Richtungen, doch sie bemerkte es nicht einmal.

»Und was wirft dich so aus der Bahn? Nur weil ich Atlas gerade angeschaut habe?«

Rose schüttelte leicht benommen den Kopf. »Nein, das ist es nicht. Ich hatte es mir schon gedacht, als ich dein Gesicht sah. Aber … hast du das gesehen? Atlas hat kurze Haare.«

Sie war komplett aus dem Häuschen und stupste ihren Nebensitzer an.

»Hey, Harvey. Hast du es schon bemerkt? Atlas hat sich die Haare geschnitten.«

Der Junge neben ihr hatte hellbraune zottelige Haare, trug einen blauen Kapuzenpulli, und als er sich uns zuwandte, schätzte ich ihn ein paar Jahre älter als Rose und mich.

»Quatsch!«, murmelte er, ehe seine pinkfarbenen Augen zur Essensausgabe hinüberwanderten und sich sein Mund öffnete.

Was sollte daran so seltsam sein, dass sich jemand die Haare schnitt? Abgesehen davon, dass er damit um Längen besser aussah als zuvor?

Es gab für Rose' und Harveys Aufregung eigentlich überhaupt keinen logischen Grund. Es sei denn … Atlas hatte seit dem Verschwinden des blonden Mädchens auf den Fotos nicht nur sein T-Shirt unter seiner schwarzen Jacke versteckt, sondern auch seinen hübschen Kopf unter einem langen Haarschopf?

Der Gedanke an das unbekannte Mädchen verursachte einen erneuten Stich in meiner Brust und ich zuckte zusammen. Dieser Eifersuchtsschmerz nervte ganz schön. Er tat richtig weh, fühlte sich fast wie ein entferntes Echo des Schmerzes an, den ich bei der Wissensaufnahme verspürt hatte.

Harvey hatte sich von Atlas abgewandt, genauso wie Rose, die gedankenverloren in ihrer Suppe herumstocherte.

»Ich frage mich«, murmelte sie und schluckte einen Löffel der grünen Zucchinibrühe, »was zu seinem plötzlichen Drang geführt hat, sein Äußeres so zu verändern. Was meinst du, Harvey?«

»Keine Ahnung. Obwohl ...«, der Junge zuckte die Achseln, »... vielleicht ist es ja die Vorfreude auf seine Aufgabe. Allerdings kommt sie dann reichlich verspätet, wenn du mich fragst. Oder sein Alter Ego kommt wieder zum Vorschein.« In Harveys pinkfarbenen Augen glomm so etwas wie Hoffnung auf, bevor er sich wieder dem Mädchen auf seiner anderen Seite zuwandte. So, als würde er sich freuen, dass Atlas wieder der Alte werden würde.

»Welche Aufgabe?«, wollte ich von Rose wissen.

»Atlas hat einen Auftrag zugeteilt bekommen, aber das schon vor Ewigkeiten. Die Sache muss ziemlich wichtig sein. Es gab sogar eine Prophezeiung darüber.« Sie löffelte ungerührt ihre Suppe. »Das passiert eher selten, und wenn man ausgewählt wird, ist es eine große Ehre, weil das bedeutet, dass man ziemlich gut ist. Das baut das Selbstbewusstsein manchmal etwas zu sehr auf. So wie bei dem lieben James.«

»James ist auch für diesen Auftrag ausgewählt? Tyler auch?« Ich sah noch einmal zu den beiden Jungen rüber.

»Ja, James ist ausgewählt worden, auch wenn es

kaum zu fassen ist. Sicherlich, er ist stark und kann gut kämpfen, aber er hat ungefähr den Verstand einer Eintagsfliege. Und Tyler«, Rose machte eine wegwerfende Handbewegung, »wenn der es einmal hinbekommen sollte, einen großen Auftrag zu ergattern, dann esse ich dein Sofa. Obwohl, ich sollte das eher nicht versprechen, denn wer weiß, ob er das mit Bestechung nicht irgendwann doch mal schafft.«

»Hattest du schon mal einen Auftrag?«

»Nein, richtige Aufträge noch nicht. Klar bin ich wie alle anderen auch schon durch die Zeit gereist, habe Erfahrung gesammelt und kleine Aufgaben erfüllt. Aber einen richtig wichtigen Auftrag hatte ich nicht.« Rose schaute drein, als ob sie das traurig machen würde, doch ich war erleichtert.

Wenn man für solche großen Aufträge auch Kraft und Kampfgeist brauchte, dann konnten sie nicht wirklich wünschenswert sein. Und von gefährlichen Abenteuern und unvorhergesehenen Ereignissen hatte ich erst einmal genug.

»Rose?«

»Ja, Lucy?«

»Was macht man denn bei diesen kleinen und normalen Aufträgen?«

Rose zuckte mit den Achseln. »Man dreht ein bisschen an der Zeit herum. Oder besorgt wissenschaftliche Unterlagen für die Neles und für die Forscher, die sonst in der Zeit verloren gehen würden.«

»Und wie funktioniert das? Ich meine nur, wenn du einfach so mit diesen Kleidern in eine unserer

Gesellschaften hereingeplatzt wärst, hätte ich sofort vermutet, dass mit dir was nicht stimmt. Und nicht nur ich.«

Ich musste bei der Vorstellung grinsen, was meine Eltern wohl gemacht hätten, wenn jemand wie Rose in unserem Festsaal aufgetaucht wäre, mit Dokumenten in der Hand, die sie aus der Bibliothek meines Vaters gestohlen hatte.

Ich steckte mir eine Traube in den Mund und zerbiss sie. Bah, schmeckte die bitter. Ich schluckte und schob die Trauben unauffällig auf meinem Teller weiter weg. Nicht, dass ich auf die Idee kam, noch eine zu essen. Ich wusste, ich war ein ziemlich verwöhntes Kind, aber musste man denn bittere Trauben mögen? Lieber hielt ich mich an meinen Apfel, der schmeckte normal.

Rose hatte währenddessen ihren Teller leer gegessen und machte es sich nach hinten gelehnt in ihrem Stuhl bequem, um endlich meine Frage zu beantworten.

»Es ist eigentlich ganz unkompliziert.« Sie zog unbeeindruckt die Nase kraus. »Natürlich platzen wir nicht irgendwo rein. Das wäre zum einen gefährlich für uns, da es in jeder Zeit Waffen gibt und Leute, die gut mit ihnen umgehen können. Außerdem könnten wir so den Lauf der Zeit aus Versehen ändern. Schlimmstenfalls würden wir gar nicht geboren werden. Dazu reicht bereits ein winziger Fehler. Wirklich große Fehler können wir allerdings nicht begehen, aber das ist eine andere Geschichte.«

Sie griff nach ihrem Wasserglas und trank einen Schluck, bevor sie weitererzählte.

»Jedenfalls ... dieser winzige Fehler muss nicht einmal in der eigenen Familie passieren. Man könnte zum Beispiel bei der Entwendung von Papieren bei einer Frau erwischt werden, zwar rechtzeitig fliehen, aber die ursprüngliche Besitzerin erzählt es sofort ihrer Freundin. Die gibt es an die nächste weiter, die es ihrer Schwester sagt und diese wiederum einer neuen Freundin, welche die eigene Mutter ist. Anstatt wie geplant in ein Restaurant zu gehen, bleibt sie an dem Abend zu Hause und richtet ihr Haus gegen Einbrecher her. Im Restaurant hätte sie normalerweise den Vater kennengelernt, aber durch die Planänderung wegen einer von dir verursachten Angst trifft sie ihn doch nicht. Und - zack! - die Mutter heiratet einen anderen und man selbst wird gar nicht geboren und verschwindet von der Bildfläche.«

Ich versuchte, das zu verstehen. Wenn ich in der Vergangenheit etwas tat, was zur Folge hatte, dass ich nicht geboren wurde, würde es doch erst recht niemanden geben, der in der Vergangenheit überhaupt etwas verändern konnte, oder? Ich verstand gar nichts mehr.

»Und was macht man, um das zu verhindern?«, fragte ich stattdessen und versuchte, mir nicht anmerken zu lassen, dass ich ihrer vorigen verworrenen Erklärung nicht hatte folgen können.

»Während der Jahre sind die Arten und Taktiken

immer besser geworden und inzwischen geht fast nie etwas schief. Wie du weißt, gibt es die Inneren und die Äußeren Schleifen. Durch die Inneren kann man reisen, da es diese nicht wirklich gibt. Sie sind wie in einem Webstuhl zwischen den Äußeren eingeflochten. Die Äußeren sind die eigentliche Zeit, durch die man selbstverständlich nicht reisen kann, da sie festen Mustern folgt, die selbst unsere Magie nicht durchbrechen kann. Nutzt man aber die Fäden des Webstuhls, die die Inneren Schleifen darstellen, als Transportmittel, so kann man verschiedene Äußere Schleifen aufsuchen.«

Sie schien mir anzusehen, dass ich noch immer nicht wirklich verstand, wovon sie sprach, denn sie versuchte es mit einem Beispiel.

»Stell dir einfach vor, du bist ... sagen wir mal im Jahr 1430 in der Äußeren Schleife und wechselst über in eine Innere Schleife. Dadurch, dass sie eine immerwährende Verbindung zwischen allen äußeren Zeiten bildet, kannst du problemlos 1865 wieder in einer Äußeren Schleife aussteigen. Natürlich benutzen wir diese Zeitenfahrten nicht zum Spaß und müssen ständig den Überblick darüber behalten.«

Diese Erklärung war bei Weitem besser als die hochtrabenden wissenschaftlichen Worte aus dem dicken Omunalisuhrenschmöker. Ich versuchte, mich noch besser zu konzentrieren, um Rose' nun folgenden Monolog zu verstehen.

»Wir nutzen meistens die vierzehnte und fünfzehnte Schleife für die Zeitenfahrten, da wir dort die

Techniken entwickelt haben, den Ort, an den man in einer bestimmten Zeit gelangen will, genauestens einzustellen. Du könntest sogar auswählen, in der Besenkammer deiner Großtante zu landen. Keine Sorge, jemand anderes wird dir das noch einmal viel genauer erklären, als ich es gerade tue. Jedenfalls, durch die Zeit fahren wir in den häufigsten Aufträgen mit unserer eigenen Kleidung. Durch die genaue Ortsangabe gehen die Fahrten ziemlich schnell und man läuft selten Gefahr, dass einen jemand sieht. Wenn ein Auftrag besonders ausgefuchst ist und man unmöglich einfach nur auftauchen und wieder verschwinden kann, dann geht man vor der Zeitfahrt in die sechste Schleife. Da wird einem eine der Mode entsprechende Kleidung angelegt, mit der man sich unauffällig in der zu besuchenden Zeit bewegen kann. Das Tollste, was ich je tragen durfte, war ein Kleid mit einem breiten Reifrock aus der Barockzeit. Ich hatte so viel Stoff um mich herum und meine weiße Perücke passte bei uns nicht durch die Tür, was etwas umständlich war.«

Ein verträumter Ausdruck erschien auf Rose' Gesicht und sie machte eine Handbewegung, als ließe sie den Stoff eines imaginären Kleides durch ihre Finger gleiten.

Ich biss nachdenklich von meinem Apfel ab. Das waren so viele Erklärungen auf einmal und ich fühlte förmlich, wie mein Kopf rauchte.

Während Rose' Erklärung war mein Blick immer wieder zu Atlas geglitten, der nach der Nudelportion erst einmal warten musste, um an weiteres Essen zu gelangen, da sich vor ihm eine Schlange gebildet hatte. Allerdings hatte ich meinen Blick immer schnell abgewandt, denn je länger ich in seiner Betrachtung versank, desto weniger konnte ich Rose folgen. Doch nun schielte ich erneut zur Essensausgabe, wo Atlas sich gerade, das vollgeladene Tablett vor sich tragend, suchend umschaute.

Auch ich ließ meinen Blick durch den Raum gleiten. Ich war mir sicher, dass er sich nicht auf den freien Platz mir schräg gegenüber setzen würde, nachdem er mich nicht ausstehen konnte. Also versuchte ich, einen anderen für ihn zu finden. Doch inzwischen war es ziemlich voll geworden. Nahezu jeder Tisch war komplett besetzt und das Geplapper hatte sich mindestens verdoppelt, was dem Raum eine Lautstärke verlieh, die ich aus unserem eher ruhigen Haus so gar nicht gewohnt war.

An einem Tisch saßen mehrere Mädchen, die wie der Großteil hier, so alt waren wie ich. Sie kicherten die ganze Zeit albern und ausgerechnet bei ihnen war noch ein Platz frei. Einen weiteren leeren Stuhl konnte ich zwischen zwei sich feindselig anstarrenden Jungen finden. Zwei Tische weiter hätte Atlas noch die Möglichkeit gehabt, sich zwischen ein kirschrotlippiges Mädchen und einen Ich-möchte-die-Weltmeisterschaft-des-dämliche-Löcher-in-die-Luft-Starrens-gewinnen-Jungen zu setzen.

Mein Blick wanderte weiter. Am Tisch von James war auch noch ein Platz frei.

Da fiel mir James auf, der sich nicht an dem Gespräch von Tyler und einem stupsnasigen Mädchen beteiligte, das mit ihrer verschlungenen Flechtfrisur versuchte, ihr neunzehnjähriges Aussehen zu einem süßen, mädchenhafteren zu verändern. Nein, James schaute mit gerunzelter Stirn ebenfalls zur Theke, genauer gesagt zu Atlas, und er musterte ihn mit einem ähnlich erstaunten Ausdruck wie Rose und unser Tischnachbar zuvor. Doch es lag noch etwas anderes in seinem Blick, etwas Misstrauisches und Verärgertes.

James' Augen huschten kurz zu mir und dann erneut zu Atlas. Nun war James' Gesichtsausdruck eindeutig verärgert und ich rätselte warum. War etwas zwischen den beiden passiert?

Schon vorhin, als ich in ihre Pfeil- und Bogenübung geplatzt war, hatte es so ausgesehen, als ob sich die beiden zutiefst verachteten.

Atlas bemerkte auch, dass James ihn beobachtete, und kniff die Augen leicht zusammen. James ließ ein hämisches Grinsen auf seinem Gesicht erscheinen und nickte in Richtung des freien Platzes an dem Tisch, an dem er selbst saß.

Atlas runzelte die Stirn und ließ seinen Blick über die voll besetzten Tische wandern, bis er an dem leeren Stuhl neben Rose hängen blieb. Er würde doch nicht wirklich …

Ich stieß einen leisen erschrockenen Quiekton aus, als er sich in Bewegung setzte und tatsächlich zielstrebig auf genau diesen Platz zuhielt.

Rose war bei meinem Quietschen zusammengezuckt. »Was ist denn?«, fragte sie ein winziges bisschen genervt. Sie wandte sich um und entdeckte Atlas, der sich durch die Stuhlreihen zu uns durchschlängelte.

»Oooh ja, ich erkenne dein Problem.« Sie drehte sich langsam zu mir herum mit einem, wie mir schien, erwartungsfreudigen Gesicht. »Erst einmal Lucy, normal atmen.«

Ich hatte gar nicht bemerkt, dass ich hyperventilierte. Hastig normalisierte ich meine Atmung. Ich ärgerte mich über mich selbst. Ich kannte Atlas nicht einmal einen Tag und schon erstickte ich fast bei der Aussicht, dass er gleich in meiner Nähe sitzen würde.

»Und dann«, zählte Rose ihre Ratgeberpunkte auf, »streng dich an, wieder eine normale Gesichtsfarbe zu bekommen, statt diesem unvorteilhaften kalkweiß. Und wenn wir schon bei deinem Gesicht sind, kannst du deinen schmachtenden Blick gleich mit umstellen.«

Rose gab mir unter dem Tisch einen kleinen Stupser, damit ich mich aufrechter hinsetzte.

Ich warf ihr einen wütenden Blick zu, doch sie ließ sich in ihrem Spaß nicht stoppen.

»Weitere Tipps für die Mission Lucy-trifft-Atlas können Sie je nach Bezahlung erhalten«, kicherte sie. Ihr schien das Ganze, was sicherlich in einer Blamage meinerseits enden würde, sogar richtig Spaß zu machen.

»Um das Gesprächsthema werde ich mich kümmern. Versuch du nur mit logischen und zusammenhängenden Sätzen zu antworten.«

Ich nickte leicht benommen, die Augen unauffällig auf Atlas gerichtet. Er war noch etwa zehn Schritte entfernt. Fünf Schritte, zwei Schritte, einen Schritt.

Hastig senkte ich den Blick und betrachtete interessiert den halb aufgegessenen Apfel in meiner Hand, während ich dem Schaben des Stuhls auf dem Linoleumboden des Speisesaals lauschte. Kratz, der Stuhl wurde zurückgezogen. Totock, das Tablett wurde abgestellt. Knarz, jemand setzte sich auf den Stuhl.

Vorsichtig linste ich unter meinen Wimpern hervor. Atlas saß tatsächlich neben Rose. Würde ich an ihrem Platz sitzen, hätte ich schon längst einen Ohnmachtsanfall gehabt oder wäre mitsamt meinem Stuhl umgekippt.

Atlas starrte den Tisch an und spießte zwei Nudeln auf seine Gabel.

Die Wildpferdherde von vorhin war wieder da und zertrümmerte mir quasi den Brustkorb.

»Hallo, Atlas«, begrüßte Rose ihren neuen Sitznachbarn, der daraufhin den Kopf hob.

Warum hatte sie ihn nur angesprochen? Es würde nicht lange dauern, bis er auch mich bemerkte.

Und wirklich, in diesem Moment tat er es. Er hatte, nachdem er aufschaute, Rose gesehen und mich gleich mit wahrgenommen.

Normal atmen!, schoss es mir durch den Kopf.

Ich hätte mich am liebsten selbst geohrfeigt. Vorhin hatte ich doch relativ normal mit ihm reden können. Warum veranstaltete ich dann jetzt so ein Theater?

Ich zwang mich, mich zu beruhigen und tief ein- und auszuatmen. Die Pferde verfielen tatsächlich von ihrem gestreckten Galopp in einen leichten Trab.

»Hallo«, erwiderte Atlas Rose' Begrüßung und steckte sich die Nudeln in den Mund.

»Ich will ja nicht unhöflich sein«, führte Rose die Konversation fort, »aber warum trägst du heute deine schwarze Jacke nicht und warum hast du dir die Haare kurz geschnitten?«

Atlas wirkte nicht überrascht. Anscheinend hatte er mit solchen Fragen gerechnet.

»Ganz einfach«, Atlas deutete nach draußen, »die Jacke ziehe ich nicht mehr an, weil es inzwischen ziemlich warm ist. Zumindest tagsüber. Und die Haare sind kürzer viel praktischer. Vor allem beim Kämpfen.« Er schenkte seine Aufmerksamkeit abermals den Nudeln.

Rose öffnete ihren Mund, um weiterzubohren, doch dieses Mal stieß ich sie unter dem Tisch an und sie schloss ihn wieder.

Allerdings nur für einen Moment.

»Und«, begann sie ein neues Gespräch, diesmal mit mir, »hast du über die Sache mit den Spitznamen nachgedacht?«

Nein. Das hatte ich verdrängt.

»Wie lauteten sie noch einmal?«, versuchte ich Zeit zu gewinnen und knabberte an den Resten meines Apfels.

»Izzy, Lizzy, Betti und Luce.«

Inzwischen kamen sie mir einer schlimmer als der andere vor, doch ich wollte Rose nicht kränken.

»Ich weiß nicht.« Ich tat so, als würde ich darüber nachdenken. »Izzy hört sich für mich viel zu ... aufgekratzt und wild an. Oder so, als hätte die Mutter nach der Geburt zu sehr gezittert, um einen wirklichen Namen aussprechen zu können und man hätte in die Geburtsurkunde das bisschen geschrieben, was man verstehen konnte.«

Rose schaute etwas enttäuscht. Ich hoffte, dass meine weitere Beurteilung sie nicht zu sehr verstimmen würde.

»Bei Lizzy finde ich das auch, und Betti ist so mädchenhaft und irgendwie etwas langweilig.«

Aus dem Augenwinkel registrierte ich, wie Atlas aufschaute und meinen Worten lauschte.

»Luce finde ich am ehesten gut, eigentlich sogar wirklich schön. Es ist bloß ...«, ich räusperte mich, um den Kloß in meinem Hals loszuwerden, »meine Schwester Evie hat mich immer so genannt. Es würde sich seltsam anfühlen, wenn andere ihn auch für mich benutzen würden.« Ich trank einen Schluck aus meinem Glas. »Am liebsten würde ich einfach weiterhin Lucy heißen«, schloss ich und sah Rose entschuldigend an.

Doch zu meiner Überraschung antwortete nicht

sie, sondern Atlas.

»Ich finde Izzy am besten. Der ist zwar ziemlich abgedroschen, aber witzig. Hallo, Izzy«, sagte er und nickte mir zu.

Oh nein! Würde ich jetzt unfreiwillig einen Spitznamen bekommen?

Auf einmal stand Atlas auf. Zuerst begriff ich nicht, wieso. Dann bemerkte ich seinen leeren Teller.

Wie schnell konnte ein Augenschön denn essen?

»Also, bis dann. Rose, Izzy.« Er schaute uns noch einmal kurz an und konnte sich bei meinem neuen Spitznamen ein kleines Grinsen nicht verkneifen.

Allmählich standen auch die Leute an den anderen Tischen auf und Rose machte ebenfalls Anstalten, nach ihrem Tablett zu greifen.

Ich trank mein Glas leer, umrundete den Tisch und gesellte mich mit ihr zu der Gruppe von Leuten, die zuerst zur Tablettabgabe und dahinter zum Ausgang strebten.

»Weißt du was?«, fragte Rose, nahm mein Tablett, stellte es neben ihres und drehte sich zur Tür.

»Ich finde, mit Izzy hast du es noch recht gut erwischt. Es gibt weitaus gemeinere Spitznamen, wie Blondieblödel, Augenschwein oder Vergangenheits-Omi. Diese haben sich schon einige hier verdient.« Sie stieß mich freundschaftlich in die Seite.

Ich nickte, fühlte mich allerdings überhaupt nicht getröstet.

Als wir hinaustraten, beleuchteten die erhellten

Fenster des Speisesaals und die der anderen Gebäude den Hof, und ich konnte erkennen, wie die Gruppen sich zerstreuten und in den verschiedenen Wohnhäusern verschwanden.

Wir schlenderten ebenfalls langsam auf unser Wohnhaus zu, als mir ein paar Gestalten auffielen, die statt zu den Wohnhäusern quer über den Hof auf das kleine Wohnzimmer zugingen. Waren das die Nocturnals?

Als ich Rose danach fragte, nickte sie.

»Das sind aber ziemlich viele«, bemerkte ich, doch Rose schüttelte den Kopf.

»Es sind lediglich zehn. Nocturnals sind ziemlich selten und es gibt nur wenige. Momentan sind es sechs Jungs und vier Mädchen.«

»Und James ist einer von ihnen?«

»Ja, genauso wie Atlas und Harvey, der Junge, der beim Essen neben mir saß.«

Wie vom Donner gerührt blieb ich stehen.

»Atlas ist ein Nocturnal? Warum sagst du mir das erst jetzt!?«

Rose zuckte mit den Achseln. »Hätte es einen Unterschied gemacht?«

Dass Atlas ein Nocturnal war, hätte eine wichtige Information sein können, bevor ich in das Schaumbad des Atlas-Liebespools getaucht war. Und genau in diesem Moment wurde mir klar, dass ich mich hoffnungs- und rettungslos in einen unglaublich gut aussehenden, meist schlecht gelaunten Jungen verliebt hatte, den ich gerade einmal einen halben Tag kannte. Also nein, es hätte wohl keinen Unterschied gemacht.

Ich war so in meine Gedanken versunken, dass ich nicht bemerkte, wie Rose plötzlich stehen blieb und knallte in sie hinein.

»Hör mal, Lucy.« Sie hatte sich zu mir umgewandt, sodass ich den besorgten Ausdruck in ihrem Blick sehen konnte. »Ich … ich wollte mich ja eigentlich nicht einmischen, aber es ist wirklich nicht gut. Das mit dir und Atlas. Besser gesagt, hauptsächlich deine Gefühle für ihn.«

Verwirrt ließ ich meine Finger knacken. Was sollte denn daran, dass ich Atlas … toll fand, schlimm sein?

»Es ist …«, Rose wand sich ein bisschen, gab sich dann aber einen Ruck und redete endlich Klartext.

»Atlas ist, glaube ich, nicht sonderlich aus auf Beziehungen mit Mädchen. In der Vergangenheit hat es … Komplikationen dabei gegeben. Danach war er nicht mehr der Alte, weißt du? Ich kannte ihn nämlich schon lange davor. Er war ganz anders, als er heute ist. Und ich denke, dass er dir am Ende nur das Herz brechen wird. Entweder, weil er dich gar nicht bemerkt, oder weil er dich, wenn du es versuchst, kalt abblitzen lassen wird. Ich habe einfach Angst, dass er dir wehtun wird. Ich weiß, du kannst deine Gefühle nicht einfach wie eine brennende Lampe ausknipsen. Doch du musst versuchen, sie zu kontrollieren und dich nicht zu sehr beeinflussen zu lassen. Geh normal mit ihm um, womöglich wird dich das auch kurieren.«

Ich starrte Rose an. Kurieren? Was sollte das heißen? Liebe war doch keine Krankheit!

Wütend drängte ich mich an ihr vorbei und rannte auf den Eingang unseres Wohnhauses zu.

»Lucy!«, hörte ich Rose' verzweifelten Protestruf.

Trotzdem rannte ich weiter, durch die Glastür, die Treppe hinauf und hoch zu meinem Zimmer.

Zitternd holte ich den Schlüssel heraus und brauchte eine Weile, bis ich ihn in das Schlüsselloch bekam und die Tür mit einem Klicken aufging. Ich fühlte heiße Tränen über meine Wangen laufen und warf mich auf mein Sofa.

Es war unfair gewesen, einfach von Rose wegzurennen, obwohl sie nur hatte nett sein wollen. Es war auch nicht wirklich die Wut darüber, dass sie die Liebe als eine Krankheit bezeichnet hatte, sondern es war die Gewissheit, dass sie recht hatte. Tief in mir hatte ich schon vermutet, dass meine Gefühle nicht auf Gegenseitigkeit beruhten, dass nur ich diese wahnwitzige Liebe empfand. Oh ja, ich musste kuriert werden, denn welches Mädchen heulte sich die Seele aus dem Leib wegen eines Jungen, den sie eben erst kennengelernt hatte?

Ich schniefte und tastete in den kleinen engen Hosentaschen nach einem Taschentuch. Natürlich fand ich keines, wie auch?

Deshalb tupfte ich mir die Augen mit dem Saum meines T-Shirts ab.

Also, meine erste Mission bei dieser Gruppe von Verrückten würde sein, Atlas, so gut es eben ging, zu vergessen und meine Gefühle für ihn zu verdrängen. Der erste Schritt: Sofort aufhören zu weinen.

Ich wischte mir nochmals über die Augen, zog die Nase hoch und lächelte leicht. Geschafft.

Zweiter Schritt: Möglichst normal weiterleben, so weit das eben ging, nachdem ich durch die Zeit katapultiert worden war.

Dritter Schritt: In den nächsten Tagen mit Atlas so normal wie möglich umgehen und …

Wie unmöglich das doch war.

Bericht: Auftrag 103

Amelie kehrt nach ihrer ersten gesteuerten Schleifenfahrt in die Äußeren Schleifen (zweistündiger Aufenthalt im 19. Jahrhundert) erfolgreich mit den geforderten Papieren zurück.

Anmerkung:
Sie wirkte verwirrt und aufgewühlt und hatte ein paar Schürfwunden aufzuweisen, konnte sich angeblich nicht an deren Ursache erinnern. Wurde wegen leichter Unterkühlung auf ihr Zimmer geschickt.

Aus den alten Berichtaufzeichnungen

Kapitel 9

Verschlafen starrte ich in meine Schüssel, in der kleine hellbraune Cornflakes wie Schiffchen auf einem Milchsee trieben.

Der Speisesaal war nahezu leer. Nur drei Jungen und zwei Mädchen saßen außer mir dort.

Ich war heute Morgen ziemlich früh aufgewacht und hatte nach einem gescheiterten zwanzigminütigen Versuch mit Herumwälzen das Thema »Weiterschlafen« an den Nagel gehängt.

Nach einer kurzen Dusche hatte ich mich auf den Weg zum Speisesaal gemacht, in dem für mich sehr überraschend noch zwei weitere Frühaufsteher gewesen waren. Dass es Leute gab, die immer so früh aufstanden und das auch noch freiwillig, konnte ich nicht glauben. Langes Schlafen gehörte eigentlich zu mir wie meine langen blonden Haare. Es war in meinem alten Leben eine Angewohnheit gewesen, die von meinen Lehrern und Eltern nicht gerade gefeiert worden war.

Meine Anwesenheit um diese Uhrzeit beim Frühstück war also eine Premiere und umso überraschender, da ich gestern nach einem sehr anstrengenden und ereignisreichen Tag erst ziemlich spät ins Bett gekommen war. Nachdem ich nämlich die weiteren Vorgehensschritte bezüglich meines Umgangs mit Atlas zu Ende geplant hatte, war ich durch meine Wohnung gelaufen und hatte versucht, mich mit allem vertraut zu machen.

Angefangen hatte ich mit dem Umräumen meines Kleiderschranks. Beim Erforschen der Kommode im Wohnzimmer waren mir endlich Taschentücher in die Hände gefallen.

Eigentlich hatte ich danach schlafen gehen wollen, doch als ich gerade dabei gewesen war, mir die Zähne zu putzen, hatte es an meiner Tür geklopft.

»Rose?«, überrascht trat ich einen Schritt zurück. Meine Freundin wirkte völlig aufgelöst.

»Ach Lucy, es tut mir so leid, was ich vorhin alles zu dir gesagt habe«, jammerte sie, während sie eintrat. »Ich mache mir doch nur so schreckliche Sorgen um dich!«

Mir fielen sofort ihre unruhigen Blicke auf, mit denen sie mein Wohnzimmer inspizierte.

»Sag schon«, verlangte sie, »was ist kaputtgegangen?«

»Was meinst du?«

»Mach dir keine Gedanken«, versuchte Rose mich zu trösten, »bei so starken Gefühlen ist es bei den neuen Augenschönen, die sich noch nicht richtig im Griff haben, das Normalste der Welt, dass sie dabei mit ihren Augen irgendetwas zerstören.«

Grinsend schüttelte ich den Kopf.

»Entweder bin ich nicht besonders aufmerksam

und habe das goldene Leuchten, das aus meinen Augen kam und dann irgendwo ein Loch reingebrannt hat, nicht bemerkt oder ich muss dich enttäuschen und dir sagen, dass ich wirklich keine Explosion ausgelöst habe.«

Rose glaubte mir zwar, aber dennoch bestand sie darauf, noch eine Weile zu bleiben. Nur zur Sicherheit, falls meine Gefühle noch eine späte Reaktion abgeben würden. Gegen halb eins schlief sie jedoch fast auf meinem Sofa ein und ich schickte sie schließlich ins Bett.

»Wenn du unbedingt zertrümmerte Sachen sehen willst, musst du mir schon beibringen, wie das geht!«, rief ich ihr noch hinterher, doch vermutlich war sie schon in einer Art Halbschlaf und hörte mich nicht mehr.

So kam ich also erst um ein Uhr morgens ins Bett und schon um fünf Uhr wachte ich wieder auf. Seltsamerweise verschwand auch die Müdigkeit rasch und nun saß ich hier und löffelte die Reste meines Müslis putzmunter in mich hinein.

»Bist du Lucy?«, fragte eine Stimme hinter mir und ich drehte mich neugierig um.

Dort stand der Junge mit den pinkfarbenen Augen, Harvey, der gestern neben Rose gesessen hatte. Er hatte einen Teller mit drei Marmeladentoasts und zwei Bratwürstchen in den Händen. Nette Kombination.

»Ja, genau. Und du bist Harvey?«

»Korrekt! Hast du was dagegen, wenn ich mich setze?«, fragte er unerwartet höflich, und als ich nickte, stellte er seine Teller mir gegenüber ab und zog sich einen der Stühle zurecht.

Interessiert sah ich ihm zu, wie er einen Bissen vom Würstchen nahm und dann knackend in das geröstete Brot mit Marmeladenaufstrich biss.

Harvey lachte über meinen leicht befremdeten Blick.

»Es schmeckt nicht so schlimm, wie es aussieht«, wiegelte er ab und biss erneut herzhaft in ein Würstchen und anschließend in sein Brot.

Ich hielt mich lieber an meine Müslischale.

»Wie kommt es, dass du so früh wach bist?«, fragte er kauend.

»Konnte nicht schlafen«, murmelte ich.

Harvey zog die Augenbrauen zusammen und musterte mich.

»Und du? Warum bist du schon hier?« Während ich die Frage noch stellte, fiel mir bereits die Antwort dazu ein.

»Ich bin ein Nocturnal«, antwortete er mir dennoch.

Ich nickte schnell, um ihm zu verstehen zu geben, dass ich wusste, was das war.

Harvey deutete auf die drei Jungen, die nach mir gekommen waren, und die zwei Mädchen.

»Archibald, Jeremias und Cedric sind auch Nocturnals. Die männlichen, zusammen mit Atlas, James und mir. Denise und Charlotte sind ebenfalls

Nocturnals, Jemima und Ayshe, die anderen beiden Mädchen, haben schon gegessen. Wir sind eigentlich immer die Ersten im Speisesaal.«

Wieder musterte er mich mit diesem seltsamen forschenden Blick.

»Bist du müde?«, fragte er plötzlich.

»Nein, seltsamerweise nicht«, antwortete ich und duckte mich innerlich etwas. Unter Harveys Blick kam ich mir unangenehm verwundbar vor.

Er zog noch einmal kurz die Augenbrauen zusammen, dann glättete sich sein Gesicht und er schaute mich freundlich an.

»Heute ist dein erster Trainingstag, richtig? Ich hoffe, es wird dir Spaß machen.«

Ich nickte verhalten und spielte mit meinem Löffel in der Hand. Nach rechts drehen, nach links drehen. Dann holte ich Luft und sah Harvey ängstlich an.

»Ist das Kampftraining sehr schwer?«

Harvey grinste. »Es kommt immer auf das Augenschön und die unterschiedlichen Kampfarten an. Aber keine Bange, Lucy, auch andere Mädchen, die genauso unerfahren waren wie du, haben es geschafft.«

Ich nickte, wenn auch wenig überzeugt. Mir graute es vor dem Kämpfen.

»Außerdem«, fuhr Harvey fort, »fangen die Neulinge nicht gleich mit hartem Schwertkampf an. Sie werden erst Ausdauer und Muskelkraft mit dir trainieren. Später kommen dann Waffenkampf und das Magizieren mit den Augen.«

Etwas beruhigt sah ich zurück auf den Löffel.

Ein Stuhlknarzen ließ mich wieder aufschauen. »Bringen wir die Tabletts weg?« Harvey lächelte mich an.

Ich erhob mich und nahm mein Tablett mit der einsamen Schüssel und dem Löffel mit.

»Soll ich dich noch ein bisschen herumführen, bis alle anderen wach sind und wir beide zur ersten Einheit müssen?« Harvey hielt mir die Tür auf.

»Ja klar, warum nicht.«

Das Angebot kam mir wie gerufen. Mit meinen bisher eher schlechten Kenntnissen der Umgebung hätte ich mit dem noch viel zu langen Morgen nichts anfangen können. Ich hatte zwar überlegt, in die Bibliothek zu gehen und die Auswahl an Büchern zu sichten, vielleicht gleich etwas zu lesen, aber das konnte auch gern warten. Heute früh hatte ich ja bereits die Blätter von Tatjana über die Omunalisuhr studiert, mir meine eigene Taschenuhr dabei angeschaut und die Erklärungen dazu eingeprägt.

Jetzt holte ich die Uhr aus meiner Tasche. Viertel nach sechs.

»Um wie viel Uhr erscheint man gewöhnlich hier zum Frühstück?«, erkundigte ich mich bei Harvey, der anfing zu lachen. Prustend hielt er sich die Hand vor den Mund.

»Was ist an meiner Frage so amüsant?«Leicht beleidigt verschränkte ich die Arme vor der Brust.

»Nein, nicht deine Frage ist witzig.«

Harvey lotste mich um das Gebäude herum auf die

dahinterliegende Wiese zu.

»Die Frage ist berechtigt. Unter der Woche zwischen halb sieben und sieben Uhr. Samstags um neun Uhr und sonntags hat man in gewisser Weise frei. Ich habe nur gelacht, weil – nimm es mir bitte nicht übel, du drückst dich manchmal so altmodisch gehoben aus. Wir hatten ja ewig keinen Neuzugang mehr und so etwas bin ich einfach nicht mehr gewohnt.« Er grinste entschuldigend und informierte mich dann: »Das ist übrigens die Südwiese.« Er marschierte beschwingten Schrittes durch das saftige grüne Gras.

Die Südwiese erstreckte sich leicht hügelig bis hin zum Wald, der im Gegensatz zu dem, durch den Tatjana und ich gekommen waren, dunkel und abweisend wirkte.

»Hier findet das Außentraining der Magie statt. Da wirst du auch irgendwann noch trainieren, denke ich mal.«

Am linken Rand der Wiese führte ein kurzer Erdhang hinab. Auf der Wiese darunter wuchsen verstreut zwischen den Grasbüscheln diverse Frühlingsblumen, die bunte Tupfen auf die grüne Fläche zauberten. Ich drehte mich um und sah an den Gebäuden vorbei, wie sich die Wiese immer weiter und weiter erstreckte, vorbei an Speisesaal und Verwaltungsgebäude und weit hinten am Horizont in dem Laubwald endete, in dem ich meine ersten Schritte in der vierten Schleife gemacht hatte.

Harvey war meinem Blick gefolgt.

»Das ist die Ostwiese. Sie schließt direkt an die Westwiese uns gegenüber an. Auf ersterer findet bei gutem Wetter das Pfeil- und Bogentraining statt, auf der anderen das meiste übrige Kampftraining. Auf dem hinteren Teil der Westwiese befindet sich ein See für das Schwimmtraining oder zum Baden in der Freizeit. Zwischen Westwiese und Südwiese bilden die Bäume den Südwestwald, der auch dort hinten die Südwiese umschließt. In ihm finden praktische Ausdauereinheiten statt oder normaler Sport wie Klettern.« Sein Arm war umhergeschwenkt und hatte immer auf die gerade erklärten Orte gewiesen.

»Freust du dich schon auf deinen ersten Tag?« Harvey ließ sich in das Gras sinken.

Nachdenklich setzte ich mich dazu. »Freuen ist der falsche Begriff. Ich bin ... neugierig. Frauen, die kämpfen oder dafür trainieren – in meiner Zeit gab es das nicht.«

Harvey nickte und strich über das Gras.

»Hallo Lucy, hi Harvey.« Rose wirkte noch reichlich verschlafen, als sie auf uns zukam. »Du bist schon wach gewesen?«, fragte sie überflüssigerweise, während ich aufstand und ihr entgegenging.

»Ja, ich komme aber trotzdem mit dir zum Frühstück. Bis später, Harvey!«

Ich winkte ihm noch kurz zu, dann drehten Rose und ich uns um und liefen zum Speisesaal.

Obwohl Harvey nett und freundlich gewesen war, waren mir seine nachdenklichen Blicke nicht geheuer und ich hatte das Gefühl, dass der Grund für diese Blicke mich nicht sonderlich freuen würde.

Nach dem Frühstück, das Rose völlig entspannt eingenommen hatte, während ich ihr nervös dabei zusah, führte sie mich zum Verwaltungsgebäude, zu dem auch einige andere Augenschöne strömten. Sie liefen in Gruppen von zwei bis zehn Leuten und plapperten fröhlich durcheinander.

Verwundert folgte ich ihnen. Was würden wir dort drinnen machen? Ich hatte gedacht, dass das Training draußen stattfand.

Doch kaum waren wir eingetreten, bog die gesamte Gruppe nach rechts ab und wir traten durch eine Tür, hinter der eine lange steinige Treppe in die Tiefe hinabführte.

»Was ist dort unten?«, fragte ich Rose ängstlich.

»Unter dem Hof befinden sich Übungshallen, in denen wir ebenfalls trainieren, vor allem, wenn das Wetter schlecht ist. Hier im Verwaltungsgebäude befindet sich der Eingang dorthin. Tatjana hat mir gesagt, dass du in den ersten Wochen mit mir zusammen trainierst. Ich habe so lange einen anderen Trainingsplan, damit ich gemeinsam mit dir Kraft- und Ausdauerübungen machen kann.«

Rose stieg, ohne innezuhalten, hinter den anderen Augenschönen die steinerne Treppe hinab und ich folgte ihr nach kurzem Zögern. Der Stein kam mir feucht vor und die Wände standen dicht beisammen. Irgendwie fühlte ich mich unwohl. Nach etwa einer Minute steilen Hinabsteigens in die Tiefe endete die

Treppe und wir liefen auf einen breiten Gang, von dessen Decke eine lange Neonröhre spärliches Licht spendete. Hinter Rose ging ich den Flur entlang, der nach der langen Treppe tief unter der Erde verlaufen musste. Es war kalt hier unten und ich war froh über den Pullover, den ich mir heute Morgen übergezogen hatte.

An einer Gabelung bog ein Teil der Gruppe nach rechts ab, während wir mit den anderen nach links liefen. Der Weg wurde breiter, die Luft leichter einzuatmen, und ich fühlte mich nicht mehr so eingequetscht wie auf der Treppe und in den Gängen davor.

Schließlich bog Rose nach links ab, während der Rest der Gruppe weiterlief, und trat mit mir durch eine metallene Tür. Ein gekachelter Raum befand sich dahinter, ähnlich wie ein Badezimmer, nur dass es keine Dusche oder Toilette gab, sondern große Schränke an der Wand standen, in die jeweils mindestens zwei große Männer gepasst hätten.

Rose öffnete einen von ihnen und kramte darin herum. »Ich habe gestern doch die Hosen für dich hier hineingelegt. Und die Schuhe … wo sind sie nur hin? Beim Bestücken deines Kleiderschranks hatte ich gar nicht daran gedacht, die Sportsachen dazuzulegen. Die Beschaffung der übrigen Dinge war bereits eine stressige Angelegenheit … aber deswegen habe ich sie hier zusammen mit meinen neuen … Ah, da sind sie ja!«

Rose kam aus dem Schrank hervor und hielt in der

einen Hand mehrere schwarze Hosen und in der anderen zwei Paar Schuhe. »Für den Sport brauchst du diese Trainingshosen, dein Shirt und der Pulli gehen in Ordnung. Außerdem brauchst du Sportschuhe. Das blaue Paar ist für drinnen gedacht, das schwarze für draußen, aber die wirst du erst einmal noch nicht brauchen. Wir fangen mit dem Innentraining an, da zu dem Außentraining eigentlich nur die Waffenkämpfe gehören, die du erst später erlernst.«

Sie reichte mir die Hosen und die Schuhe. Eine Hose behielt sie in der Hand. »Die ist noch für mich, den Rest kannst du behalten. Wir ziehen uns schnell hier um. Danach können wir ausgerüstet ins Training starten.«

Ich nickte verhalten und betrachtete die neuen Hosen. Auch sie waren schwarz, doch aus einem anderen Stoff. Er war elastischer und weicher, was bei viel Bewegung sicherlich von Vorteil war. Als ich Hose und Schuhe gewechselt hatte, bemerkte ich auch die Vorteile des Schuhpaars. Sie waren bequemer und die Sohle federte die Schritte besser ab.

Rose hatte ebenfalls die neue Hose angezogen; die Schuhe hatte sie schon zuvor getragen. Sie klatschte voll Tatendrang in die Hände. »Lass uns beginnen!«

Ich hätte nicht sagen können, dass ich ihre Vorfreude teilte, ohne zu lügen. Denn je näher der Beginn des Trainings rückte, desto mulmiger war mir zumute und ich wäre am liebsten sofort umgedreht und weggerannt. Wobei ich den Rückweg ohne Hilfe sicherlich nicht gefunden hätte.

»Das schaffst du schon Lucy.« Rose lächelte mich aufmunternd an und ich nickte, obwohl ich mir alles andere als sicher war.

Wir verließen den Raum, und nachdem wir weitere Gänge passiert hatten, meinte ich Geräusche von
irgendwoher zu hören. Dies stellte sich als richtig heraus, als wir um die nächste Ecke bogen, zu einer Tür gelangten und Rose sie öffnete.

Mir blieb der Mund offen stehen. Mit einem solchen Anblick hatte ich nicht gerechnet.

Rose grinste und schob mich vorwärts in den Raum, um die Tür schließen zu können.

Ich stolperte nach vorn, immer noch gebannt von dem, was dort lag.

Es konnte eigentlich gar nicht mehr die Rede von einem Raum sein. Es war eher ein Saal, eine Halle, riesengroß. Und zwar wirklich riesengroß. Der ganze Hof musste von der Halle unterkellert sein, so gigantisch war sie. Ich schätzte, dass die Decke, die ebenso wie die Wände in einer grauen verwaschenen Farbe gestrichen waren, eine Höhe von mindestens zwanzig Metern hatte.

Was sich vor den Wänden an den uns gegenüberliegenden Enden befand, konnte ich aufgrund der enormen Ausmaße nicht genau erkennen. Doch mir fielen die verschiedensten Geräte auf, die überall im Raum auf dem pechschwarzen Boden verteilt waren.

An ihnen trainierten unterschiedlich große Gruppen von Augenschönen.

In einem Teil standen seltsame Ständer, von denen schwere Säcke hingen, auf die die Augenschönen in einem bestimmten Rhythmus einschlugen. Ich bemerkte, wie sich die Muskeln der Kämpfer dabei anspannten, und meinte, etwas Rotes an den Händen schimmern zu sehen. Ob das wirklich Blut war? Ich wollte mir überhaupt nicht vorstellen, wie anstrengend und auch schmerzhaft das war.

Doch die Augenschönen verzogen bei ihren Schlägen keine Mienen. Offensichtlich waren sie hart im Nehmen und mir wurde klar, warum alle Augenschönen so trainiert aussahen.

Etwas entfernt von der Gruppe waren andere, die sich auf ausgelegten Matten zu zweit gegenüberstanden. Einer griff an und der jeweils andere wehrte die Schläge ab, um dann seinerseits seinen Gegner zu attackieren. Konzentriert waren die Gesichter verzogen und jede Muskelfaser der Kämpfenden war angespannt. Genau in diesem Moment wurde ein Junge so heftig getroffen, dass er umfiel und zu Boden stürzte. Sein Gegner eilte zu ihm, half ihm auf und entschuldigte sich.

Schockiert wandte ich den Blick ab und ließ ihn auf der Suche nach weniger brutalen Übungen durch den Raum streifen.

Drei Mädchen rannten in strammem Tempo an uns vorbei, bereits total verschwitzt.

»Achtzehn Runden nur noch, dann haben wir die fünfzig für heute!«, hörte ich die eine keuchen.

Ich hätte schon nach der ersten schlappgemacht,

denn ich war eine Ewigkeit nicht mehr so schnell gelaufen. Sicher, als Kind war ich schon gerannt, aber mit den langen Röcken war das später unmöglich gewesen. Außerdem hätte es sich für eine junge Dame auch nicht geschickt. Nur ausgeritten war ich, aber das konnte man wohl kaum mit dem Lauf der Mädchen hier vergleichen.

Uns am nächsten war eine Gruppe von drei Jungen beim Krafttraining und ich bewunderte die Schnelligkeit und Anzahl der von ihnen ausgeführten Liegestütze.

»Lucy?«

»Ja?«

»Ich werde schon noch dafür sorgen, dass die Falte auf deiner Stirn bei diesem Anblick verschwindet.«

Ich biss mir auf die Lippen. »Probieren kannst du es, doch ich glaube kaum, dass der Versuch von Erfolg gekrönt sein wird.«

Rose lachte. »Überlass das nur mir. Bereit, unser gemeinsames Training zu starten?«

»Bleibt mir etwas anderes übrig, als ja zu sagen?«

Sie schüttelte den Kopf.

Ich seufzte. »Na gut. Lass uns anfangen.«

Hätte ich vorher gesagt, dass sich meine schlimmsten Erwartungen erfüllen würden, wäre das noch untertrieben gewesen. Es war sehr viel schlimmer, als ich es mir je hätte erträumen können.

Die nächsten drei Monate trainierte ich mit Rose und rückblickend betrachtet, war es die schrecklichste Zeit meines bisherigen Lebens.

Zwar merkte ich auch irgendwann die Fortschritte, die ich immer mehr und häufiger erzielte, doch der Preis dafür war hoch.

Wir begannen einfach, mit nur fünf Umrundungen der gesamten Halle zum Einlaufen und kurzer Dauer der verschiedenen Trainingseinheiten. Doch mit jedem Tag wurde bei allem etwas angezogen. Die Übungen dauerten immer länger, mit immer mehr Wiederholungen, die meine Energieressourcen spürbar aufzehrten.

Die Ausdauerrunden fand ich noch am einfachsten, da ich ein gewisses Talent dabei entwickelte und die täglich ansteigende Anzahl der Runden als tolle Herausforderung statt Qual ansah. Am Ende waren wir sogar bei fünfzig täglich angelangt.

Im Gegensatz dazu gefielen mir die Bodenübungen wie beispielsweise Liegestütze überhaupt nicht. Anfangs schaffte ich nicht einmal eine, und als es mir endlich gelang, mich zu halten und viele hintereinander zu machen, betrachtete ich es nur noch als Zeitverschwendung. Am wenigsten behagten mir aber die offenen Kämpfe oder das Trainieren mit dem ledernen Sack. Meine Handknöchel überzogen sich mit roten, grünen und blauen Flecken, die zwar schnell heilten, aber dennoch schmerzhaft waren. Bei Zweikämpfen holte ich mir blaue Augen, einen aufgeschrammten Unterarm und mehrere kurz blutende Ellenbogen.

Und obwohl Rose mir beipflichtete, dass die brutalen Kämpfe eigentlich nicht notwendig waren, konnte ich diesen Einheiten leider nicht entgehen.

Ich trainierte mit Rose von morgens bis abends, mit nur einer kurzen Pause zum Mittagessen. Morgens gingen wir sofort in die Halle und abends fiel ich erschöpft und ausgelaugt ins Bett.

Glücklicherweise schien ich hier nur wenig Schlaf zu brauchen und war nach manchmal nur drei durchgeschlafenen Stunden putzmunter.

Nach und nach merkte ich, wie das stete Training meinen Körper veränderte. Ich bekam deutlich ausgeprägtere Muskeln, fühlte mich weitaus stärker und hatte auch bessere Reflexe.

»Eigentlich trainieren Neulinge nicht so stark und viel«, keuchte Rose nach drei Wochen einmal, während sie gierig ihre Flasche leertrank. Auch sie wurde von den Übungen stark mitgenommen. »Aber Tatjana hat persönlich den Plan zusammengestellt und ich darf mich nicht wirklich beschweren.«

»Bleibt es denn für immer so anstrengend?«, fragte ich matt, während ich mir schaudernd vorstellte, ab jetzt jeden Tag diese Einheiten zu machen. Dann wäre ich mir nämlich nicht mehr so sicher gewesen, ob ich nicht vielleicht doch in der Hölle gelandet war.

»Nein, nein«, erwiderte Rose zu meiner großen Erleichterung, » nur so lange, bis du körperlich auf einen Kampf vorbereitet bist. Wenn du erst einmal länger hier lebst, wird sich auch dein Trainingsplan ändern. Es wird abwechslungsreicher. Du wirst anfangen, mit Waffen zu trainieren, und dann kommt noch das Augenmagizieren hinzu. Das ist allerdings am Anfang auch anstrengend und zeitaufwendig. Bis jetzt hast du es ja noch nie gezielt eingesetzt und es wird lange brauchen, bis du es auch nur einigermaßen beherrschst. Jedenfalls ist es bei den meisten so.«

Ich nickte, nicht sicher, ob diese Aussichten so viel besser waren.

»Außerdem wirst du auch etwas mehr Freizeit haben«, meinte Rose tröstend, als wir zurück zu den Matten liefen. »Ich hatte Montag-, Dienstag- und Donnerstagmorgen immer frei, ebenso wie Mittwochnachmittag und eine Stunde am Freitagnachmittag. Das Training hört manchmal einfach früher auf, es wird immer entspannter, je länger du hier bist.«

»Und ist das alles? Was man macht, meine ich? Trainieren, trainieren und noch mal trainieren?«

Rose schüttelte entsetzt den Kopf.

»Himmel, nein, wenn das so wäre, würde es hier doch bestimmt keiner aushalten. Keine Sorge, es gibt massenweise weitere Beschäftigungen, beispielsweise die Einkaufsfahrten. Einmal im Monat fährt man mit einem zugeteilten Partner in die Äußeren Schleifen zum Einkaufen. Es ist toll, vor allem, weil du dir auch eigene Sachen besorgen kannst. Allerdings darf man die Fahrten leider erst ab einem Jahr Aufenthaltszeit in den Inneren Schleifen unternehmen.«

Bedauernd schaute sie auf den Boden, doch ich war dennoch erleichtert.

Vielleicht war das Leben hier nicht ganz so schlimm, wie es mir bis jetzt erschienen war. Was mich allerdings jeden Tag noch mehr frustrierte als das anstrengende Kampftraining, war der übermächtige Drang, Atlas zu sehen. Ich hoffte immer wieder, jeden Tag aufs Neue, aber vergeblich, ihn in den Hallen oder auf dem Gelände zu sehen. Immer wieder verweilte ich kurz an seiner Zimmertür und überlegte, ob ich einfach klopfen sollte, bevor ich mich schnell abwandte und weiterging. Im Speisesaal wartete ich angespannt darauf, dass er kam, und musste mich, sobald er da war, dazu zwingen, ihn nicht anzustarren.

Seit meinem ersten Tag hatte ich kein Wort mehr mit ihm gewechselt und war ihm nicht näher als zehn Schritte gekommen, die uns beim Abendessen einmal getrennt hatten. Es bereitete mir fast körperliche Schmerzen, ihm nicht nahe sein zu können.

Nachts lag ich stundenlang wach, während ich überlegte, wie ich mit alledem umgehen sollte.

Atlas löste ein aufreibendes Gefühlschaos in mir aus, und ich wusste nicht, ob das positiv oder negativ zu werten war. Eines war aber klar: Die enttäuschten Hoffnungen am Ende des Tages machten mir manchmal mehr zu schaffen als das kräftezehrende Training. Ebenso wie der Schmerz, der mich immer überkam, wenn ich mir vorstellte, anstelle des blonden Mädchens auf den Fotos zu sein, schlimmer war als die vielen Blutergüsse und Wunden, die ich mir während der Kämpfe zuzog.

Da ich bereits genug mit meinem Übungsprogramm und der Sehnsucht nach Atlas ausgelastet war, hatte ich keine weitere Energie übrig, um mir etwas Neues über die Schleifen, die Magie oder Ähnliches anzueignen. Zumindest aber lernte ich den Ort, an dem ich lebte, immer besser kennen, auch wenn mir das wenig nützte, da ich die Tage ausschließlich in den unterirdischen Hallen verbrachte.

Hinter dem Verwaltungsgebäude befand sich auf der rechten Seite die Ostwiese, auf der das Bogenschießtraining stattfand. Links grenzte die Westwiese an, mit dem See im hinteren Teil, an dem ich jedoch noch nicht gewesen war. Hinter den beiden Wiesen zog sich über die ganze Weite der Nordwald entlang, der Mischwald, in dem Tatjana und ich gelandet waren.

Etwa auf Höhe des Speisesaals ging die Ostwiese in die Südwiese über, die sich noch weiter nach Südosten hin erstreckte und die unterhalb der südlichen Gebäude, also dem Wohnhaus 2 und 3, dem Laden, dem Wohnzimmer und einem Teil der Versammlungshalle schmal weiterverlief. Daneben erstreckte sich der Südwestwald, der ähnlich wie der Nordwald die ganze südliche Fläche und Teile der westlichen Fläche einnahm, bis er in die Westwiese überging.

Die Umgebung war sehr strukturiert und die Bezeichnungen mit den Himmelsrichtungen verliehen mir noch immer das Gefühl, dass hier alles sehr geordnet ablief. Auch mein Training verlief nach dem immer gleichen Muster. Bis Rose kurz vor Ende des dritten Monats eines Abends von Tatjana Bescheid bekam, dass ich am nächsten Morgen mit dem regulären Kampftraining beginnen konnte. Mit meiner neuen Kraft und dem, was ich bereits alles gelernt hatte, fühlte ich mich zwar etwas besser vorbereitet, aber lange noch nicht genug.

Wer so schlau ist wie ich,
der nutzt seine Zeit auch einmal,
um Freundschaften aufzubessern –
beispielsweise die zum Handy.

(Tyler Gossin; Augenschöner)

Ursprüngliches Zitat:

Wer schlau ist, der pflegt Freundschaften.
Denn was gepflegt wird,
das bleibt erhalten.

(Lilian Wind; Augenschöne)

Kapitel 10

Am ersten Tag meines neuen Tagesprogramms hatte ich erneut nur zwei Stunden geschlafen, war um fünf Uhr putzmunter in den Speisesaal gekommen, hatte gefrühstückt und mich mit Harvey unterhalten, mit dem ich mich inzwischen erstaunlich gut verstand. Vor zehn Minuten waren die übrigen Augenschönen, inklusive Rose, langsam eingetroffen.

Ein greller Blitz ließ uns alle überrascht aufschauen, und als Tatjana aus dem hellen Licht trat und ihre Omunalisuhr einsteckte, wurde an den Tischen unruhiges Gemurmel laut.

»Was ist denn daran so ungewöhnlich?«, fragte ich Rose, die wie alle anderen durch Tatjanas Ankunft richtig wach geworden war.

Natürlich war alles seltsam, der Blitz, die Nebelwolke und die sich aus dem Nichts materialisierende Tatjana. Aber so gut wie ich die Leute hier schon kannte, war das nicht der Grund für die Aufregung.

»Dass jemand den Ortssprung benutzt, ist ungewöhnlich. Er wird nur bei äußerst wichtigen Angelegenheiten verwendet. Wenn Tatjana also die schnellere Variante wählt, muss was passiert sein.«

Nahezu alle im Saal beobachteten die Nele dabei,

wie sie sich umschaute und dann begann, durch die Reihen zu hasten.

»Wahrscheinlich gibt es etwas Neues zum großen Auftrag«, meinte Rose, als Tatjana neben Atlas stehenblieb.

Die junge Frau beugte sich zu ihm hinunter und redete eindringlich auf ihn ein.

Eine kleine Falte bildete sich auf seiner Stirn. Er kramte in der Tasche, aus seinen Augen trat ein Strahl, der auf die Omunalisuhr in seiner Hand traf. Ein türkisblauer Blitz leuchtete auf, gefolgt von einem Schwall Wasser, der sich auf seinen jetzt leeren Stuhl ergoss.

»Oh ja, es muss sogar ziemlich dringend sein, wenn auch Atlas einen direkten Ortssprung aus dem Speisesaal macht.« Rose klang beeindruckt.

Tatjana eilte bereits weiter, auf James zu, der am gleichen Tisch wie immer saß. Er blickte ihr erwartungsvoll entgegen. Nach einer ebenfalls kurzen Information von Seiten Tatjanas spielte sich das Gleiche wie eben bei Atlas ab, nur, dass er grün aufleuchtete. Ein kurzer Zweig wuchs neben seinem leeren Stuhl aus dem Tisch. Tyler, der daneben saß, brach ihn gelangweilt ab.

Tatjana holte ihre Omunalisuhr aus der Tasche und ein grauer Blitz, gefolgt von dünnen Nebelwolken verkündete ihren Ortssprung. Einen Moment blieb es still, dann brachen an jedem Tisch heiße Debatten über das eben Geschehene aus.

Auch Rose plapperte auf mich ein. »Was das wohl

zu bedeuten hat? Vielleicht, dass der Abreisetag endlich feststeht? James und Atlas sind ja schon seit ewigen Zeiten für den Auftrag vorgesehen. Oder aber sie haben diese große Vorstellung nur vollführt, um allen zu zeigen, dass es ein sehr wichtiger und geheimnisvoller Auftrag ist. Zu James würde das passen. Wobei, Tatjana hätte dabei bestimmt nicht mitgemacht, genauso wenig wie Atlas. Übrigens waren James und er mal ziemlich gut befreundet. Jetzt könnte man eher den Begriff Erzfeinde mit ihnen verbinden. Also muss es doch eine wichtige Neuigkeit gewesen sein. Ich bin ziemlich gespannt, wann uns mitgeteilt wird, worum es bei ihrem Auftrag überhaupt geht. Bis jetzt ist das ein riesengroßes Geheimnis, was ich ehrlich gesagt, nicht so ganz nachvollziehen kann.«

Ich ließ Rose' Redefluss über mich ergehen und sah abwechselnd von Atlas' zu James' Platz. Der Wasserschwall und der Ast, das türkisfarbene und das grüne Leuchten. Genauso wie Tatjanas Nebelwolke und das graue Leuchten. Die Farben waren identisch mit denen gewesen, die ihre jeweiligen Augen hatten. Und das Wasser ... Wasser war oft türkisblau und der Ast? Die Blätter waren grün gewesen so wie James Augen. Und die Nebelwolke grau. Waren das die Zeichen der Gottheiten gewesen, zu denen Atlas, James und Tatjana gehörten?

Was ich wohl nach einem Ortssprung hinterlassen würde? Eine kleine Flamme, weil die Sonne doch aus einer Art Feuer bestand? Oder hinterließen die

Kinder des Feuergottes so etwas?

»Lucy!«, zischte Rose plötzlich und versetzte mir unter dem Tisch einen leichten Tritt.

Verwirrt sah ich auf und erblickte einen Jungen, der hinter Rose stand. Er musste ein wenig älter sein als ich, neunzehn oder zwanzig und hatte einen weißen Pullover an, auf dem ein oranges Auge prangte. Aus genau den gleichen Augen sah er mich aus seinem kantigen Gesicht heraus an, das von hellbraunen halblangen Locken umrahmt wurde.

»Du bist Lucy de Mintrus«, sagte er, doch es klang eher wie eine Feststellung und nicht wie eine Frage. Er streckte mir die Hand entgegen. »Mein Name ist Xavier. Meine Aufgabe ist es, dich hauptsächlich im Kampf auszubilden«, stellte er sich vor, als ich seine Hand ergriff und sie schüchtern schüttelte.

Xavier musterte mich von Kopf bis Fuß.

»Für unser heutiges Vorhaben müssten deine Klamotten passen.«

Mir gefiel sein herablassender Tonfall gar nicht. Natürlich passten sie! Ich hatte Rose ausführlich befragt, was ich außer den schwarzen Schuhen noch anziehen sollte.

»Wir starten direkt nach dem Frühstück. Wie ich sehe, bist du schon fertig. Kommst du?«

Leicht überrumpelt schob ich meinen Stuhl zurück.

Rose grinste mir zu. »Viel Spaß, du musst mir hinterher alles haarklein erzählen. Ich weiß gar nicht mehr, wie mein erster Kampftag hier verlaufen ist.«

Sie warf mir beim Weggehen eine Kusshand zu.

Ich lächelte halbherzig zurück und folgte diesem komischen Xavier aus dem Saal.

Kaum draußen angekommen fing er mit seiner näselnden Stimme an, mir den Verlauf des heutigen Tages zu erläutern.

»Als Erstes werden wir dich in der Abstellkammer mit Waffen bestücken. Wir suchen dir einen zu deiner Größe passenden Bogen und ein leichtes Schwert aus. Einen Speer wirst du noch nicht brauchen. Und falls du dir erhofft hast, mit Pistolen und Gewehren in der Gegend herumschießen zu dürfen, muss ich dich leider enttäuschen. Jegliche Pulver- und Munitionswaffen sind hier verboten.«

Dieser Bursche schien nicht besonders schlau zu sein. Jedenfalls wusste er nicht, dass ich bis gerade eben keine Ahnung von Pulver- und Munitionswaffen gehabt hatte. Erst als er sie erwähnt hatte, lieferte mir das unterbewusste Wissensgift die nötigen Informationen, um seine Aussage zu verstehen.

»Und warum lernen wir, mit Pfeilen, Schwertern und Speeren zu kämpfen, obwohl es viel konstruktivere Methoden gibt, sich zu verteidigen?«, erkundigte ich mich, hauptsächlich um Xavier etwas zu nerven, aber auch etwas neugierig.

»Da gibt es ganz einfache und plausible Gründe«, tönte er überheblich und kramte in seinen Taschen.

Wir standen vor der sogenannten Abstellkammer, dem breiten Betongebäude mit dem flachen Dach und den hoch angebrachten kleinen Fenstern.

»Einer der Gründe ist«, blähte sich Xavier auf, »dass in manchen äußeren Zeitschleifen, in denen wir vielleicht auf einen Gegner stoßen könnten, Schusswaffen noch nicht erfunden sind. Was würden denn die Leute für Gesichter machen, wenn du im 12. Jahrhundert anfängst, mit einem Revolver zu schießen?«

Ich konnte mir ein Stirnrunzeln nicht verkneifen. Vermutlich würde sich ihr Ausdruck nicht wirklich von dem unterscheiden, den ihre Gesichter zeigen würden, wenn sie mit ansehen mussten, wie ein Mädchen ein Schwert zog. Zumal ich glaubte, dass die meisten Leute, die dabei waren, wenn ein Augenschön mit dem Revolver schoss, nicht mehr lange genug leben würden, um es anderen zu erzählen. Doch ich hielt meinen Mund und der Junge bemerkte meinen zweifelnden Blick nicht.

Er war viel zu sehr damit beschäftigt, einen silbernen Schlüssel aus der Tasche zu holen und die Metalltür aufzuschließen, während er weiter versuchte, mir mein Unwissen auszutreiben.

»Der zweite und auf jeden Fall wichtigere Grund sind die Zeitlöcher. Noch nie gehört?« Er warf mir einen gespielt mitleidigen Blick zu. »Zeitlöcher können überall in den Inneren Schleifen auftreten. Es ist eine Art von Loch, das alles, was hineingerät, in eine andere Zeit der Äußeren oder Inneren Schleifen wirft, sehr gefährlich, da auch Augenschöne hineingeraten können. Ebenso wie Pistolenkugeln. Wenn du also in einem Kampf, der in den Inneren Schleifen stattfindet, eine Schusswaffe benutzt und ein verfehlter Schuss in eines der Zeitlöcher gerät, könnte er auf der anderen Seite in einer der Äußeren Schleifen herauskommen und wer weiß wo landen, wo Schusswaffen noch nicht erfunden wurden. Pfeile hingegen gibt es schon seit Ewigkeiten. Die Chance, mit ihnen etwas durcheinanderzubringen, ist sehr gering. Zwar sind Zeitlöcher eher selten, doch die Möglichkeit dieser Gefahr besteht immer.«

»Aber warum müssen wir überhaupt kämpfen lernen? Wir sind doch unsterblich!« Ganz aufgeben wollte ich noch nicht. Außerdem fand ich mein Argument sehr geschickt gewählt.

Xavier verdrehte genervt die Augen. »Erstens, wir sind gar nicht unsterblich. Das Gift der Nächtlichen Geschöpfe kann uns töten. Das müsstest selbst du schon gehört haben.« Er trat in die Abstellkammer und drückte einen Lichtschalter neben der Tür, da durch die kleinen Fenster zu wenig Licht herein fiel.

Das hatte ich tatsächlich. Jetzt fiel mir wieder ein, dass Rose mir das schon bei ihrer Geschichte über Omun und Alis erzählt hatte.

Doch ehe ich etwas erwidern konnte, fuhr er schon in seinem belehrenden Ton fort: »Und zweitens sind wir unsterblich, aber nicht unverwundbar, und wenn du nicht gerade masochistisch veranlagt bist, wirst du Verletzungen vermeiden. Sie können nämlich sehr schmerzhaft sein, wenn auch nur für eine kurze Zeit.«

Mit vorgerecktem Kinn ließ er mich hinter sich

und marschierte in das kühle Gebäude.

Kopfschüttelnd folgte ich ihm und zog die Tür hinter mir zu. Hoffentlich würde ich irgendwann einen anderen Trainer bekommen.

Waffen. Überall blankpolierte Waffen, deren scharfe Klingen sogar in dem schwachen Licht glänzten.

Staunend lief ich die Regale entlang, die ähnlich hoch wie in der Bibliothek waren und die Abstellkammer in langen Reihen füllten. Ich hatte noch nicht viel mit Schwertern, Speeren, Dolchen, Schilden, Pfeilen und all dem Restlichen hier zu tun gehabt, aber mit meinem neuen Wissen war mir klar, dass alle aus hochwertigem Material und gut gepflegt waren.

»Lucy, hier drüben«, rief Xavier ungeduldig. Er stand neben einem Regal, das vor Bögen nur so überquoll. Er nahm einen kleinen hölzernen Bogen heraus und wog ihn in seinen Händen. Als ich zu ihm trat, drückte er ihn mir in die Hand, entriss ihn mir aber sofort wieder mit den Worten: »Zu klein.«

Verdutzt sah ich zu, wie er ihn zurück in das Regal legte, einen neuen herausnahm, ihn an mir abmaß und sofort wieder entriss. So ging das einige Male mit vielen »zu groß« und »zu klein«, bis er mir einen dunkelbraunen Bogen reichte und nach Betrachtung von allen Seiten ein: »Genau richtig« von sich gab.

Ähnlich verlief es mit dem Schwert, nur dass es gefühlte hundert Jahre länger dauerte und mir mit der Zeit langweilig wurde. Das war nicht gerade ein guter Start in das Training.

Als Xavier mir endlich auch das perfekte Schwert, ein silberfarbenes mit einem schnörkelig verzierten Griff ausgesucht hatte, warf ich einen kurzen Blick auf meine Uhr. Wir waren schon über eine halbe Stunde in der kalten Waffenkammer.

»Ich gehe jetzt nach hinten, ein paar Pfeile holen. Du bleibst so lange hier und rührst nichts an«, wies mich Xavier an wie ein kleines Kind und verschwand zwischen den Regalen.

Verärgert runzelte ich die Stirn. Der Kerl war gerade mal zwei oder drei Jahre älter und benahm sich wie mein Lehrer. Nein, ich würde nicht hier rumstehen und mich weiter langweilen. Entschlossen schlenderte ich in eine andere Richtung davon und musterte das Regal vor mir. In ihm befanden sich die verschiedensten Schwerter, Taschenmesser und Dolche. Bei einem der Dolche stutzte ich. Ich griff in das Regal und holte ihn heraus. Die silberfarbene Klinge war halb so lang wie mein Unterarm, dünn und lief zu einem sehr spitzen Ende zu. Der Griff war aus Bronze und lag gut in der Hand. In seiner Mitte war ein glutroter Stein eingelassen. Ein Rubin.

Der Dolch sah genau so aus, wie der, den meine Mutter besaß. Und wenn er auch noch …

Ich drücke auf den Rubin und mit einem leisen Quietschen drehte sich die Klinge um und schob sich in den Griff, bis nur noch die Spitze herausschaute.

Ich drehte am unteren Ende des Griffs, bis sich die

Kappe löste. Vorsichtig setzte ich sie auf die Dolchspitze, auf die sie perfekt passte. Der Dolch sah jetzt aus, wie ein kleines Metallkreuz mit eingelassenem Rubin. Er war tatsächlich identisch mit dem meiner Mutter. Nur der Edelstein war ein anderer. In dem Dolch meiner Mutter war ein Saphir der Knopf zu dem geheimen Mechanismus gewesen.

Ich sah mich um und ließ das Kreuz blitzschnell in der Bauchtasche meines Kapuzenpullis verschwinden.

»Du musst immer auf alles vorbereitet sein, vor allem auf böse Überraschungen«, hatte mein Vater oft gesagt und meine Mutter hatte einmal als Beispiel für eine gute Vorbereitung ihren kleinen Dolch gezogen.

Jetzt war ich ebenfalls gewappnet und ich hatte seit gestern das seltsame Gefühl, dass ich es eher brauchen würde, als mir lieb war.

»Was machst du denn da? Du solltest doch auf mich warten«, schnauzte mich Xavier an und fuhr, ohne eine Antwort abzuwarten, fort: »Jetzt komm, wir haben ohnehin schon genug Zeit hier vertrödelt.«

Der Ansicht war ich auch, deswegen folgte ich ihm bereitwillig. Auf einmal jedoch schien er seine Meinung zu ändern. Er blieb so abrupt stehen, dass ich in ihn hineinrannte.

»Was …? Lucy, hast du etwa die Tür zugemacht?«, fragte er, aus einem unerfindlichen Grund noch verärgerter.

»Ähm, kann sein«, sagte ich und trat ein paar Schritte zur Seite. »Wieso?«

»Na, weil der Schlüssel noch steckt. Allerdings von außen!«, rief Xavier aufgebracht.

Das war doch nicht mein Fehler!

»Jetzt muss ich … oh, wobei … du hast uns in diese Situation gebracht, also holst du uns auch wieder raus. Im wahrsten Sinne des Wortes.«

Er winkte mich zur Tür, platzierte mich vor ihr und drückte meinen Rücken so hinunter, dass ich direkt in das Schlüsselloch schaute. Es gefiel mir überhaupt nicht, dass ich so herumkommandiert wurde.

»Das wird ganz einfach«, sagte er hämisch.

An seinem Ton erkannte ich, dass es genau das Gegenteil sein würde.

»Das wird eine Übung der Grundmagie, das heißt der Magie, die jedes Augenschön unabhängig vom göttlichen Elternteil magizieren kann. Mit der Grundmagie kannst du auch ganz einfache Sachen machen, wie Dinge, ohne sie zu berühren, zu verschieben oder fliegen zu lassen und auch Türschlösser knacken.« Xavier lehnte sich lässig an die Wand neben der Tür.

»Das Einzige, was du machen musst, ist, dich auf die auszuführende Aktion komplett zu konzentrieren. Deine Willenskraft nur darauf zu lenken. Diesen Willen lässt du dann in deine Augen fließen, aus denen er in Form von Licht heraustritt.«

Ein ekelhaft selbstgefälliges Grinsen umspielte seine Lippen, während er ganz offensichtlich auf mein Versagen wartete, das sehr wahrscheinlich war, schließlich hatte ich so etwas noch nie gemacht.

Unsicher sah ich mir das Schlüsselloch an. Es war klein und schwarz, an den Rändern des steckenden Schlüssels vorbei schimmerte Licht von draußen durch. Ich strengte meine Augen an, bis ich jedes Detail erkannte. Bedächtig konzentrierte ich mich auf den Gedanken, dass die Tür aufgehen sollte. Ich zentrierte das Wort in meinem Kopf, versuchte alle anderen Gedanken zu verdrängen.

Aufgehen, aufgehen, aufgehen.

Ich spürte ein leichtes Brennen in meinen Augen und strengte mich noch mehr an. Das Brennen wuchs an, warf Hitzewellen sowohl nach innen als auch nach außen. Ich stellte mir vor, wie das Wort aus meinem Kopf durch meine Augen hinausgedrängt wurde. Die Luft fing an zu flimmern und ich sah und spürte die goldenen Bänder, die sich als Strahlen aus meinen Augen wanden. Ich konnte sie spüren, wie weitere Hände, und bewegte sie dazu, zu einem Band zusammenzufließen und in das Schlüsselloch einzudringen. Ich spürte, wie der Strahl sich immer weiter vorwärtstastete und den Schlüssel schließlich umfasste. Das Licht erhellte sich noch mehr, als ich eine weitere Energiewelle hindurchschickte. Der Strahl umschloss den Schlüssel und drängte ihn, sich nach rechts zu verschieben.

Klick. Die Tür sprang auf und der Strahl schoss zurück in meine Augen. Siegreich lief ich hinaus und hielt dem verdutzten Xavier die Tür auf.

»Wie … was …«, stotterte er, schluckte und drehte sich dann um, schloss wieder ab und steckte den Schlüssel ein.

»Das war … sehr gut«, rang er sich ein kleines Kompliment ab und reichte mir den Bogen, der bis dahin über seiner Schulter gehangen hatte. »Jetzt gehen wir auf die Ostwiese und üben Bogenschießen«, ließ er so hochmütig wie zuvor verlauten.

Ich stieß einen leisen Seufzer aus. Manche Leute würden sich wohl nie ändern.

Aus den Lexika der Augenschönen
(Band 2, Kapitel 16)

Die Grundmagie lässt sich in verschiedene Untermagizismen einteilen. Der wohl einfachste und am häufigsten verwendete Magizismus ist das Lichtmagizieren. Dabei werden verschiedenste Zauber mithilfe eines Lichtstrahls ausgeführt, der den gewünschten Zauber in Beibehaltung seiner Form als Lichtstrahl ausführt.

Die drei M-Magizismen sind nach dem Lichtzauber wohl am bekanntesten. Beim Malmagizieren wird die Hand als Zeichenmaler zusätzlich zu dem (bei manchen Malmagizismen) vorkommenden Lichtstrahl genutzt.

Beim Mentalmagizismus handelt es sich um eine ähnliche Art des Lichtmagizierens, nur ohne Lichtstrahl (dadurch sind auch nicht alle Zauber möglich). Das Mentalmagizieren gilt als einer der schwierigsten Magizismen, die es überhaupt gibt; bis jetzt sind nur die Höchsten der Augenschönen dieser Art von Magie mächtig.

Das dritte M ist das Metermagizieren, auch bekannt als Ortssprung. Hierbei handelt es sich um Lichtmagizieren mithilfe eines Diamanten.

Da der Diamant der härteste Edelstein ist, ist es dem Lichtstrahl aus den Augen nicht möglich, nachdem er hineingestrahlt wurde, den Diamanten wieder zu verlassen. Durch die Mentalisierung gelangt der übermächtige Wille, an einen bestimmten Ort zu reisen, in den Diamanten. Der Lichtstrahl weiß sich nicht anders zu helfen und zieht sich mitsamt dem Augenschön in den Diamanten, der die im

Augenschön enthaltene Magie jedoch nicht ausgleichen kann und es wieder aus sich hinausstößt, aber verwirrt durch den Willen, die Mentalisierung, des Augenschöns, an den gewünschten Ort.

Neben diesen vier Magizismen gibt es noch unzählige weitere, wie zum Beispiel den Duomagizismus. Das ist Magie, die nur zwei Augenschöne gemeinsam praktizieren können. Die genaueren Artikel dazu finden sich im Sonderlexikon der Augenschönen, Grundmagie, Tipps und Tricks.

Aus dem Bericht:
Grundmagie kurz und knapp von S. Gustani

Kapitel 11

»Du musst den Pfeil gerade halten!«

Seufzend richtete ich den Pfeil neu aus und hob den Bogen, um zu schießen.

»Doch nicht so! Da triffst du, wenn überhaupt, irgendeinen unschuldigen Grashalm.« Xavier hob meinen Arm höher und berichtigte meine Position zum mindestens zehnten Mal.

Ich hatte noch kein einziges Mal den Pfeil loslassen können, um zu schießen, denn sobald ich es versuchte, funkte mir Xavier mit seinen Verbesserungen dazwischen.

»Ja, ja. Kann ich es jetzt einfach nur mal versuchen?«, fragte ich aufgebracht.

»Ein bisschen kratzbürstig, was?« Xavier hatte sein Repertoire der Dinge, die mich aufregten, ausgeweitet und noch kleine Beleidigungen mit aufgenommen.

Ich richtete den Bogen gerade auf eine der Zielscheiben, diesmal mit dem festen Vorsatz, mich nicht von Xavier ablenken zu lassen, als ein lautes »Halt!« hinter mir erschallte.

Resigniert ließ ich den Bogen sinken und drehte mich um.

Eine Gruppe von fünf Leuten, drei Mädchen und

zwei Jungen, kamen mit Bogen und Köchern voller Pfeile aus dem Wald. Das Mädchen, das gerufen hatte, führte die Truppe an. Sie hatte kurzes schwarzes Haar und trug eine abgewetzte Weste über einem komplett verdreckten Langarmshirt. Das schien sie aber wenig zu kümmern, genauso wie die Tatsache, dass man ihre Hose nach dem heutigen Tag in den Müll verfrachten konnte, so zerrissen und beschmutzt, wie sie war. Die vier hinter ihr sahen nicht viel besser aus. Nur eines der Mädchen versuchte vergeblich, den Schmutz unter ihren Fingernägeln herauszubekommen.

Die Anführerin wandte sich an Xavier. »Wir sind hier eingetragen zum Bogenschießen. Du musst jetzt leider gehen.«

Xavier zuckte mit den Achseln. »Lucy kann es ohnehin nicht. Wir können genauso gut Schwertkampf üben.«

Er hob die Pfeile und das Schwert auf und marschierte ohne ein weiteres Wort Richtung Westwiese, auf der alle übrigen Kampfeinheiten stattfanden.

Beleidigt über Xaviers Worte verschränkte ich die Arme vor der Brust. Es war seine Schuld gewesen, dass ich kein einziges Mal schießen konnte. Bei Rose' Training hatte ich durchaus Talent entwickelt und somit bewiesen, dass ich nicht ganz so dumm war.

Das fremde Mädchen betrachtete mich mitleidig aus ihren leuchtend mintgrünen Augen, die einen interessanten Kontrast zu ihren dunklen Haaren gaben.

»Lass dir von Xavier bloß nichts gefallen«, meinte sie und lächelte freundlich. »Er denkt, er wäre das achte Weltwunder. Aber wenn du mich fragst, könnte er es höchstens sein, wenn es um das kleinste Können mit dem größten Selbstbewusstsein ginge.«

Ich lächelte erleichtert zurück. »Da gebe ich dir vollkommen recht.«

Ich nickte ihr noch einmal zu, dann eilte ich hinter Xavier her, ehe er mich auch noch als zurückgebliebene Schneckenverwandte bezeichnen konnte.

Die hässliche Fratze der Strohpuppe vor mir grinste schadenfroh, da mein Schwert und ich ihr offensichtlich nichts anhaben konnten. Hier musste ich Xaviers Kommentaren innerlich recht geben. Im Schwertkampf war ich wohl die schlechteste Augenschöne, die es je gegeben hatte.

»Oben angreifen und unten schnell parieren«, rief Xavier mir zu und beobachtete mit verschränkten Armen, wie ich total verschwitzt versuchte, auf die Puppe vor mir einzuschlagen.

Dass Kämpfen so anstrengend sein konnte, hatte ich nicht gewusst. Bereits jetzt war ich so weit, mir die Trainingseinheiten mit Rose zurückzuwünschen, bei denen die Gesellschaft wenigstens gut gewesen war. Xavier war einfach nur verabscheuungswürdig.

Als ich gerade überlegte, ob es nicht besser wäre,

nur mal versuchsweise mein Schwert nach Xavier zu werfen, sah ich Harvey auf uns zukommen. Er trug ein Buch in der einen und eine Flasche Wasser in der anderen Hand.

»Ich soll dich kurz mal ablösen, Xavier.« Er reichte mir die Wasserflasche und ich nahm sie dankbar entgegen.

Während ich die Flasche gierig mit großen Schlucken leerte, verschwand der verstimmte Xavier bereits in Richtung Wald. Fragend sah ich Harvey an und reichte ihm die leere Flasche.

»Ich habe mir gedacht, dass du etwas xavierfreie Zeit brauchen könntest.« Harvey schwenkte das Buch durch die Luft. »Außerdem wollte ich mit dir etwas ausprobieren.« Er hob meinen Bogen und die paar Pfeile auf, die Xavier einfach hatte liegen lassen und ging in Richtung des Hofs auf die Gebäude zu.

Ich lief neben ihm her und versuchte, einen Blick auf das Buch zu werfen. Harvey bemerkte das, grinste und legte seine Finger über den Einband.

»Du wirst es gleich sehen.«

Ich nickte. Eigentlich war mir egal, was er sagte. Hauptsache, ich musste nicht länger meine Zeit mit Xavier verbringen und mit dem Schwert auf eine dämliche Strohpuppe einschlagen.

Im Hof angekommen, hielt Harvey mir die Tür zum Wohnzimmer auf, in dem ich bisher noch nicht gewesen war. Im Zimmer waren noch alle Fensterläden geschlossen und durch die Tür drang nur wenig Licht. Ich suchte an der Wand nach einem

Lichtschalter, doch Harvey schob mich weiter in den Raum.

»Wir brauchen kein Licht, es ist doch hell genug, oder?«

Ich sah mich um und nickte. Trotz des wenigen Lichts konnte ich erstaunlicherweise alles so glasklar erkennen, als wenn der große Raum lichtdurchflutet gewesen wäre.

Das kleine Haus, das als Wohnzimmer bezeichnet wurde, bestand nur aus zwei Räumen, einem großen und einem etwas kleineren. An den hinteren Wänden standen Regale, bestückt mit Büchern und Schachteln, die wohl Spiele enthielten.

Auf dem weichen Teppich, der den ganzen Boden bedeckte, standen vier Sessel im Raum verteilt. An der linken Wand befand sich außerdem ein dunkelblaues Sofa, das gut zu der zart hellblau gestrichenen Wand passte. In der Mitte stand ein runder Tisch mit zehn Stühlen, auf dem eine orange Tulpe in einer grünen Vase ein tristes Dasein fristete.

Harvey deutete auf das Sofa und ich ließ mich erschöpft darauf nieder. Die weitläufigen Wiesen und der große Hof hatten auch seine Nachteile, wie meine schon jetzt müden Füße mir mitteilten.

Harvey setzte sich auf die Lehne des nächstliegenden Sessels und reichte mir das Buch.

Neugierig nahm ich es entgegen und las den Titel »Die Heldensagen der Silvana«.

»Schläfst du eigentlich gut?«, fragte mich Harvey unvermittelt. Verwirrt von der Frage und dem Titel des Buches sah ich auf.

»Ja schon, allerdings brauche ich hier anscheinend viel weniger Schlaf als früher. Heute war ich schon nach zwei Stunden wieder total munter. Warum interessiert dich das?«

Harvey winkte ab und zeigte dann auf das Buch. »Silvana ist eine berühmte Augenschöne, sie hat viele große Taten vollbracht. Leider ist sie schon vor dreitausend Jahren gestorben, aber ihr Handeln hat einiges bewirkt und zum Guten verändert.« Nachdenklich musterte er mich. »Kannst du mir mal die erste Seite vorlesen?«

Er hatte mich in dieses finstere Zimmer geführt, nur damit ich ihm etwas vorlas? Ich schlug das Buch auf, blätterte am Vorwort und Inhaltsverzeichnis vorbei zur ersten Seite und fing an, laut vorzulesen.

»Zu einer der wohl größten und berühmtesten Augenschönen zählt Silvana Gustani. Neben unzähligen erfolgreich ausgeführten Aufträgen in den Äußeren Schleifen hat diese Augenschöne auch in den Inneren Schleifen das Leben positiv beeinflusst.

Einer ihrer wichtigsten Verdienste ist der Friedensschluss mit den Dromeden, der uns die Verwendung ihres Wissensgifts und die Nutzung des Erkenntnisnebels ermöglicht hat. Dromeden sind Wesen, die in Gestalt einer alten Frau erscheinen. Sie verfügen unter anderem über Mittel und Wege, das in den Äußeren Schleifen entstehende Wissen in die Inneren Schleifen zu holen und Worte und Schriften in flüssige und gasförmige Elemente zu verwandeln.

Augenschönen ist so etwas nur eingeschränkt möglich.

Silvana hat somit die Grundlage der Einführung für Neuzugänge geschaffen und damit den ihr nachfolgenden Generationen viel mit Erklärungen und Belehrungen gefüllte Zeit erspart. Wie Silvana die Dromeden dazu verleitete, an einem Treffen mit den Obersten der Augenschönen teilzunehmen, ist bis heute unklar, da die Dromeden in den von ihnen bewohnten Schleifen unter sich bleiben und gewöhnlich nicht sehr gesellig mit anderen Arten sind. Silvana reiste mit …«

»In Ordnung, das genügt«, unterbrach mich Harvey und sprang von der Sessellehne.

Ich legte das Lesebändchen zwischen die Seiten, für den Fall, dass Harvey noch weiteres Verlangen nach Vorlesungen haben sollte, und klappte das Buch zu.

»Kannst du mir bitte erklären, welchen Sinn das hier gerade hatte?« Ich stand auf und schlenderte zum Tisch. Ich lehnte mich mit meinem Hintern an die Kante und legte das Buch neben mir ab. Dann sah ich Harvey mit hochgezogenen Augenbrauen an, der bis dahin geschwiegen hatte. »Silvanas Heldentaten können ja ganz interessant sein, aber es war, glaube ich, nicht deine Absicht, mich über den Friedensschluss der Augenschönen und Dromeden zu informieren, oder?«

Harvey rieb sich mit der Hand über die Stirn.

»Nein, nein. Ich möchte auf keinen Fall, dass du

mich für einen komischen Typen hältst, der sich im abgedunkelten Zimmer von Mädchen etwas vorlesen lässt.«

Dann wollte ich jetzt schlagkräftige Argumente hören, die mich vom Gegenteil überzeugten. Bis jetzt hatte er mit seiner Vermutung darüber, was ich im Moment über ihn dachte, direkt ins Schwarze getroffen.

Verlegen lief Harvey im Zimmer auf und ab. »Der Verdacht ist mir schon an deinem ersten Morgen gekommen, als ich dich in aller Herrgottsfrühe putzmunter im Speisesaal getroffen habe. Er hat sich auch verfestigt, als du bei unserem ersten kurzen Erkundungsausflug genauso hellwach geblieben bist. Ebenso, wie du in den Monaten danach nur wenig geschlafen hast und auch früh und ausgeruht beim Frühstück erschienen bist. Das Vorlesen gerade eben … das war nur noch ein letzter Test. Ich wollte erst völlig sichergehen, nicht dass ich am Ende doch noch falsch liege.« Er lachte kurz auf, wurde aber gleich wieder ernst.

»Jetzt bin ich mir komplett sicher, was meine Vermutung angeht.« Er unterbrach sein nervöses Hin- und Hergelaufe und ließ sich auf das Sofa sinken.

»Lucy, ich glaube, nein, ich weiß, dass …« Er konnte den Satz nicht beenden, denn ein greller Blitz blendete uns beide und aus dem grauen Licht zwischen uns trat Tatjana.

»Hier bist du, Lucy! Ich habe dich bereits überall

gesucht«, rief sie aus und stürzte auf mich zu. »Schnell, wo ist deine Omunalisuhr?«

Verwirrt kramte ich in meiner Hosentasche und zog die kleine Taschenuhr an ihrer Kette heraus.

Tatjana nahm sie mir aus der Hand und ließ den Verschluss aufschnappen. Sie zeigte auf das Feld mit dem eingelassenen Diamanten.

»Du musst sofort mitkommen, deswegen führst du jetzt einen Ortssprung aus. Als ich mich bei Xavier nach deinem Aufenthaltsort erkundigt habe, hat er mir von deinem Erfolg mit dem Türschloss berichtet. So etwas können die meisten Augenschönen erst nach Jahren! Du bist äußerst talentiert und ich glaube, du wirst auch schon einen Ortssprung ausführen können.«

»Aber das ist unmöglich beim ersten Mal, das kann man erst nach mehreren Jahren harter Üb-«, unterbrach Harvey sie, doch Tatjana brachte ihn mit einer wegwerfenden Handbewegung zum Schweigen.

»Also«, wandte sie sich an mich, »mentalisiere dich auf Mr Starrsons Büro. Du weißt doch noch, wo es liegt?«

Ich nickte. Das wusste ich noch, aber was war mentalisieren?

»Du richtest deine volle Aufmerksamkeit auf Mr Starrsons Büro und blendest alles andere aus«, erläuterte sie mir, als hätte sie meinen Gedanken gehört. »Und dann machst du das Gleiche wie bei dem Türschloss. Du bringst deine Augen dazu, sich auf den Diamanten zu fokussieren, gleichzeitig bringst du deinen Kopf dazu, sich auf Mr Starrsons Büro zu konzentrieren und drängst diesen Gedanken in deine Augen. Ich bin mir sicher, dass du es schaffst«, fügte sie ermutigend hinzu. Sie reichte mir die Uhr und holte ihre eigene heraus.

Ich blickte den Diamanten an und dachte angestrengt an die schwarze Tür im Verwaltungsgebäude. Es war schwieriger als vorhin, da ich im Gegensatz zum Türschloss nicht genau wusste, was passieren würde, wenn ich das Mentalisieren und Augenfixieren erfolgreich hinbekommen würde.

Plötzlich fühlte ich das leicht unangenehme Brennen in den Augen und mit inneren Anfeuerungen an meinen Lichtstrahl spürte und sah ich das heiße goldene Licht aus meiner Iris treten und auf den Diamanten treffen. Ich hörte noch, wie Harvey überrascht die Luft einsog, als mein ganzer Körper golden aufleuchtete und ich zu schweben begann.

Es war das gleiche Gefühl wie am ersten Tag, als Tatjana mit mir durch die Schleifen gereist war – auch wenn mir dieser inzwischen Jahre zurückzuliegen schien.

Mein wohliger Zustand wurde eine Sekunde später jäh unterbrochen, als ich erst unsanft gegen etwas Hartes krachte, dadurch aus dem Gleichgewicht gebracht wurde und schließlich auf dem Boden landete. Meinen schmerzenden Kopf haltend, setzte ich mich halb auf und stützte mich mit der anderen Hand am Boden ab.

Im ersten Moment konnte ich nichts erkennen, da mich eine niedrige Kuppel aus goldenem Licht umgab, von der helle Strahlen in den Raum, in dem ich mich jetzt befand, abgingen. Mit einem zweiten Blick erfasste ich meine Lage und konnte nicht umhin, leicht zu erröten. Ich hatte mich bei meiner Mentalisierung wohl mehr auf die schwarze Tür konzentriert, als auf den Gang davor. Somit war ich bei meinem Erscheinen hier gegen die vermutlich nur angelehnte Tür gefallen und mitten in den Raum auf den Boden gestolpert.

Als wäre das allein nicht schon peinlich genug, war der Raum auch noch gut bestückt mit Leuten. Mein Publikum bestand aus Mr Honk, Elvon, Mr Starrson, James, Rose, Tatjana, die soeben noch grau geleuchtet hatte, und ... Atlas. Sie alle starrten minder oder mehr überrascht entweder auf mich oder auf die goldene Kuppel, die auf einmal mit einem lauten Klirren, das wie das Zerschlagen einer Glasscheibe klang, in tausende von Stücken zerbrach, die sich als tanzende Lichtpunkte kurz mitten in der Luft hielten, bevor sie verschwanden.

Tatjana war die Erste, die sich rührte. »Nun denn«, sagte sie betont munter, kniete sich neben mich und half mir auf. »Den Ortssprung hast du super hinbekommen, Lucy. Außerdem hat sich damit auch die Frage nach deinem göttlichen Elternteil teilweise erübrigt.«

Inzwischen stand ich wieder und schaute verlegen auf meine Schuhe. Der Mann, den ich von den Fotos als Mr Starrson identifizieren konnte, kam mit ausgestreckter Hand auf mich zu. Scheu ergriff ich sie und erwiderte schwach seinen festen Händedruck.

»Ich bin Mr Starrson. Es freut mich, dich kennenzulernen, Lucy«, murmelte er freundlich und drehte sich dann zu Atlas und James. »Jetzt werdet auch ihr den Grund für unser Zusammentreffen erfahren. Lucy de Mintrus, die hier neben mir steht, ist die Titanin aus der Prophezeiung und wird euch somit bei eurem Auftrag begleiten.«

Jetzt verging eine deutlich längere Zeit, bis jemand etwas sagte, als zuvor nach meinem Hereinplatzen.

In mir zumindest war alles vollkommen leer. Ich verstand Mr Starrsons Aussage einfach nicht. Sollte ich wirklich zusammen mit James und Atlas ihren Auftrag erfüllen? Wie stellte er sich das vor? Ich hatte doch nicht einmal eine Ahnung, worum es bei der Sache ging. Und von all den Augenschönen hier war ich die Unerfahrenste. Die, die nicht einmal einen Schwertkampf bestehen konnte.

Das erste Geräusch kam von Atlas, der Mr Starrson entgeistert anstarrte.

Ich sah zu ihm hinüber, weil er ein leises Zischen ausstieß.

»Sind Sie jetzt vollkommen übergeschnappt? Lucy soll uns begleiten? Ein Neuling? Sie hat keine Chance, das Kämpfen und das weitere Magizieren in der kurzen Zeit zu lernen. Bei dem erstbesten Kampf mit den Nächtlichen Geschöpfen würde sie sterben!«

Ich zuckte bei seinen harten Worten zusammen. Es tat weh, sie ausgerechnet von ihm zu hören, auch wenn er recht hatte. Trotzdem konnte ich es nicht verhindern, dass bei seinem Anblick mein Herz wild zu schlagen begann.

»Außerdem hätte sie gar keinen Nutzen, Titanin hin oder her.« Er verschränkte die Arme vor der Brust.

»Das können Sie doch nicht machen!«, schaltete sich jetzt auch Rose ein. »Atlas hat recht, Lucy ist auf so etwas noch nicht vorbereitet! Sie wäre völlig hilflos einem Nächtlichen Geschöpf gegenüber. Atlas und James können sie doch nicht die ganze Zeit beschützen!«

Mr Starrson hatte Atlas wütenden und Rose' besorgten Einwand, ohne mit der Wimper zu zucken, über sich ergehen lassen. Doch nun räusperte er sich. »Ich verstehe eure Bedenken sehr wohl«, erwiderte er ruhig. »Tatjana, Elvon, Mr Honk und ich haben Lucy seit ihrer Ankunft beobachtet und lange diskutiert, ob es zu riskant wäre. Wir sind jedoch zu dem Schluss gekommen, dass wir auf die Prophezeiung hören müssen. Wir werden den Versuch mit Lucy wagen.«

Atlas hatte mit zusammengepressten Lippen stumm zugehört, machte jetzt aber einen Schritt auf Mr Starrson zu und hob aufgebracht seine Hand. »Den Versuch wagen? Und wenn es schiefgeht, gibt es einfach eine Trauerfeier und alles ist wieder in Ordnung? Das kann doch nicht Ihr Ernst sein? Nein,

Lucy soll hierbleiben. Ich bin der vollen Überzeugung, dass James und ich das auch allein hinbekommen.«

Jedes seiner Worte über mich versetzte mir einen kleinen Stich.

»Ich könnte das Kämpfen und Magizieren noch erlernen«, warf ich leise ein.

»Halt du dich da raus, Izzy«, fuhr Atlas mich an. »Du hast keine Ahnung. Kämpfen und Magizieren zu lernen braucht Jahre!«

»Schluss jetzt!«, schritt Tatjana ein. »Lucys Begleitung und Hilfe beim Auftrag ist bereits beschlossene Sache. Wir wollten es euch mitteilen und nicht mit euch über die Richtigkeit dieser Entscheidung diskutieren.« Sie maß Atlas mit einem strengen Blick. »Außerdem wurde der Termin eurer Abreise auf übermorgen gelegt, so wie es auch die Prophezeiung vorhersagt. Ihr werdet um die Mittagszeit aufbrechen! Bis dahin haben Mr Honk und Elvon euer Gepäck und den Start vorbereitet. Morgen wird Lucy eine Probefahrt mit Atlas in das 21. Jahrhundert machen. Ihr werdet dort ein Buch aus einer Bibliothek holen und Lucy wird üben, sich in einer ihr unbekannten Zeit unauffällig zu bewegen. Euer Aufenthalt wird höchstens drei Stunden dauern und sollte nicht besonders schwierig werden. Den restlichen heutigen Tag verbringt ihr, Atlas und James, mit mir und Mr Starrson. Wir werden euch weiter auf die Reise vorbereiten. Lucy wird von Elvon unterrichtet. Rose, du wirst ihr gegen Abend noch ein bisschen Theorie beibringen. Noch irgendwelche Fragen dazu? Nein? Okay! Atlas, James, ihr geht mit Mr Starrson schon einmal vor, ich komme gleich nach. Lucy, können wir kurz reden?«

Tatjana klatschte energisch in die Hände, woraufhin sich Atlas und James mit finsteren Mienen trollten, gefolgt von Mr Starrson. Auch Mr Honk und Rose, die mir einen traurigen Blick zuwarf, verließen das Zimmer. Elvon schaute mich an.

»Ich gehe schon mal zur Ostwiese vor. Wir werden mit Bogenschießen beginnen.«

Ich blieb allein mit Tatjana zurück, die zum Schreibtisch getreten war und in einer der Schreibtischschubladen nach etwas suchte. Zögernd stellte ich mich neben sie.

»Ich möchte nur kurz gemeinsam mit dir eine Liste deiner göttlichen Elternteile anlegen«, erklärte sie mir, nahm einen Stift in die Hand und schrieb *Lucy de Mintrus* auf das erste leere Blatt eines Blocks. Dann blickte sie auf. »Auf jeden Fall ist die Sonne dabei. Grün waren die Sprengsel in deinen Augen auch, ebenso wie silbern. Rose hat noch gesagt ... « Ihre weiteren Worte endeten in Gemurmel, während sie sich Notizen auf dem Blatt machte.

»Ähm, Tatjana?« Unsicher trat ich näher an den dunkelbraunen Schreibtisch, der vor lauter Ordnern, Büchern und losen Papieren überquoll. Tatjana hatte den Block auf einen der Stapel gelegt, der bei jeder Bewegung gefährlich schwankte.

»Was war das mit morgen? Diese Probefahrt, von

der du gesprochen hast, was meintest du damit?«

Tatjana sah kurz auf. »Du wirst morgen probehalber in eine der Äußeren Schleifen fahren. Es handelt sich um eine des 21. Jahrhunderts. Eine Zeit, die du nicht wirklich kennst, in der du dich aber trotzdem zurechtfinden musst. Atlas wird mit dir fahren, da er zu der Zeit gelebt hat und sich bestens auskennt. Ihr sollt nur ein Buch aus einer Bibliothek holen. Das ist eine einfache Aufgabe. Du übst das, da ihr bei eurem Auftrag vielleicht auch mal in die Äußeren Schleifen müsst. So bist du dafür gerüstet.« Sie beugte sich wieder über das Blatt und fuhr mit ihren Notizen fort.

Doch meine Neugier war noch lange nicht gestillt. Wie so oft seit meiner Ankunft hier hatte ich auch diesmal von Tatjanas Vortrag nicht einmal die Hälfte verstanden.

»Und von welcher Prophezeiung war vorhin die Rede?«

Diesmal schaute Tatjana nicht auf, während sie antwortete, sondern schrieb weiter auf dem Blatt. »In unserer dreizehnten Schleife haben wir einen Ort, an dem uns Prophezeiungen mitgeteilt werden. Vor drei Jahren wurde eine gemacht, die sich auf James' und Atlas' Auftrag bezieht. Elvon wird mit dir morgen ebenfalls dorthin fahren.« Sie riss das Blatt vom Block ab und reichte es mir. »Hier habe ich das bis jetzt Beobachtete aufgeschrieben und die Möglichkeiten dazu.«

Ich warf einen Blick auf ihre Notizen.

Lucy de Mintrus, Titanin
goldene Augen – Sonne (bereits bewiesen)
silberne Sprengsel – Mond/Metall/Muschel/Wind, …
grüne Sprengsel – Naturgottheit der Pflanzen (Gras, Bäume, Algen, Blumen …)
rote Sprengsel – Feuer/Blumenart/Wut, …
orange Sprengsel – Feuer/Sterne/Orange, …
blaue Sprengsel – Wassergottheit/Ungewissheit/Eis, …

»Es können noch mehr sein. Ich habe bis jetzt nur das aufgeschrieben, was wir bereits gesehen haben. Wenn du selbst noch etwas bemerkst, dann ergänze es bitte auf dem Blatt.« Tatjana legte den Stift zurück in die Schreibtischschublade. »Gib mir mal deine O-munalisuhr«, verlangte sie.

Ich faltete das Blatt zweimal, steckte es in meine hintere Hosentasche und reichte ihr die Uhr, die ich bis dahin die ganze Zeit in der Hand gehalten hatte.

Tatjana drehte sie um und öffnete mit einem Schraubenzieher, den sie von irgendwo unter den Stapeln hervorgeholt hatte, die Rückseite der Uhr.

Die kreisrunde, bronzefarbene Abdeckung, die wie eine Münze aussah, ließ sich einfach ablösen und landete mit einem *Klonk* auf dem Tisch.

Im Gegensatz zu meinen Erwartungen versteckte sich in dem kleinen Hohlraum dahinter jedoch keine komplizierte Mechanik mit Zahnrädchen, sondern eine glatte weiße Fläche.

Tatjana zog meine Hand heran und ich spürte ein

Piksen an der Fingerkuppe meines Zeigefingers. Ein dunkelroter Bluttropfen trat an der Stelle heraus, an der mich Tatjana mit einer dünnen Nadel gestochen hatte. Er rollte an der Seite meiner Fingerkuppe entlang und tropfte dann auf die weiße Fläche in die Rückseite der Omunalisuhr. Es zischte leise und das Blut leuchtete gleißend hell auf.

Als ich meine Augen wieder öffnete, die ich bei der überraschenden Blendung zugekniffen hatte, war die rote Farbe verschwunden und die Fläche war weiß wie eh und je.

Tatjana ließ meine Hand los, drückte die münzförmige Rückwand meiner Omunalisuhr zu und reichte mir die Uhr zurück.

»Tut mir leid, dass ich dir weh getan habe, aber das war nötig und bei deiner Ankunft hatte ich es vergessen.« Sie legte die Nadel auf den Tisch, erhob sich und lief zur Tür, um sie mir aufzuhalten. »Die Uhr braucht dein Blut, um zum Beispiel anzeigen zu können, ob du gerade Magie verwendest.« Sie ging zur Tür und öffnete sie. Während wir hinaus auf den Gang traten und sie die Bürotür verschloss, verabschiedete sie sich von mir. »Wir sehen uns voraussichtlich morgen Vormittag bei deiner Zeitfahrt mit Atlas. Ich werde dich abholen.«

Sie nickte mir noch einmal zu, dann rauschte sie um die nächste Ecke und ich blieb allein in dem Gang zurück.

Würde ich mich am Ende also doch noch hier verlaufen?

Diesmal landete ich eindeutig sanfter als zuvor, denn das weiche Gras der Ostwiese federte meinen Sturz besser ab, als der Fußboden in Mr Starrsons Büro es getan hatte.

Aus lauter Angst, nie mehr aus dem Verwaltungsgebäude herauszukommen, hatte ich kurzerhand den Ortssprung erneut gewagt und mich mit dem Diamanten, der Mentalisierung und meinem Augenfixieren hierhergebracht.

Ich rappelte mich vom Boden auf, steckte die O-munalisuhr in meine Tasche und sah mich um.

Elvon konnte ich nirgends entdecken, aber dafür fand ich meinen Bogen mit dem Pfeilköcher am Boden liegend vor. Wer sie wohl hier hingelegt hatte? Zögernd hob ich den Bogen auf und legte einen der Pfeile an. Ich trat ein paar Schritte zurück und spannte den Bogen. Mit meinem Zeige- und Mittelfinger zog ich das Ende des Pfeiles mit der gespannten Schnur zurück, zielte auf die Scheibe und ließ los. Der Pfeil rauschte durch die Luft und landete mit einem Plock in der Zielscheibe. Überrascht ließ ich den Bogen sinken. Ich hatte in den innersten Ring getroffen, der um die schwarze Mitte lag. War das Anfängerglück?

Als ich den zweiten Pfeil anlegte, merkte ich, dass mir Bogenschießen eindeutig mehr lag als der Schwertkampf, wenn man mich denn endlich mal schießen ließ.

Ich spannte den Bogen erneut, visierte mein Ziel an und ließ den Pfeil los, der surrend die Luft zerschnitt und schräg neben meinem ersten die Zielscheibe traf. Hatte ich wirklich Talent beim Bogenschießen?

Gerade als ich den dritten Pfeil zusammen mit dem gespannten Bogen zum Schuss bereit anhob, trat Elvon unvermittelt neben mich.

Erschrocken zuckte ich zusammen, da ich ihn weder gehört noch hatte kommen sehen.

»Du hast anscheinend eine Begabung fürs Bogenschießen«, stellte er mit zufriedenem Gesichtsausdruck fest, »und kennst bereits die grundlegenden Techniken. Das ist toll, also müssen wir nur noch daran arbeiten, in Zukunft immer die Mitte zu treffen.«

Er grinste mich an und ich lächelte, erfreut über sein Kompliment, zurück. Meinen Lehrerwechsel, der mich von Xavier befreite, hatte ich nun doch noch bekommen. Ich war mir nur nicht sicher, was ich von dem Grund für diesen Wechsel halten sollte.

»Können wir nicht endlich aufhören? Mein Kopf tut schon weh von dem ganzen Wissen, das du kaltblütig und rücksichtslos in ihn hineinstopfst«, jammerte ich.

Doch Rose schüttelte unbarmherzig den Kopf. »Die letzten fünf Minuten bis zum Abendessen hältst du auch noch aus!«

Sie schlug das Buch, das ebenso wie die drei vorigen vollgeschrieben war mit lauter Definitionen, Erklärungen, Arbeiten und Berichten, ein paar Seiten weiter hinten auf.

»Jetzt noch mal zusammengefasst. Wie kämpft man gegen Nächtliche Geschöpfe?«

»Beim Kampf mit Nächtlichen Geschöpfen ist zu beachten, dass sie nur mit einem Lichtblitz aus unseren Augen, der in ihre Augen geworfen wird, sterben können. Wenn man ihnen mit Schwert, Pfeil et cetera Wunden zufügt, ist das zwar brauchbar, da sie für kurze Zeit geschwächt sind. Auf lange Sicht ist es jedoch unnütz, da ihre Wunden genauso schnell verheilen wie unsere«, leierte ich herunter.

»Umgekehrt ist es ebenso. Sie können uns nur umbringen, indem sie uns genügend Gift aus ihren Zähnen einflößen. Wie viel Gift das sein muss, hängt ganz von dem Augenschön ab. Wunden, die uns durch die Krallen des Nächtlichen Geschöpfs zugefügt werden, schwächen uns, verheilen aber schnell.« Ich gähnte demonstrativ, um meine Langeweile auszudrücken.

Rose ignorierte das und nickte, zufrieden über meine Antwort. »Und woran erkennt man ein Nächtliches Geschöpf, das sich tarnt?«

»Bei jeder Gestalt, die ein Nächtliches Geschöpf annimmt, bleibt eines gleich: die pechschwarzen Augen.« Mit meinem monotonen Sprechgesang fühlte ich mich daran erinnert, wie ich bei Mademoiselle Lessing Gedichte und Lieder hatte auswendig lernen müssen. Es hatte mir genauso viel Spaß gemacht wie das hier.

Meine Freundin nahm unser voriges Buch vom

Stapel, schlug es auf einer der vorderen Seiten auf und wollte mit ihrer Zusammenfassung fortfahren.

»Warum hilft das …« Der Rest des Satzes ging zu meinem Glück jedoch in einer zweistimmigen Musik unter. *Dim-di-di-di-di-di-dim-di-di-di.*

Erleichtert sprang ich auf. »Schluss mit Lernen! Es gibt Abendessen.«

Rose legte das Buch zurück zu den anderen und klappte ihre Omunalisuhr auf, genau wie ich. Die Melodie verstummte, als wir das Wort Abendessen auf dem fünften Bild lasen.

Rose stand ebenfalls auf und rollte mit den Augen.

»Diese ganze Theorie hängt mir genauso wie dir zum Hals heraus«, gestand sie, »aber es ist sehr wichtig, dass du über all das informiert wirst.« Kopfschüttelnd setzte sie hinzu: »Ich kann immer noch nicht glauben, dass die Neles dich mitschicken wollen. Du hast zwar offensichtlich ein großes Talent beim Magizieren, wenn du jetzt schon Schlösser knacken und Ortssprünge ausführen kannst, aber es ist trotzdem eine verrückte und gefährliche Idee.« Über die Neles fluchend, kickte sie einen der Kiesel weg, als wir aus der Bibliothek traten.

Ich gab ihr recht. Es konnte doch nicht sein, dass die Neles bloß wegen einer dämlichen Prophezeiung mich schickten, statt jemanden, der viel erfahrener war.

»Und, isst du heute mal mehr?«, erkundigte sich Rose, als wir vor der Essensausgabe standen.

Am Vorabend hatte ich mal wieder nur wenig Appetit gehabt, war in Gedanken um Atlas versunken gewesen und hatte Rose' Tadel gar nicht beachtet.

Anstatt ihr nun eine Antwort zu geben, nahm ich ihr den Schöpflöffel aus der Hand und lud mir eine große Portion Lasagne auf den Teller. Sie konnte sich nicht beschweren.

Nachdem wir uns an unserem Stammplatz am Fenster niedergelassen hatten, er hatte sich diese Bezeichnung vom ersten Tag an verdient, aßen wir erst einmal still die heiße Lasagne. Der Tag hatte mich zwar körperlich weniger ausgelaugt, aber geistig ziemlich erschöpft. Ich schaute aus dem Fenster, vor dem es zusehends dunkler wurde.

»Hallo Izzy, hallo Rose.«

Überrumpelt ruckte mein Kopf hoch.

Atlas setzte sich wie am ersten Abend neben Rose. Mein Herzschlag wurde doppelt so schnell und in mir sprudelten Glücksgefühle über. Eine unbändige Freude überkam mich bei seinem Anblick.

Die Portion auf Atlas' Teller war mindestens doppelt so groß wie meine, doch das viele Essen jeden Tag hinterließ keine Spuren auf seinem durchtrainierten Körper. Er strubbelte sich durch die braunen Haare und schob sich eine Gabel voll Lasagne in den Mund.

»Wegen morgen«, sagte er zu mir, nachdem er geschluckt hatte, »ich soll dir von Tatjana ausrichten, dass sie keine Zeit hat, dich abzuholen. Da wir um zwölf Uhr in der fünfzehnten Schleife sein sollen, wo sie auf uns warten wird, würde ich vorschlagen, wir treffen uns um Viertel vor zwölf am Haupteingang des Verwaltungsgebäudes. Da zeige ich dir dann, wie du mit der Omunalisuhr durch die Inneren Schleifen fährst. Unser Aufenthalt in den Äußeren Schleifen dauert etwa zwei Stunden. Danach fahren wir wieder zurück in die fünfzehnte Innere Schleife.« Er lächelte mich an und mir wurde ganz warm im Bauch.

Konnte ein kleines, bedeutungsloses Lächeln einen Menschen so glücklich machen? Dieses Lächeln war das schönste, das ich heute gesehen hatte. Wenn nicht das schönste, das ich seit meiner Ankunft hier und je in meinem ganzen früheren Leben gesehen hatte. Ich lächelte zurück.

»Wir werden in das Jahr 2019 reisen, nach London. Ich bin aus dem Jahr 2014 in die Inneren Schleifen gekommen. Es könnte also sein, dass wir uns vielleicht verstecken müssen, weil ich immer noch ein gesuchter Mörder bin.« Er lachte bitter auf. »Was ich nicht verstehe, ist, warum ich mit dir dorthin reise und nicht James. Er kommt zwar aus dem Jahr 2021, also eigentlich nach der Zielzeit, aber die paar Jahre würden keinen Unterschied machen. Ich hätte nämlich Wichtigeres zu tun, als mit dir auf Testfahrt zu gehen.«

Das waren die Worte, die meine für kurze Zeit perfekte Welt auf einen Schlag zerstörten.

»Ja, ich kann mir vorstellen, dass es Interessanteres gibt, als mit mir auf langweilige Zeitfahrten zu gehen«, erwiderte ich giftig und steckte mir die Reste meiner Lasagne in den Mund.

Atlas grinste. »Bist du jetzt beleidigt?«

Ich war mir nicht sicher, ob er die Frage ernst meinte oder nicht. Richtig wütend machte mich, dass ihn die Vorstellung offensichtlich amüsierte.

Energisch schob ich den Stuhl zurück und nahm mein Tablett in die Hand.

»Ich gehe heute früher schlafen. Bin ziemlich müde. Gute Nacht, Rose.«

Leider konnte ich mit dem Tablett, auf dem ein wackeliges Glas stand, keinen grandios inszenierten Abgang machen. Meine Drehung war nicht allzu schwungvoll und meine Schritte nicht besonderes federnd, als ich den Tisch verließ.

Mir fiel auch nicht auf, wie sich bei meinen Worten »Bin ziemlich müde«, die ich nur als Vorwand benutzt hatte, Harveys Stirn kräuselte oder wie er mir nachdenklich hinterherschaute.

Aus den Lexika der Augenschönen
(Band 3, Kapitel 5)

In dem sehr seltenen Fall, dass ein Augenschön mehr als drei göttliche Elternteile hat, wird sonst als Dulan/in oder Trilan/in bezeichnet, handelt es sich um einen/eine Titan/in.

Titanen sind sehr mächtige Wesen und auch bekannt unter den Namen Kinder der Vielfalt oder Magiganten.

Der bisher größte Titan war Nemesus, der zehn göttliche Elternteile hatte.

Die durch viele Götter entstehende riesige Magie, die die Titanen innehaben, wirkt sich entweder positiv oder negativ auf ihn aus. Der Titan hat entweder eine sehr große Kontrolle über seine Kraft oder geht noch unkontrollierter mit ihr um als temperamentvolle Augenschöne.

Bisher gab es neben Nemesus nur noch einen anderen Titan, Brian, mit fünf göttlichen Elternteilen. Im Gegensatz zu Brian, der seine Kraft bis zu seinem viel zu frühen Tode stets im Griff hatte, konnte Nemesus seiner eigenen Magie nicht standhalten. Er starb, nachdem er sich durch eine Explosion in den Schleifenkreislauf katapultiert hatte.

Titanen gelten als Personen, in denen sich die göttliche Magie in ihrer vollen Blüte und zerstörerischen Kraft konzentriert und zum Vorschein gebracht werden kann.

Aus dem Bericht:
Titanen von R. Starrson

Kapitel 12

Bevor ich hierhergekommen war, hatte ich noch nie so viele nette Gleichaltrige getroffen. Das einzige Mal, bei dem mehr als die paar Adelstöchter von unseren Soireen versammelt waren, gehörte nicht gerade zu meinen liebsten Erinnerungen.

Es war die Geburtstagsfeier meiner Cousine Michelle gewesen, die auf dem Anwesen ihrer Eltern stattgefunden hatte. Michelle hätte mich niemals freiwillig eingeladen, weshalb ich vermutete, dass Tante Melania sie entweder gezwungen oder bestochen hatte. Abgesehen von Evie hatte ich mich mit Tante Melania von allen Verwandten am besten verstanden. Jedenfalls hatte ich eine Einladung zu Michelles Geburtstagsfeier am zweiten Juni bekommen und nur deshalb zugesagt, weil ich mich auf ein Wiedersehen mit meiner Tante gefreut hatte. Ich hätte eigentlich schon misstrauisch werden sollen, als ich an diesem Tag erwacht war und festgestellt hatte, dass es ein Freitag war. Freitage zählten schon immer zu meinen bevorzugten Pechtagen und so sollte es auch an diesem sonnigen Junitag sein.

Mrs Murphy begleitete mich auf dieser Kutschfahrt und munterte mich auf, als ich mich in depressiven

Erinnerungen an die letzten Zusammentreffen mit meiner Cousine Michelle erging.

Auf dem Anwesen war bereits einiges los, als ich ankam, und das Erste, womit ich unangenehm auffiel, war die Abwesenheit meiner Eltern. Sie waren über das Wochenende fortgefahren und auch meine Schwestern konnten mich wegen einer schlimmen Erkältung nicht begleiten.

Entgegen meiner Erwartungen blieb es aber erst einmal nur bei dieser Unannehmlichkeit. Der Beginn der Feier am frühen Abend verlief sogar ausgesprochen angenehm. Das im Garten aufgebaute Buffet war gut bestückt und ich bediente mich gerade ausgiebig an den appetitanregenden Köstlichkeiten, als Michelle auf mich aufmerksam wurde. Sofort gesellte sie sich mit der Mädchenschar, die stets wie eine Klette an ihr hing, zu mir.

»Wie ich gehört habe, hat deine letzte Zofe vor einem halben Jahr gekündigt? Die wievielte war das noch mal? Die sechste?« Zusammen mit den Mädchen brach sie in gackerndes Gelächter aus.

Feige wie ich war, versuchte ich, die Gelegenheit zu nutzen und zu verschwinden. Doch Michelle streckte blitzschnell ihr Bein aus, sodass ich stolperte und in den Teich auf dem Hofvorplatz fiel, was die Mädchen mit einem erneuten hämischen Heiterkeitsausbruch kommentierten.

Während ich mich triefend nass und mit Seerosenblättern in den Haaren aufrichtete und tropfend aus dem Matsch watete, erschien Tante Melania.

Natürlich stellte sie Michelle zur Rede, doch die hatte bereits erreicht, was sie geplant hatte. Sie hatte ihre dämliche Cousine Lucy, von der sie all ihren Gästen bereits wüste Geschichten erzählt hatte, lächerlich gemacht.

Damit hatte sie mir auch den Hauch einer Chance genommen, eine nette Bekanntschaft zu machen. Wieder einmal.

Damals hätte ich alles darum gegeben, an einen Ort wie diesen zu kommen. Dahin, wo ich in Dingen richtig gut war, wo mich noch niemand mit nassen Stoffbahnen behängt und mit Seerosenblättern geschmückt gesehen hatte und ich sogar eine beste Freundin gefunden hatte.

Doch als ich jetzt das Zahnputzwasser ausspuckte und meinen Mund ausspülte, war ich mir da nicht mehr so sicher.

Atlas' Worte beim Abendessen hallten immer noch in mir nach und verdeckten meine positiven Erlebnisse beim Bogenschießen und mit Rose vollkommen. So viel dazu, dass er keine Macht über mich haben sollte.

Genervt löste ich das Haarband von meinem Zopf und bürstete mir die vom Duschen noch nassen Haare durch. Unter dem stetigen warmen Strahl hatte ich versucht, zu entspannen und meinen Kopf frei von Atlas zu bekommen. Doch offenbar war es mir nicht gelungen.

Ich legte die Bürste zurück in den Spiegelschrank

und pfefferte die Tür mit einem lauten Knall zu. Aufgebracht lief ich ins Wohnzimmer und ließ mich auf das Sofa sinken. Auf dem kleinen Tisch daneben lag ein dickes Buch, das voll mit Dichtungen und Geschichten von berühmten Schriftstellern wie Goethe, Shakespeare oder Schiller war.

Rose hatte es in der Bibliothek entdeckt. »Vielleicht lernst du ja etwas über das Liebesleben daraus«, hatte sie gemeint und es mir lachend in die Hand gedrückt.

Ich warf einen Blick auf meine Uhr. Es war schon halb zwölf und ich war nicht einmal ansatzweise müde oder erschöpft, so wie eigentlich jeden Abend, seit ich hierhergekommen war.

Rose hatte vorhin noch einmal vorbeigeschaut, mir ebenfalls eine gute Nacht gewünscht und mir ein weiteres Buch dagelassen, dessen spannender Titel »Die Inneren Schleifen – Logik im Labyrinth der Unendlichkeit« lautete.

Gelangweilt schlug ich es auf und las ein paar Kapitel über die Inneren Schleifen. Wie schön vielfältig sie waren, was für tolle Möglichkeiten sie einem boten und wie gefährlich sie dennoch sein konnten, da man ganz einfach die Orientierung verlieren konnte.

Als ich einen weiteren Blick auf die Uhr warf, nachdem ich das Buch genervt weggelegt hatte, war es bereits Viertel nach zwölf.

Immer noch hellwach zog ich mir meinen Schlafanzug an und musste grinsen, als ich mein weißes

Oberteil neben die schwarze Hose auf den Stuhl legte. Die Vielfalt der Kleidung war hier, im Gegensatz zu der in meinem alten menschlichen Leben, nicht besonders groß.

Ich mummelte mich in meine Bettdecke ein, drehte mich auf den Bauch und schloss die Augen. Keine Minute später gab ich jedoch resigniert auf.

»Ach, was soll's«, murmelte ich, schwang mich aus dem Bett und zog mich wieder an.

Vielleicht würde mich ein kurzer Nachtspaziergang müde machen, sodass ich endlich schlafen konnte.

Das Treppenhaus war stockdunkel, doch ich konnte jede Winzigkeit genauso gut erkennen wie tagsüber. So langsam kam mir das merkwürdig vor.

Als ich die Glastür aufriss und schwungvoll in die kalte Nachtluft hinaustrat, wäre ich fast mit jemandem zusammengestoßen. Welches normale Augenschön war denn um diese Zeit noch wach?

»Endlich!«, murmelte eine mir bekannte Stimme.

Natürlich, normale Augenschöne schliefen längst. Nur Nocturnals wie Harvey trieben sich hier noch herum.

»Ich dachte schon, du kommst vielleicht nicht von allein auf die Idee und ich wollte dich gerade abholen.«

Verblüfft starrte ich Harvey an.

»Du wusstest, dass ich kommen würde? Woher? Und warum?« Ich hatte niemandem erzählt, dass ich mitten in der Nacht einen Spaziergang machen wollte, da ich es bis vor fünf Minuten nicht einmal selbst gewusst hatte.

»Weißt du noch, heute Vormittag?« Harvey kratzte sich sichtlich nervös am Kopf. »Als ich dir eigentlich etwas sagen wollte, aber wir von Tatjana unterbrochen wurden?«

»Als ich dir in der Dunkelheit etwas über Silvanas Heldentaten vorlesen sollte? Ja, das weiß ich noch.«

»Es ... es ist ... du ...«, Harvey stöhnte. »Herrgott, das ist so schwer.«

Ich zog eine Augenbraue hoch. »Harvey, jetzt spuck es endlich aus! Was ist so schwer?«

»In Ordnung.« Er holte tief Luft. »Lucy, du bist ein Nocturnal.«

Mit einem Krachen explodierte mein Unterbewusstsein und jubelte: Ich wusste es! Ich habe es doch gewusst! Gleichzeitig verdrängte ich erbost die quälende Stimme in mir, die tönte: Ich? Ein Nocturnal? Nein!

Doch dass ich einer war, ergab durchaus Sinn. Meine nicht vorhandene Müdigkeit, mein gutes Sehen im Dunkeln ...

Harvey beobachtete scheinbar ängstlich meine Reaktion.

Ich nickte langsam und biss mir dann auf die Lippen. »Bist du sicher?«, fragte ich, obwohl ich mir selbst schon hundertprozentig sicher war.

»Alles deutet darauf hin, dass du ein Nocturnal bist. Außerdem weiß ich es einfach«, er schaute mir kurz ins Gesicht, »und ich glaube, Lucy, du weißt es auch.«

Ja, und wie ich es wusste. Langsam sickerte die Erkenntnis bis in mein Innerstes durch. Ich war ein Nocturnal. Ich würde nie mehr müde sein und ich würde nie mehr schlafen. Ich schauderte bei der Vorstellung und zog die Schultern hoch.

Harvey lächelte aufmunternd. »Wirklich, es ist gar nicht so schlimm, wie alle immer behaupten. Eigentlich ist es sogar richtig toll.« Er zeigte auf die abgedunkelten Fenster der drei Wohnhäuser. »Die da oben bekommen nur die Hälfte ihres Daseins mit. Die Nacht bleibt ihnen verborgen. Uns nicht. Wir sind durchgehend präsent und verpassen nichts.«

Ich musste über Harveys euphorische Beschreibung des Lebens eines Nocturnals lachen. Er hörte sich an wie die Händler auf dem Markt, die mit werbenden Rufen ihre Ware anpriesen und sie als besser als die der anderen bezeichneten.

Harvey grinste erleichtert darüber, dass ich wieder lachen konnte. »Ich meine es ehrlich. Ein Nocturnal zu sein ist grandios. Das würdest du auch sofort verstehen und mir beipflichten, hättest du gerade nicht so viel anderes um die Ohren.« Sein Grinsen wurde etwas schief. »Nocturnals sind nachtaktiv, Nocturnals sind besser als jeder Superlativ!«

Jeder Dichter hätte sich bei diesem Reim im Grab umgedreht, doch ich lachte noch mehr und schlug begeistert in seine ausgestreckte Hand ein.

Das einzige Licht auf dem sonst stockdunklen Hof kam vom Wohnzimmer. Harvey ging voraus und ich, inzwischen unsicher und nervös, stolperte hinter ihm her.

»Was macht ihr denn die ganze Nacht über?«

»So dies und das. Wenn wir im Wohnzimmer sind, lesen wir, spielen zusammen ein Spiel, sehen einen Film an, reden oder liegen einfach nur entspannt herum. Manchmal gehen wir auch raus und trainieren, laufen eine Runde und sind an der frischen Luft.«

Ich musste es ja nicht gleich übertreiben und nachts Schwertkampf trainieren, aber der Rest hörte sich recht einfach an.

Vor der Tür zum Wohnzimmer drehte sich Harvey noch einmal zu mir um.

»Du brauchst keine Angst zu haben, wir beißen nicht.« Er wies mit dem Daumen über den Rücken in den Raum. »Die da drinnen sind vermutlich eher aufgeregt, dass sie dich kennenlernen können. Seitdem heute Mittag bekannt geworden ist, dass du ein Titan bist, bist du *das* Gesprächsthema.«

Ich machte große Augen. »Sind … Titanen denn so selten?«

»So kann man es auch sagen«, meinte Harvey amüsiert. »Vor dir gab es bisher bloß zwei, beide männlich und beide tot.«

Nur zwei Titanen. Und ich war die dritte?

Irgendwie jagte mir der Gedanke Angst ein, schon wieder etwas Besonderes zu sein.

»Warum sind eigentlich so viele Augenschöne schon gestorben? Ich dachte, man könnte nur durch das Gift eines Nächtlichen Geschöpfs getötet werden«, fragte ich schnell, um vom Thema abzulenken.

Harvey lächelte matt. »Es stimmt auch, die einzige Todesmethode ist das Gift der Nächtlichen Geschöpfe. Und es sind so viele durch dieses Gift gestorben, weil … sagen wir einfach, es gab einmal eine Zeit, in der die Nächtlichen Geschöpfe uns überlegen waren. Diese Zeit hat Spuren in unserer Geschichte hinterlassen.«

Offenbar war dieses Thema Harvey unangenehm, denn nun wechselte er zurück zu unserem ursprünglichen Thema. »Jetzt sollte ich dich aber den anderen vorstellen. Die haben vorhin ganz verwirrt geschaut, als ich sagte, ich müsste jemanden abholen.« Er legte seine Hand an die Türklinke. »Bereit?«

Nein!, hätte ich am liebsten geschrien, doch ich gab mir einen Ruck.

»Ja«, flüsterte ich rau und sah, wie Harvey die Klinke wie in Zeitlupe hinunterdrückte.

»Gewonnen!« Denise sprang von ihrem Stuhl auf und führte einen kleinen Freudentanz um den Tisch auf, an dem James, Cedric, Archibald, Charlotte und ich neben dem Spielbrett mit den bunten Figürchen saßen. Noch immer mit einem strahlenden Lächeln ließ sie sich zurück auf ihren Stuhl fallen und wandte sich mir zu. »Lucy, es tut mir leid, dass ich das sagen muss, aber in dem Spiel kannst du leider nicht besonders glänzen.« Sie sammelte ihre roten Männchen ein und legte sie zurück in die Schachtel.

Ich lachte mit den anderen zusammen und half Denise beim Aufräumen.

Wie überflüssig doch meine Panik gewesen war, als Harvey mich mit den Worten »Das ist Lucy, unser neuer Nocturnal«, direkt ins kalte Wasser und in die Mitte des Raumes geschickt hatte!

Das anfängliche Schweigen, während mich alle Personen im Raum bis auf Harvey teils überrascht, teils neugierig gemustert hatten, war zum Glück nur von kurzer Dauer gewesen. Nur Augenblicke später war Denise auf mich zugeflogen und hatte mich so stürmisch umarmt, als wäre ich eine alte Freundin, die sie heute zum ersten Mal seit Jahren wiedersah.

Danach hatte sie mir Charlotte vorgestellt, die etwas schweigsam war, Denise aber wie ein Schatten begleitete. Sie war fast das Gegenteil von Denise, ruhig statt zappelig, aber sie war auf jeden Fall genauso nett. Ich hatte die beiden so gegensätzlichen Freundinnen sofort ins Herz geschlossen.

Nach ihnen hatten Cedric und Archibald sich mir vorgestellt. Cedric war ein bulliger Junge, mit riesigen Muskelpaketen, der mir mit seinem grimmigen Gesicht einen Moment lang Angst eingejagt hatte. Doch mit seiner tiefen, warmen Stimme vertrieb er den Eindruck vom großen Bösewicht und über seine nicht seltenen Witze lachte man laut und gern.

Archibald wirkte auf mich wie jemand, der sich

ganz offensichtlich nicht zwischen dem harten Draufgängertypen und seiner anderen Seite, dem offenen und freundlichen Jungen, entscheiden konnte. Manchmal beteiligte er sich rege und lebhaft an unseren Gesprächen, doch kurz darauf lehnte er sich mit verschränkten Armen und einem griesgrämigen Gesicht gegen seine Stuhllehne. Er trug seine langen rotgelockten Haare zu einem Pferdeschwanz gebunden, der ein Totenkopftattoo in seinem Nacken offenbarte.

Denise hatte sofort vorgeschlagen, dass wir eine Runde eines mir unbekannten neumodischen Spiels starten sollten und James hatte sich zu unserer kleinen Gemeinschaft gesellt.

Harvey hatte mir zugezwinkert und sich mit einem Buch in der Hand in einen der hinteren Sessel verzogen. In dem saß er auch jetzt noch, genauso gefesselt von der Geschichte wie vor fünf Stunden, als Denise die erste Runde des Spiels eröffnet hatte.

Atlas, der meine Ankunft und Vorstellung bei den Nocturnals aufmerksam, aber mit unbewegter Miene verfolgt hatte, war kurz darauf von allen unbemerkt, außer von mir natürlich, nach draußen verschwunden.

Als er ging, hatte ich nicht gleich gewusst, ob ich traurig oder froh darüber sein sollte, dass er sich Denise' Spielgemeinschaft nicht anschloss.

Bestimmt hätte ich nur wirres Zeug stammeln können, weil mich seine Anwesenheit so nervös gemacht hätte. Doch trotz dieser Einschränkungen hätten mich fünf Stunden mit ihm am gleichen Tisch auch so glücklich gemacht, dass sogar seine Bemerkung vom Abendessen vergessen gewesen wäre. Daher hatte es mich doch enttäuscht, dass er gegangen war.

Der sechste männliche Nocturnal hieß Jeremias. Außer dass er braune kurz geschorene Haare hatte, in den Tiefen seiner grauen Hose selbst nach einer ganzen Nacht immer noch Schokoriegel fand und offensichtlich eine Schwäche für schnulzige Liebesromane hatte, wusste ich noch nicht viel über ihn. Er schien ein ausgesprochen verschlossener Typ zu sein und Stammgast auf dem Sofa. Ich war sicher, ich hatte ihn noch kein einziges Wort sagen hören und fragte mich, ob ich ihm das Buch mit dem Titel »Die Peinlichkeit – wie mache ich mich am effektivsten lächerlich« empfehlen sollte. Natürlich gab es das Buch nicht wirklich, aber wenn, dann hätte er unbedingt das Kapitel über das Lesen von Kitschromanen studieren müssen.

Ich hätte mich jedenfalls geschämt, so wie er in der Öffentlichkeit das Buch »Herzschmerz – meine Sehnsucht nach dir zerreißt mich« zu lesen.

Wahrscheinlich hatte er den Liebesroman von Jemima oder Ayshe ausgeliehen. Die beiden brünetten Schönheiten schauten sich gerade den dritten Liebesfilm auf dem großen Fernseher im Nebenraum an, von dessen Existenz ich noch nichts gewusst hatte, und schnieften ein Taschentuch nach dem anderen voll.

Als Harvey mit mir hereingekommen war, hatten sie kurz reingeschaut, um unbeeindruckt von den Neuigkeiten höflich hallo zu sagen. Vielleicht waren ihnen aber auch nur die Taschentücher ausgegangen, denn sie hatten aus einem der Schränke an der Wand drei Packungen geholt und waren sofort wieder ins Zimmer nebenan verschwunden.

Cedric legte den Deckel auf die rechteckige Holzschachtel, stand auf und stellte sie zurück ins Regal.

Denise schaute auf ihre Omunalisuhr. Es war ein schönes Exemplar, es hatte eine rötliche Metallfarbe und auf dem Deckel waren fünf Federn strahlenförmig ausgerichtet.

»Es ist bald halb sechs. Sollen wir schon frühstücken gehen?«

»Ich habe noch keinen Hunger.« Archibald lehnte sich vor und verfiel von seiner eben noch starren, abwehrenden Haltung wieder in sein redseliges Ich. Sein gespaltenes Ego konnte anstrengend sein, vor allem, wenn man nicht wusste, ob er einen, wenn man ihn ansprach, kalt abblitzen lassen oder in munterem Ton mit einem plaudern würde.

»Ich auch nicht«, sagte Charlotte leise und faltete die Hände zusammen. »Ich hätte vielleicht Lust, noch einmal etwas zu spielen.«

Denise strich sich mit dem Handrücken über die Stirn, als müsse sie Schweiß abwischen. »Von diesen Spielrunden hat mein Körper für heute Nacht genug. Was ist mit dir, Lucy?«

»Hungrig bin ich auch noch nicht. Bei einem Spiel kommt es drauf an, ob es genauso kompliziert ist wie das vorige. Ich glaube nämlich nicht, dass noch weitere siebenhundert Spielregeln in meinen Kopf passen.«

James hingegen schob längst entschlossen seinen Stuhl zurück. »Ich gehe schon mal in den Speisesaal, bevor das Schokomüsli wieder alle ist.«

»Ach was«, sagte Denise abfällig, während James bereits zur Tür rausging. »Der will bloß rechtzeitig da sein, damit er die eher einfältigen Mädchen hier mit seinen flotten Sprüchen um den Finger wickeln kann. Und das schon am frühen Morgen, wenn sie noch zu müde sind, um sich zu wehren.« Gespielt entrüstet schüttelte sie den Kopf, wie eine Lehrerin, die sich über das Unwissen ihrer Schüler aufregt.

Cedric kam zurück und setzte sich. »Ich habe eine Idee, was wir jetzt in der kurzen Zeit noch machen können. Wir spielen AFS, hauptsächlich wegen Lucy.« Er grinste triumphierend in die Runde.

Als ich mir die Gesichter der anderen ansah, merkte ich, dass ich nicht die Einzige war, die keinen blassen Schimmer hatte, was AFS sein sollte.

Cedrics Grinsen fiel in sich zusammen. »Wirklich jetzt, habt ihr alle keine Ahnung, was AFS ist?« Für ihn schien das unvorstellbar zu sein, fast schon einem Verstoß gegen das Gesetz zu gleichen. »AFS - Abwechselnd Fragen stellen«, erklärte er. »Jeder stellt eine Frage zu etwas, was er nicht versteht oder was er gern wissen will. Eigentlich ein langweiliges

Spiel, wenn man nur langweilige Fragen stellt, aber mit so Leuten wie euch hier macht es bestimmt einen riesen Spaß.«

Denise verdrehte die Augen. »Ja genau, und das Spiel gibt es schon seit ewigen Zeiten. Cedric, ehrlich, wir wissen, dass du es gerade erst erfunden hast, weil du irgendeine Frage beantwortet haben willst.«

Cedric schüttelte entschieden den Kopf, ignorierte ihre Anschuldigung und schaute mich an. »Vor allem für dich, Lucy, wäre das super, du hast bestimmt eine Million Fragen.«

»Falsch! Mindestens eine Milliarde.« Ich grinste.

»Umso besser.« Cedric klatschte tatendurstig in die Hände. »Denise, du darfst anfangen.«

Denise schaute ihn mit hochgezogenen Augenbrauen an, ließ sich dann aber doch dazu herab, sich zu beteiligen. »In Ordnung. Was ich schon immer wissen wollte, ist etwas über Atlas und James. Ich glaube, das kannst nur du mir beantworten Cedric, du bist am längsten hier.«

Bei Atlas' Namen hellhörig geworden, schaute ich auf.

»Ich habe gehört, Atlas und James sollen ganz früher dicke Freunde gewesen sein, die allerbesten Kumpel. Wann, wie und warum hat sich das verändert?« Denise sah Cedric neugierig an.

Auch ich lehnte mich gespannt vor, doch die Antwort auf Denise' Frage kam nicht von Cedric, sondern von Harvey.

»Das kann dir Cedric nicht beantworten. Die Zeiten, in denen Atlas und James befreundet waren, sind schon sehr, sehr lange her. Nur wenige haben da schon hier gelebt. Die meisten sind nämlich in der großen Schlacht gestorben.« Harvey stand vom Sessel auf, klappte den dicken Schmöker zu, stellte ihn in das hintere Bücherregal und setzte sich auf den Stuhl, auf dem vorhin James gesessen hatte.

»Die große Schlacht. Das war die Sternenschlacht, oder?«, erwiderte Denise ehrfürchtig. »Ich hatte ganz vergessen, dass du, Atlas und James schon so lange hier lebt.«

»Ja, es ist wirklich eine lange Zeit«, Harvey nickte, »dennoch gibt es noch mehr Augenschöne, die damals schon hier gelebt haben. Aber zurück zu deiner Frage. Atlas und James sind noch länger hier als ich. Sie kamen fast zeitgleich und waren auch noch beide aus dem Anfang des 21. Jahrhunderts. Sie waren damals aus der modernsten Zeit und haben die Wissenschaft und den Fortschritt durch ihre Informationen auch hier in den Inneren Schleifen deutlich beschleunigt. Außerdem haben sie sich sofort gut verstanden und waren ab da nur noch im Doppelpack zu haben. Das hat sich erst ein bisschen geändert, als Amelie in die Schleifen kam.«

Aus irgendeinem Grund sogen Denise, Charlotte, Archibald und Cedric bei dem Mädchennamen schaudernd die Luft ein.

»Atlas verbrachte jetzt auch viel Zeit mit ihr, blieb aber auch weiterhin mit James befreundet.« Harvey seufzte. »Den genauen Grund, warum ihre Freundschaft aber so urplötzlich zerbrach, kenne ich nicht. Vielleicht will ich ihn auch gar nicht erfahren. Ich weiß nur, dass es schon vor der Sternenschlacht anfing. Während der Schlacht hatte ihr Streit wohl seinen Höhepunkt. Es muss etwas passiert sein, was sie bis heute zu sich erbittert hassenden Erzfeinden gemacht hat.« Er schaute Denise warnend an. »Komm aber nie mit diesem Thema in ihrer Gegenwart und – Gott bewahre – stelle ihnen auch niemals eine Frage dazu. Einen Ausraster von Atlas und James muss man wirklich nicht miterlebt haben.«

Mit einer Handbewegung deutete er auf das gesamte Wohnzimmer. »Beim letzten Mal ist das alte Wohnzimmer in die Luft geflogen. Ich sage euch, das war kein schöner Anblick.«

»Daran kann ich mich erinnern. Da war ich schon hier«, mischte sich Cedric ein. »Es hatte aber auch was Gutes. Das neue Wohnzimmer ist viel besser als das alte.«

Harvey zuckte mit den Schultern. »Man kann alles immer irgendwie positiv sehen. Aber Brandwunden, auch wenn sie schnell wieder verheilen, sind richtig unangenehm.«

»Himmel!«, flüsterte Denise geschockt.

»Verrückt!«, gab Charlotte ihr Recht.

»Abgedreht!«, kommentierte Archibald.

»Na gut, jetzt bin ich dran.« Cedric beendete die Diskussion über Atlas und James und wandte sich an Denise und Charlotte. »Meine Frage betrifft euch

Mädchen.«

Charlotte rollte mit den Augen und ihre Freundin stöhnte. Es war klar, dass sie mit ihrer anfänglichen These recht gehabt hatte.

Doch Cedric ignorierte es. »Ich trinke ja nicht mehr das Wasser der Erinnerung, deshalb kann ich mich an die Antwort nicht mehr erinnern, obwohl ich im 15. Jahrhundert gelebt habe und das eigentlich wissen müsste. Ihr erinnert euch aber bestimmt noch daran.« Eifrig stützte er seine Ellenbogen auf den Tisch. »Wie war das denn so, als die Frauen schon im Alter von achtzehn Jahren Kinder bekommen haben? Ihr ja nicht, denn Augenschöne können ja keine Kinder bekommen, aber wie war das bei euren Freundinnen oder Schwestern? Und neben dem Kinderkriegen auch noch das junge Heiraten. Wie war das?«

»Tsss!«, kam es synchron von Denise und Charlotte. »Kein Kommentar.«

Cedrics Gesicht bekam einen enttäuschten Ausdruck und er ließ die Arme auf die Tischplatte sinken.

»Meinetwegen, wenn es dich so interessiert«, ließ ich mich zu einer Antwort herab.

Sofort war der eifrige Glanz in Cedrics zitronengelben Augen wieder da, als er sich mir zuwandte.

»Eigentlich redet man nicht über so was«, fuhr ich fort und Denise und Charlotte nickten zustimmend, »aber hier mache ich eine Ausnahme.«

Cedric hing regelrecht an meinen Lippen.

»Obwohl ich nicht weiß, warum dich das so brennend interessiert, … also, in meiner Familie waren wir sechs Kinder. Fünf Mädchen und ein Junge. Mein älterer Bruder, Antoine, und meine zwei älteren Schwestern, Victoria und Lucinda, sind schon lange verheiratet und Victoria und Lucinda haben bereits Kinder. So genau kenne ich sie aber nicht, da sie eine andere Mutter haben als ich und sie auch etwas älter sind. Meine beiden richtigen Schwestern, Evelyna und Florence, sind achtzehn und neunzehn.«

Ich verschwieg lieber, dass Evie achtzehn *gewesen war.* Nicht, dass ich hier noch in Tränen ausbrach und mich womöglich an Jemimas und Ayshes Taschentüchervorrat bedienen musste.

»Es ist eigentlich sehr ungewöhnlich, dass wir alle noch unverheiratet und kinderlos waren. Als ich fünfzehn war, hatte mein Vater eigentlich einen Mann für mich gefunden und eine Hochzeit organisiert. Mit Lucian de Bromvellier hätte ich es sogar ganz gut erwischt. Er war gutaussehend und gar nicht so viel älter als ich, höchstens fünf Jahre. Ich hatte ihn auch schon einmal getroffen, bevor wir heiraten sollten.«

»Das meinst du nicht ernst!«, fiel mir Cedric ins Wort. »Du hättest mit fünfzehn einen Mann geheiratet, den du nur einmal gesehen hast und der fünf Jahre älter war als du? Verrückt!«

Damals war es mir normal vorgekommen. Inzwischen aber konnte ich seine Überraschung und sein Befremden darüber durchaus nachvollziehen. So wie ich es mitbekommen hatte, lief das in der Zukunft ganz anders.

»Ja, aber eigentlich hatte ich eine gute Karte gezogen. Soviel ich weiß, hat Victoria mit fünfzehn einen doppelt so alten Mann geheiratet. Man hat nicht aus Liebe, sondern aus geschäftlichen oder politischen Gründen geheiratet.«

Cedric starrte mich an, als würde ich ihm erzählen, dass ich mir an diesem Morgen ein buntes Kostüm anziehen und auf dem Dach des Verwaltungsgebäudes Opernlieder anstimmen wollte.

Harvey nickte nachdenklich. »Verstehe, aber jetzt noch mal zurück zu dir. Du sagtest, du wärst unverheiratet? Was ist passiert? Warum hat die Hochzeit nicht stattgefunden?«

»Es war ein einziges großes Desaster.« Ich kicherte, denn im Nachhinein schien es mir recht witzig.

»Die Hochzeit sollte im September stattfinden. Alles verlief wie geplant. Die Einladungen waren verschickt, mein Kleid geschneidert und das Bankett wurde vorbereitet. Einen Tag vor der Hochzeit allerdings kam ein Bote und teilte uns mit, dass Lucian an einem schlimmen Fieber erkrankt sei. Die ganze Feier sollte also um einen Monat verschoben werden. Nach dem Monat hatte sich Lucian erholt, doch inzwischen hatte Papa herausgefunden, dass Lucians hoher Adelstitel erstunken und erlogen war: In Wirklichkeit war er nur der Sohn eines armen in den Ruin getriebenen Earls, der wegen Verdachts auf einen Anschlag auf den König gehängt worden war.« Ich seufzte. »Ich erinnere mich noch genau daran, dass ich wirklich enttäuscht gewesen war. Ich hatte Lucian gemocht und war sogar etwas in ihn verliebt gewesen.«

In Wahrheit hatte ich gedacht, mir wäre die Liebe meines Lebens verloren gegangen, und ich hatte mir die Augen aus dem Kopf geweint.

Jetzt aber, nachdem ich Atlas das erste Mal gesehen hatte, glaubte ich, dass es sich bei Lucian nur um eine kleine Schwärmerei gehandelt haben konnte. Meine Zuneigung zu meinem Bräutigam hatte nicht mal im Entferntesten etwas mit den Gefühlen zu tun gehabt, die ich bereits beim bloßen Anblick von Atlas empfand.

Cedric schüttelte verstört den Kopf. »Mit fünfzehn heiraten und nicht viel später Kinder kriegen. Ich kann nicht glauben, dass das mein gewöhnlicher Alltag gewesen ist. Oder jedenfalls der der Frauen zu meinen Lebzeiten. Vermutlich noch extremer, ich habe schließlich ein bis zwei Jahrhunderte vor dir gelebt.«

Harvey kniff die Lippen zusammen, um nicht laut loszulachen. »Ich kann dich noch genau vor mir sehen. Wie du in deinen Seidenstrumpfhosen, deinem Gehrock und der verrückten Frisur an deinem ersten Tag hier reingeplatzt bist und ernsthaft empört darüber warst, dass du von Tatjana, einer Frau, herumkommandiert wurdest.« Er fing glucksend an zu lachen.

»Tut mir leid, dass ich das sagen muss, Cedric, aber du warst damals einer der arrogantesten, eingebildetsten und überheblichsten Augenschönen, den ich je getroffen habe.«

»Das kommt mir vor wie aus dem Leben eines anderen«, murmelte Cedric peinlich berührt.

Bevor jemand anderes noch etwas sagen oder eine weitere Frage beim AFS-Spiel stellen konnte, ging die Tür auf und Atlas kam herein. Von irgendwoher hatte er Wasser abbekommen und in seinen Haaren glänzten schillernde kleine Tropfen wie Diamanten im trüben Morgenlicht. Er sah aus wie ein Engel. Oder ein Gott. Ich hätte ihn stundenlang anschauen können und hätte immer noch nicht genug gehabt.

»Kommt ihr? Es gibt Frühstück und von den anderen sind die meisten wach«, sagte er knapp und schon war er wieder nach draußen verschwunden.

»Ja, wir hatten eine schöne Nacht, danke der Nachfrage«, brummte Cedric ihm hinterher.

»Ach, lass ihn doch«, verteidigte Harvey Atlas. »Vor drei Monaten hat er vielleicht einen Satz in der Woche gesagt. Ich finde, wir sollten nicht gleich zu viel von ihm erwarten.«

Wir standen vom Tisch auf und machten uns auf den Weg zum Speisesaal. Ein leichter, warmer Wind strich uns über die Gesichter, als wir über den Hof liefen. Morgens war es inzwischen wärmer, ebenso wie die Nächte, da sich der Frühling langsam dem Sommer zuneigte.

Denise hatte die Stirn immer noch nachdenklich

gerunzelt. »Wir kennen Atlas ja schon immer nur als einen griesgrämigen Miesepeter, aber angeblich soll er mal ein richtig charmanter und witziger Junge gewesen sein, immer gut drauf und zu Scherzen aufgelegt. Du müsstest das doch noch wissen, Harvey? Du kennst ihn am längsten. Hast du eine Ahnung, warum er plötzlich wie ein normaler Mensch wirkt?«

Harvey warf mir einen kurzen Blick zu und schüttelte dann den Kopf als Antwort auf Denise' Frage.

Ich hörte ihrer Unterhaltung nur mit halbem Ohr zu. In meinen Gedanken sah ich noch immer Atlas vor mir, der wie ein Heiliger im aufgehenden Sonnenlicht mit diamantenglitzernden Haaren im Eingang gestanden hatte. Ein bisschen stolz war ich sogar auf mich, weil ich die ganze Nacht nicht an ihn gedacht hatte.

Außer ein- oder zweimal. Na gut, vielleicht hatte ich bloß zwei Stunden nicht an ihn gedacht.

Eine Stunde.

Ja ja, ich gebe es zu. Es waren höchstens mal zehn Minuten zwischendurch gewesen, in denen er aus meinem Kopf verschwunden war.

Ganz sicher. Vielleicht …

lebend
männlich:
Harvey Leachman
Atlas Coldwell
James Thompson
Cedrick Wellington
Archibald Steckenmann
Jeremias Honapi

lebend
weiblich:
Denise Luvrién
Charlotte Dancier
Jemima Stephens
Ayshe Morchain
Lucy de Mintrus

(lat. nox, Nacht)

Augenschöne, die nicht schlafen, Tag und Nacht wach sind; verspüren keine Müdigkeit. Tritt eher selten auf, bisher öfter bei männlichen Augenschönen.

Theorie: Sollen normale Augenschöne rund um die Uhr beschützen können.

Kapitel 13

Rose fielen fast die Augen aus dem Kopf, als ich mit den Nocturnals den Speisesaal betrat, mir an der Theke ein Marmeladenbrot holte und dann mit Denise und Charlotte im Schlepptau zu ihr an den Tisch, unserem Stammplatz in der Nähe des Fensters kam.

»Sag bloß, du …«, stotterte sie und ihr Blick huschte leicht überfordert von mir zu Denise und Charlotte und dann zu den restlichen Nocturnals, die sich im Saal an den Tischen verteilt niederließen, und schließlich zurück zu mir.

»Du hast es erfasst«, murmelte ich verlegen. Ich bedeutete Denise und Charlotte sich hinzusetzen, ehe ich selbst Platz nahm und mir einen Löffel Müsli in den Mund schob.

Rose biss sich auf die Lippen.

»Titanin und Nocturnal? Wobei, das ergibt Sinn. Die beiden anderen Titanen waren auch Nocturnals. Möglicherweise ist das normal bei einem Titan. So weit von normal die Rede sein kann …« Sie sah auf ihr Tablett, aber plötzlich schaute sie wieder auf. »Und wie heißt ihr?«, fragte sie Denise und Charlotte, die bisher stumm ihr Müsli gelöffelt und ihr Spiegelei gegessen hatten.

Jetzt war es an mir, ungläubig von Rose zu Charlotte und Denise und wieder zurück zu Rose zu schauen.

»Ist das euer Ernst? Ihr wohnt schon seit hunderten von Jahren hier zusammen in den Schleifen und kennt nicht mal eure Namen?«

Sowohl Rose als auch Denise und Charlotte schüttelten verneinend die Köpfe.

Wollten die mich verulken? Ich kannte hier zwar auch noch nicht alle, aber – Himmelherrgott! – ich war auch erst seit drei Monaten in diesen Schleifen. Rose und die anderen beiden hingegen schon mehrere hundert Jahre!

»Rose, das sind Denise und Charlotte, beide Nocturnals. Denise, Charlotte, das ist Rose, meine beste Freundin.«

Die drei nickten sich zu. Rose beäugte sie aber weiterhin misstrauisch.

»Himmel, Rose! Die beißen doch nicht«, rief ich genervt und stupste sie an.

Rose' verkrampfte Haltung löste sich etwas. »Ja, ja schon gut. Ähm ... erzähl doch mal, Lucy, wie ist es denn so, ein Nocturnal zu sein?«

»Eigentlich ist es ganz toll.«

»Wirklich? Was macht ihr denn die ganze Zeit?«

»Spiele spielen, lesen und tratschen.«

»Sonst nichts?« Meine Freundin klang enttäuscht.

»Also wirklich, du bist doch immer nur auf Klatsch aus. Also gut, dann pass mal auf ...« Ich beugte mich verschwörerisch vor. »Wusstest du, dass Jeremias eine verrückte und nicht nachvollziehbare Vorliebe für schnulzige Liebesromane hat?«

Rose, sichtlich erfreut über meine Nachricht, schüttelte den Kopf. »Ehrlich jetzt? Das hätte ich ihm niemals zugetraut. Wie lange denn schon?«

»Seit einem Jahr oder so«, antwortete Denise und rollte mit den Augen. »Er hat diesen Tick von Jemima und Ayshe übernommen, die inzwischen von Büchern auf Filme umgestiegen sind.«

Ha! Ich hatte es gewusst.

»Vermutlich heult er sich in einem halben Jahr mit ihnen die Seele aus dem Leib, wenn er auch auf Liebesfilme umgeschaltet hat.«

Denise und Rose verfielen sofort in eine heiße Debatte darüber, welche Filme, die sie kannten, am kitschigsten waren, und ob Jemima und Ayshe das genauso finden würden. Sogar Charlotte beteiligte sich ab und zu an ihrer Unterhaltung.

Zufrieden hatte ich mich zurückgelehnt und beobachtete sie. Sie hätten es sich die ganzen Jahrhunderte gar nicht so schwer machen müssen, so gut, wie sie sich verstanden.

Zwischen Freundinnen zu dolmetschen lag mir offenbar im Blut.

Als ich auf der Ostwiese stand und auf Elvon wartete, wie es mir das fünfte Feld meiner Omunalisuhr nach dem Frühstück mitgeteilt hatte, erinnerte ich mich, wie ich mit Evie, ebenso wie jetzt gerade, auf der Wiese hinter unserem Haus gestanden hatte.

Bei der Erinnerung überkam mich so etwas wie Heimweh. Doch auch wenn ich zurückgekonnt hätte, wäre es niemals das Gleiche gewesen. Evie war nicht mehr da.

Hör auf, dich in deinem Unglück zu suhlen!, wies ich mich innerlich zurecht und richtete mich etwas gerader auf.

Als wir kleine Kinder waren, war uns die Wiese der beste Ort zum Spielen gewesen, auch wenn wir uns die Kleider schmutzig machten und hinterher immer Schelte bekamen. Die Wiese war gleichbedeutend mit Spaß gewesen und das Verbot, dass unsere Eltern dann irgendwann über sie verhängten, hatte das Ganze noch spannender gemacht.

Inzwischen verstand ich meine Eltern sogar ein bisschen, denn die Grasflecken auf meinem weißen Kapuzenpulli, den ich gestern getragen hatte, würden wohl nie mehr ganz rausgehen.

Ich ging in die Hocke und strich über das saftige grüne Gras. Ob hier auch Klee wuchs? Vielleicht sollte ich mir ein paar vierblättrige Kleeblätter suchen. Ohne eine ordentliche Portion Glück, da war ich mir absolut sicher, würde ich den verrückten Auftrag, an dem ich wegen einer vermutlich noch verrückteren Prophezeiung teilnehmen sollte, nicht überleben.

»Hallo Lucy.«

Elvons Stimme hinter mir ließ mich überrascht aufspringen und ich drehte mich zu ihm um.

»Hattest du eine erholsame Nacht?«, fragte er und

stellte eine dunkelblaue Sporttasche am Boden ab.

Sollte die Frage ein Witz sein? Bei den ganzen Klatsch- und Tratschtanten, die es hier gab, würde es mich sehr wundern, wenn er noch nicht darüber Bescheid wusste, dass ich zu den Nocturnals übergewechselt war.

Trotzdem nickte ich nur. Die Nacht war vielleicht nicht wirklich erholsam gewesen, aber erschöpft war ich trotzdem nicht. Allerdings machte es mir immer noch etwas Angst, dass ich nie mehr müde sein würde, obwohl das vielleicht auch ganz nützlich war.

Außerdem interessierte Elvon meine Antwort wahrscheinlich nicht wirklich. Vermutlich dachte ich schon wieder viel zu viel über eine ganz normale Frage nach, die aus bloßer Höflichkeit gestellt wurde, um eine peinliche Stille zu vermeiden.

»Üben wir heute nochmals Bogenschießen?«, fragte ich rasch und zeigte auf meinen Bogen, den Elvon ebenfalls neben der Sporttasche auf den Boden gelegt hatte.

»Ja, wir werden heute deine Zielgenauigkeit beim Bogenschießen verbessern, aber noch nicht heute Vormittag.«

Er öffnete die Tasche und holte drei verschieden große Steine heraus, die er in einer Reihe auf den Boden legte. Hatte er in seiner Tasche echt Steine mit sich herumgetragen?

Elvon richtete sich auf. »Jetzt üben wir erst einmal das Magizieren.« Er lächelte. »Für dich wird es nicht besonders schwierig sein, so munter, wie du die Ortssprünge ausführst und Türschlösser aufbekommst.«

Er machte sich erneut daran, in der Tasche zu wühlen, während er weitersprach. »Die Magie, die du dabei verwendest, wird als Grundmagie bezeichnet. Die grundmagischen Zauber kann jedes Augenschön ausführen. Wir machen zuerst eine einfache Übung zum erneuten Testen. Danach können wir uns vermutlich gleich ein bisschen schwierigeren Zaubern zuwenden, denn es wäre sinnlos, unsere Zeit mit einfachen Magizismen zu verschwenden, die du schon längst ausführen kannst.«

Er hatte ein rundes, helles Tafelbrötchen aus der Sporttasche geholt, wie es sie auch beim Frühstück gab. Auf seiner flachen Hand hielt er es mir ausgestreckt entgegen. »Also, die einfache Übung. Versuch einmal, dieses Brötchen schweben zu lassen.«

Ein Brötchen schweben lassen? Meinte er das ernst?

Obwohl ich den Sinn hinter der Aufgabe nicht verstand, versuchte ich es trotzdem. Erster Schritt: Mentalisieren. Zweiter Schritt: Augenfixieren. Ich starrte das Brötchen angestrengt an.

Abheben, abheben, abheben.

Meine Augen begannen, leicht zu brennen.

Abheben, abheben, abheben.

Das Brennen wurde stärker und ich glaubte sogar, Dampf von meiner heißen Tränenflüssigkeit zu spüren.

Dann endlich merkte ich, dass die goldenen Lichtstrahlen aus meinen Augen schossen und sich zu einem vor Energie pulsierenden Strahl zusammenfügen. Der Strahl erreichte das Brötchen und schlang sich wie ein Seil darum, wickelte es ein, bis fast nichts mehr von ihm zu sehen war. Es sah aus, als wäre es in einer Art Käfig gefangen.

Elvon schien jetzt eine golden leuchtende Kugel in der Hand zu halten.

Abheben, abheben, abheben. Der Strahl hob sich mitsamt dem Brötchenkäfig in die Luft. Zehn, zwanzig Zentimeter über Elvons Hand hielt ich ihn an.

»Sehr gut«, lobte mich Elvon beeindruckt und zerstörte damit fast meine Konzentration.

Das Brötchen sackte fünf Zentimeter nach unten, bevor ich den goldenen Käfig erneut im Griff hatte. Elvon zog seine rechte Hand zurück, die er bis eben immer noch ausgestreckt hatte, vermutlich um das arme Brötchen bei einem Absturz abzufangen und vor möglichen Schmerzen beim Aufprall zu bewahren. Stattdessen streckte er seine linke Hand mit der Handfläche nach oben aus.

»Und jetzt lass das Brötchen wieder hier drauf landen. Landen, nicht fallen.«

Ich ließ den Lichtstrahl etwas länger werden, sodass das Brötchen über der linken Handfläche schwebte. Dann ließ ich den Strahl vorsichtig, wie beim Balancieren eines rohen Eis, zurück in Elvons Hand sinken. Dort angelangt ließ ich alle Anstrengung aus meinem Kopf und meinen Augen weichen und wie beim letzten Mal zischte der Strahl wie ein überdehntes Gummi zurück in meine Augen.

»Das war wirklich gut. Die meisten Augenschönen beherrschen so etwas erst nach einem deutlich längeren Aufenthalt hier.«

Elvon legte das Brötchen zurück in die Tasche. »Das schien ein ziemliches Kinderspiel für dich zu sein. Dann zeige ich dir jetzt einmal höhere Magie. Normalerweise wird erst nach einem zweijährigen Aufenthalt hier damit angefangen, es zu erlernen. Aber wer weiß, vielleicht schaffst du auch das.«

Er stellte sich wieder neben mich, parallel zu den drei am Boden liegenden Steinen. »Das ist komplizierter und oft auch anstrengend. Schau mir einmal ganz genau zu.« Er trat ein paar Schritte zurück, sah mich fragend an und ich nickte.

Er hob eine Hand und zeichnete etwas in die Luft.

Es sah aus wie eine schnörkelige Eins. Dann ließ er die Hand sinken und starrte die Luft vor sich an. Eine Eins leuchtete in demselben Lila auf, das auch seine Augen hatten. Ein leises Zischen ertönte, die Eins schrumpfte zusammen und verglühte mit einem violetten Aufleuchten. Elvon richtete seinen Blick auf den größten der Steine, dasselbe Zischen wie zuvor erklang und auf dem Stein leuchtete die lilafarbene Eins auf. Das Licht wurde schwächer, und nachdem Elvon den Blick abgewandt hatte und zu mir schaute, war in dem größten der drei Steine die schnörkelige Eins eingemeißelt.

»Was zum ... Was war das?«, verstört beäugte ich

den Stein.

»Das war ein Malmagizismus«, erklärte Elvon.

»Und was ist ein Malmagizismus?«, fragte ich leicht genervt. Konnte hier niemand einen Satz sagen, der nicht immer nur Fragen aufwarf, sondern auch mal zur Abwechslung etwas erklärte?

»Das ist eine der Grundmagien.« Elvon ließ sich nicht aus der Ruhe bringen. »Aber ich wollte mich eigentlich nicht mit Theorie befassen. Das kannst du heute Abend noch mit Rose durchgehen. Ich will, dass du es ausprobierst.«

Ich seufzte, als Elvon mir Platz machte und ich mich parallel zu den Steinen aufstellte. Im Malen war ich schon immer eine Niete gewesen.

Nachdem ich etliche Übungen zur Licht- und Malmagie gemacht hatte, ließ ich mich erschöpft auf den Boden sinken.

Elvon hatte die verrücktesten Dinge aus seiner Sporttasche geholt. Dabei waren die Federboa, das Fischstäbchen und die Luftschlangen noch das kleinste Übel gewesen. Mit all dem Zeug hatte ich die merkwürdigsten Sachen anstellen müssen, wie sie sich selbst im Boden vergraben lassen. Oder Elvon hatte befohlen sie verschwinden und drei Meter weiter wieder auftauchen zu lassen oder aber ich hatte an dem Fischstäbchen die rosa Federn der Boa wachsen lassen sollen.

Nach der letzten Aufgabe einem einfachen Ortssprung von der einen Seite der Wiese zur anderen, was Elvon als Metermagie bezeichnet hatte, meinte mein Lehrer, dass es erst einmal genug sei.

Während ich mich ausruhte, sortierte er die Gegenstände zurück in die Tasche. Anschließend sah ich ihm zu, wie er dastand und den größten der drei Steine nachdenklich in seiner Hand wog. Er war mit mehr oder weniger schönen schnörkeligen Einsen übersät.

»Weißt du was?«, sagte er plötzlich, legte den Stein zurück auf den Boden, zog den Reißverschluss, den ich für eine wirklich praktische Zukunftserfindung hielt, zu und hängte sich die Tasche über die Schulter. »Zum Abschluss möchte ich mit dir noch etwas über deine Titaneneltern herausbekommen. Es könnte dir auch bei deiner Variantmagie von Nutzen sein.« Er griff nach dem unbenutzten Bogen.

Die Hälfte von Elvons Worte verstand ich nicht, was zum Teil an dem leichten Wind lag, der sie von mir forttrug. Ich verstand aber genug, um zu merken, dass ich jetzt aufstehen und mir von Elvon die nächste Übung erklären lassen sollte.

Ich wusste nicht, ob es an meinem Nocturnalsein lag oder an den Selbstheilungskräften eines jeden Augenschöns. Jedenfalls verflog meine Erschöpfung genauso schnell, wie sie gekommen war, und ich hüpfte munter auf, mit einer mir unerklärlichen Vorfreude auf die nächste Übung.

Elvon trat zu mir. »Eigentlich sollte man so etwas nicht machen. Es könnte ziemlich gefährlich werden, aber wir machen es trotzdem.«

Er nahm meinen Arm und führte mich etwa zehn Meter weit weg von dem Stein. »Ich gehe noch weiter zurück, an den äußeren Rand der Wiese und du fängst erst an, wenn ich dir ein Zeichen gebe.« Er nickte zum Stein hin. »Deine Aufgabe ist es jetzt, nur das Augenfixieren anzuwenden. Keine Mentalisierung.«

»Und wie soll ich dann augenfixieren?«

»Du lässt all deine innere Magie und Kraft in deine Augen schießen und schickst sie dann in der Form des Lichtstrahls auf den Stein. Irgendetwas wird dann passieren. Ich bin schon gespannt, was es sein wird.«

Vermutlich würde gar nichts passieren, da ich keine Ahnung hatte, wie ich all meine innere Magie und Kraft aus meinen Augen strömen lassen sollte. Trotzdem nickte ich und Elvon entfernte sich in einem federnden Gang.

Ich musterte den Stein und überlegte mir, ob ich ihn einfach leuchten lassen sollte, verwarf aber den Gedanken sofort wieder. Elvon würde merken, dass ich mich mentalisierte.

»Lucy?«, hörte ich ihn rufen.

Warum in Gottes Namen war er bis zum Wald gelaufen? Hatte er Angst, dass ich ein Inferno entfachen würde?

»Du kannst anfangen!«, rief er und hob die Hand. Ich wandte mich dem Stein zu.

Ähm ... Hallo Stein. Wollen wir einmal sehen, was

ich mit dir so anstellen werde.

Ich schüttelte, verärgert über mich selbst, den Kopf. Jetzt begann ich bereits, in Gedanken mit Steinen zu reden. Ich starrte den Stein an. Natürlich passierte nichts. Na gut, andere Taktik.

Ich schloss kurz die Augen und stellte mir die in mir enthaltene Magie und Kraft als winzige kleine helle Pünktchen vor, die in meinem ganzen Körper verteilt herumschwirrten. Als Nächstes stellte ich mir vor, wie sich die ganzen Pünktchen auf den Weg zu meinen Augen machten und sich bündelten. Meine Augen fingen an zu brennen, doch ich kniff sie fester zusammen. Mein Körper hatte noch nicht alle Magie geballt.

Das helle Bündel wurde in meiner Vorstellung immer größer. Die Pünktchen strömten von überall hinein. Aus meinen Zehen, meinen Armen, meinem Kopf, meinem Hals. Als das Brennen in meinen Augen unerträglich wurde, versetzte ich dem Bündel in Gedanken einen Stoß, öffnete die Augen und ließ es hinaus.

Ich hatte mit allem gerechnet, nur nicht mit dem, was dann passierte.

Meine Iris schickte einen so hellen, einen so starken Strahl aus, dass ich am liebsten geblendet die Augen zusammengekniffen hätte. Ich glaubte, kleine Energieblitze durch das Leuchten zucken zu sehen, das mindestens so dick wie mein Unterarm war. Doch es war nicht golden, wie sonst immer, sondern leuchtete weiß. Das Ganze sah und fühlte ich innerhalb des Bruchteils einer Sekunde, denn als der Strahl in Lichtgeschwindigkeit auf den Stein traf, wäre es unmöglich gewesen, das noch zu erkennen.

Ein Geräusch, als würde ein Berg in der Mitte durchbrechen, ertönte, laut donnernd und ohrenbetäubend, als der Strahl auf den Stein knallte und ich in die Höhe und nach hinten geschleudert wurde.

Eines stand fest, nach diesem Aufprall auf dem jetzt absolut gar nicht mehr weichen Gras, weit hinter Elvon und direkt am Waldrand, wäre jeder normale Mensch tot gewesen.

Ich aber konnte mich nicht mal auf meine Schmerzen konzentrieren und das sollte etwas heißen, denn es fühlte sich an, als hätte ich mir alle Knochen, den Schädel und die Wirbelsäule gebrochen. Doch ich war viel zu gefesselt von dem, was sich auf der Wiese abspielte.

Als der Strahl den Stein gespalten hatte, musste es wohl zu einer bombastischen Explosion gekommen sein, deren Druckwelle mich über die ganze Wiese geschleudert hatte. Die Stelle, an der der Stein gelegen hatte, war nicht mehr zu erkennen, da ein seltsames Gebilde aus Blitzen, Licht und Staub wie ein Tornado darüber wütete.

Auf der anderen Seite der Wiese konnte ich ein paar Gestalten erkennen. Der Lärm musste sie aufscheucht haben und sie kamen vom Hof und aus den Gebäuden gerannt.

Das Lichtgebilde in der Mitte der Wiese vibrierte inzwischen leicht und zog sich mit einem lauten

Zischen in die Erde zurück. Für einen Moment dachte ich, dass die Aufführung jetzt vorbei war. Diese Annahme wurde sogleich widerlegt, als der Boden zu beben begann und aus dem malträtierten Gras um die zerbröselten Reste des Steins eine riesige Zündflamme schoss, die von einem Wasserstrahl aus der eigenen Mitte gelöscht wurde.

Hatte das alles wirklich ich verursacht? War das alles die Auswirkung der leuchtenden Punkte, die ich mir vorgestellt und aus meinen Augen hatte kommen lassen?

Das Vibrieren des Bodens hielt immer noch an, und während eines letzten lauten Krachens barst der Boden der Wiese auf und die verkohlten Grasteile wurden durch einen Riss in der Erde voneinander getrennt.

Überraschte Laute kamen von den Zuschauern auf der anderen Seite, die das Geschehene aufmerksam verfolgt hatten. Wieder meinte ich, dass es jetzt vorbei war, da vernahm ich ein Surren und ein Flimmern in der Luft, das von dem Schauplatz in der Mitte zurück zu mir schoss, und mein leicht aufgerichteter Kopf wurde wie von einem Kinnhaken getroffen nach hinten geschlagen.

»Lucy? Lucy!«, durch eine dicke Watteschicht drangen leise Rufe, die meinen Namen nannten, zu mir hindurch.

Seltsamerweise lag ich auf dem Bauch. Stöhnend drehte ich mich um hundertachtzig Grad und rollte mich auf den Rücken.

Ich spürte eine kühle Hand, die vorsichtig mein Gesicht abtastete und auf meiner überhitzten Haut ein unangenehmes Brennen hinterließ. Ich blinzelte, meine verklebten Lider flatterten leicht auf und ab, bevor ich meine Augen ganz öffnen konnte.

Jemand stieß einen kurzen spitzen Schrei aus.

»Ihr geht es gut!«, versicherte eine männliche Stimme. Elvon?

Ich konnte den Worten jedenfalls nicht zustimmen, denn meine Definition von »gut« war eindeutig eine andere. Vorsichtig bewegte ich meinen Arm, um erleichtert festzustellen, dass ich nur leichte Schmerzen verspürte.

Ich setzte mich auf und stellte fest, dass ich in einem Kreis von Personen gelegen hatte, von denen mich jetzt einige besorgt musterten. Unter anderem erkannte ich Denise und Charlotte. Neben mir kniete Elvon und auf meiner anderen Seite starrte Rose mich mit weit aufgerissenen Augen an.

Das leichte Pochen hinter meiner Schädeldecke wurde schnell weniger und flaute schließlich genauso wie meine restlichen Schmerzen ganz ab. Ich begann, mir den Schmutz und Staub von meiner Hose und vom Pulli abzuklopfen und seufzte, als ich Blutflecken und Brandlöcher in beidem entdeckte. Das war dann wohl der zweite Pulli, der nicht mehr zu gebrauchen war. Schwankend stand ich ganz auf, fand dank Rose und Elvon, die sich ebenfalls aufrichteten, mein Gleichgewicht wieder und sah mich in der Runde um.

»Was ist passiert?«, tönte eine durchdringende laute Männerstimme und Mr Honk schob sich zwischen zwei gaffenden Jungen hindurch zu unserer kleinen Dreiergruppe in der Mitte des Kreises. Sein Blick huschte über mein ramponiertes Äußeres und dann zu Elvon.

»Was hat das zu bedeuten?«, donnerte er.

Elvon ließ sich davon aber nicht einschüchtern. »Es gibt keinen Grund zur Aufregung«, erklärte er in ruhigem Ton. »Lucy und ich haben zum Abschluss der Trainingseinheit des Magizismus das Augenleuchten ausgeführt, das etwas aus dem Ruder gelaufen ist. Leider hat das Augenleuchten außer einer interessanten Vorstellung und bereits verheilten Verletzungen nichts gebracht«, setzte er enttäuscht hinzu.

Statt Mr Honk war es Rose, die Elvon jetzt antwortete. Ich dachte, ich hätte sie bereits aufgebracht erlebt, aber das war nichts im Gegensatz zu dem, was jetzt kam.

»Ich habe dich immer respektiert, Elvon, aber das hier ging zu weit. Kein Grund zur Aufregung? Ist das dein Ernst? Lucy ist verdammte zehn Meter hoch und verdammte vierzig Meter weit geschleudert worden! Sie hat sich dabei wahrscheinlich alle Knochen gebrochen und du redest von einer interessanten Vorstellung? Die ganzen Verbrennungen, die sie sich dabei zugezogen hat, interessieren dich wohl gar nicht! Und die Anstrengung, die sie die

Entfaltung ihrer Magie gekostet hat, hast du auch nicht berücksichtigt! Genauso wenig wie du dir Gedanken gemacht hast, wie diese Magie wieder in sie zurückkommt! Sie wurde davon bewusstlos geschlagen und es hätte noch wer weiß was passieren können. Wo hast du nur dein Gehirn gelassen, Elvon? Sie ist schließlich eine Titanin!«

Einige aus der Gruppe, die Rose fasziniert zugehört hatten, sogen bei ihrem letzten ausgerufenen Satz erstaunt die Luft ein und leises Gemurmel machte sich breit.

»Stimmen die Gerüchte also doch …«

»… tatsächlich, das wäre wirklich aufregend!«

»… also ehrlich, *die* soll eine Titanin sein?«

Ich bedauerte, dass ich nicht mitbekommen hatte, von wem dieser letzte unhöfliche Kommentar gekommen war. Ich hätte sonst an demjenigen zu gerne einen der Angriffsmagizismen ausprobiert, die Elvon mir vorhin beigebracht hatte.

Rose stand wutschnaubend neben mir und öffnete den Mund, um vermutlich weitere Beleidigungen auf Elvon zu werfen, doch Mr Honk kam ihr zuvor.

»Rose, es reicht. Ich glaube, Elvon hat verstanden, worum es dir geht.«

»Aber er …«

»Rose, bitte. Elvon ist sich seines Fehlers bewusst, nicht wahr?«

»Ja, Rose du hast meine vorige Aussage vielleicht etwas falsch verstanden, denn ich wollte mich noch bei …«

»Ja ja, und Nächtliche Geschöpfe wollen nur spielen!«

»… bei Lucy entschuldigen, bevor du mich unterbrochen hast.« Elvon wandte sich mir zu, da Rose ihm offensichtlich nicht glaubte und nicht zuhören wollte. »Lucy, es tut mir wirklich leid, dass das passiert ist. Ich hatte deine Kraft wohl etwas unterschätzt.«

Ja, das hatten wir wohl beide.

»Schon in Ordnung«, murmelte ich leise.

»Lucy, das ist doch nicht in Ord-«, brauste Rose auf, doch ich schnitt ihr das Wort ab. »Ich glaube, dass es auch meine Schuld war. Ich habe die Aufgabe ein bisschen falsch ausgeführt.«

»Nein, nein.« Elvon schüttelte energisch den Kopf. »Es ist ganz und gar nicht deine Schuld. Ich habe die ganze Situation falsch eingeschätzt. Es ist meine Schuld gewesen.«

»Na, wenigstens kapiert er es selbst langsam.« Rose schien noch nicht all ihre Wut losgeworden zu sein.

»Mir geht es doch wieder gut.« Betont fröhlich lächelte ich in die Runde, um diese ermüdende Diskussion endlich zu beenden.

»Das ist die Hauptsache«, gab Mr Honk mir recht und klatschte dreimal laut in die Hände. »Und jetzt gehen alle zurück zu ihren vorigen Tätigkeiten.«

Die Gruppe zerstreute sich langsam. Manche gingen vorher aber noch neugierig an der zerstörten Mitte der Wiese vorbei.

Allerdings machten sie respektvoll einen Bogen um den breiten Riss, der sich von der verkohlten Stelle und der aufgerissenen Erde zur Seite hin wegzog. Es sah schrecklich aus.

Mein Blick fiel auf Denise und Charlotte, die mich noch immer mit besorgten Mienen anstarrten, und ich nickte ihnen zu, um ihnen zu versichern, dass es mir gut ging. Rose räumte nach einem strengen Blick von Mr Honk als letzte der Zuschauer den Platz.

Beim Weggehen drückte sie mir noch einmal leicht den Arm. »Bis heute Abend. Und pass du gut auf dich auf, denn Elvon kann es ja offensichtlich nicht«, setzte sie bissig hinzu und warf dem Nele einen letzten bösen Blick zu.

Bevor Mr Honk ihr folgte, legte er Elvon die Hand auf die Schulter. »Ich weiß, du bist normalerweise immer vorsichtig. Schlag diese Vorsicht jetzt nicht aus einer Laune heraus in den Wind, ja?«

Verlegen knetete ich meine Hände, während Mr Honk mit zackigen Schritten über die Wiese eilte und auf den Hof zuhielt. »Und was machen wir jetzt?«, wollte ich von Elvon wissen.

»Du machst erst einmal einen Ortssprung in deine Wohnung und kommst mit frischen Sachen zurück. Danach suchen wir die dreizehnte Schleife auf und du bekommst die Prophezeiungen zu hören, um zu erfahren, worum es bei eurer Mission geht.«

Das wurde aber auch langsam Zeit, denn außer, dass ich mit Atlas und James morgen zu einem mir noch unbekannten Ziel aufbrechen würde, wusste ich nichts weiter über unseren geheimnisvollen Auftrag. Doch ein ungutes Gefühl sagte mir, dass es bestimmt nicht der Zweck der Mission war, ein paar wissenschaftliche Berichte aus einem Schloss mitgehen zu lassen. Es würde garantiert sehr viel gefährlicher werden.

Die einzigen Sterne sind die Augen der Geliebten.

(Omun; Augenschöner)

Kapitel 14

Die dreizehnte Schleife war der erste Ort meines neuen Lebens, der mir ein kaltes Schaudern über den Rücken trieb.

Nachdem ich frisch angezogen meine erste selbst gesteuerte Schleifenfahrt hinter mich gebracht hatte, war ich zu dem Schluss gekommen, dass ich Schleifenfahrten liebte. Mir gefiel, dass die Durchführung ganz ohne magische Anstrengung, nur durch das Betätigen von Knöpfen funktionierte. Doch verliebt hatte ich mich in dieses Gefühl des Schwebens, das viel länger als bei einem Ortssprung dauerte. Ich hatte fast zehn Sekunden gezählt, dann waren Elvon und ich in der dreizehnten Schleife gelandet.

Genauer gesagt in einer riesigen Tropfsteinhöhle, deren stetiges Plitsch-Platsch einen beruhigenden Kontrast zu den seltsam gruselig geformten Nebelwolken bildete.

Als ich Elvon mein Unbehagen mitteilte, lachte er. »Wenn dir das schon Angst macht, solltest du dich bei der Mission auf einiges gefasst machen. Es gibt Schleifen, die nicht einmal Böden haben. Du würdest dort entweder kopfüber herumschweben oder unendlich tief fallen.«

Ich erwiderte nichts darauf, spürte aber, wie meine Angst vor der Reise deutlich zunahm.

Wir waren bereits eine gefühlte Ewigkeit durch Pfützen und um Stalaktiten und Stalagmiten gewandert, als Elvon vor einem großen See, der plötzlich hinter der letzten Biegung aufgetaucht war, stehen blieb.

Warum waren wir nicht gleich hierhergefahren, anstatt endlos durch diese Höhle zu wandern, immer in dem Versuch möglichst trocken zu bleiben? Ich stellte die Frage natürlich nicht, sondern betrachtete respektvoll die große, silbrig glitzernde Wasseroberfläche vor uns.

»Das ist der Orakelsee«, flüsterte Elvon. »Den Namen hat er von einem Augenschön aus dem alten Griechenland, das uns weismachen wollte, der See wäre das Orakel von Delphi in verwandelter Form.« Er trat an das Ufer, an dem sich leichte Wellen geräuschlos an den Stalagmiten und den Säulen brachen. »Du wirst jetzt erst die Prophezeiung zum *Herzen der Zeit* und dann die Prophezeiung zu eurer Mission zu hören bekommen. Den Sinn und Fragen klären wir erst hinterher. Vergiss bitte nicht: Während die Prophezeiungen verkündet werden, darf man nicht sprechen.«

Ein ehrfürchtiges Kribbeln stieg in mir auf, als ich beobachtete, wie Elvon in die Hocke ging, seine Hände ins Wasser steckte und einen merkwürdigen Singsang anstimmte.

»Weisheit gibt Stärke,
Wissen ist Macht,
Prophezeiungen deiner Werke, verleihe uns Kraft!

Wiederhole vor Unendlichkeit,
mit Wille zu nützen,

die Prophezeiung zum *Herzen der Zeit*, ebenso wie wir es schützen!

Orakelsee teile deine Weisheit

Elvon stand auf, ging die paar Schritte zurück und stellte sich neben mich. Ich folgte seinem Blick zur tiefsten Stelle in der Mitte des Sees und starrte genauso gebannt wie er darauf. Ein Gurgeln ertönte und hallte in der Höhle wider, als eine dichte Wolke aus dem Nebel des Sees emporstieg und die Gestalt einer jungen Frau annahm.

Erschrocken zuckte ich zurück. Die Frau sah aus wie … Aber das konnte unmöglich sein!

Ich schaute beunruhigt zu Elvon, der den Finger an die Lippen gelegt hatte und mir bedeutete, leise zu sein. Widerstrebend wandte ich meinen Blick zu der Frau, die eigentlich noch ein Mädchen war. Der Nebel wehte um die Gestalt herum, die auf dem Wasser zu stehen schien, ihre Beine verloren sich jedoch in den grauen Wolken.

Ich blinzelte, um nicht in Tränen auszubrechen.

Da vorn, in der Gestalt eines Geistes, stand, wunderschön und bezaubernd wie ich sie in Erinnerung hatte, Evie. Sie hob ihre Arme, als wolle sie mich umarmen, und öffnete den Mund. Die Stimme, die jetzt sprach, war jedoch nicht die meiner Schwester.

Man konnte gar nicht von einer Stimme reden, es hörte sich eher an wie viele verschiedene, die mit ihrem synchronen Geflüster in mein Hirn eindrangen und alle Gedanken stilllegten, sodass ich nur noch dem gemurmelten Sprechgesang lauschen konnte.

»Prophezeiung über das *Herz der Zeit*

Strebst nach Erhebung der Werte,
Willst finden Größe in der Macht,
lenken, des Vergangenen, Geschehenden und Werdenden;
helfend, wenn die Sonne lacht.

Brauchst eine reine Seele,
führend zum Ort zwischen Unendlichkeit,
Koste nicht vom heiligen Sterne,
wirst erlangen alles mit dem *Herzen der Zeit.*

Doch wisse, wer wagt
einen Kampf von Bosheit gebracht,
von Rache verätzt,
zerstört ist mehr als eine Schlacht.«

Nach diesen verworrenen und verwirrenden Versen sank Evie mit einem leichten Kräuseln der Wasseroberfläche zurück in den See, nur um zwei Sekunden später mit einem ruhigen Lächeln wieder aufzutauchen. Diesmal war ich vorbereitet, und als die Stimmen erneut zu flüstern begannen, konnte ich mich besser auf den Inhalt konzentrieren.

»Vom einen verehrt, von anderen begehrt;
das *Herz der Zeit* alle Macht zehrt.
Auf dem Weg über den furchendurchzogenen
Graben,
die Nacht bekanntlich will sich erlaben.

Des Baumes jüngster Zweig und des Wassers
Sohn
abwenden sollen das Unheil von der Welten
Thron;
ein Magigant euer Trumpf soll sein,
aufbrechen nach seiner Ankunft und Monaten
dreien.

Drum erhebt euch auf goldgleichen Schwingen,
Lautstarke Glocken auf der Reise werden klingen.
In Tiefen fallen, auf Höhen steigen;
im Blutgewand das Ende wird sich zeigen.«

Als die letzten Worte verklangen, lächelte Evie mich traurig an und das mir so sehr vertraute Grübchen

in ihrer Wange erschien. »Lucy«, das geflüsterte Wort kam nicht mehr von den hundert Stimmen. Nein, es war Evies Stimme, die es gesagt hatte.
Ich erstarrte und konnte mich nicht von der Stelle rühren.

»Wenn dein Leben sich beginnt zu beugen,
demütig vor der Finsternis nieder;
Wenn dein Herz sich nicht weiter kann sträuben,
der Tod dich will holen – wieder;

Wenn du Entscheidungen zu treffen hast,
die richten über Leben und Tod;
Wenn du wählen musst die Last,
die bleiben wird, auch wenn du bist fort;

Dann bedenke die Lügen dieser Welt,
auch wenn das richtig Scheinende dir wird nahegelegt;

Da der Maßstab von gut und schlecht hier nicht zählt,
wähle, was dein Herz dir zu sagen pflegt.«

Die letzten warnenden Worte Evies verklangen und ihre Geistgestalt versank endgültig zurück im See.
Ich merkte erst, dass mir eisige Tränen stumm über die Wangen rollten, als Elvon mir ein Taschentuch reichte. Ich wischte mir das Gesicht trocken und schnäuzte mich gründlich.

»Ich … wie konnte … da war …«

Elvon unterbrach mein wirres Gestammel. »Das Orakel erscheint bei jedem in einer anderen Gestalt. Es kann jemand sein, der dem Augenschön sehr nahestand oder den es sehr vermisst. Aber immer ist die erscheinende Person tot.«

»Es … bei mir war es meine Schwester. Und nach den beiden Prophezeiungen … ich glaube, sie hat mir noch eine Warnung mit auf den Weg gegeben.«

Elvon hob überrascht die Augenbrauen. »Tatsächlich? Nun, dann solltest du dir ihre Worte gut merken und bei Gelegenheit ihre Warnung beachten.«

Ich steckte das benutzte Taschentuch in meine Tasche und Elvon holte seine Omunalisuhr aus seiner.

»Es ist schon halb zwölf. Ich könnte dir noch die Prophezeiungen erklären, aber ich würde eher empfehlen, dass du dich vor deiner großen Zeitfahrt in die Äußeren Schleifen noch kurz ausruhst und dich vom Training und den aufwühlenden Erlebnissen erholst«, er lächelte aufmunternd. »Auch Nocturnals müssen sich zwischendurch entspannen und ihre Energieressourcen auffüllen.«

Wie recht er doch hatte. Neben Ausruhen war die größte Aufgabe in der nächsten halben Stunde, mich gedanklich schon einmal darauf vorzubereiten, zwei ganze Stunden mit Atlas zu verbringen.

Nach einer ausgiebigen warmen Dusche stand ich um Viertel vor zwölf vor dem Haupteingang des Verwaltungsgebäudes. Von Atlas war noch nichts zu sehen, also lehnte ich mich an die Hauswand und musste wohl oder übel auf die von mir zerstörte Wiese sehen.

Die verkohlten Zielscheibenskelette waren inzwischen durch Neue ausgetauscht worden. Zum Verschließen der Risse oder zum Nachwachsenlassen des Grases war noch keiner gekommen, obwohl das für Leute, die Bäume wachsen lassen konnten, doch eigentlich ein Kinderspiel sein müsste.

Wenn ich ehrlich war, sah die Wiese verdammt ... hässlich aus.

»Wenn ich ehrlich bin, Izzy, sieht die Wiese verdammt ... hässlich aus.«

Ich wirbelte herum. Oh mein Gott, falls Atlas meine Gedanken lesen konnte, musste er mich für wirklich bescheuert halten. Denn das Erste, was mir bei seinem Anblick durch den Kopf schoss, waren wie üblich ein Haufen Komplimente über sein Aussehen. Er sah besser aus als jeder Engel.

Hallo Atlas, sagte ich in Gedanken, *falls du mich hören kannst, ich bin nicht so dämlich, wie du vermutlich denkst.*

In Wirklichkeit sagte ich: »Oh, hallo Atlas. Das mit der Wiese war keine Absicht.«

Atlas ließ seinen Blick über die Wiese streifen und grinste dann überlegen. »Eigentlich kannst du nichts dafür. Es ist kein Wunder, dass du deine magische Kraft nicht im Griff hast, so unvorbereitet, wie du bist.«

»Ach ja?«, tönte ich hochnäsig. »Von dir habe ich

allerdings auch schon ganz abenteuerliche Geschichten über diverse große Magieausbrüche gehört.«

Atlas zog eine Augenbraue in die Höhe. Verärgert über mich selbst verschränkte ich die Arme vor der Brust.

Warum hatte ich nicht einfach den Mund gehalten? Harvey hatte uns doch davor gewarnt, Atlas oder James darauf anzusprechen.

»Du bist wohl auch eines der üblichen oberflächlichen Mädchen, die dem Getratsche glauben.«

Verzweifelt öffnete ich den Mund, um ihm zu widersprechen. Ich glaubte natürlich nicht all das Getratsche. Doch ich konnte nicht vermeiden, dass meine Antwort etwas giftig klang. »Interessant, wie schnell du dir eine Meinung über mich gebildet hast. Vor allem in Anbetracht der Tatsache, dass du mich überhaupt nicht kennst.«

Atlas musterte mich. »Viel Gelegenheit dazu hatte ich auch noch nicht.«

»Oh stimmt, das hatte ich ganz vergessen.« Mein Ton war kalt und abweisend, denn ich wollte nicht zeigen, wie sehr mich seine vorigen Worte verletzt hatten. Ich lehnte mich wieder gegen die Wand, wie ich es schon vorhin getan hatte. »Du bist ja zu beschäftigt damit, allen zu erzählen, dass ich viel zu schlecht für den Auftrag bin und euch nur behindern würde. Außerdem musst du dir noch verschiedene Arten überlegen, mich zu ärgern und zu beleidigen und möglichst bei meiner Anwesenheit aus dem Raum zu verschwinden. Da hast du natürlich keine Zeit, mich näher kennenzulernen.«

»Kann es sein, dass du aus einem unerfindlichen Grund wütend auf mich bist?« Er wirkte ehrlich verwundert.

Verärgert presste ich die Lippen aufeinander. Entweder er kannte die Antwort selbst oder er würde keine bekommen. Von mir jedenfalls nicht.

Atlas holte seine Omunalisuhr aus der Tasche.

Überrascht schaute ich sie mir an. Es war ein wirklich schönes Exemplar, silberfarben und mit einem eingravierten achtzackigen Stern, in dessen Mitte ein goldener Stein eingelassen war.

»Fünf vor zwölf«, stellte er fest, nachdem er einen Blick darauf geworfen hatte. »Wir sollten jetzt wirklich losfahren.«

»Losfliegen«, murmelte ich und holte meine eigene Omunalisuhr aus der Tasche.« Ich meine damit das Gefühl, das man bei einer Schleifenfahrt hat«, ergänzte ich rasch.

»Du bist schon in den Schleifen gefahren?« Er schien überrascht zu sein.

»Ja, vorhin. Jedenfalls das erste Mal alleine. Elvon war mit mir beim Orakelsee und ich habe mir die Prophezeiungen angehört.«

»Bist du aus ihnen schlau geworden?«

Unter der Dusche hatte ich versucht, die paar gedichteten Zeilen zu interpretieren.

»Einen Teil der Prophezeiung über den Auftrag konnte ich einigermaßen nachvollziehen«, erklärte ich. Die Verse, die James, Atlas und mich beschrieben, waren nicht besonders schwer zu verstehen. Nebenbei hatte ich auch noch erfahren können, dass Atlas' göttlicher Elternteil etwas mit Wasser zu tun hatte. Obwohl, eigentlich hatte der Schwall Wasser bei seinem Ortssprung im Speisesaal das bereits verraten, ebenso wie der Zweig gezeigt hatte, dass James wohl von einer Pflanzengottheit cyniert worden war.

»Die andere Prophezeiung hat mir nicht viel gesagt. Was genau soll das *Herz der Zeit* eigentlich sein?«

Eines musste man dieser seltsamen Welt der Augenschönen lassen, mystische Worte und verstörende Dichtungen gab es hier zur Genüge.

»Außerdem habe ich immer noch keine Ahnung, worum es bei dieser großen Mission überhaupt geht. Nach Bücherstehlen klingt es jedenfalls nicht.«

Wenn überhaupt, sollte mir Atlas Antworten geben können, und ich wartete gespannt.

Doch zu meinem Bedauern schüttelte er den Kopf. »Wir haben jetzt keine Zeit für deine Fragen. Wir müssen los, es ist gleich zwölf Uhr. Und falls du es vergessen haben solltest, bei dem Auftrag geht's gleich wirklich darum, ein Buch aus einer Londoner Bibliothek zu entwenden.«

Erneut etwas beleidigt drehte ich, möglichst lässig, an meiner Omunalisuhr, stellte die fünfzehnte Schleife ein und versuchte, genauso cool zu verschwinden. Vielleicht war es etwas zu lässig, denn bei meinem Verschwinden wurde ich rücklings umgerissen und beim Fliegen so herumgewirbelt, dass mein Magen sich umstülpte.

Was würde passieren, wenn sich in dieser gleißenden Zwischenfahrtsstrecke jemand übergeben musste? Ich dachte lieber nicht länger darüber nach, sonst würde ich es bald selbst herausfinden.

Mit einem Purzelbaum wurde ich in der fünfzehnten Schleife ausgespuckt und landete ächzend vor Mr Starrsons Füßen.

»Hoppla!«, rief dieser überrascht aus.

Hoppla passte gut. Ich richtete mich auf und wurde sofort wieder umgestoßen, als Atlas neben mir in einem türkisfarbenen Leuchten auftauchte. Er beachtete mich jedoch gar nicht, sondern wandte sich sofort an Mr Starrson.

»Entschuldigen Sie bitte, dass wir zu spät kommen. Bei Izzy gab es gewisse Komplikationen.«

Wütend zog ich die Augenbrauen zusammen. Warum schob er die Schuld auf mich? Im Übrigen waren wir nur eine Minute zu spät gekommen.War Atlas' zweiter Vorname normalerweise »absolute Pünktlichkeit«?

Langsam begann ich mich wirklich zu fragen, was ich die ganzen Monate an ihm gefunden hatte. Die meiste Zeit beleidigte er mich doch bloß oder ließ mich schlecht dastehen. Allerdings musste ich ihn auch jetzt nur ansehen und spürte sofort ein warmes Kribbeln in meinem Bauch. Um mich abzulenken, richtete ich mich zum zweiten Mal auf, diesmal ohne erneut umgeschubst zu werden, und sah mich um. Die fünfzehnte Schleife hatte zum Glück mehr Ähnlichkeiten mit der vierten, als es die dreizehnte gehabt hatte.

Wir waren in einem großen holzgetäfelten Zimmer gelandet. An den Wänden standen hellbraune Schränke, die sich mit großen Fenstern abwechselten, durch die ich hellen blauen Himmel erkennen konnte. In der Mitte des Raumes, knapp neben unserem Landeplatz, stand ein runder Tisch, um den sich außer Mr Starrson auch noch Tatjana und Mr Honk scharten. Beide hatten sich durch unser Auftauchen gar nicht stören lassen, sondern diskutierten leise miteinander und deuteten immer wieder auf die im Holz des Tisches eingelassene Weltkarte. Mr Honk und auch Atlas hatten sich inzwischen zu ihnen gesellt und beteiligten sich ebenfalls an ihrem Gespräch.

Ich schien niemanden mehr zu interessieren, also trat ich an das Fenster, gespannt, ob dieses Gebäude, ebenso wie die Häuser in unserer vierten Schleife, auf einem Hof oder einer Wiese stand.

Als ich jedoch einen Blick hinauswarf, wäre ich am liebsten erschrocken wieder zurückgesprungen. Der blaue Himmel war ein trügender Schein. Das helle wolkenlose Blau verwandelte sich zehn Meter tiefer in pechschwarze Wolken, die meilenweit nach unten zu reichen und kein Ende zu nehmen schienen. Die vierte Schleife war mir langsam aber sicher die liebste aller Schleifen.

Ein keckerndes Lachen ließ mich überrascht herumfahren. Ich sah gerade noch, wie sich eine alte Frau am anderen Ende des Raumes aus dem Nichts materialisierte und ein weiteres keckernd glucksendes Lachen ausstieß.

Ich starrte die Frau an und sie starrte aus ihren Glubschaugen stumm zurück. Sie war mehr als einen Kopf kleiner als ich und hatte eine wohlgenährte, runde Form. Die hellblaue Schürze und das altrosa Kleid aus einfachem Stoff, das mit kleinen bunten Schleifchen geschmückt war, verliehen ihr ein niedliches Aussehen. Ihre langen, grauweißen Haare hatte sie am Hinterkopf zu einem strengen Dutt gebunden. Genau so einen hatte meine Großmutter getragen. Doch er verlieh der Fremden keine respekteinflößende oder gar ängstigende Strenge, wie es bei meiner Großmutter der Fall gewesen war. Uns Kindern hatten ihr Aussehen und ihre Art bei jedem ihrer Besuche ein eingeschüchtertes Zittern beschert.

All das war es aber nicht, was mich die Unbekannte so unhöflich anstarren ließ. Der Grund war ihr Gesicht. Es war ein Gesicht von der Sorte, das man, obwohl man es nur einmal im Leben gesehen hat, nie mehr vergessen würde. Die Haut der Frau war überzogen mit Millionen hauchdünner Falten, die um den Mund und die Augen größer waren und auf eine häufig lachende Person hinwiesen. Ihre wässrigen kleinen Augen waren kugelrund und ihre hellblaue Iris in dem milchigen Mattweiß ließ ihr

Gesicht noch älter wirken.

Weil sie mir auf Anhieb sympathisch erschien und ich sie ohnehin nicht besonders freundlich und höflich empfangen und angestarrt hatte, schenkte ich ihr wenigstens nun mein schönstes Lächeln.

Als die Frau das sah, weiteten sich ihre Augen und auch ihr Mund verzog sich zu einem breiten, überschwänglich glücklichen Lächeln.

Tatjana trat neben sie und legte ihr eine Hand auf die Schulter, was die Frau gar nicht zu bemerken schien. Sie strahlte mich weiterhin überglücklich an.

»Das ist Sellja«, stellte Tatjana sie vor. »Sie ist eine auf Kleidung und Historik spezialisierte Dromedin. Normalerweise arbeitet sie mit ihren Kolleginnen in der sechsten Schleife für uns und stattet die jeweiligen Fahrer, die eine Aufgabe in den Äußeren Schleifen erfüllen müssen, mit der dem Jahr entsprechenden Kleidung aus. Da deine Veränderung jedoch nicht besonders aufwendig sein wird, haben wir sie gebeten, sie hier auszuführen. Dromeden sind übrigens taub und stumm. Die einzigen Laute, mit denen sie sich ausdrücken können, ist ihr Lachen.«

Sellja grinste immer noch. Tatjana tippte ihr auf die Schulter und zeigte, nachdem Sellja sich widerwillig von mir ihr zugewandt hatte, auf eine in der Vertäfelung verborgene Tür. Sellja nickte, watschelte in einem süßen, plumpen Gang auf mich zu, nahm meine Hand und führte mich in denselben schaukelnden Schritten auf die Tür zu.

»Sie wird dich jetzt für die Fahrt ausstaffieren«,

rief mir Tatjana noch nach, da schloss Sellja auch schon die Tür hinter uns und führte mich in den Raum. Hier ließ sie meine Hand los und bückte sich nach einer rosafarbenen Stofftasche, die genau zu ihrem Kleid passte und die sie vermutlich mitgebracht hatte.

Erstaunt sah ich mich in dem Zimmer um, das dem meiner Schneiderin im 17. Jahrhundert nicht unähnlich war. Ein großer Spiegel zierte die hintere Wand; im ganzen Raum standen Stühle und Tische, die als Ablage für Stoffe, Bänder, Hüte und fertige Kleidungsstücke dienten. Auf einem der Tische lagen sogar die Fläschchen und Tuben, die ich auch in meinem Spiegelbadschrank entdeckt hatte und deren Sinn und Zweck Rose mir versucht hatte zu erklären. Ich hatte so viel verstanden, dass es sich um Schminke und Nagellack handelte und dass sich die Mode diesbezüglich in der Zukunft stark verändert hatte. Rose hatte einen der farbigen Lacke für die Nägel direkt bei mir ausprobieren wollen, aber aus Angst, am Ende genauso bunte Nägel zu haben wie meine Freundin, hatte ich mich vehement geweigert.

Sellja hatte inzwischen verschiedene Kleidungsstücke aus ihrer Tasche gezogen und stapelte sie fein säuberlich auf einem der überfüllten Tische. Die ganze Zeit hörte sie nicht auf, zu lächeln. Ich fragte mich, warum Atlas nicht auch umgezogen und umfrisiert werden musste, als mir die Antwort mit etwas Verspätung einfiel. Sein weißes Oberteil hatte einen etwas anderen Schnitt gehabt und war ohne

Augenaufdruck gewesen. Seine Hose, Lederjacke und kurze Frisur hatten bestimmt ebenfalls bereits der Mode des 21. Jahrhunderts entsprochen, wenn er dort aufgewachsen war.

Als Sellja mir grinsend eine blaue Jeans und ein hellgrünes Oberteil unter die Nase hielt, war mir klar, dass meine Umgestaltung offensichtlich aufwendiger sein würde. Zögernd nahm ich die Kleidungsstücke entgegen und blickte zur Tür. Würde ich mich hier einfach umziehen können oder würde jemand, vielleicht sogar ausgerechnet Atlas, hereinkommen, während ich in Unterwäsche dastand?

Die niedliche Dromedin schien mein Unbehagen zu spüren, wackelte auf die Tür zu und positionierte sich lächelnd davor. Ich grinste erleichtert zurück und begann hastig, mich umzuziehen.

Als ich die hautenge blaue Hose und das hellgrüne Oberteil, das sich als schulterfreies, flatterndes Top herausstellte, angezogen hatte, war ich irgendwie froh, dass ich nicht zu der Zeit gelebt hatte, als man diese Art von Kleidung als normal empfand. Welcher vernünftige Mensch kam denn auf die Idee, in seine Hose freiwillig Löcher und Risse zu machen? Und hätte irgendjemand zu meiner Zeit so viel Haut von sich gezeigt, wie ich es mit diesem Top tat, hätte es einen riesigen Skandal ausgelöst.

Sellja verließ ihren Wächterposten an der Tür und dirigierte mich zu einem der nur mit wenig Stoff bedeckten Stühle, auf dem ich mich auf ihren Wink hin niederließ. Etwas bang sah ich zu, wie sie sich einige der Schminksachen schnappte und mein Gesicht unter die Lupe nahm. Allerdings ließ sie bereits nach kaum zwei Sekunden von mir ab, ohne eine einzige der Schminksachen benutzt zu haben.

Erst überlegte ich, was das sollte, bis mir einfiel, was Rose noch gesagt hatte. »Eigentlich ist es ja sinnlos sich zu schminken, da Augenschöne immer perfekt aussehen. Das liegt in unserer Natur. Wie bei … Sirenen. Immerwährend schön, da braucht man keine Schminke. Wahrscheinlich ist es nur der Wunsch nach Normalität, der das manche Mädchen machen lässt. Damit wir den Menschen ähnlicher sind aber, wie gesagt, wir sehen ohne Schminke von Natur aus wunderschön aus. Auch unsere Haare sehen immer perfekt aus. Du musst sie also eigentlich gar nicht bürsten. Nicht mal zwanzig Sekunden und sie sehen perfekt gekämmt aus.«

Letzteres hatte ich bereits miterlebt.

Als ich mich zum ersten Mal richtig eingehend im Spiegel betrachtete, fiel mir auf, dass die dichten schwarzen Wimpern noch betonter waren, als schon zuvor in meinem alten Leben, und sich als weicher Halbkranz um meine Augen schmiegten. Meine Wangen hatten einen zusätzlichen zarten Rosaton bekommen, was mich etwas unschuldig wirken ließ, was von dem leichten Glänzen meiner geschwungenen Lippen noch unterstrichen wurde. Auch wenn es vielleicht eingebildet klang, doch ja … ich fand mich selbst richtig schön.

Sellja schlang derweil meine Haare an meinem

Hinterkopf zusammen und fixierte sie mit etlichen winzigen Spangen. Der seltsam lockere Dutt hatte eine voluminösere Form, als ich es gewohnt war. Ich fragte mich, wie diese Frisur auch nur ein paar Minuten halten sollte. Die Antwort wurde mir recht schnell klar, als eine ordentliche Ladung aus einer Sprühdose auf meinem Kopf landete, die meine Haare seltsam erstarren ließ.

Es klopfte energisch an der Tür und Mr Honk steckte den Kopf herein.

Ich runzelte die Stirn. Jeder höflich erzogene Mann wusste doch, dass man nicht einfach so in das Ankleidezimmer einer Dame hereinplatzte.

Entweder bemerkte Mr Honk meine Empörung nicht oder aber sie war ihm egal. Er stellte einfach ein kleines weißes Kästchen auf den Tisch und öffnete es. Es befanden sich zwei wässrig-grüne kleine Dinger darin, die in einer durchsichtigen Flüssigkeit schwammen.

»Das sind Kontaktlinsen«, erklärte er mir, während Sellja die seltsamen Teilchen aus dem Kästchen nahm und sich mit ihnen meinen Augen näherte.

»Sie haben eine gewöhnliche grüne Farbe, die gut dazu geeignet ist, dein auffälliges Gold zu verbergen.«

Als Sellja die erste der glitschigen Kontaktlinsen in mein Auge einsetzte, blinzelte ich aus einem natürlichen Abwehrreflex.

»Braun wäre sicher noch unauffälliger für dich gewesen, aber unser Vorrat an braunen Linsen ist bedauerlicherweise aufgebraucht«, setzte Mr Honk hinzu.

Die Dromedin platzierte geschickt auch die zweite Linse, klappte das Kästchen mit einem endgültig klingenden Knall zu, reichte es Mr Honk und packte ihre Tasche zusammen.

Vom langen Sitzen etwas wackelig auf den Beinen stützte ich mich an einem der Tische ab und betrachtete mich erneut eingehend im Spiegel. Die Person, die mir da entgegenblickte, schien mir fremd, zumal meine sonst so strahlenden, typbestimmenden goldenen Augen fehlten.

Warum hatte es diese farbigen Kontaktlinsen nicht schon früher gegeben? Mein Leben hätte mit ihnen so viel schöner und unkomplizierter verlaufen können. Niemand wäre mir aufgrund meiner Augenfarbe aus dem Weg gegangen.

Mr Honk riss mich mit einem Räuspern aus meinen zu nichts führenden Gedanken und geleitete mich zur Tür. Ich warf einen letzten lächelnden Blick über die Schulter, der Sellja meine Dankbarkeit zeigen sollte, und hoffte, dass sie ihn noch mitbekommen hatte, bevor sie sich ins Nichts entmaterialisierte.

»Eure Aufgabe wird es sein, das Buch »England im 15. Jahrhundert« ohne großes Aufsehen aus der Privatbibliothek eines gewissen Mr Marlose zu holen. Soweit wir wissen, befindet sich sein Haus in der Liberty Street Nummer 21. Wir werden euch auf der Oxford Street in die Äußeren Schleifen treten lassen, da dies ein recht belebter und somit idealer Ort ist, um unbemerkt aufzutauchen. Dort werdet ihr euch, wenn ihr das Buch habt, nach zwei Stunden erneut einfinden und die Fahrt zum Überwechseln in die Inneren Schleifen antreten. Vergesst nicht, das Schleifenfahrtsportal lässt sich nur entsprechend der eingestellten Zeit benutzen. Also nur alle zwei Stunden.«

Ich nickte, als ich Mr Starrsons fragenden Blick bemerkte.

»Ihr werdet um 14 Uhr am 12. Mai im Jahr 2019 landen und somit um 16 Uhr die Überfahrt zurück antreten. Solltet ihr die Öffnung des Portals verpassen, werdet ihr erst um 18 Uhr eine erneute Gelegenheit haben.« Mr Starrson wandte sich wieder mit seinem eindringlichen Blick an mich. »Und du, Lucy, hältst dich immer an Atlas. Nicht auszudenken, was dir alles zustoßen könnte, wenn ihr euch verlieren würdet! Falls dieser Fall aber doch eintreten sollte, läufst du einfach zurück zu der Stelle, an der ihr in London gelandet seid, und wartest auf die Öffnung des Zeitportals. Deine Omunalisuhr wird dir diesen Moment ankündigen.«

Während der Nele alles erklärte, hörte ich angestrengt zu und versuchte mir all die Warnungen und Informationen zu merken. Allerdings war das gar nicht so einfach, da Atlas' Nähe – er stand vielleicht fünf Zentimeter von mir entfernt und hörte den Anweisungen eher gelangweilt zu – die Wildpferdherde in mir zu einem wilden Galopp verleitete.

»Und was wäre, wenn ich diese … Oxdingens Street nicht wiederfinden würde?« Mein Tonfall klang leicht hysterisch. »Werde ich dann für immer in London herumirren?«

Mr Starrson schüttelte den Kopf. »Falls du dich verirren solltest, werden wir eine Sucheskorte hinter dir herschicken. Keine Sorge, sie würde dich auf jeden Fall aufspüren. Und zu deiner zweiten Frage, ein Augenschön kann nicht länger als achtundvierzig Stunden, also zwei Tage, in derselben Äußeren Zeitschleife verbringen. Bei einer Überschreitung dieser Zeitspanne wird man in eine beliebige Innere Schleife geworfen. Bis jetzt ist es noch keinem Augenschön gelungen, von einem überschrittenen Aufenthalt zurück in unsere Schleifen zu kehren. Wir vermuten, dass die Nächtlichen Geschöpfe und ihre … nun … äh …Verbündeten sich dieses In-eine-beliebige-Schleife-Fahrt-System zunutze machen konnten und die betroffenen Augenschönen abfangen können. Somit ist es äußerst gefährlich, zu lange Zeit in einer Äußeren Schleife zu verbringen.«

Schon wieder war die Rede von den Nächtlichen Geschöpfen und ich gewann immer mehr den Eindruck, dass sie so etwas wie die natürlichen Feinde der Augenschönen waren.

»So weit, so klar?« Mr Starrson musterte mich aufmerksam.

»Ja«, log ich. Es musste nicht jeder wissen, dass die Aufnahmekapazität meines Gehirns gerade mal wieder entschieden überfordert war.

Auch Atlas warf mir einen kurzen Blick zu und ich hatte das ungute Gefühl, dass er es vielleicht doch wusste.

Ich schlug hastig die Augen nieder und betrachtete scheinbar interessiert meine Schuhe. Als ob es nicht schon peinlich genug gewesen wäre, sein spöttisches Lachen zu hören, als ich mit dem mir nicht vertrauten Dutt fast an dem niedrigen Türrahmen hängen geblieben war und ein drittes Zu-Boden-Gehen gerade noch hatte vermeiden können.

Er hatte gut reden. Mit seinen kurzen Haaren hatte er solche Probleme natürlich nicht.

Wenigstens hatte mir Mr Starrson ein Kompliment gemacht, das die Röte aus meinem Gesicht vertrieben hatte.

»Die Mode des 21. Jahrhunderts steht dir ausgesprochen gut, Lucy. Und mit den Frisuren wirst du auch noch klarkommen.«

Leider hatte Atlas daraufhin nur noch mehr gelacht und erst damit aufgehört, als Tatjana ihn mit den Worten. »Also wirklich, Atlas, man lacht doch eine junge Dame nicht aus!«, zurechtgewiesen hatte.

Aus welchem Jahr Tatjana wohl hierhergekommen war?

Mr Honk streckte die Hand aus.

»Kann ich eure Omunalisuhren bitte mal haben?«

Verwirrt reichte ich ihm meine und sah zu, wie er zuerst an den Rädchen von Atlas' Uhr und anschließend auch an denen meiner Uhr drehte.

»Er stellt den Tag, die Uhrzeit und das Jahr ein«, informierte mich Tatjana.

Nachdem dies bei beiden Uhren erfolgt war, ließ Mr Honk sie in eine kleine Vertiefung im Tisch sinken, sodass nur noch die beiden bronze- und silberfarbenen Ketten heraushingen. Atlas griff sich seine Kette und hielt sie fest, ließ die Omunalisuhr jedoch in der Vertiefung liegen, die angefangen hatte, grau zu schimmern.

Weil mir nichts anderes einfiel, tat ich es Atlas gleich, und da niemand mich davon abhielt, nahm ich an, dass es richtig gewesen war.

Mr Honk fummelte an einer Art Tastatur herum, die neben der Vertiefung angebracht war. Auf der Weltkarte leuchtete ein kleiner roter Punkt in der grünen Englandfläche auf, wohl dort, wo London sein musste.

»Halt deine Uhr gut fest, Lucy«, ermahnte mich Mr Honk, »wenn du sie loslässt, wirst du in irgendeiner Äußeren oder Inneren Zeitschleife ausgespuckt und wärst verloren. Ach, und noch etwas, die Fahrt wird länger dauern als eine Fahrt zwischen den Inneren Schleifen.«

Umso besser. Hoffentlich würde ich auch dasselbe Schwebegefühl erleben.

Mr Honk blinzelte uns aus seinen kastanienbraunen Augen zu. »Bereit für das 21. Jahrhundert?«

»Da bin ich mir noch nicht so sicher«, murmelte ich, doch da erklang bereits ein Geräusch, das sich wie das Flügelschlagen eines großen Vogels anhörte, und schon wurde ich in den Strudel von gleißend hellem Licht gerissen.

Ich klammerte mich so fest an die dünne Kette meiner Omunalisuhr, die ich in dem hellen Licht genauso wenig erkennen konnte, wie den Rest meines Körpers, dass sie mir schmerzhaft ins Fleisch schnitt.

Diesmal wurde ich zum Glück nicht so herumgewirbelt wie bei meiner letzten Schleifenfahrt. Ich konnte meinen Schwebe-fliege-Zustand aufrecht und ohne Übelkeit genießen.

Ich fragte mich, ob sich Atlas irgendwo neben mir befand und ob er dieses Gefühl auch so toll fand wie ich. Oder war er schon so oft gefahren, dass es sich für ihn wie etwas Alltägliches anfühlte? Wie oft war er wohl schon in den Äußeren Schleifen gewesen? War er auch einmal mit dem blonden Mädchen – wie hatte Harvey sie genannt? Annelie? Nein, Amelie! – War er mit ihr auch für einen Auftrag in die Äußeren Schleifen gefahren?

Der Gedanke machte mich irgendwie wütend. Genauer, er machte mich ziemlich eifersüchtig.

Da vernahm ich erneut das Flügelschlaggeräusch und landete im nächsten Moment sanft auf festem Boden.

Auch ein stummer Mund kann gesprochen haben –
dann, wenn ihn die Tat des Übrigen bewegt hat.

(Rollje; Dromedin)

Kapitel 15

Es war immer noch seltsam, dass mein Unterbewusstsein Dinge wusste und Erklärungen zu allem Unbekannten parat hatte, von dem ich eigentlich keine Ahnung haben konnte. Noch seltsamer war es allerdings, etwas Schwarzes, Schnelles an mir vorbeirauschen zu sehen, mich zu fragen, was zum Teufel das gewesen war – und dass ich es auf den zweiten Blick als gewöhnliches Taxi identifizieren konnte und das Gefühl hatte, es schon immer gekannt zu haben. Plötzlich erstaunte mich die Tatsache nicht mehr, dass es Gefährte gab, die ohne Tierkraft, sondern mit Benzin, Diesel oder Elektrizität vorankamen.

All diese Dinge schossen mir durch den Kopf, nachdem ich auf einem Gehweg mitten in London gelandet war. Mein nächster Gedanke war, dass die Leute aus der Zukunft alle einen großen Knall hatten. Vielleicht, weil die seltsam dicke und stickige Luft ihre Gehirne zerstört hatte?

Neben mir reihte sich Geschäft an Geschäft, aus denen bepackte Leute liefen, um so schnell wie möglich zum nächsten Eingang zu hetzen. Und auch ich war umgeben von hektisch voranpreschenden Menschen, die manchmal mehr, manchmal weniger mit

Einkaufstaschen beladen waren und von denen einige in rechteckige Teile quatschten, die sie an ihr Ohr hielten. *Handys*, schoss es mir durch den Kopf.

Von den schwarzen kleinen Taxis gab es hier ziemlich viele, nicht selten waren auch die roten Doppeldeckerbusse, die ab und an hielten und einen weiteren Schwall von Einkaufsverrückten auf die Oxdingens Street losließen.

Ich blickte mich in dem Getümmel suchend nach Atlas um und entdeckte ihn ungeduldig winkend ein paar Meter weiter im Eingang eines der Geschäfte. Wollte er jetzt etwa einkaufen?

»Darf ich fragen, was das wird, wenn es fertig ist?«, wollte ich von ihm wissen, nachdem er mich durch die Tür in das Gebäude gezogen hatte, und beobachtete ihn, wie er etwas aus einem der drehbaren Metallständer nahm.

»Da ich vermute, dass du genauso wenig wie ich weißt, wo die Liberty Street ist, kaufe ich uns einen Stadtplan«, erklärte er mir und ging zu dem Mann, der hinter einer Art Tresen hockte.

Mein Verstand übermittelte mir, dass dort die Kasse sein musste, und interessiert sah ich zu, wie Atlas den Plan mit einem mir noch unbekannten Schein bezahlte und von dem Verkäufer ein paar Münzen zurückbekam. Woher er wohl das Geld bekommen hatte? Auf jeden Fall war der Kauf eines Stadtplans eine gute Idee von ihm gewesen.

Atlas verließ den Laden schon wieder, und als ich ihn draußen gefunden hatte, war er bereits ins

Studieren des riesigen Faltplans vertieft.

Ich hatte das Gefühl, dass das nicht wirklich zu Mr Starrsons Vorstellung von »wichtig ist, dass ihr euch nicht verliert« passte.

»Merk dir die rote Telefonzelle, neben der wir gelandet sind«, wies Atlas mich an, ohne von der Karte aufzublicken. War er vorübergehend zum Nele mutiert, dass er mich so herumkommandierte?

Ich sah mich trotzdem nach besagter Telefonzelle um. Sie stand etwas versteckt, neben einem schmalen Eingang zu einer unbelebten Gasse, die zwischen zwei Läden hindurchführte.

Atlas faltete den Plan zusammen. »Ich verstehe nicht, warum sie uns nicht direkt zu diesem Haus geschickt haben«, murmelte er.

»Vielleicht, weil es dort keines dieser Schleifenfahrtsportale gibt?«, suchte ich nach einer Erklärung, stolz, dass ich mir den Begriff gemerkt hatte.

Atlas schüttelte den Kopf. »Die Portale gibt es von sich aus alleinstehend gar nicht. Sie werden erst durch die Fahrt in die Äußeren Schleifen errichtet. Man könnte sie auf jeden beliebigen Ort legen.«

»Dann wollten sie es uns vielleicht einfach nur schwerer machen. Es soll doch eine Übung für mich sein.«

»Vielleicht …« Doch Atlas klang nicht wirklich überzeugt. »In jedem Fall sollten wir jetzt los.«

Er marschierte so schnell voran in das Gedränge, dass ich Mühe hatte, mit ihm Schritt zu halten. Schon nach wenigen Metern hatte ich ihn aus den

Augen verloren. Verzweifelt sah ich mich nach ihm um.

»Atlas?!«, schrie ich gegen den Lärm an, der hier allgegenwärtig war.

Zu meiner großen Erleichterung tauchte er sofort zwischen zwei korpulenten, schwatzenden Frauen vor mir auf.

Ohne auf ihre verärgerten Beschimpfungen zu achten, drängte er sich zu mir durch. Er griff nach meiner rechten Hand und verschränkte seine Finger mit meinen.

»Es wäre ziemlich schlecht, wenn wir uns hier verlieren«, sprach er meinen vorigen Gedanken aus und zog mich schnell an den beleibten Frauen vorbei, die sich immer noch über Atlas' Verhalten aufregten.

»Die Jugend heutzutage wird immer dreister. Keine Rücksicht, keine Vorsicht, kein gar nichts! Ich frage mich, wohin das führen soll. Ach Olivia, stell dir vor, eine von diesen ungezogenen Gören wird eines Tages unser Premierminister sein! Ist das zu fassen?«

»Wie wahr, wie wahr. Vor nichts und niemandem haben diese Bengel Respekt. Vor nichts und niemandem!«,

Während mich Atlas auf dem belebten Gehweg hinter sich herzog, konnte ich mich auf nichts anderes mehr konzentrieren als auf seine warme, trockene Hand in meiner. Diese eine Berührung ließ meinen Körper so viel Adrenalin produzieren, dass ich locker hätte zwei Meilen rennen können.

Du solltest die Zeit doch eigentlich anders nutzen, wies ich mich selbst in Gedanken zurecht und versuchte stolpernd, mit Atlas‘ langen Schritten mitzuhalten.

»Du wolltest mir noch erklären, was es mit diesem *Herzen der Zeit* und unserem Auftrag auf sich hat«, keuchte ich.

Atlas verlangsamte seine Schritte etwas. »Eigentlich ist das nicht der richtige Augenblick dafür, aber was soll's«, seufzte er ergeben. »Das *Herz der Zeit* ist in gewisser Weise … das Mittelstück von allem. Es sorgt dafür, dass alles so geschieht, wie es geschieht.«

Ich blickte ihn verständnislos an. Ging es noch undeutlicher?

Atlas überlegte einen Moment und begann dann neu. »In der Geschichte dieser Welt geschehen doch immer wieder besondere Vorkommnisse. Mal gibt es einen Weltkrieg, mal wird ein großer wissenschaftlicher Vorstoß erzielt, mal fliegen die Menschen auf den Mond. Richtig?«

Ich nickte. Bis jetzt kam ich mit.

»Dabei gibt es Milliarden von diesen Vorkommnissen oder Geschehnissen. Die einen wichtiger, die anderen weniger wichtig. Zum Beispiel waren die ersten Schritte auf dem Mond wichtiger als der Name des Jungen, der zehn Jahre davor in einer englischen Straße gespielt hat. Wobei der Name und die verschiedenen Taten, die er vollbracht hat, nicht minder wichtig sind im Gefüge der Zeit. Wäre es ein anderer gewesen, wäre die Zukunft vielleicht auch eine ganz andere.«

Er zog mich durch einen Haufen von Tauben, die aufgeschreckt hochflogen und davonflatterten.

»Somit ist jedes Ereignis, jeder Name, jede Tat, auf die etwas anderes gefolgt ist, wichtig. Kennst du das Sprichwort, der Flügelschlag eines Schmetterlings könne einen Tornado am anderen Ende der Welt auslösen? Ungefähr so funktioniert dieses Prinzip. Alles kann alles Mögliche auslösen und darf deswegen nicht verändert werden. Es wäre also überaus gefährlich, diese Geschehnisse in der Vergangenheit und der Zukunft zu verändern oder zu verhindern. Wir Augenschöne können zwar durch fehlerhaftes Verhalten unsere eigene Geburt verhindern, doch das wäre nicht weiter schlimm.«

Nicht schlimm? Na danke schön! Entsetzt starrte ich sein Profil an, während ich mir vorzustellen versuchte, dass es mich und ihn nie gegeben hätte.

Doch Atlas lenkte mich ab, weil er bereits mit seinen Erklärungen fortfuhr. »Das liegt daran, dass Augenschöne in der gewöhnlichen Rangordnung der Welt ziemlich weit hinten stehen. Eigentlich sollten sie nämlich gar nicht existieren. Bei normalen Menschen ist das natürlich anders. Es ist beispielsweise unmöglich, die Geburt von Queen Elizabeth der Ersten aus irgendeinem Grund zu verhindern. Wir würden durch etwas aufgehalten werden, dass unser Vorhaben auf jeden Fall vereiteln würde. Wie das genau funktioniert, wissen wir allerdings nicht. Jedenfalls passiert es … warte mal kurz. Mir ist ein bisschen warm.«

Obwohl er doch derjenige war, der mich hinter sich herzog, blieb ich dennoch gehorsam stehen und sah zu, wie er sich aus seiner schwarzen Lederjacke schälte. Ich hatte mich bereits gewundert, wie er es darin aushielt, denn in meinem Top war es mir nicht gerade kalt geworden, sondern eigentlich eher angenehm warm und … Mein Denken setzte aus und ich starrte Atlas an.

Zum Glück erinnerte ich mich rechtzeitig daran, meinen Mund nicht verräterisch aufklappen zu lassen und ich schaute schnell auf den Boden. Wie konnte ein Mensch so viel gutes – nein, fantastisches! – Aussehen auf einmal haben?

Gleichzeitig wunderte ich mich über mich selbst. Gutes Aussehen hatte mir bisher noch nie etwas bedeutet. Genau genommen hatte ich immer gedacht, der Charakter, und die Sympathie, die einem ein anderer entgegenbrachte, und dergleichen würden bei mir Verliebtsein auslösen. Doch bei Atlas schien alles anders zu sein.

Betrachtete man sein arrogantes Verhalten, das er in den Inneren Schleifen mir gegenüber an den Tag legte, so konnte man das kaum als Sympathie bezeichnen. Mir kam er sogar ein bisschen egozentrisch vor, und das nicht gerade im positiven Sinne.

Ich konnte nicht verhindern, dass seine gestrigen Worte zurück in meinen Kopf drängten – »Ich habe

Besseres zu tun, als mit dir auf Probefahrt zu gehen« – und sofort machte sich der altbekannte Pikser irgendwo in der Nähe der wieder antrabenden Wildpferdherde bemerkbar. Die Wildpferdherde, die sofort den wilden Galopp von vorhin anstimmte, tauchte nämlich auf, als Atlas, nachdem er die Jacke in die linke Hand genommen hatte, mit der rechten erneut nach meiner griff, unsere Finger verschränkte und im Weiterlaufen den Faden unserer Unterhaltung wieder aufnahm.

»Wo war ich stehen geblieben? Ach ja, ich hatte gesagt, dass es uns unmöglich ist, die wirklich wichtigen Ereignisse – also fast alles – aufzuhalten oder abzuändern. Das verhindert das *Herz der Zeit.*«

Nachdenklich geworden erinnerte ich mich an zwei Zeilen aus der Prophezeiung, *lenken des Vergangenen, Geschehenden und Werdenden* aus der ersten Strophe und *wirst erlangen alles mit dem Herzen der Zeit* aus der zweiten Strophe.

Bedeutete das etwa, dass man die Vergangenheit, *das Vergangene*, die Gegenwart, *das Geschehende* und die Zukunft, *das Werdende* mithilfe des *Herzens der Zeit* steuern konnte?

Atlas beantwortete mir meine unausgesprochene Frage. »Die Prophezeiung spricht davon, dass man, wenn man im Besitz des *Herzens der Zeit* ist, die Macht hat, die Zeit und somit auch die Geschichte zu beeinflussen. Du kannst dir sicher vorstellen, wie gefährlich es wäre, wenn irgendjemand diese Macht hätte. Die neue Weissagung spricht außerdem davon, dass die Nächtlichen Geschöpfe diese Macht begehren. James, meine und nun auch deine Aufgabe ist es, die Nächtlichen Geschöpfe daran zu hindern, die Weltherrschaft an sich zu reißen, was ihnen zweifellos mit dem *Herzen der Zeit* gelingen würde.«

»Ach, das ist es?«, fragte ich erstaunt. »Die Nächtlichen Geschöpfe streben die Weltherrschaft an?«

Atlas nickte. »Was hast du denn gedacht, was sie machen?«

Ehrlich gesagt hatte ich noch gar nicht viel darüber nachgedacht. »Weiß nicht. Ich dachte, sie wären einfach die natürlichen Feinde der Augenschönen. Die eben einfach nach uns suchen, um uns umzubringen.«

Atlas zog spöttisch die Augenbrauen in die Höhe, sagte aber nichts, sondern zog mich weiter zwischen den Fußgängern hindurch. Als er keine Anstalten machte, weiterzureden, hielt ich es nicht mehr aus.

»Aber was ist es denn nun? Was ist dieses *Herz der Zeit* genau?«

Atlas schaute mich kurz an. »Wir wissen es auch nicht wirklich«, gab er zu. »Es könnte eigentlich alles sein. Ein Gegenstand, ein Lebewesen, auch nur etwas Gasförmiges, wie Luft. Wir wissen eigentlich bloß, dass es das Herz gibt. Und dass es sich in einer der Inneren Schleifen befindet. *Ort zwischen Unendlichkeit ...*«, zitierte er ein paar Worte aus der Prophezeiung.

Jetzt war es an mir, spöttisch die Augenbrauen

hochzuziehen. Ich hoffte so sehr, dass es die gleiche Wirkung hatte wie vorhin bei Atlas. »Und das ist alles? Wir fahren einfach von einer Inneren Schleife zur nächsten, ohne eine Ahnung zu haben, was uns darin erwartet, und mit dem Wissen, dass wir gleich tot sein könnten? Ist das etwa der glorreiche Plan zu eurem so unheimlich geheimnisvollen Auftrag, über den ihr nur kryptische Andeutungen an die Außenwelt weitergebt?«

Als Atlas nicht antwortete, schnaubte ich abfällig. Anscheinend hatte ich mitten ins Schwarze getroffen.

Atlas wirkte mit einem Mal etwas verlegen – zu Recht! – und fuhr sich mit der Hand durch die Haare. »Ein paar Informationen lassen sich in den Prophezeiungen schon finden. *Helfend, wenn die Sonne lacht; brauchst eine reine Seele und koste nicht vom heiligen Sterne*« – diese Verse verbergen wichtige Hinweise, die hilfreich sein werden.«

Ich konnte mir schwer vorstellen, dass diese schwülstigen Metaphern, Vergleiche, Symbole und verworrenen Verse bei dieser gefährlichen Geheimmission von Nutzen sein sollten.

Atlas grinste schief. »Ich kann dich verstehen und genau genommen hast du sogar recht. Wir werden quasi Selbstmord begehen, wenn wir uns einfach in die Schleifen stürzen. Bis jetzt sieht es leider ganz danach aus. Recht dämlich, wenn ich es mir genau überlege.«

»Ach«, schnaubte ich sarkastisch und überrascht

zugleich.

Atlas hatte eine nahezu gruselige Auswirkung auf meine Stimmung. Er brachte es fertig, mich in nicht einmal zehn Minuten auf der Skala der Gefühle von schmachtender Liebe über leicht wütend zu spöttisch-ironisch zu bringen.

»Unglaublich, dass der schlaue Mister Ich-bin-der-Beste-und-alle-anderen-sind-schwache-Verlierer, also known as Atlas, auch mal einen Fehler zugibt.«

Wir bogen um eine Ecke in eine etwas weniger belebte Seitenstraße ein.

»Kann es sein, dass du mich für ziemlich selbstverliebt hältst?«, fragte Atlas ohne Spur eines Selbstzweifels in der Stimme.

Ich zuckte mit den Achseln. Ja, für selbstverliebt, egoistisch, gut aussehend, unfreundlich, herzfehlerauslösend …

»Interessant, wie schnell du dir eine Meinung über mich gebildet hast. Vor allem in Anbetracht der Tatsache, dass du mich überhaupt nicht kennst«, wiederholte er meine eigenen Worte.

Schmunzelnd wandte ich mich ab. Der Punkt ging an ihn.

Atlas verlangsamte seine Schritte und ich mit ihm, als wir durch weitere immer menschenleerere Straßen liefen. Schließlich blieb er bei einer Abzweigung an einem Schild stehen, das in großen Lettern LIBERTY STREET verkündete.

Würde jetzt unser … ähm … Einbruch starten?

Atlas ließ meine Hand los und ging langsam

weiter, während er offenbar nach dem Haus Nummer 21 Ausschau hielt. Die Häuser waren alle weiß verputzt, manchmal verziert mit Säulen oder eingemeißelten Ornamenten. Sie waren sich ziemlich ähnlich, manchmal unterschieden sie sich nur in der Farbe der hölzernen Haustüren.

»Hier wohnen wohlhabende Leute«, informierte mich Atlas und blieb dann vor einem Haus mit einer edel glänzenden schwarzen Tür stehen.

Ich trat neben ihn und las den Namen CHARLES R. MARLOSE auf dem Klingelschild. Es war über einem silbernen Briefschlitz neben dem runden roten Klingelknopf angebracht.

Skeptisch musterte ich als Nächstes das Gartentor und die niedrige Steinmauer, die uns den Weg in den gepflegten Vorgarten verwehrten.

»Und was jetzt?« Ich konnte mir nicht vorstellen, wie wir es bewerkstelligen sollten, unbemerkt in die Privatbibliothek zu kommen, dort nach dem Historikbuch zu suchen, es einzustecken und wieder herauszukommen.

Atlas musterte mit nachdenklich gerunzelter Stirn das Haus.

»Wir könnten irgendwo durch ein Fenster einsteigen ... oder die Tür magizierend öffnen. Wobei ..., wenn jemand dahintersteht ...«

»Wir können doch auch einfach klingeln und uns freundlich erkundigen, ob wir das Buch haben könnten. So wie es sich gehört.«

»Ach Quatsch. Als ob die uns ... Izzy! Was machst

du denn da?«

Was ich da machte, war ganz einfach. Ich klingelte.

»Izzy, bist du übergeschnappt? Wie stellst du dir das vor? Wir marschieren hier rein und bekommen einfach das Buch? Wie naiv bist du?«

Sein Gezeter wurde unterbrochen, als ein junger Mann in einem schlichten Anzug und mit roten kurzen Haaren die Tür öffnete.

»Wie kann ich Ihnen behilflich sein?«

Atlas starrte mich auffordernd an. Wenn er das wollte, dann war jetzt mein ... Charme gefragt.

»Guten Tag«, wandte ich mich höflich an den Mann, der offensichtlich der Butler des Hauses war. Er stand immer noch bewegungslos im Türrahmen.

»Mein Begleiter und ich sind gerade in der Stadt und wollten bei der Gelegenheit den guten Freund meiner Eltern, Charles, besuchen. Können Sie unsere Hoffnungen positiv bestätigen und uns mitteilen, ob Charles zurzeit im Hause ist?«

Atlas und der Butler wirkten gleichermaßen verblüfft, wobei sich der Butler schneller fing.

»Unter welchem Namen darf ich Sie Mister Marlose melden?«

Er hatte es mir tatsächlich abgekauft. Etwas selbstsicherer spann ich die Geschichte weiter.

»Mein Begleiter ist Gabriel Enselton und ich bin Cassandra M. Smith. Ich fürchte jedoch, dass sich Charles nicht an meine verehrten Eltern erinnern wird. Ihre letzte Begegnung liegt leider bereits einige Zeit zurück.«

Der Butler nickte, immer noch überrumpelt, und lief durch den Garten, um uns das Gartentor zu öffnen.

Atlas schien das zu irritieren, doch ich schritt hoch erhobenen Hauptes hindurch. Im Gegensatz zu ihm waren mir mein Leben lang die Türen von Bediensteten geöffnet worden.

Der junge Butler schloss das Tor hinter uns und eilte dann voraus ins Haus, in dem uns eine elegante und mondäne Einrichtung erwartete. Große Bilder mit abstrakter Kunst zierten die Wände und passten perfekt zu den schlichten hellen Möbeln, deren eckiger Stil das Moderne aufnahm.

Wir wurden durch ein Wohnzimmer und ein Musikzimmer geführt und schließlich in einen Raum mit Kamin, der sich mit seiner dunklen warmen Einrichtung deutlich von den übrigen Zimmern unterschied.

Ich bemerkte erst, dass jemand in dem gemütlich aussehenden Ohrensessel saß, als der junge Butler stehen blieb und die Person ansprach.

»Mit Verlaub, Mr Marlose, es ist unangekündigter Besuch eingetroffen. Ein Mr Enselton und ein junges Mädchen, Miss Smith. Sie behauptet, Sie Sir, wären mit ihren Eltern bekannt gewesen.«

Ich trat ein paar Schritte vor, sodass ich den Mann im Sessel sehen konnte, und war überrascht. Ich hatte einen Mann mittleren Alters erwartet, der entweder gut geerbt oder es mit seiner Arbeit zu etwas gebracht hatte. Wer mich da jedoch über seine schmale Lesebrille hinweg mit aufmerksamen, von Falten umgebenen braunen Augen musterte, war jemand ganz anderes.

Keine Ahnung weshalb, aber ich schloss ihn sofort in mein Herz. Vielleicht, weil er so einen liebenswürdigen und vertrauenerweckenden Eindruck auf mich machte. Unwillkürlich fragte ich mich, wie ein Mann Anfang achtzig wohl an diese modernen eckigen Möbel gekommen war, die so gar nicht zu ihm zu passen schienen.

Auf seinem Schoß lag ein in Leder gebundenes Buch, in dem er bis eben gelesen hatte. Er trug einen beigen gestrickten Pullover, aus dessen Ausschnitt der weiße Kragen eines Hemdes schaute. Auf dem Kopf hatte er kaum noch Haare und das Licht der Deckenlampe spiegelte sich auf seiner Kopfhaut. Aus seinen kleinen Augen betrachtete er mich genauso eingehend wie ich ihn und zog den Mundwinkel schließlich zu einem freundlichen Lächeln hoch.

»Oh ja, ich erinnere mich noch gut an die junge Miss Smith.« Seine warme Stimme ließ in mir ein ungeahntes Gefühl von Vertrautheit aufsteigen.

Er nickte dem Butler zu. »Danke, Sie können gehen Miller.«

Ich schaute vermutlich genauso überrascht, wie Atlas.

Warum log Mr Marlose? Oder verwechselte er mich mit jemand anderem?

Der rothaarige Butler zog sich aus dem Raum

zurück, während Mr Marlose mit seiner runzligen Hand auf zwei Stühle neben einem kleinen Teetisch zeigte.

»Setzt euch doch. Das Herumgestehe ist ungemütlich.«

Atlas nahm in einem der beiden altmodisch geschnitzten Stühle Platz und ich ließ mich aufrecht mit durchgestrecktem Rücken auf dem anderen nieder, während ich mich umsah. Ich verstand, warum Mr Marlose diesen Raum zum Lesen gewählt hatte und nicht das Wohnzimmer, das lichtdurchflutet war. Dieses Zimmer hatte einen eigenen Charakter, einen Wohlfühlaspekt, und es passte viel besser zu dem Bewohner des Hauses als der Rest.

»Und Miss Smith, was führt Sie nun genau zu mir?«, erkundigte sich Mr Marlose noch immer lächelnd.

Ich überlegte hektisch. Sollte ich die Lügengeschichte weiterspinnen, auch auf die Gefahr hin, dass wir aufflogen? Oder sollte ich lieber gleich zum Punkt kommen, dem Buch?

»Es ist seltsam, Miss Smith«, unterbrach der Mann meine Überlegungen. »Ich habe das Gefühl, dass ich Ihren Eltern noch nie begegnet bin. Aber Sie machen einen recht vertrauten Eindruck auf mich, und obwohl ihr kleines Märchen, mit dem Sie sich hier eingeschmuggelt haben, meines Erachtens nicht der Wahrheit entspricht, wäre es doch eine Schande gewesen, ein so nettes und wohlerzogenes Mädchen wie Sie einfach so wegzuschicken.«

Ich hielt gespannt die Luft an. Mr Marlose hatte sich gar nicht an mich erinnert.

Er hatte seinem Butler, genauso wie uns, etwas vorgespielt.

»Ich frage mich, wo Sie diese vortreffliche Erziehung haben genießen können. Schon alleine, wie gerade Sie sitzen, im Gegensatz zu Ihrer Begleitung, Mr Enselton. Aber ich habe Zweifel daran, dass Sie mich aufgesucht haben, nur um mir ihre vortrefflichen Manieren vorzuführen. Also, was ist der wahre Grund für Ihren Besuch?«

Ich warf Atlas einen Blick zu. Sollte ich es mit der Wahrheit versuchen?

»Wir ... wir hörten von einem Buch, das sich in Ihrer Privatbibliothek befindet. Wir wollten bei diesem Zusammentreffen den Besitz daran erwerben.«

»Unter welchem Namen ist das genannte Werk bekannt?«

Gute Frage. Ich zog die Stirn kraus. Irgendetwas mit England im dingszehnten Jahrhundert.

»England im 15. Jahrhundert«, mischte sich nun Atlas zu meiner Erleichterung ein. Es war das Erste, was er sagte, seitdem wir das Haus betreten hatten.

Mr Marlose nickte bedächtig. »Wahrhaftig, ich besitze dieses Buch«, bestätigte er. Er klappte die Lektüre in seinem Schoß zusammen. »Und ich habe es seit Jahren nicht mehr gelesen. Es wäre mir eine Freude, euch damit zu beglücken.«

Umständlich hievte er sich aus seinem Sessel, legte das Buch aus der Hand und ging keuchend zur Tür.

»Folgt mir, verehrte Miss Smith und Mr Enselton.«

Überrascht, dass es so einfach gehen sollte, stand ich auf. »Komm mit, Gabriel.« Ich grinste Atlas belustigt an.

»Aber natürlich, Cassi«, erwiderte er zuckersüß und erhob sich.

»Cassi ist ein bescheuerter Spitzname«, zischte ich ihm zu, während Mr Marlose uns ein Stockwerk höher führte. Atlas schien ein Faible für dämliche Spitznamen zu haben.

»Und Gabriel ist ein totaler Strebername«, schimpfte er leise zurück.

Ich zuckte mit den Schultern. »Hättest du lieber Siegfried geheißen?«

Mr Marlose' private Büchersammlung erstreckte sich über den gesamten ersten Stock. Er war, wie es schien, ein leidenschaftlicher Leser vielfältiger Literatur und recht interessiert an englischer Geschichte.

Als er im hinteren Teil des großen Raumes das gesuchte Buch aus dem Regal neben einem breiten Fenster zog, war ich sehr erleichtert, dass wir es auf diese einfache Art bekommen würden. Ohne Hilfe hätten wir es in diesem Fundus mit keinerlei erkennbarem System niemals gefunden.

Mr Marlose reichte mir das Buch. »Ich hoffe sehr, dass Sie etwas damit anfangen können, meine Liebe.«

Ich nickte dankbar. »Allerdings. Sie haben mir eine

große Freude bereitet.«

Ich stieß Atlas an, der gelangweilt am Regal lehnte, und forderte ihn mit einem bedeutungsvollen Blick zum Buch und zu Mr Marlose auf, sich ebenfalls zu bedanken.

Der Versuch wurde von einem Klopfen an der Tür aufgehalten. Der junge rothaarige Miller steckte den Kopf herein.

»Mr Marlose, soeben ist ein weiterer unangekündigter Gast eingetroffen, der behauptete, er wolle unbedingt ein Buch von Ihnen kaufen.«

Was dann geschah, ging so schnell, dass ich die Reihenfolge nicht wirklich mitbekam.

Mr Marlose, der bei Millers letzten Worten erstarrt war, riss in einer zu seinem Alter gar nicht passenden schnellen Bewegung das Fenster auf.

»Rasch, flieht hier heraus!«, zischte er aufgeregt. Doch ehe Atlas oder ich reagieren konnten, trat der von Miller angekündigte Besucher ein und Atlas packte mich am Arm und zog mich hinter sich.

»Spinnst du?«, protestierte ich und lugte an seinem Arm vorbei, um den Fremden genauer zu betrachten.

Im Türrahmen stand ein etwa dreißigjähriger Mann. Er musterte uns mit einem gierigen Triumph aus pechschwarzen Augen. Ein Zischeln drang aus seiner Kehle und in einer einzigen fließenden Bewegung warf er sich auf seine Hände, die sich zu zwei riesigen Krallentatzen verformt hatten, und bleckte seine spitzen Eckzähne, die uns vom unteren Teil seines Wolfgesichts entgegenblitzten, während er mit dem aus den Beinen zu einem geschuppten Schlangenende geformten Schwanz aufgebracht hin und her schlug. Ein Nächtliches Geschöpf.

Ich hörte Atlas fluchen, der sich nun breitbeinig vor mir aufgestellt hatte.

»Verdammt! Wie konnte dieses Monster wissen, dass wir hier sind?«

»Und woher wissen Sie …?«, fragte ich mit einem langsam ansteigenden hysterischen Kreischen in der Stimme und starrte nun Mr Marlose an, der mich an den Schultern packte.

»Es ist gerade keine gute Zeit für Erklärungen, Lucy!«

Noch eine Überraschung! Woher kannte dieser Mann meinen richtigen Namen?

»Es ist wichtiger, dass du mir gut zuhörst. Wenn du bei eurer Reise im Land der ewigen Finsternis landest, dann denke an meine Worte, denn sie werden dich zu mir führen, sodass ich dir weiterhelfen kann, ja? *Der Sonne hellstes Licht in großer Liebe sich bricht. Nutze die Quelle und die Nacht sich erhelle!* Hast du dir das gemerkt?«

Ich nickte verwirrt. *Der Sonne hellstes Licht in großer Liebe sich bricht. Nutze die Quelle und die Nacht sich erhelle.* Ich war sicher, dass die Worte sich unwiderruflich in meinem Kopf festgesetzt hatten. Doch von Verstehen war keine Rede.

»Gut.« Mr Marlose klang erleichtert und dann … löste er sich in Nichts auf. Nur ein süßer Duft nach

Blumen blieb von ihm zurück. Wo war er hin und wer zum Teufel war er überhaupt?

Meine Gedanken wurden von einem lauten Knall weggefegt, der mir fast das Trommelfell zerriss.

Atlas hatte einen türkisfarbenen Blitz auf das Nächtliche Geschöpf abgefeuert, der leider danebengegangen war und die Tür hatte zerbersten lassen.

»Izzy, du musst verschwinden! Spring aus dem Fenster!«, brüllte er mir zu und duckte sich, als das Monster seinen langen Schwanz in unsere Richtung schleuderte.

Ich warf einen Blick aus dem Fenster. Würde ich mir bei dem Aufprall nicht alle Knochen brechen? Sicher, sie würden zwar sekundenschnell verheilen, aber trotzdem war ich sicher, dass ich mir mit dem Sprung höllische Schmerzen einhandeln würde.

Außerdem konnte ich doch Atlas nicht hier allein zurücklassen. Was, wenn er starb? Oh Gott, beim bloßen Gedanken daran wurde mir schon übel.

Ich presste das Buch fester gegen meine Brust, während mein Blick zwischen Atlas und dem Nächtlichen Geschöpf hin und her huschte, die sich gegenseitig angriffen und die Angriffe des anderen parierten.

Würde ich Atlas helfen können? Ich dachte fieberhaft über das nach, was mir Elvon beigebracht hatte. Am logischsten erschien mir Atlas' Magizismus: einfache Blitze auf das Monster schleudern.

Ich beschwor das Brennen in meinen Augen herauf, das überraschend schnell eintrat. Um zu verhindern, dass ich womöglich Atlas traf, ging ich ein paar Schritte zur Seite und feuerte eine breite Salve an Lichtblitzen gegen den gefiederten Oberkörper. Von der Wucht und der Anstrengung, die mich dieser Angriff kostete, wurde ich mit dem Rücken gegen die Wand geschleudert.

»Izzy, du solltest doch …«

Ich erfuhr nie, was ich eigentlich hätte tun sollen, denn Atlas' Ruf wurde von einem lauten Krachen, einem unnatürlichen Kreischen und dem ohrenbetäubenden Heulen von Sirenen unterbrochen.

Wer der Zeit entrinnen will, der bete,
dass er cyniert wird.

(Steven; Augenschöner)

Kapitel 16

Mit brummendem Kopf schlug ich die Augen auf und versuchte, die Lage zu erfassen. Offensichtlich hatten meine Blitze keine Spuren einer Läsion am Nächtlichen Geschöpf hinterlassen. Zum Glück hatten sie es aber genügend abgelenkt, und Atlas hatte weitaus effektivere Blitze abgefeuert. Er kniete gerade neben dem am Boden liegenden blutenden Monster und hob dessen Augenlid an. Was zur Hölle machte er da?

Ich raffte mich zwischen den rauchenden Überresten eines bei den Bombardements umgestürzten Bücherregals auf und wischte mir Ruß und Staub aus dem Gesicht. Von unten und von der Treppe waren laute Stimmen und polternde Schritte zu hören, ebenso wie die Sirenen draußen unaufhörlich heulten. Ich ging durch die Trümmer auf Atlas zu, der angestrengt in die großen schwarzen seltsam verdrehten Augen des Nächtlichen Geschöpfs starrte. Die Luft vor Atlas' türkisblauen Augen begann zu flimmern und zwei dicke leuchtende Strahlen, die sich zu einem verbanden, brannten sich in die schwarze Iris-Pupillen-Verbindung. Das am Boden liegende Nächtliche Geschöpf zuckte noch ein letztes Mal und zerrieselte zu Staub.

Keine Sekunde später war Atlas bereits aufgesprungen und griff meinen Arm. »Izzy, wir müssen uns beeilen! Wenn die Polizisten uns hier sehen …«

Leider war dieses Vorhaben bereits gescheitert.

»Da, das sind sie! Ich weiß nicht, wie sie es gemacht haben. Sie müssen uns unbekannte Waffen besitzen!« Angeführt von dem aufgeregt in unsere Richtung deutenden Butler Miller stürmte eine Horde von bewaffneten Männern in den Raum.

»Dieser dämliche rothaarige Streber«, fluchte Atlas und sah sich hektisch um. Doch außer dem recht hoch liegenden Fenster war die einzige andere Fluchtmöglichkeit, nämlich die auseinandergesprengte Tür, von grimmig stierenden Männern verstopft.

»Keine Bewegung!«, rief der vorderste und stieß den salbungsvoll grinsenden Miller aus dem Weg.

Atlas dachte nicht daran, diesen Befehl zu befolgen und packte mich an der Hand.

»Halt das Buch fest, Izzy«, zischte er mir zu, ohne die Lippen zu bewegen. »Und bei drei springen wir aus dem Fenster. Das wird die Polizisten für einen Moment überraschen. Eins, zwei-«

»Spinnst du? Wir werden uns alle Knochen brechen!«

Atlas hatte aber bereits »Drei!« gerufen und mich mit sich auf den Fenstersims gezogen. Zum Glück war dieser breit genug dafür, sonst wäre sein Plan kaum umzusetzen gewesen. Ich presste das Buch so stark gegen mich, dass mir die Ecken schmerzhaft in den Magen stachen, und wurde gleichzeitig unsanft von Atlas aus dem Fenster gezogen.

Während ich fiel und ein leises Stoßgebet in den Himmel schickte, dass der Londoner Rasen weich genug wäre, um sich bei einem Sprung aus mindestens fünf Metern Höhe keine ernsthaften Verletzungen zuzuziehen, vernahm ich die überraschten und grimmigen Rufe der Polizisten. Außerdem hörte ich einen dumpfen Knall, als Atlas kurz vor mir auf dem Boden aufschlug und ich – zu meinem Glück und zu seinem Pech – auf ihm landete, was deutlich weicher war als der harte Vorgartenboden.

Ich kletterte rasch von ihm herunter. »Gott! Atlas, ist alles in Ordnung? Das muss wirklich wehgetan haben ...«

Unter meinen jammernden Lauten richtete Atlas sich stöhnend auf. Er rieb sich den Ellenbogen. »Verdammt, Izzy, du kannst ziemlich schwer sein.«

Sofort hörte ich auf, ihn zu bedauern. Er war soeben fünf Meter in die Tiefe gestürzt und ihm fiel nichts Besseres ein, als mich zu beleidigen.

Offensichtlich konnte Atlas meine Empörung an meinem Gesicht ablesen, denn er biss sich verlegen auf die Lippen und murmelte: »Izzy, echt, das war nicht böse gemeint! Nur falsch formuliert.«

Ich drehte meinen Kopf zur Seite, damit er die albernen Wuttränen nicht sah, die mir idiotischerweise in die Augen stiegen. Dabei bemerkte ich, wie die schwarze Haustür aufgerissen wurde und die Polizisten, nachdem sie verblüfft registriert hatten, dass wir nach unserem Sprung wohlauf waren, rufend und Fäuste schwingend auf uns zugerannt kamen.

Atlas packte meine Hand und sprang über die wirklich unnütze Steinmauer. Ich stolperte mal wieder ungeschickt hinter ihm her und stieß mir überflüssigerweise die Knie an dem Stein blutig. Vielleicht war das auch die ausgleichende Gerechtigkeit dafür, dass Atlas sich beim Aufprall verletzt hatte und ich nicht.

Wir spurteten die Straße entlang, entgegengesetzt der Richtung, aus der wir gekommen waren.

»Atlas! Wir sind doch von dort gekommen!«, rief ich.

»Du hast recht! Verflixt, das habe ich vergessen«, schimpfte Atlas, doch wir rannten weiter den eingeschlagenen Weg entlang, da unser Rückweg von aufgebrachten Polizisten überflutet wurde.

Plötzlich bog Atlas scharf nach rechts ab und wir rasten durch eine Reihe von Vorgärten, in denen wir ein kleines Kind aufschreckten und auch einige niedliche Gartenzwerge in spitze Scherben zertraten.

»Warum«, keuchte ich, »machen wir nicht einfach einen Ortssprung zu dieser Oxdingens Street? Anstatt Vorgärten zu demolieren?«

»Das kann man nur in Inneren Schleifen machen. Ehrlich, Izzy, manchmal bist du echt –«

»Ungebildet? Könnte daran liegen, dass ich gerade einmal drei Monate hatte, um mich weiterzubilden

– und dass ich in dieser Zeit nur mit Sport gequält wurde, anstatt etwas Vernünftiges zu lernen.«

Wir rannten um einige Straßenecken, das Heulen der Sirenen immer im Ohr.

Als ich genug Atem hatte, um zu reden, stellte ich schließlich die naheliegendste Frage. »Und warum kann man hier keine Ortssprünge ausführen, wenn ich fragen darf?«

Atlas warf einen Blick über die Schulter. »Ich weiß nicht, ob das der richtige Zeitpunkt für Unterricht ist. Wobei, wenn ich es mir recht überlege ... warum eigentlich nicht?«

Eine magere, hochgewachsene Frau mittleren Alters hätte sich vermutlich gut mit den zwei dicken Damen von unserem Hinweg verstanden, so wüst, wie sie uns beschimpfte, als wir sie fast umstießen.

»Ungezogene, respektlose, zukunftsgefährdende Jugend!«, keifte sie hinter uns her.

Seltsamerweise brachte mich das zum Kichern. Wenn die wüsste! Ich war genau genommen die Jugend von vor drei- bis vierhundert Jahren. Und Atlas war ... zwar die Jugend von heute, beziehungsweise von vor fünf Jahren, aber so wie ich es mitbekommen hatte, lebte er schon seit Ewigkeiten in den Inneren Schleifen. Ganz genau genommen waren wir beide ... älter als diese Frau?!

Ich schüttelte den Kopf.

Von diesem ganzen Gegenwarts-, Vergangenheits- und Zukunftsgerede schwirrte und brummte er, wie ein aufgescheuchter Bienenschwarm, und so hatte ich Mühe, Atlas' laut atmend hervorgestoßenen Erklärungen zu folgen.

»Die Inneren und die Äußeren Schleifen haben eine unterschiedliche Art von Raum-Zeit-Verhältnissen. Man könnte sagen, die Verhältnisse sind in den Äußeren Schleifen stark konzentriert, haben harte Rahmen und sind undurchdringbar. Es gibt eine strikte Abfolge der Zeit, deshalb altern alle Menschen hier gleich schnell und man kann das nicht aufhalten. Der lokale Sitz der Orte ist auch genauestens bestimmt und das alles umgibt eine Art Membran. Sie bestimmt, dass man keine Ortssprünge von einem Ort zum anderen ausführen oder gegen die Zeit kämpfen kann.«

Er warf einen schnellen Blick über die Schulter zurück zu mir, um festzustellen, ob ich verstand, was er sagte, und ich nickte.

»Diese Membran fehlt in den Inneren Schleifen«, erklärte er weiter. »Ort und Zeit sind wie Wasser und Saft miteinander verbunden und genauso dünnflüssig geschützt, sodass wir beides durchdringen können. Wir Augenschönen, die Dromeden, die Nächtlichen Geschöpfe und alle übrigen Schleifenwesen und -pflanzen, die in den Inneren Schleifen existieren, haben eine andere Zellstruktur, als diejenigen, die in den Äußeren Schleifen leben. Wir haben eine Art schützende zusätzliche Hülle um jede Zelle, die verhindert, dass wir unkontrolliert altern und unkontrolliert in den Orten springen. Hätten wir das nicht, könnten wir innerhalb von

Sekunden uralt werden und von Ort zu Ort geworfen werden. Diese Zellenschutzhülle schützt uns davor und macht uns gleichzeitig unsterblich. Überflüssigerweise beschert sie den Augenschönen auch unbegrenzte Schönheit.«

Ich grinste in mich hinein, denn ich glaubte, dass viele der weiblichen Augenschönen die Schönheit als das Beste empfanden. Ich selbst aber war mir unschlüssig, was mir am meisten gefiel. Die magischen Fähigkeiten wahrscheinlich. Auf die Unsterblichkeit dagegen hätte ich getrost verzichten können. Ich konnte mich immer noch nicht mit dem Gedanken anfreunden, dass ich für immer siebzehn bleiben würde.

»Diese andere Zellenstruktur entwickelt sich erst langsam während unseres Lebens in den Äußeren Schleifen«, fuhr Atlas fort. »Der Vorgang ist mit unserer ersten Fahrt in die Schleifen abgeschlossen. Ab da altern wir weder in den Inneren noch in den Äußeren Schleifen. Dromeden, die nur in den Inneren Schleifen leben, werden damit bereits geboren«, fügte er hinzu. »Bei ihnen ist die Struktur aber noch einmal anders, deswegen altern sie in den Inneren Schleifen normal. Würden wir sie jedoch mit in die Äußeren Schleifen nehmen, würden sie sofort sterben. Für die harte Membran um Ort und Zeit hier ist ihr Körper nicht geschaffen. Genauso wenig, wie der normale menschliche Körper für die dünne oder kaum vorhandene Membran in den Inneren Schleifen geschaffen ist. Also könnte ein Mensch nie in unserer Welt leben. Nur wir haben die Möglichkeit uns in beiden Schleifenarten zu bewegen.«

Er stieß einen Seufzer aus, der irgendwie wütend klang. »Leider sind wir nicht die einzigen Schleifenwesen, die das können. Nächtliche Geschöpfe können es auch, allerdings gibt es auch noch andere.«

Ich wollte ihn gerade fragen, welche Wesen es noch gab, als er plötzlich wie angewurzelt stehenblieb.

»Verdammt! Ich habe meine Jacke mit dem Stadtplan in Mr Marlose' Haus vergessen.«

Ich bemerkte den unsicheren Blick, mit dem er sich umsah.

»Ist das schlimm?« Keuchend stützte ich mich auf meine Knie, dankbar für die unerwartete Pause.

»Ja ist es! Wir haben uns nämlich verirrt.«

»Wieso das denn? Du bist doch hier aufgewachsen.«

Atlas verdrehte genervt die Augen. »Das ist schon Jahrtau-, ach, was soll's. Wir sollten uns, statt zu diskutieren, lieber um den richtigen Weg kümmern.«

Er pfriemelte seine Omunalisuhr aus der Tasche. »Nur noch zehn Minuten bis zur Öffnung des Schleifenfahrtsportals.«

Überrascht sah ich auf. Waren wir schon so lange hier? Wachgerüttelt schaute auch ich mich um und entdeckte einen Jungen, der in Atlas' Alter sein musste. Vertieft in das Tippen auf seinem Handy lehnte er an der nächsten Hauswand.

»Warum fragen wir nicht einfach den?«

Atlas betrachtete den Jungen mit einem verächtlichen Blick. »Wenn der außerhalb seines Handys etwas mitbekommt, dann fresse ich einen Besen. Außerdem …«, er musterte mich von oben bis unten und vielleicht etwas länger als nötig gewesen wäre, »… so wie wir aussehen, merkt man sofort, dass etwas mit uns nicht stimmt.«

»Gerade eben hast du noch gesagt, dass der Junge nichts mitbekommt.«

Ich zupfte an meinem Shirt, das jetzt mehr rauchgrau als hellgrün war. Irgendwie sah es aber trotzdem noch … annehmbar aus.

»Ist mein Gesicht einigermaßen sauber?«, fragte ich.

»Du willst also wirklich …? Egal, gegen deinen störrischen Kopf komme ich sowieso nicht an.« Atlas wischte seine Hände an seinem inzwischen dunkel gefleckten Shirt ab und strich mir dann einmal über die Wangen und über die Stirn, um den Schmutz wegzuwischen.

Dort, wo seine Finger mich berührten, schien meine Haut zu brennen. Ich hätte alles dafür gegeben, noch etwas mehr Schmutz im Gesicht zu haben.

Atlas nickte mir zu und ich ging – nach Atlas' Berührung etwas wackelig auf den Beinen – auf den Jungen zu. Als ich vor ihm stehen blieb, blickte er von seinem Handy auf und seine Augen weiteten sich etwas. »Ähm … hey?«, stieß er hervor.

»Hallo.« Ich lächelte ihn freundlich an. »Ich habe mich hier verlaufen und weiß nicht genau, wie ich zurückkomme. Könntest du mir helfen?«

Der Junge steckte sein Handy in die Hosentasche. »Klar. Ich bin Mike. Wo willst du hin?«

Ich lächelte glücklich. Atlas hatte unrecht, Mike bekam doch etwas mit. »Also ich bin … Grace. Und wie die Straße heißt … Oxdingens Street. Sagt dir das etwas?«

Mike grinste. »Oxford Street? Klar. Der einfachste Weg ist, den nächsten Bus bei der Haltestelle dort vorn zu nehmen. Die dritte Station ist in der Oxford Street. Sag mal, trägst du Kontaktlinsen?«

Ich blinzelte verwirrt. Wie kam er denn darauf? Grün war eine ganz gewöhnliche Augenfarbe. Er hatte sogar selbst grüne Augen, fiel mir auf.

»Ich meine ja nur«, sagte Mike verlegen. »Goldene Augen habe ich noch nie gesehen.«

Goldene …? Verflixt! Ich hätte es mir doch denken können. Durch die Goldblitze, die ich auf das Ungeheuer abgefeuert hatte, waren die zarten Linsen natürlich geschmolzen.

»Ja. Genau«, murmelte ich gedehnt, »ich habe die Kontaktlinsen neulich in einem Laden gesehen und fand die Farbe so toll. Die Bushaltestelle dort vorn, sagst du?« Schnell das Thema wechseln, bevor er mich noch nach dem Namen des Ladens fragte.

»Ja«, Mike zwinkerte mir zu, »und da wir uns so gut verstehen, du aber gleich weitermusst … äh … könntest du mir vielleicht deine Nummer geben?«

Zum Glück dauerte es keine Sekunde, bis mir mein Unterbewusstsein das Fragezeichen aus dem Gesicht wischte und mir vermittelte, was der Satz bedeutete und dass es ein indirektes Kompliment gewesen war.

Geschmeichelt strich ich mir eine Strähne, die sich bei dem Kampf und der Flucht von meinem inzwischen ziemlich lockeren Dutt gelöst hatte, aus dem Gesicht.

»Nein, kann sie nicht«, knurrte Atlas hinter mir und legte seine Hand auf meine Schulter.

Erstaunt drehte ich den Kopf. Ich hatte ihn gar nicht kommen hören.

Mike musterte Atlas feindselig. »Dein Freund?«, fragte er genauso abfällig, wie Atlas ihn musterte.

Ich schüttelte den Kopf und wand mich aus Atlas' Griff. Er fasste aber sofort nach meiner Hand und deutete auf die Bushaltestelle. »Wir sollten jetzt gehen.«

Ich musterte ihn überrascht. Was war denn in ihn gefahren?

Mike schien dasselbe zu überlegen, doch er lächelte mich wieder an. »Du hast doch nichts dagegen, noch kurz hierzubleiben, oder?«

»Ich …« Ein paar Straßen weiter ertönte eine heulende Sirene und Atlas setzte sich sofort in Bewegung. Er zerrte mich hinter sich her. »Schnell, in den Bus! Wie konnten die uns bloß finden?«

Das war eine recht dämliche Frage. Unsere zerstörerische Spur in den Vorgärten war wohl eher schwer zu übersehen.

Zum Glück fuhr gerade einer dieser roten Doppeldeckerbusse an die Haltestelle und öffnete langsam die Türen.

Ich drehte mich noch schnell zu Mike um, der uns mit offenem Mund nachstarrte.

»Danke für deine Hilfe, Mike. Auf Wiedersehen!« Ich winkte ihm zu.

Mike klappte den Mund zu, nur um ihn eine Sekunde später wieder aufzureißen. »Hey, seid ihr etwa kriminell und werdet von der Polizei verfolgt?«, brüllte er über den Lärm hinweg. Bewunderung schwang in seiner Stimme mit.

Ich konnte ihm nicht mehr antworten, denn Atlas schubste mich grob durch die sich bereits schließenden Türen und sprang dann hinterher.

Ich ließ mich erschöpft auf einen der gepolsterten Sitze fallen und Atlas lief durch den anfahrenden Bus, um zu bezahlen. Verzückt starrte ich ihm nach.

Auch wenn es sich komisch anhörte, zusammen mit ihm von der Polizei durch das London des 21. Jahrhunderts gejagt zu werden, machte mir allmählich richtig Spaß.

Dim-di-di-di-di-di-dim-di-di-di. Dim-di-di-di-di-di-dim-di-di-di.

Ich wandte mich vom Busfenster ab und zog meine Omunalisuhr aus der Tasche.

»Du kannst sie ruhig drinnen lassen«, grummelte Atlas missmutig. »Die Uhr informiert uns nur, dass das Schleifenfahrtsportal jetzt offen ist. Allerdings werden wir es erst in zwei Stunden benutzen können.«

»Oh. Äh … ja … ist das etwa schlimm?«, fragte ich

wenig einfallsreich.

Atlas schüttelte den Kopf. »Solange wir nicht von der Polizei gefunden werden und die Fahrt in zwei Stunden antreten können, macht es keinen großen Unterschied. Vielleicht werden sich die anderen nur Sorgen machen. Und dein Training mit Elvon wird wahrscheinlich ausfallen.«

Ich schaute erneut aus dem Fenster. All die neualtbekannten Sachen aus der Zukunft waren faszinierend.

»Könnten wir dann nicht ... ich meine ... hätten wir Zeit ...?« Über mein eigenes dummes Gestotter verärgert schüttelte ich den Kopf. »Woher hast du eigentlich das Geld?«, fragte ich schließlich.

Atlas spielte mit dem schwarzen Geldbeutel herum. »Hat mir Tatjana mitgegeben. Für den Notfall.«

»Wie viel hast du noch?«

Nicht, dass mir eine Zahl irgendetwas gesagt hätte. Von den Preisen und Preisverhältnissen hier hatte ich keinen blassen Schimmer.

»Sehr viel.« Atlas grinste. »Warum fragst du?«

»Ach ... ich hatte gedacht ... «, ich holte tief Luft, »wenn wir schon hier sind, könnten wir doch ein bisschen ... einkaufen. Außerdem würden wir mit neuen Klamotten weniger auffallen.«

Atlas zog spöttisch eine Augenbraue hoch. Bei ihm hatte es irgendwie immer die gewünschte Wirkung. »Ach, jetzt auf einmal? Wer ist denn vorhin fast durchgedreht, weil ich auf den dämlichen Gedanken gekommen bin, einen Stadtplan zu kaufen?«

Beleidigt, weil er recht hatte, verschränkte ich die Arme.

Doch Atlas lachte. »War nur Spaß! Ich hab nichts dagegen, ein bisschen einkaufen zu gehen. Zwei Stunden gelangweilt herumzusitzen und von den Leuten angestarrt zu werden, darauf kann ich gut verzichten.« Er lächelte mich an und aus irgendeinem Grund machte mich dieses Lächeln unfassbar glücklich. Ich lächelte zurück.

»Wie kann ich Ihnen helfen?«, erkundigte sich eine zierliche Frau mit Stupsnase, braunen, halblangen Haaren und dünnen rosa Lippen, die sich freundlich kräuselten.

Unsicher sah ich mich nach Atlas um, während die Verkäuferin, die einen halblangen schwarzen Rock und eine gebügelte weiße Bluse trug, geduldig auf meine Antwort wartete.

Nein, auf meinen Begleiter konnte ich nicht zählen. Er verschwand gerade hinter den Kleiderständern, vermutlich in Richtung Männerabteilung.

»I-ich brauche etwas Neues zum Anziehen. Eine Hose und ein Oberteil?« Leider klang das eher nach einer Frage.

Die Stupsnasenfrau lächelte. »Selbstverständlich haben wir das. Wenn Sie bitte mitkommen würden.«

Sie trippelte auf ihren hohen Stöckelschuhen an diversen Kleiderstangen und niedrigen Tischen vorbei, auf denen ebenfalls Kleider ausgelegt waren.

»Die Sommeroberteile befinden sich hier drüben; bei den Hosen können Sie sich hier zwischen kurz und lang entscheiden.« Sie deutete in zwei verschiedene Ecken. »Falls Sie noch weitere Fragen haben, ich bin vorn in der Bademodenabteilung.«

Damit nickte sie mir freundlich zu und eilte, sich geschickt zwischen den Waren durchschlängelnd, davon.

Nachdenklich machte ich mich daran, die verschiedenen Oberteile aus Baumwolle durchzugehen. Viel lieber als diese hätte ich meine altbekannten Kleider aus Leinen, Seide und Brokat mit den schönen Stickereien und den geschmeidig wogenden Stoffbahnen angezogen. Dummerweise hatte ich aber keine Ahnung, wo man solche Kleider hier bekommen würde. Mein eigenes hatte nach der ersten Fahrt in die Schleifen leider so viele Löcher und Brandstellen gehabt, dass es nicht mehr zu gebrauchen gewesen war. Doch selbst wenn ich eins gefunden hätte, wäre es nicht infrage gekommen. Ich wäre damit aufgefallen wie ein bunter Hund und hätte damit garantiert die Aufmerksamkeit der Polizei auf uns gelenkt.

So musste ich mich nun an die merkwürdigen Klamotten hier gewöhnen und auch an die Art des Kleiderkaufens. Man bekam einfach nichts maßgeschneidert, sondern es gab die Teile mehrfach in verschiedenen Größen. Als ich Atlas verwirrt nach dem Ablauf eines solchen Einkaufs gefragt hatte, hatte er gemeint, ich solle nach der Größe S Ausschau halten, einige Klamotten ausprobieren und die besten nehmen.

Also hängte ich mir ein paar verschiedenfarbige Shirts über den Arm und wechselte in die Ecke mit den Hosen. Am besten nahm ich einfach eine, die genauso aussah wie die, die ich von Sellja bekommen hatte und gerade trug.

Zehn Minuten später war ich fertig mit dem Anprobieren. Ich hatte eine Hose entdeckt, die etwas weniger zerrissen war als meine alte, sowie ein hellblaues Top, das meinem verschmutzten sehr ähnlich war. Mit meinen Kleiderstücken in den Händen machte ich mich auf die Suche nach Atlas.

Er kam mir vor der Kasse entgegen, ebenfalls mit Kleidung über dem Arm, und schwenkte begeistert etwas in seiner anderen Hand.

»Izzy, sieh mal! Ich habe etwas gefunden, das gegen dein kleines Augenproblem hilft.«

»Kannst du noch lauter schreien?«, zischte ich zurück und betrachtete das seltsame Ding in Atlas' Hand skeptisch.

Es war eine Brille mit einem schwarzen Kunststoffrahmen, dünnen Bügeln und … dunklen Gläsern?

»Eine Sonnenbrille.« Atlas, der immer noch begeistert über seinen Einfall grinste, setzte sie mir auf. »Passt perfekt!«, stellte er zufrieden fest und nahm sie mir wieder von der Nase.

»Übrigens bin ich überrascht, dass es so schnell bei dir ging. Du bist also nicht eines von diesen typischen Mädchen, die nur Shopping im Kopf haben.«

Offenbar hatte Atlas nicht so viel Übung darin, nette Dinge zu sagen, und ich nahm an, dass seine Bemerkung als Kompliment gemeint war.

Er nahm mir meine Sachen ab, ging damit zur Kasse und kam mit einer großen Papiertüte zurück.

»Und wo ziehen wir uns jetzt um?« Meinen Vermutungen nach war es hier nicht gern gesehen, wenn wir einfach zurück in die Umkleidekabinen liefen und dort die Kleidung wechselten.

Doch Atlas schien bereits einen Plan zu haben. »Wir gehen einfach einige Straßen weiter und ziehen uns in einer unbelebten Straße um.«

Ich rollte mit den Augen. Großartige Idee.

»Meinst du das ernst? Ich soll mich hier umziehen? Wo doch jederzeit jemand vorbeikommen kann?«

Ich hatte eigentlich mehr Angst davor, mich vor Atlas auszuziehen, aber das sagte ich natürlich nicht.

Bedauerlicherweise stimmte mein Gejammer Atlas nicht um. Ohne weiter auf mich zu achten, zog er sich sein Shirt über den Kopf.

Ärgerlich schnaubend drehte ich mich von ihm weg und stellte mich hinter eines der am Straßenrand parkenden Autos, obwohl ich liebend gern einfach davongelaufen wäre. Ich stieg umständlich aus meiner verschwitzten Jeans und schlüpfte schnell in die neue.

Zum Glück verlief es beim Oberteil genauso reibungslos und erleichtert machte ich mich daran, meinen Dutt vollends zu zerstören und mir einen einfachen, praktischen Pferdeschwanz zu machen. Ich raffte meine abgelegten Klamotten zusammen und warf sie in den nächstgelegenen Mülleimer. Hoffentlich würden sie in der Inneren Schleife nicht vermisst werden.

»Fertig?« Atlas tauchte neben dem Auto auf und ließ seine schmutzigen Sachen ebenfalls in dem Mülleimer verschwinden.

Ich setzte mir die Sonnenbrille auf und nickte. »Jawohl. Bereit für den nächsten Laden.«

Etwa eine Stunde später saßen wir, bepackt mit zwei kleinen Taschen, gegen die Wand gelehnt in einer kleinen Gasse zwischen den Häusern in der Nähe der roten Telefonzelle. Wir versteckten uns hier vor den Polizeiwagen, die bei unserer Tour durch die Oxford Street Streife gefahren waren.

In zwanzig Minuten, also um 18 Uhr, würde sich das Schleifenfahrtsportal erneut öffnen und wir würden zurück in die Inneren Schleifen fahren können.

»Und? Wie war es, deine … ähm … Heimat wiederzusehen?«, fragte ich in munterem Plauderton, um die Stille zu vertreiben.

»Seltsam.« Atlas rieb sich mit dem Handrücken über die Stirn. »Wie schon erwähnt, das letzte Mal, als ich hier war, musste ich mich auch schon vor der Polizei verstecken. Allerdings nicht, weil ich eine

Privatbibliothek in Schutt und Asche gelegt hatte, sondern wegen Mordes.«

Ich zuckte bei dem Wort leicht zusammen.

»Und wie kam es dazu? Du musst es mir nicht erzählen, wenn du nicht willst«, fügte ich rasch hinzu.

Atlas lächelte schwach und zauberte damit diese wohlig aufgeregte Wärme in meinen Bauch.

»Es spricht nichts dagegen, dass du es erfährst.« Er schaute in die Luft, vertieft in Erinnerungen. »Alles hat im Alter von vier Jahren angefangen. Da hat sich meine Augenfarbe verändert, die Cynierung fand statt. Allerdings hatte ich keine so stark auffallende Farbe. Meine Augen waren schon davor grün-blau, daher bemerkten es viele gar nicht. Mein erster Ausbruch ereignete sich dann ein paar Monate später. Ich überschwemmte meinen Kindergarten. Zum Glück kam aber niemand zu Schaden und es verdächtigte mich auch keiner. Wie auch, niemand hatte mich gesehen, während aus meinen Augen Lichtstrahlen kamen, aus deren Ende Wasser floss. Ich verstand es ja zu diesem Zeitpunkt nicht einmal selbst.« Er verzog sein Gesicht zu einem traurigen Lächeln.

»Und wie ging es weiter?« Ich versuchte, mir nicht anmerken zu lassen, wie leid er mir tat.

»Meine Schulzeit verbrachte ich in einem Internat. Meine Eltern leiteten ein erfolgreiches Bauunternehmen und waren sehr viel unterwegs. Lange Zeit passierte nichts mehr. Ich begann zu glauben, dass das mit dem Kindergarten gar nicht meine Schuld gewesen war und ich mir das Leuchten aus meinen Augen nur eingebildet hatte. Ich meine, ich war damals erst vier Jahre alt gewesen. Wie hätte ich da einen ganzen Kindergarten überschwemmen sollen? Jedenfalls versuchte ich, mir das einzureden. Als ich dann siebzehn war, geschah etwas, das ich nicht erklären konnte. Meine Eltern besuchten mich in den Ferien im Internat und wir machten einen Ausflug zusammen. Es hatte alles gut begonnen. Ich freute mich, meine Eltern wiederzusehen, und wir picknickten nach einer kurzen Wanderung auf einer sonnengefluteten Wiese. Wir redeten über belanglose Dinge, nichts löste in mir ein großes Gefühl wie Wut aus. Meine Augen begannen aus dem Nichts heraus zu brennen, und ehe ich wusste, wie mir geschah, hatte ich meine Eltern umgebracht.«

Ich begann, leicht zu zittern, denn es wurde allmählich kühl. Außerdem erschütterte mich Atlas' Lebensgeschichte und ich musste an meine Schwester denken, die mich damals so aufgeregt hatte.

»Ich rief die Polizei und den Krankenwagen, der Sanitäter stellte den sofortigen Tod fest. Ich wurde nicht verdächtigt – wie auch, es gab keine Anzeichen von Gewalteinwirkung, die auf einen Mord hätten schließen lassen. Man tat es als seltsamen plötzlichen Herzinfarkt ab. Ich wusste zwar nicht, wie es passiert war, aber ich wusste, dass es meine Schuld war.«

Er schluckte. »Anderthalb Jahre später passierte es das nächste Mal. Es waren gleich fünf Personen und die Tatsache, dass ich der Einzige im Raum war, der noch lebte, ließ sich dieses Mal nicht ignorieren. Als ich verhört wurde, zerstörte ich den Tisch des Beamten – ich weiß bis heute hin nicht, wie – und wurde als gemeingefährlicher, jähzorniger Mörder eingestuft. Ich beschloss, abzuhauen, und schaffte es auch irgendwie. Ab da lebte ich in gewisser Weise auf der Straße und musste mich vor der Polizei und den meisten anderen verstecken. Es war ein schwieriges Leben … und auch, wenn ich es nicht gern zugebe, ich war zu schwach, dem standzuhalten. Ich begann zu trinken und verlor mich in meinem Loch – zu der Zeit hättest du mich nicht kennen sollen. Ich war der typische Straßenjunge, vor dem die Eltern ihre Kinder warnten.«

Er drehte den Kopf und sah mich an. Doch ich wusste nicht, was ich sagen sollte.

»Mit neunzehn wurde ich dann von einem Bus überfahren. Augenschöne werden bei diesen gewöhnlichen Toden in die Inneren Schleifen geschickt, aber ich glaube, das weißt du schon. Es war für mich wie eine wundersame Erlösung und ich fand zu meinem eigentlichen Ich zurück. Ich wurde wieder der, der ich früher gewesen war – und schämte mich nur noch für das schlechte Benehmen auf der Straße. Seitdem habe ich in den Inneren Schleifen gelebt. Das ist übrigens der erste Auftrag, den ich hier im London meines Jahrhunderts ausführe. Das erste Mal, dass ich seit meiner normalen Lebenszeit hier bin.«

Er sah noch einmal zur Straße hinüber. »Es ist wirklich sehr seltsam.« Dann schaute er wieder mich an. »Dein Leben scheint dagegen recht gut verlaufen zu sein, meine ich mich zu erinnern, oder?«

Ich nickte langsam. »Bis zu dem Tag, als ich zu euch kam. Aber – bitte sei nicht böse – ich habe gerade nicht allzu viel Lust, es dir zu erzählen. Das ... war zu schlimm.« Ich schniefte leicht und wandte mich ab. Atlas sollte nicht sehen, wie ich weinte.

Doch er streckte den Arm aus und legte ihn mir nach kurzem Zögern um die Schultern.

»Alles wird besser«, murmelte er beruhigend.

Ich spürte seine Wärme, die mich tröstend umgab. Nach kurzem Zaudern legte ich meinen Kopf auf seine Schulter. Wie gut er roch! Nach Wind und Frühling und auch nach etwas anderem ... Es erinnerte mich an frisches, klares Wasser. Ich spürte eine Berührung an meinen Haaren, als Atlas seine Wange dagegen lehnte. Die galoppierende Herde brach in mir aus. Mein Herz klopfte so laut, schnell und glücklich, dass ich mir sicher war, Atlas müsste es auch hören. Ich spürte seine Nähe am ganzen Körper, die mir Halt bot, mich schützte und die einfach da war.

»Was machen Sie denn hier?«

Die Worte sprengten uns wie eine einschlagende Bombe auseinander und wir sprangen auf.

Ich spürte, wie mir die Röte ins Gesicht schoss, und setzte mir schnell die Sonnenbrille auf, die ich hier in der abgelegenen Straße abgenommen hatte, in der Hoffnung, neben den goldenen Augen auch noch etwas von dem verlegenen Blut in meinen Wangen zu verdecken.

Ein fülliger Mann um die fünfzig war aus der Tür neben uns getreten. Er trug einen dunkelgrauen Anzug und hatte einen prall gefüllten Aktenkoffer in seiner Hand. Etwas schnaufend von der Anstrengung stand er da, während sich dünne Schweißstreifen auf seiner Stirn bildeten und sein Doppelkinn im Rhythmus seiner schwerfälligen Atemzüge auf und ab wabbelte.

»Na, habt wohl ein romantisches Plätzchen gesucht, was?«, brummte er und unterzog uns einer genaueren Musterung.

Atlas, der sich bei der unbekannten Stimme in einem aufkeimenden übertriebenen Beschützerinstinkt leicht vor mich gestellt hatte, trat jetzt zur Seite. »Wir …«

»Wir wollten uns ein bisschen in den Schatten setzen«, übernahm ich den Faden, da ihm augenscheinlich nichts einfiel. »Und wir wollten ein wenig ungestört plaudern«, setzte ich hinzu. Das musste doch ein eindeutiger Wink mit dem Zaunpfahl sein.

Der Mann zeigte sich allerdings unbeeindruckt. Er glotzte uns weiterhin an und meinte dann nachdenklich: »Du, Junge. Du kommst mir bekannt vor.«

Atlas zog die Augenbrauen zusammen. Er schaute genauso irritiert und nachdenklich wie der Mann.

Bei beiden meinte ich plötzlich, so etwas wie

Erkennen in den Augen aufblitzen zu sehen.

Zwei Sekunden später war Atlas' Gesicht jedoch glatt und ausdruckslos. »Ich wüsste nicht woher.« Er griff nach meiner Hand und zog mich von dem Mann weg, tiefer in die Gasse hinein.

»Warte mal!« Die Stimme des Fremden war jetzt schneidend.

Reflexartig blieb ich stehen.

»Ich weiß wieder, wer du bist. Du bist der freche Junge, der sich hier in den Gassen manchmal herumgetrieben hat.«

Atlas drehte sich nicht um, sondern lief weiter.

»Mädchen, du solltest aufpassen, mit was für Gestalten du dich abgibst. Der Junge ist nicht gut für dich«, rief mir der Mann warnend nach.

Atlas zog mich hastig weiter und ich antwortete nicht, warf aber einen ängstlichen Blick zurück.

Der Mann hatte jedoch glücklicherweise das Interesse an uns verloren und ich sah nur noch, wie er kopfschüttelnd in die belebte Straße abbog.

»Er ist weg.« Ich blieb stehen und zwang Atlas, der mich festhielt, dazu, das Gleiche zu tun.

»Wer war denn der Mann?«

Ich glaubte, etwas wie ein Zähneknirschen zu hören.

»Das ... geht dich nichts an.«

Überrascht von seiner plötzlichen Verschlossenheit, sah ich ihn an. War er etwa doch verärgert gewesen, dass ich ihm nichts über mein Leben hatte erzählen wollen? War das jetzt seine Art, mich dafür zu bestrafen?

Ich bemühte mich, möglichst gleichgültig zu schauen.

»Außerdem möchten wir doch nicht zu tief in meine dunkle Vergangenheit eintauchen, richtig?«, fragte Atlas versöhnlich.

Ich nickte stumm. Vielleicht wollte ich auch nicht wirklich wissen, was Atlas genau mit dem Mann zu schaffen gehabt hatte.

»Wie lange haben wir noch?« Dämliche Frage! Ich hatte doch selbst eine Omunalisuhr, um nachzuschauen.

Atlas tat es trotzdem. »Immer noch zehn Minuten. Lass uns zurück zum Eingang der Gasse gehen.« Er zog mich zurück, immer noch etwas angespannt.

»Wie ist es eigentlich, so lange in den Inneren Schleifen zu leben?«, versuchte ich erneut, ein Gespräch anzufangen.

Wir lehnten diesmal einander gegenüber an den grau verputzten Backsteinwänden.

»Wie soll es schon sein?«, fragte Atlas zurück.

Ich zuckte mit den Schultern und er sprach weiter. »Auf jeden Fall ist es viel besser als mein altes Leben, deswegen beschwere ich mich nicht. Du kannst froh sein, dass du dort gelandet bist.«

Ich schaute ihn ungläubig an. »Ach ja, kann ich das? Sei dir da mal nicht so sicher.« Es gefiel mir nicht, dass er so sprach, als wüsste er bereits alles von mir. Und das ausgerechnet bei dem Thema, das mich neben ihm am meisten beschäftigte.

Mein neues Leben im Vergleich zu meinem alten.

Atlas zog eine Augenbraue hoch, was mich noch aufbrausender machte und mich vergessen ließ, wer da eigentlich vor mir stand.

»Im Gegensatz zu deinem war mein normales Leben einigermaßen schön. Abgesehen von den goldenen Augen.«

Nun wo ich einmal angefangen hatte, konnte ich gar nicht mehr aufhören und funkelte Atlas an. »Ich habe in einem schönen Anwesen gewohnt, hatte eine eigene Zofe, die mir im Alltag geholfen hat. Ich hatte eine nette Familie; meine Eltern lebten noch und meine Schwestern auch. Unser Garten war wunderschön. Nicht so, wie in der vierten Schleife, wo es nur langweilige Wiesen und Wald gibt. Ich hatte bequeme, wunderschöne Kleider und eine eigene Schneiderin. Und ich habe mich einigermaßen normal gefühlt und konnte nachts schlafen. Außerdem musste ich keine Angst haben beim Magizieren – und den Begriff kannte ich glücklicherweise auch noch nicht – jemandem Schaden zuzufügen oder etwas kaputt zu machen. Und ich musste meine Zeit nicht mit Leuten wie dir verschwenden, die nichts anderes zu tun haben, als mich immer und immer wieder aufzuregen!« Am liebsten hätte ich jetzt losgeheult, doch ich riss mich zusammen. »Was gibt es da zu grinsen?«, fuhr ich ihn stattdessen an, während er mich mit einem seltsamen Lächeln auf den Lippen ansah.

Er stieß sich von der Wand ab und trat auf mich

zu. »Eigentlich nichts.« Er kam noch einen Schritt näher, sodass er mich fast berührte.

Nur ein Zentimeter trennte mein wild klopfendes Herz von seiner Brust.

»Du bist nur so unfassbar süß, wenn du dich aufregst.« Er beugte sich langsam zu mir herunter, nahm mir die Sonnenbrille ab und legte eine Hand an meine Wange.

Ich schloss langsam die Augen, als Atlas mich küsste.

Mich küsste.

Aus den Chroniken der Schleifen
(XXXII)

Schleifenfahrten in Äußere Schleifen können leider nicht nur produktive Ergebnisse bringen, es bestehen auch viele Gefahren. Zu der für die Augenschönen größten gehört die Geburtsverhinderung. Da Augenschöne eigentlich nicht in den geordneten Rahmen der Äußeren Schleifen passen, ist auch zugelassen, dass die Geburt eines gegen die Natur sprechenden Wesens verhindert werden kann. Vorgekommen ist dies bereits fünf Mal (nachgewiesen); bei drei weiteren Fällen wird in Erwägung gezogen, dass dies geschehen ist.

Aus dem Sachtext:
Gefahren bei Schleifenfahrten von E. Shepden

Kapitel 17

Um eines klarzustellen, Shakespeare hatte keine Ahnung. Genauso wenig wie Goethe oder Schiller und all die anderen Autoren der Lektüren, die ich in der vierten Schleife über die Liebe gelesen hatte. Sie hatten gar nichts gewusst. Vielleicht war es ihnen aber auch nie vergönnt gewesen, das Gefühl wahrer Liebe zu erleben?

Jedenfalls hatte mich keiner von ihnen auf das Gefühl auch nur im Entferntesten vorbereiten können, das mich überkam, als mich Atlas' Lippen berührten.

Denn sein Kuss, das war … das war wie tausendmal sterben und tausendmal wiederbelebt zu werden. Es war, als ob ich gleichzeitig in der Wüste von der Sonne gebraten würde und barfuß im tiefsten, eisigsten Winter im Schnee stünde. All meine Nervenbahnen standen in Flammen und mein Herz schien vor Freude, Glück und Verlangen nicht schnell genug klopfen zu können. Es war das Allerbeste, was ich je in meinem Leben gespürt hatte. Und ich war mir sicher, dass ich niemals etwas Besseres würde fühlen können.

Atlas' Lippen lagen elfenzart auf meinen und ich küsste ihn zaghaft zurück.

Er legte eine Hand um meinen Nacken und streichelte mit der anderen meine Wange. Zögernd schlang ich meine Arme um seinen Hals und stellte mich auf die Zehenspitzen.

Unser so vorsichtig und bedachtsam begonnener Kuss wurde heftiger. Ich stolperte zurück, mit dem Rücken an die Wand und zog Atlas mit mir. Ich presste mich näher an seinen Körper und er wühlte in meinen Haaren, während er mich immer noch mit seinen unfassbar schönen Küssen verzauberte.

Jetzt musste ich dem Mann von vorhin Unrecht geben. Ich fand, dass diese Gasse etwas wunderbar Romantisches an sich hatte. Etwas, das Atlas und ich entdeckt hatten. Magisch. Es ließ diesen Moment unvergesslich werden.

Als mitten in den Küssen plötzlich die alt bekannte Melodie erklang *Dim-di-di-di-di-di-dim-di-di-di*, wusste ich, dass ich sie ab jetzt verabscheuen würde, weil sie diesen fantastischen Kuss unterbrochen hatte.

Atlas zuckte zusammen und zog seine Omunalisuhr aus der Tasche. »Okay, es geht los. Wir müssen schnell zurück zur Telefonzelle, damit wir ins Schleifenfahrtsportal kommen.«

Er drehte sich um, nahm unsere Einkaufstüten mit dem darin liegenden Historikbuch und lief auf den Ausgang der Gasse zu.

Es war, als hätte der Kuss gerade nie stattgefunden. Enttäuscht folgte ich ihm und zog die Omunalisuhr aus meiner Tasche.

Das Gedränge hatte etwas nachgelassen, aber es war immer noch genug los, um einfach so unbemerkt zu verschwinden.

Atlas hatte sich bereits neben der Telefonzelle postiert und ich eilte auf ihn zu, damit sich das Portal nicht ein zweites Mal ungenutzt schloss.

Atlas schob die Henkel der Einkaufstaschen über sein Handgelenk und griff nach meiner Hand. In seiner anderen hielt er die Omunalisuhr.

Ich nahm meine Uhr ebenfalls in die freie Hand und legte meine Finger auf den zu betätigenden Knopf.

»Lass uns fahren.« Atlas sah mich fragend an.

»Lass uns fliegen!«, antwortete ich.

Als Atlas und ich erneut in der fünfzehnten Schleife landeten, herrschte helle Aufregung.

»Was ist passiert?«

»Warum seid ihr zu spät?«

»Alles in Ordnung?«

»Warum tragt ihr neue Kleider?«

Man begrub uns unter einem Berg von Fragen und wir brauchten eine Weile, bis man unseren Antworten überhaupt zuhörte.

Atlas schilderte den Verlauf unseres Ausflugs, bei dem er für die Neles unwichtige Details wie mein Gespräch mit Mike, die Erzählung seiner Lebensgeschichte und unseren Kuss ausließ.

»Aber woher wusste das Nächtliche Geschöpf, dass ihr bei Mr Marlose sein würdet?«, überlegte

Elvon laut.

Ich hatte mich erschöpft gegen die Wand gelehnt und gab mir Mühe, nicht jedes Mal, wenn ich Atlas ansah, zu erröten.

Bei seiner Schilderung der Ereignisse war mir aufgefallen, dass er offenbar das seltsame Verschwinden von Mr Marlose nicht bemerkt hatte. Und Atlas hatte wohl auch nicht gehört, dass der sonderbare Engländer mich mit meinem richtigen Namen angesprochen hatte. Zumindest erwähnte er es mit keinem Wort.

Der Sonne hellstes Licht in großer Liebe sich bricht; nutze die Quelle und die Nacht sich erhelle! Bei dem Gedanken an Mr Marlose' Worte lief mir ein kalter Schauer über den Rücken.

»Ich weiß es nicht«, antwortete Atlas auf Elvons Frage.

Ich holte das Buch der englischen Geschichte aus einer der Taschen, durch das dieses ganze Unheil überhaupt erst in die Wege geleitet worden war, und reichte es Tatjana. Die nahm es entgegen und nickte, während sie gleichzeitig leise seufzte. »Wenigstens habt ihr das Buch. Und ich glaube, dass Lucy jetzt deutlich besser für den Auftrag vorbereitet ist als vorher. Was eigentlich auch der Sinn des Ganzen war.«

Mir wurde bei dem Gedanken daran, dass wir auf unserem Auftrag wahrscheinlich deutlich schlimmere Begegnungen und Erlebnisse haben würden, ganz schlecht.

Diese glimpflich verlaufene Begegnung mit dem Nächtlichen Geschöpf hatte mir eigentlich bereits gereicht.

Während Tatjana begann, abwesend in dem Buch zu blättern, schaute Mr Honk nachdenklich aus dem Fenster. »Und was habt ihr – bitte verzeiht, ich habe vorhin nicht richtig aufgepasst – nach eurem Einkauf gemacht? Seid ihr der Polizei erneut begegnet?«

Atlas schüttelte den Kopf. »Wie gesagt, Izzy hatte die Idee, einkaufen zu gehen, statt nur gelangweilt herumzusitzen. Wir haben ab und zu Polizeiwagen gesehen, aber ob sie uns gesucht haben oder nur Streife gefahren sind, weiß ich nicht. Zwanzig Minuten vor der Öffnung des Schleifenfahrtsportals waren wir erneut an unserer Ausgangsstelle in der Oxford Street. Die kurze Zeit haben wir in einer Nebengasse versteckt gewartet und sind dann zurückgefahren.«

Dass ich bei seinem letzten Satz feuerrot wurde und verlegen auf den Boden schaute, bemerkte er zum Glück nicht. Nur Mr Starrson warf mir einen seltsam wissenden Blick zu und schmunzelte. Hatte er den Grund für meine Röte erkannt? Ich biss mir auf die Lippen.

Tatjana klappte das Buch zu und ließ es energisch auf den Tisch knallen. »Die Hauptsache ist, dass es allen gut geht. Und die vielen Fragen, die sich um das Erscheinen des Nächtlichen Geschöpfs ranken, können wir ein andermal erörtern. Jetzt müssen wir die morgige Reise fertig organisieren. Atlas, du gehst so lange weiter deine Vorbereitungseinheiten durch. Lucy, du trainierst erneut mit Elvon. Danach wäre es vermutlich nützlich, wenn du dich vor dem Abendessen mit Rose noch einmal theoretisch fortbildest.«

Nach ihren knappen Bitten, oder besser gesagt, Befehlen, verschwand Atlas ohne ein weiteres Wort.

Ich starrte etwas verletzt in die Pfütze klaren Wassers, die von ihm zurückgeblieben war. Hatte er mich nur aus Langeweile geküsst? Oder war er vielleicht doch auch ein klitzekleines bisschen in mich verliebt?

Die glatte Oberfläche zersprang in viele kleine spritzende Tröpfchen, als Elvon auf mich zutrat. »Präzisieren wir am besten deine Bogenschießkünste.«

»Und dann ist Atlas einfach verschwunden«, vollendete ich traurig meine Erzählung. »Nicht einmal ein ›Auf Wiedersehen‹, ›Bis nachher‹ oder ›Gute Nacht‹. Und natürlich kein einziges Wort über den Kuss.«

Rose seufzte. Sie hatte sich meinen Bericht über die etwas anders als geplant verlaufene Übungsfahrt, die Flucht vor der Polizei, das anschließende Einkaufen und den traumhaft schönen, unvergesslichen, zuckersüßen ... ähm ... Kuss angehört.

»Ach Lucy, ich weiß auch nicht, was sein Kuss bedeutet hat.« Meine Freundin spielte nachdenklich mit ihren Haaren. »Um ehrlich zu sein, hätte ich nie gedacht, dass er überhaupt je wieder jemanden küssen würde. Und deswegen wären alle meine Vermutungen zu dessen Bedeutung, trotz der Tatsache, dass ich ihn schon viel länger kenne, genauso vage und fragwürdig wie deine Vermutungen.«

Ich rieb mir zähneknirschend übers Gesicht. »Schade, aber wenn du meinst. Dann lass uns wenigstens diese ermüdende Theorie hinter uns bringen.«

Rose hatte, wie gestern auch, etliche Bücher angeschleppt, aus denen sie mir vorlas. Andere Dinge erzählte sie lieber oder erklärte sie anhand von Bildern.

Vor meiner Jammerattacke hatten wir schon einiges geschafft und Rose hatte zufrieden und ich überrascht festgestellt, dass von der gestrigen Lernerei einiges hängen geblieben war.

Rose schlug das letzte unbenutzte Buch auf. »Ah, jetzt kommt etwas Interessantes. Die Variantmagic.«

Ich stieß ein Stöhnen aus und setzte mich aufrechter hin.

Rose warf mir einen rügenden Blick zu. »Das ist echt interessant. Und nützlich. Die Variantmagie ist sozusagen das Gegenteil der Grundmagie, nämlich die Magie, die du abhängig von deinem göttlichen Elternteil ausführen kannst. Grundmagische Magizismen kann jedes Augenschön theoretisch ausführen. Die Variantmagie ist bei jedem anders. Dabei gibt es sogar bei den verschiedenen Kindern Unterschiede, selbst wenn sie vom gleichen Gott cyniert sind. Jedes Götterkind, jedes Augenschön, hat seine eigene Variantmagie, die es individuell einsetzt. Variantmagie kann man nicht planen. Sie wird auch seltener verwendet, da man sie nicht wirklich hervorrufen kann, denn sie wird durch einen Instinkt ausgelöst und eingesetzt. Bei dir müsste die Variantmagie besonders stark und vielfältig sein, weil du eine Titanin bist. Man nennt Titanen übrigens auch Magiganten. Das ist eine Zusammensetzung aus Magie und gigantisch, was wiederum darauf schließen lässt, dass …«

Rose' Stimme verwandelte sich allmählich in ein leises Hintergrundgeräusch, während meine Gedanken abdrifteten.

Ich sah erneut Atlas' türkisblaue Augen vor mir, in denen ich geradezu zu ertrinken schien. Aber im positiven Sinn. Wie wenn man in einem wunderbaren Gefühl – von Glück und unbegreiflicher Leichtigkeit – ertrank.

»Ich überlege mir gerade, ob ich mit meinen Hausfröschen Gassi gehen soll. Möchtest du mitkommen?«

Ich tauchte aus meinem Traumzustand auf und bemerkte, dass Rose mich erwartungsvoll anschaute. »Äh … hast du etwas gefragt?«

Rose schüttelte grinsend den Kopf. »Du hörst mir überhaupt nicht zu. Hast nicht mal bemerkt, dass meine letzten Sätze totaler Schwachsinn waren.«

Sie stellte das Buch zurück ins Regal. »Hören wir einfach auf mit dem blöden Gebüffel. Ich glaube kaum, dass es dir auf eurer Mission viel nützen wird. Und bevor du mich als nervige Lehrerin abhakst, gehen wir lieber etwas früher zum Essen.« Sie stapelte die dicken Bücher übereinander und reichte mir einen der Haufen. »Vielleicht ist Atlas ja auch schon da.« Sie blinzelte mich spitzbübisch an.

Atlas war nicht da und ich wusste, wie so oft, nicht, was ich davon halten sollte.

»Ich weiß nicht, ob ich es gut finden soll, weil ich so wenigstens nicht tomatenrot bin, oder ob ich es schlecht finden soll, weil ich ihn bereits schrecklich vermisse«, beschwerte ich mich bei Rose.

Die verdrehte die Augen und lud sich etwas von den Bratkartoffeln auf den Teller.

Der Speisesaal war bis auf fünf frühzeitige Augenschöne und uns leer. Rose nahm sich einen zweiten Teller und brachte es fertig, die Bratkartoffeln mit Würstchen und Kräuterremoulade so hoch zu stapeln, dass der Essensberg über ihr weißes Oberteil gekippt wäre, wenn ich nicht in letzter Sekunde reagiert hätte.

»Findest du das nicht ein bisschen zu viel?« Skeptisch beäugte ich den einen bereits gefüllten Teller auf ihrem Tablett und den noch volleren Teller in ihren Händen.

»Das ist doch nicht alles für mich.« Rose stellte den überfüllten Teller auf mein Tablett. »Das ist für dich. Einmal als Nervennahrung, damit du endlich mit Atlas aufhörst, und dann noch als Energievorrat für eure Mission.«

Entschlossen füllte sie mir noch ein großes Schälchen mit Salat und legte mir abschließend den Nachtisch, ein Stück Schokoladenkuchen, auf einen kleinen Teller.

Augenrollend dachte ich: *Wenn ich das alles essen würde, hätte ich wohl etwas zu viel Energie und Atlas und James müssten mich am Anfang unserer Reise rollen.*

Rose nahm sich ebenfalls ein Stück Kuchen und wir ließen uns auf unserem üblichen Platz nahe dem Fenster nieder. Während sich der Speisesaal mit jeder Minute immer mehr füllte, aß ich brav meinen Salat und schaffte sogar zwei Drittel meines beladenen Tellers.

»In einer halben Stunde geht das Treffen in der Versammlungshalle los«, meinte Rose, die gerade den zweiten Schokokuchen, also meinen, futterte. Ich hatte ihn ihr aufgrund des mangelnden Platzes in meinem Magen überlassen.

Verwirrt schaute ich auf. »Welches Treffen?«

»Das Treffen, das wegen eures Auftrags stattfindet.«

Ich runzelte die Stirn. Hatte Rose nicht am ersten Tag davon gesprochen?

Meine Freundin richtete ihren Blick auf etwas oder jemanden hinter mir. »Ah, endlich kommt Tatjana.« Sie wirkte erleichtert.

Ich drehte meinen Kopf nach hinten.

Wie gestern Morgen lief Tatjana hastig durch die Reihen, wobei sie diesmal viel weniger gehetzt wirkte.

»Wieso endlich? Hattest du sie erwartet?«, fragte ich überrascht, als ich zusah, wie Tatjana an einem der Tische stehen blieb.

Atlas! Er war doch da und Tatjana sprach kurz mit ihm, bevor sie James aufsuchte. Diesmal entmaterialisierten sich die beiden Jungen nicht aus Eile per Ortssprung, sondern standen ganz normal auf und gingen zur Tür hinaus.

»Ja, habe ich«, beantwortete Rose meine Frage. »Sie muss dir doch noch genauere Informationen zum Auftrag geben.«

Und tatsächlich kam Tatjana auf unseren Tisch zu und schickte mich in die Versammlungshalle schräg gegenüber vom Speisesaal, wo wir die letzten Anweisungen und Empfehlungen für den Auftrag bekommen sollten.

»Atlas, James und du, Lucy, werdet euch morgen Vormittag um 9 Uhr an der Ostwiese einfinden.«

Gott sei Dank war ich ein Nocturnal. Für mein altes Ich wäre diese Uhrzeit eine Qual gewesen.

»Vergesst nicht, heute Abend noch Kleidung in die Rucksäcke zu packen. Waffen, Essen und die anderen benötigten Dinge sind bereits darin verstaut.«

Mr Honk, der ebenso wie Elvon dabei war, zeigte auf die drei riesigen schwarzen Rucksäcke. Sie waren bereits gut gefüllt und jetzt sollten auch noch

Klamotten in diese schwer aussehenden Dinger rein. Na großartig!

»Für … äh … wie lange soll die Reise denn voraussichtlich dauern? Ich meine, wegen der Anzahl der Kleider.« Ich fühlte mich immer noch etwas unwohl, wenn ich allein mit den Neles, Atlas und James war.

Mr Honk schmunzelte. »Nimm so viel mit, wie reinpasst. Wir wissen es nicht genau. Vielleicht seid ihr morgen schon wieder da, vielleicht erst in vier Jahren.«

Vier Jahre? War das ein schlechter Scherz?

Ich warf einen Blick zu Atlas und James, die von dieser Nachricht nicht besonders überrascht zu sein schienen.

»Außerdem gibt es Innere Schleifen mit ganz anderen Zeitverhältnissen. Ihr könntet hier zehn Jahre weg sein und euch kommt es vor wie nur ein paar Monate. Oder andersherum. Du siehst also, es ist kompliziert.«

Kompliziert war in diesem Fall wohl die Untertreibung des Jahrhunderts. Ich würde Rose hinterher noch einmal nerven müssen, damit sie mir das Ganze besser erklärte. Ich nickte trotzdem und lächelte, um meine Begriffsstutzigkeit zu verbergen.

Mr Honk fuhr mit seinem Vortrag fort. »Die Hinweise in den Prophezeiungen haben wir bereits zur Genüge analysiert …«

Diese Feststellung traf auf mich nun wirklich nicht zu. Ich blickte zu Elvon hinüber.

Doch der schüttelte leicht den Kopf und zuckte mit

dem Kinn in Richtung Atlas und James. Sollte das bedeuten, dass sie es wussten und das für mich schon reichen würde?

»… mit dem theoretischen und praktischen Training sind wir auch durch«, zählte Mr Honk weiter auf, »ebenso wie wir die Übungsfahrt von Lucy hinter uns haben.« Er klatschte in die Hände. »Ich würde sagen, dass wir alles in unserer Macht Stehende getan haben, was zum Gelingen der Aufgabe beitragen könnte.«

Ich wusste nicht, ob ich ihm dabei zustimmen konnte.

Lächelnd schaute er in die Runde. »Dann kann nun der öffentliche Teil dieses Treffens beginnen.«

»Hätte ich eine Ahnung gehabt, wie dieses Treffen verlaufen würde, wäre ich auf keinen Fall hingegangen«, grummelte ich wütend, während Rose abfällig schnaubte.

Die kleine Halle hatte sich schnell mit erwartungsvollem Gelächter und gespannten Gesichtern gefüllt. Die bequemen braunen Holzstühle, auf denen ich so gern Platz genommen hätte, standen in kurzen Reihen quer durch den Saal und waren auf die kleine Bühne an dem einen Ende des Raums ausgerichtet. Obwohl die Bühne bloß zwanzig Zentimeter höher lag als die Stühle, war es eine Bühne. Und egal welche Bühne, ich hasste es, wieder einmal im Rampenlicht zu stehen.

Leider blieb mir an diesem Abend keine Wahl und

ich musste mich zu Tatjana, die wohl die repräsentativen Aufgaben übernahm, James und Atlas auf die Bühne gesellen.

»Guten Abend alle zusammen. Ich hoffe, euch geht es gut und ihr genießt das schöne Frühlingswetter …«, begann die Nele ihre kurze Einführung und kam dann schnell zum zentralen Punkt der Versammlung, unserer anstehenden Mission.

Soviel ich mitbekommen hatte, hatte bisher keiner wirklich gewusst, worum es dabei überhaupt ging und so ging ein Raunen durch die Menge. Einige schnappten überrascht und erschrocken nach Luft, als Tatjana allen mitteilte, dass es sich dabei um den Schutz und die Rettung des *Herzens der Zeit* handelte. Es wurde hier anscheinend wie eine heilige Reliquie verehrt.

Als zum ersten Mal die Rede auf mich kam, wäre ich am liebsten im Boden versunken. Zum Glück machte niemand Anstalten, eine abfällige Bemerkung über mich loszulassen, aber ich starb auf der Bühne trotzdem gefühlte tausend Tode.

Atlas und James blieben natürlich total entspannt, als sie an der Reihe waren.

Abschließend teilte Tatjana noch allen mit, dass unsere Abreise am nächsten Morgen um 9 Uhr auf der Ostwiese stattfinden würde und dass jeder, der dabei sein wollte, herzlich eingeladen war, uns zu verabschieden.

Das hatte mir gerade noch gefehlt!

»Wenn du mich fragst, bist du ein bisschen zu

dramatisch. Du siehst alles viel schlimmer, als es eigentlich ist.« Rose saß auf meinem gepolsterten Sofa, dessen gebogene Beine mich an einen kleinen Mops erinnerten.

Sie lackierte sich die Zehennägel neu und das, was sie mit ihnen vorhatte, sah nach mühsamer Arbeit aus. Winzige Wassermelonen auf jedem Nagel, wofür sie drei Farben brauchte und zwischendurch warten musste, bis sie getrocknet waren.

Ich grinste. Da hatte man doch lieber langweilige unlackierte Nägel, als sich Ewigkeiten mit so etwas zu beschäftigen. Nein, ich wuselte währenddessen durch meine Wohnung und sammelte all das, was mir für die Reise nützlich erschien, auf einem kleinen Haufen, den Rose später durchsehen sollte. Sie hatte eindeutig mehr Erfahrung mit gefährlichen Aufträgen.

»Dramatisch? Bin ich gar nicht«, antwortete ich entrüstet und warf zwei weitere Hosen auf den Stapel. »Ich bin einfach nur nicht die Art von Mensch, die das Bühnenleben liebt.«

Ich zog den Rucksack zu mir heran und sichtete, wie viel Platz darin überhaupt noch war. Dabei sah ich auch gleich nach, von welchen Waffen Mr Honk gesprochen hatte.

»Rose, die haben mir echt ein kleines Schwert hier reingesteckt. Damit kann ich doch gar nicht umgehen. Außerdem noch jede Menge Pfeile. Na wenigstens hängt mein Bogen außen am Rucksack. Was haben wir noch? Einen Schlafsack. Das ist wohl keine

Waffe und wozu soll ich den brauchen, ich muss doch nicht schlafen? … Aber das hier, … irgendetwas aus Holz. Ist das tatsächlich … Rose, die haben mir einen Holzknüppel mitgegeben!«

Sie lackierte ungerührt weiter ihre Zehennägel. »Wer weiß, vielleicht wird er ja noch nützlich sein.«

»Ja klar, wobei denn? Wenn ich eine Ratte ausknocken will? Und das hier? … Jede Menge Blätter und Kartenkram. Und Bücher! Soll ich das alles wirklich auf dem Rücken mitschleppen? Lass mal sehen, worüber sind denn die Bücher … das sind alles historische Bücher über England. Da ist auch das dabei, das Atlas und ich von Mr Marlose geholt haben. Wozu soll das gut sein?«

»Falls ihr in die Äußeren Schleifen geworfen werdet,« Rose legte ihre Füße auf meinen kleinen Abstelltisch, um ihre Nägel zu trocknen, »dann wird es jedes Mal in England passieren. Das haben die Neles an den Uhren so eingestellt. Aber frag mich nicht, warum es ausgerechnet dieses Land ist. Jedes andere hätte es auch getan. Hauptsache man stellt es so ein, dass ihr nicht in den wahrscheinlicheren 70 Prozent Wasser landet. Wobei … England ist wohl besser, als andere Länder, da ihr alle die Sprache beherrscht.« Sie wackelte mit ihren Zehen. »Wenn du in eine spannende Zeit kommst, kannst du mir gern etwas mitbringen.«

Ich verdrehte die Augen und legte alle Sachen zurück in den Rucksack. »Kannst du jetzt mal meinen Stapel durchgehen?«

Während sie aufstand, darauf bedacht, mit ihrem frischen Lack nirgends anzustoßen, warf ich mich hinter ihr auf das Sofa und starrte die Decke an.

Rose kniete sich vor meinen Berg und begann, darin zu wühlen. »Zahnbürste, Zahnpasta, Haarbürste, Haargummis, Spangen, Creme ... Lucy, ihr geht nicht auf eine Modenschau! Lass mal die Klamotten sehen ... Unterwäsche, lange Hose, kurze Hose, diverse Oberteile, Pullover ... ein Kleid? Also echt!«

»Rose?« Ich lehnte mich gegen die weiche Sofakante. »Was war die Sternenschlacht?«

Sie ließ ein Paar Schuhe, das sie inspizieren wollte, fallen und drehte sich abrupt zu mir um.

»Wer hat dir davon erzählt?«, fragte sie überraschend scharf.

Ich ruderte schnell zurück. »Niemand. Harvey hat das Wort gestern Nacht bloß fallen lassen und ich habe mich gefragt, was das ist.«

Rose schüttelte den Kopf. »Habe ich es doch gewusst, dass die Nocturnals nicht so heilig sind, wie sie immer tun.«

»Wieso?«, fragte ich beleidigt. Ich zählte inzwischen ja zu ihnen.

»Über die Sternenschlacht wird nicht geredet. Sie ist ein Tabu. War mal wieder klar, dass sich die Nocturnals nicht daran halten.«

Sie machte sich daran, meine Sachen auf Stapel zu sortieren. »Aber dass Harvey darüber spricht ... das wundert mich. Er war damals doch schon in den Schleifen. Er hat alles miterlebt.«

Langsam schüttelte sie den Kopf.

Ich wurde allmählich ungeduldig. »Und was war denn jetzt die Sternenschlacht?«

Ich meinte, einen kurzen Schmerz über Rose' Gesicht huschen zu sehen, bevor es glatt und ausdruckslos wurde und sie mit unbeteiligter Stimme sagte: »Es ist ein Tabu. Ich rede nicht darüber.«

Ich gab es auf. Wenn sie nicht davon erzählen wollte, würde ich einfach Harvey nachher fragen, wenn sie im Bett war.

»Und komm ja nicht auf den Gedanken, Harvey auszuquetschen, wenn ich im Bett bin. Ich werde ihn gleich mal aufsuchen und ihn an das Verbot erinnern.«

Mist!

Schweigend sah ich zu, wie Rose weiter versuchte, Ordnung in den Haufen zu bringen.

»Wie lange bist du eigentlich schon hier?«, fragte ich schließlich versöhnlich.

»Zu lange«, seufzte sie. »Ich bin zehn Jahre nach James und Atlas gekommen und bin inzwischen eine der Ältesten. Obwohl du mit dieser Information bestimmt nicht viel anfangen kannst.« Sie ließ die Hände auf ihre Oberschenkel knallen. »Du hast so ziemlich alles Nötige dabei. Auch vieles Unnötige, aber das musst du wissen.«

Sie sprang mit einem Satz hoch, schnappte sich ihre drei Nagellackfläschchen und warf sie auf den Haufen.

»Und das hier gebe ich dir von mir mit. Ich habe

zwar keine Ahnung, wie, wo und wann es dir nützen sollte, aber betrachte es doch einfach als eine Art … Glücksbringer. Oder als Trostspender, wenn du mit den beiden Jungs die Krise kriegst.« Sie grinste mich schief an. »Denk dann einfach an mich und überlege dir, was ich in dem Moment zu dir sagen würde.«

Ich schluckte, dann nickte ich energisch und zog schnell meine Omunalisuhr hervor, um meine Rührung über Rose' liebe Geste zu verstecken.

»Halb zwölf. Vielleicht gehst du jetzt besser ins Bett, damit du morgen um 9 Uhr nicht auf der Wiese einschläfst. Ach und Rose, noch eine Frage. Wenn Atlas, James und ich auf der Reise sind … wie können wir die Leute hier aus der vierten Schleife auf dem Laufenden halten? Oh, und noch eine zweite Frage. Falls wir den Auftrag erfolgreich hinbekommen, was ich nicht wirklich glaube, wie kommen wir dann zurück hierher in die Schleife, zu euch?«

Ich war aufgestanden und half Rose, die ausgewählten Sachen in den Rucksack zu packen. Leider wurden dabei die schön gefalteten Haufen zerstört, da ich ziemlich stopfen musste.

Rose reichte mir eine der Hosen und beantwortete gleichzeitig meine Fragen. »Das mit der Kommunikation ist kein Problem. In der fünften Schleife gibt es eine weitere Erfindung der Dromeden. Es ist der Klarsichtnebel. Ich weiß, das klingt komisch, da man bei Nebel normalerweise keine klare Sicht hat. Wir nennen es deshalb einfach Spiegeltelefon.«

Aha, Spiegeltelefon. Schlauer war ich deswegen

aber immer noch nicht.

Doch Rose erzählte bereits weiter. »Es ist eine riesige Nebelwand in der fünften Schleife. Kein gewöhnlicher Nebel, sondern einer, den die Dromeden mit ihrer Magie umgewandelt haben. Zu diesem Nebelspiegeltelefon gibt es Gegenstücke. Kleine Fläschchen, die mit ähnlichem Nebel gefüllt sind. Lässt man diesen Nebel frei, wird eine Verbindung zur fünften Schleife hergestellt. In dem Nebel können wir dann sozusagen das Spiegelbild desjenigen sehen, der in den freigelassenen Flaschennebel reinschaut. Genauso auch andersherum.«

Sie stopfte die Schuhe in eine der Seitentaschen.

»Und zu deiner zweiten Frage, in die erste Schleife kann man sich gezielt aus jeder beliebigen Inneren Schleife werfen lassen. Jedenfalls können wir Augenschönen das. Die Einstellung an deiner Omunalisuhr funktioniert in jeder Schleife, so kann man sich gezielt vor Gefahren retten. Und in der ersten Schleife funktioniert auch der Rest der Omunalisuhr wie immer, also kannst du von dort aus in die vierte Schleife kommen.«

Ich stemmte mich mit meinem ganzen Gewicht auf den Inhalt des Rucksacks, um den Gummi zuzuziehen und die äußeren Schnallen zu schließen.

»Eins noch, Lucy«, Rose schaute mich durchdringend an, »du musst Vertrauen in dich selbst haben. Denke positiv. Du wirst diese Reise überstehen, die Zeit mit Atlas und James überleben und das *Herz der Zeit* vor den Nächtlichen Geschöpfen retten. Ich glaube fest an dich und du solltest das auch tun!« Sie drückte meine Hand. »Und jetzt gehe ich kurz zu Harvey und dann schlafen. Leg du deinen Rucksack neben die Tür und geh es heute Nacht im Wohnzimmer ruhig an. Ach und fast hätte ich vergessen … pass auf, dass dir bei Atlas' Anblick nicht der Sabber aus dem Mund läuft.« Sie wich meinem Ellenbogen geschickt aus und tänzelte lachend aus der Tür. »Gute Nacht, Lucy.«

Ja, die wünschte ich mir auch.

Ob Atlas wohl heute Nacht im Wohnzimmer bleiben würde?

Der Tod scheint einem das Ende zu sein –
bei Augenschönen ist er erst der Anfang.
Zieht selbst eure Schlüsse.

(Tatjana; Augenschöne und Nele)

Kapitel 18

Einer meiner Vorsätze im Leben war es, keinen oder nur sehr wenig Alkohol zu trinken.

Dieser Vorsatz war vor zwei Jahren entstanden, als ich mit fünfzehn auf einer Feier bei Bekannten meine damals siebzehnjährige Schwester Florence betrunken gesehen hatte.

Wir waren am späten Nachmittag mit der Kutsche auf dem Anwesen eingetroffen. Der Abend hatte wie jeder andere Besuchsabend begonnen und ich hatte gelangweilt mit Evie über die schlechte Pianomusik gelästert. Florence hatte sich nach einer Weile mit einem Glas Wein zu uns gesellt und mitgeplaudert. Dass sie sich das Glas zwischendurch immer wieder auffüllen ließ, bemerkte ich gar nicht.

Erst als Florence lautstark verkündete, dass sie eine unverheiratete Jungfrau sei, witterten Evie und ich Gefahr. Leider konnten wir sie nicht mehr davon abhalten, sich zu den schlechten Pianisten zu gesellen und ein Wiegenlied anzustimmen. Bevor der ganze Saal es bemerkte, bewerkstelligen wir es zum Glück, Florence – vielleicht nicht ganz damenhaft – wegzuzerren. Sie hatte seltsam funkelnde Augen und brabbelte betrunken vor sich hin, während wir sie in den Garten manövrierten. Dort steckte Evie ihren Kopf in den Brunnen. Florence sah danach aus, als habe ein Vogel in ihrem Haar genistet, doch der brennende Ausdruck war aus ihrem Gesicht gewichen und hatte schrecklichen Kopfschmerzen Platz gemacht.

Der Gesichtsausdruck, mit dem mich Denise gerade begeistert anfunkelte, sah trotz Nüchternheit dem von Florence nicht unähnlich. Wenn Rose mich eine Dramatikerin nannte, hatte sie Denise wohl noch nie in aufgeregtem Zustand gesehen.

»Das war mehr als abgefahren heute Vormittag!«, sagte sie und wedelte mit ihren Händen durch die Luft. »Charlotte und ich waren gerade auf dem Weg von der Bibliothek zum Nordwald, als wir diesen Lärm hörten. Erst hatten wir ja die Hoffnung, dass James oder Atlas wieder das Wohnzimmer in die Luft befördert hätten, damit wir ein neues, besseres bekommen, aber dann haben wir diese Lichtwolke auf der Ostwiese gesehen und dich, wie du durch die Luft geflogen bist. Ich dachte, es wäre eine Versuchspuppe, aber Charlotte meinte, eindeutig gesehen zu haben, dass du es warst. Ehrlich, ich habe so einen Schreck bekommen.« Dramatisch warf sie die Hände in die Luft.

Charlotte lächelte mich an. »Aber zum Glück geht es dir gut«, sagte sie leise.

Denise nickte bekräftigend. »Doch jetzt musst du auch noch mit auf diese verrückte Reise, um das

Herz der Zeit zu retten. Was denken sich die Neles dabei?« Sie wirkte genauso entrüstet wie Rose.

Wir saßen zu dritt auf dem kleinen Sofa und ich hörte mir Denise' hysterisches und Charlottes leises Gerede an. Jemima und Ayshe waren, wie üblich mit Taschentüchern bewaffnet, im Nebenzimmer. Jeremias saß in sein Buch vom Vortag vertieft in einem der Sessel. Cedric und Archibald duellierten sich im Armdrücken, angefeuert von James, wenn er einmal aus seinem Geschichtsbuch auftauchte.

Anscheinend war ich nicht die Einzige, die für die Reise dicke Bücher wälzen musste.

Von Harvey und Atlas war in dieser Nacht noch nichts zu sehen gewesen. Schade.

In diesem Moment stand Denise vom Sofa auf und vollführte ein paar Strecksprünge. Dann ließ sie ihre Arme kreisen. »Ich bräuchte mal Bewegung und frische Luft. Kommst du mit?«, fragte sie mich.

Charlotte musste sie gar nicht erst fragen, denn keine von beiden ging irgendwo ohne die andere hin.

Ich nickte. Frische Luft würde mir ebenfalls guttun. Vielleicht würde ein Spaziergang sogar eine beruhigende Wirkung haben. Die Aufregung aller anderen über unsere Reise färbte allmählich auf mich ab und sie war nicht gut für meine Nerven.

Wir überquerten den Hof und gingen Richtung Westwiese, auf der ich seit meinem misslungenen Schwerttraining mit dem Angeber Xavier nicht mehr gewesen war.

Da ich ein Nocturnal war, konnte ich im Dunkeln genauso gut sehen wie am Tag. Daher blickte ich mich aufmerksam um, als wir durch das Gras schlenderten. Es sah alles aus, wie ich es kannte, nur dass jede Farbe um Nuancen dunkler, tiefer und irgendwie mysteriöser war. Still war es bei Nacht aber nicht. Überall zirpten Heuschrecken, und aus dem Wald tönte der unheimliche Ruf einer Eule.

Denise und Charlotte ließen sich zeitgleich auf den Boden sinken. Ich machte Anstalten, mich zu ihnen zu gesellen, überlegte es mir dann allerdings anders.

»Ich laufe noch ein bisschen weiter.«

Die beiden nickten und ich stapfte los zum See, von dem Harvey mir bei meinem ersten morgendlichen Rundgang erzählt hatte.

Die Wiese war ungewöhnlich lang und ich erwog bereits, dass ich in die falsche Richtung gelaufen war, als hinter einer kleinen grasbewachsenen Kuppe die glatte spiegelnde Wasseroberfläche des Sees auftauchte. Er war nicht besonders groß, sondern hatte nahezu die Form und Größe des Hofes mit den elf Gebäuden.

Ich lief den Hang hinab ans Ufer, zog mir Schuhe und Socken aus und tunkte meine Füße in das eisige Wasser.

Langsam kamen Zweifel in mir hoch und ich begann, nicht nur vor Kälte, zu zittern.

In den letzten Tagen war so viel passiert, und nachdem man mir mitgeteilt hatte, dass ich an der Reise würde teilnehmen müssen, hatte ich gar keine

Zeit gehabt, darüber nachzudenken. Hier am See, zum ersten Mal seit Stunden allein, begann ich Rose' anfängliche Entrüstung zu verstehen.

Ich war viel zu unvorbereitet, unerfahren und ungebildet. Wie sollte ich bloß der Trumpf sein, von dem die Prophezeiung gesprochen hatte? Im Gegenteil, ich würde James und Atlas nur behindern und jemand sein, auf den man aufpassen musste. Wie eine nervige kleine Schwester.

Atlas hatte mit dieser Behauptung vollkommen recht gehabt. Vielleicht hatten sie auch Glück und ich würde bei der erstbesten Begegnung mit einem Nächtlichen Geschöpf sterben, dann wäre der Trumpf verspielt.

Ich setze mich auf den schmalen Kiesstreifen am Seeufer. Von meinen Zehen gingen kleine Wellen aus, die sich in abflauenden Ringen verteilten und schließlich verschwanden.

Womöglich könnte es bei mir so ähnlich sein. Ich würde an der Reise teilnehmen, sogar kleine Wellen verursachen, die zum Gelingen der Aufgabe beitragen könnten. Etwas Gutes wenigstens, bevor die Wellen abflauten und genauso wie ich, verloren gehen würden. Erinnerungen, die bald vergessen und Vergangenheit waren, würden übrig bleiben.

Ich seufzte tief. Vielleicht hatte Rose vorhin doch richtig gelegen. Ich dramatisierte wirklich alles unnötig.

Hinter mir knirschte der Kies und ich fuhr erschrocken zusammen, wobei meine Füße zittrige größere Wellen entstehen ließen. Ich drehte den Kopf und sah, wie eine Gestalt näher kam und sich einen halben Meter von mir entfernt niederließ.

»Hallo, Izzy.« Es war Atlas.

»H-Hallo.«

Aus Angst, dass ich knallrot anlaufen würde, und weil mir einfiel, dass Atlas im Dunkeln genauso gut sehen konnte wie ich, ließ ich mir die Haare, die ich gerade offen trug, wie einen Vorhang vors Gesicht fallen.

»Schön hier, was?«, meinte Atlas.

Ich blinzelte durch meine Haarsträhnen zu ihm hinüber und sah, dass er auf den glitzernden See blickte.

Ich nickte und kaute nervös auf meiner Unterlippe. Atlas sah bei Nacht – wenn dies überhaupt möglich war – noch besser aus. Er trug genauso wie ich noch die Sachen, die wir in London gekauft hatten, und die nächtlichen Schatten umspielten ihn und verzauberten mich noch mehr.

Er warf mir von der Seite einen Blick zu. Ich starrte weiterhin auf das Wasser und überlegte, was ich sagen könnte, ohne einen schlechten Eindruck zu machen. Atlas griff sich eine Handvoll Steine und warf sie in den See.

Plitsch, plitsch, plitsch. Kleine Wassertröpfchen flogen in die Luft, tanzten einen Moment schwerelos auf der Stelle, bevor sie zurück ins Wasser fielen.

Atlas räusperte sich. »Hör mal … Luce.«

Mir lief ein Schauer über den Rücken.

Obwohl ich zu Rose gesagt hatte, sie solle mich nicht Luce nennen, da es mich zu sehr an meine Schwester erinnerte, gefiel es mir, dass Atlas mich so nannte. Es hatte irgendetwas Vertrautes.

Er fuhr sich mit der Hand durch die Haare und verstrubbelte sie zusätzlich. »Wegen vorhin, in London. Der Kuss … es …»

Hinter uns knarzte der Kies und wir fuhren erschrocken herum.

Denise und Charlotte traten zu uns an den See.

»Tut uns leid, wenn wir stören«, sagte Denise fröhlich, »aber wir wollten dich fragen, Lucy, ob du mitkommen und *Mensch ärgere dich nicht* mit uns spielen möchtest.«

Obwohl ich Denise und Charlotte wirklich nett fand, hätte ich sie in diesem Moment erwürgen können, weil sie Atlas' Satz unterbrochen hatten.

Der stand sofort auf und klopfte sich den Dreck von der Hose. »Sie macht gern mit. Ich könnte ebenfalls mitspielen.«

Denise klappte der Mund auf, doch sie fing sich schnell wieder und machte ihn zu.

»Dann sind wir auch gleich vier Spieler«, fasste Charlotte leise zusammen.

Innerlich stöhnend stand ich auf und klaubte meine Socken und Schuhe zusammen. Etwas verärgert über Atlas' Bevormundung stapfte ich los.

Was hatte er mir nur zuvor sagen wollen? »Es tut mir leid, es hätte nicht passieren sollen?«, »Es war nicht so gemeint?« Oder hatte er sagen wollen, dass er es … schön fand? Es gern wiederholen würde?

Mit gemischten Gefühlen machte ich mich zusammen mit den anderen auf den Weg, um *Mensch ärgere dich nicht* zu spielen.

Wie gut der Name doch passte.

Die restliche Nacht verging wie im Flug. Wir spielten wie in der vorigen ein Spiel nach dem anderen, und weil Atlas die ganze Zeit mitspielte, hatte ich einen riesigen Spaß dabei. Seinen Satz vom See beendete er natürlich nicht mehr, denn Denise und Charlotte saßen die ganze Zeit dabei. Später kamen noch Cedric und Archibald dazu und stiegen bei den Spielen, die man mit mehr als vier Leuten spielen konnte, mit ein.

Um 7 Uhr lief ich zurück ins Wohnhaus 2, um Rose wie vereinbart zu wecken, damit sie meine Abreise nicht verpasste.

Nachdem sich ihre schläfrige Vernebelung verflüchtigt und sie von ihrem Schlafanzug zu Alltagsklamotten gewechselt hatte, bestand sie im Speisesaal darauf, dass ich eine ähnlich große Mahlzeit zu mir nehmen sollte wie beim Abendessen.

Wie jeden Morgen brummte der Saal von den Gesprächen, doch heute meinte ich außerdem eine Art angespannte Vorfreude zu bemerken, die sich mit dem Näherrücken unserer Abreise noch vergrößerte.

Als ich meinen Teller zumindest ein wenig geleert hatte – ich brachte vor lauter Aufregung fast gar nichts mehr hinunter – trug ich unter den missbilligenden Blicken von Rose mein Tablett weg.

Anschließend kehrten wir zusammen in meine Wohnung zurück, während sie mir einzureden versuchte, doch noch etwas zu essen. Sie ließ sich nicht davon abbringen, dass ich, weil ich mein Frühstück nicht so vorbildlich aufgegessen hatte wie sie, ohne weitere Energiezufuhr bestimmt noch vor der Abreise zusammenbrechen würde. Doch ich hatte andere Probleme.

Rose, der meine wachsende Nervosität irgendwann während ihres Genörgels auch auffiel, schlug vor, mir die Zehen zu lackieren. Aber wie schon beim Essen streikte ich auch bei diesem Vorschlag.

»Lucy, dann setz dich, atme einfach mal tief ein und tief aus«, gab Rose auf und verschwand in meinem Bad.

Ich folgte ihrer Anweisung, ließ mich auf das Sofa fallen und atmete im Versuch, mein ängstlich aufgeregt pochendes Herz zu beruhigen.

Sie kam zurück und hielt ein nasses Handtuch in der Hand, das sie mir ohne Umschweife ins Gesicht klatschte.

»Hey!« Ich schüttelte mich. »Was sollte das?«

»Das sollte helfen, damit du aus deiner kleinen Blase aus Selbstzweifeln auftauchst und mir richtig zuhörst.«

Sie reichte mir das feuchte Tuch, das ich diesmal freiwillig entgegennahm, um mir damit Gesicht und Nacken zu erfrischen. Die Kälte beruhigte mich. Sie wischte auch die unsichtbare Wand weg, die ich heute Morgen unbewusst um mich herum aufgebaut hatte und durch die ich kaum etwas von den Dingen um mich herum mitbekommen hatte.

Rose ging vor dem Sofa in die Hocke. »Ich habe es dir schon gestern gesagt, aber da du mir, wie es scheint, nicht zugehört hast, sage ich es noch einmal ganz deutlich: DU WIRST DIESE REISE ERFOLGREICH ÜBERSTEHEN. Verstanden? Und wenn ich dich vor der Abreise noch einmal deprimiert vor dich hin stieren sehe, dann …«

Ich erfuhr nicht mehr, was dann passieren würde, denn in diesem Moment klopfte es an meiner Wohnungstür.

Ich sprang vom Sofa auf und öffnete die Tür, Rose' neugierigen Blick im Rücken.

Atlas stand davor, in langer Hose, weißem Augenaufdruck-Shirt und schwarzer Jacke, seinen gepackten Rucksack, der noch größer war als meiner, auf dem Rücken. Er sah mal wieder so unglaublich …

»Hi Rose, hallo Izzy. Bist du fertig? Ich habe Mr Starrson vorhin getroffen und er hat gesagt, wir sollten schon um halb neun da sein.« Er lächelte uns an und ich schaute verzückt zurück, bis Rose mich von hinten anstieß.

»Ähm. Ja. Rucksack. Ich bin so weit.« Ich hob unter großer Anstrengung meinen Rucksack hoch.

Als ich ihn mir über die Schultern hängte, knickten meine Beine unter dem Gewicht weg und ich fing mich umständlich an der Wand ab.

Rose kicherte und auch Atlas schmunzelte.

Verärgert verdrehte ich die Augen.

Rose und ich traten aus dem Zimmer. Ich schloss hinter uns meine Wohnungstür ab und reichte den Schlüssel meiner Freundin, die in meiner Abwesenheit darauf aufpassen würde.

Atlas vorneweg erreichten wir die Ostwiese, auf der die Neles, James und weitere Augenschöne versammelt waren. Cedric, Harvey, Denise und Charlotte winkten mir zu, Archibald hatte die Hände lässig in der Jacke vergraben und grinste bloß.

Mr Starrson nickte uns zu. »Wir haben ja bereits gestern alles besprochen. Jetzt kommen nur noch Kleinigkeiten.« Er veranschaulichte seine Aufzählung, indem er bei jedem Punkt einen weiteren Finger hochhob. »Erstens: Ihr bleibt immer zusammen in der gleichen Schleife. Dort könnt ihr euch zwar trennen, aber ihr werdet keinesfalls allein weiterreisen. Zum einen, weil es zu gefährlich wäre, zum anderen aber auch, weil man einander nicht nachreisen kann und ihr so in verschiedene Schleifen geworfen würdet.«

Mr Starrsons Blick blieb an mir hängen und er räusperte sich. »Daraus ergibt sich auch der zweite Punkt. Er ist vor allem für dich wichtig, Lucy, da du noch in keiner fremden Inneren Schleife warst. Die Schleifenfahrten in fremde Schleifen werden so wie die Ortssprünge mit den Diamanten der Omunalisuhren durchgeführt, nur dass die Mentalisierung nicht auf einen Ort fixiert ist. Man mentalisiert sich nur auf das weiße Licht, durch das man bei den Fahrten transportiert wird. So gelangt man in dieses Licht und von dort aus in eine beliebige Innere Schleife. Wichtig bei eurer Reise ist, dass ihr euch dabei am besten am Arm oder an der Hand berührt, damit ihr in dieselbe Schleife gefahren werdet, ja? «

Ich nickte.

»Und drittens: Wann immer ihr etwas Neues in Erfahrung bringt, erstattet ihr uns durch den Klarsichtnebel Bericht. Atlas, du hast die Nebelfläschchen dabei?«

»Ja.«

»James, du hast das Essen dabei?«

»Ja.«

»Und Lucy, du hast deine Sachen auch dabei?«

»Ja.«

»Dann steht eurem Aufbruch nichts mehr im Wege.« Damit lag Mr Starrson nicht ganz richtig. Denn wie sich herausstellte, stand noch ziemlich viel im Wege, nämlich lauter Augenschöne, die sich verabschieden wollten.

Ich ließ mich von Rose in den Arm nehmen, die mir aufmunternd »Du schaffst das!« zuflüsterte.

Denise folgte ihr mit einem »Zeig den Jungs, wer die Hosen anhat« und auch Charlotte drückte mich und murmelte: »Viel Glück«

Jeremias, Cedric und Harvey beschränkten sich aufs Händeschütteln und wünschten mir ebenfalls viel Glück und Erfolg. Anschließend verabschiedeten die sechs sich von Atlas.

Cedric und Jeremias schüttelten auch James die Hand, der außer von ihnen, Tyler und einigen anderen Jungen von auffallend vielen Mädchen umringt war. Schließlich hatte jeder, der es wollte, seine Umarmung und sein Händeschütteln abgegeben und die Gruppe von Augenschönen machte den Neles Platz, die sich ebenfalls der Reihe nach durch Händeschütteln von uns verabschiedeten.

Als sie schließlich beiseitetraten, holte ich meine Omunalisuhr unter meinem Pulli hervor. Ich hatte sie mir um den Hals gehängt, damit ich sie nicht vor lauter Nervosität in meinem Zimmer vergaß. Als Atlas seine silberne und James seine goldene Omunalisuhr aufklappten, tat ich mit meiner dasselbe.

»Izzy?«

Ich schaute auf und sah Atlas an, der mir seine Hand entgegengestreckt hatte. Unsicher lächelnd ergriff ich sie.

James trat auf meine andere Seite und schnappte sich, ohne zu fragen, meine andere.

Ich hätte mir eigentlich denken können, dass ich die Verbindung zwischen den beiden Erzfeinden sein musste. Die Frage, die ich mir jetzt stellte, war, wie ich es ohne freie Hand bewerkstelligen sollte, meine Omunalisuhr so zu halten, dass mein Augenstrahl in den Diamanten kommen konnte.

Atlas hatte sich das wohl gedacht, denn er sagte: »Du musst nicht unbedingt deine Omunalisuhr zur Fahrt verwenden. Eigentlich würde sogar eine reichen, solange wir uns berühren, aber man fühlt sich sicherer, wenn man die Fahrt sozusagen selbst steuern kann.«

Ich entzog James also kurz meine Hand, verschloss den Deckel meiner Uhr wieder und steckte sie zurück unter meinen Pullover. James starrte unterdessen irritiert auf Atlas' und meine Hände, die immer noch ineinander lagen. Ich reichte James wieder meine andere und sah auf.

Ich entdeckte Rose neben Denise und Charlotte. Hoffentlich würde ihre Freundschaft sich in meiner Abwesenheit weiterentwickeln, damit Rose nicht so allein war wie vor meiner Ankunft hier.

Als Rose meinem Blick begegnete, winkte sie und lächelte.

Hatte sie etwa Tränen in ihren Augen?

Ich schluckte, um den Kloß der sich in meinem Hals bildete, zurückzudrängen. Obwohl wir uns erst so kurz kannten, war sie mir schon längst ans Herz gewachsen und ich konnte sie auf jeden Fall meine beste Freundin nennen. Vielleicht würden wir uns erst in zehn Jahren wiedersehen ...

Energisch blinzelte ich die Tränen weg und spürte einen kurzen ermunternden Druck von Atlas' Hand.

»Bereit?« James warf Atlas einen abfälligen Blick zu.

Atlas nickte. Dann schaute er mich an. »Lass uns fahren?«

Ich atmete tief ein und aus.

»Lass uns fliegen«, antwortete ich mit fester Stimme.

Epilog

In den unterirdischen Tunneln war es eisig. Es war hier immer eisig, damit war es normal geworden. Durch die Gänge pfiff ein kühler Wind, der die winterlichen Temperaturen noch verstärkte. Die Erde auf dem Boden hätte vom Gefühl her als Schnee durchgehen können und die Wände wären vereist auch nicht kälter gewesen.

Kein Wesen, das noch einigermaßen bei Verstand war, hätte hier freiwillig gelebt, aber es behauptete ja auch niemand, dass die Nächtlichen Geschöpfe bei Verstand waren. Sie nicht und ihre Verbündeten auch nicht.

Die Erde knirschte unter den Schuhen des Mädchens, das durch einen der Tunnel lief und nachdenklich auf den Boden starrte.

Jeden Arzt hätte bei ihrer Untersuchung das Grauen gepackt, weil sie so unmenschlich dünn und bleich war. Vor allem ihre Wangenknochen stachen stark hervor und verliehen dem Gesicht etwas Schlangenhaftes, was durch den bösartigen Gesichtszug noch verstärkt wurde. An manchen Stellen konnte man die bläulichen Adern unter der kalkweißen Haut durchscheinen sehen.

Ihre ungesunde Hautfarbe war kein Wunder. Seit

Jahrhunderten war sie nicht mehr an der Sonne gewesen. Sie hätte von einem Kühlschrank abstammen können, so wie sich inzwischen auch ihre Körpertemperatur verändert hatte. Die Gänsehaut überzog ihren ganzen Körper, aber auch das war schon seit Jahrhunderten so. Sie bemerkte es gar nicht mehr, ganz im Gegensatz zu den ersten Wochen hier. Da hatte sie sich manchmal gefragt, ob sie die richtige Wahl getroffen hatte. Heute schüttelte sie über diese Anzeichen der Schwäche nur noch angewidert den Kopf.

Nachdenklich legte sich ihre Stirn in Falten, während sie überlegte, ob es heute wohl bessere Neuigkeiten geben würde als das letzte Mal.

Über den Informanten ärgerte sie sich immer wieder, verabscheute ihn sogar, obwohl er meistens gute Arbeit leistete. Nein, eigentlich konnte sie sich nicht über ihn beschweren. Doch ihre Gefühle waren normal. Sie empfand für niemanden etwas Positives. Es war schon immer so gewesen und würde auch immer so sein. Sie war einfach von Grund auf bösartig.

Als sie um die Ecke bog und eine dunkle Gestalt am Rand stehen sah, zuckte sie kurz unmerklich zusammen. Sofort ärgerte sich darüber, dass sie diese Schwäche immer noch hatte.

»Miss«, begrüßte sie der Mann und löste sich aus dem Schatten. Er war einer derjenigen, der sie wirklich mochte, der Respekt ihr gegenüber empfand. Doch das wusste sie nicht.

»Hallo Mez.« Die seltsamen Namen hier mochte

sie immer noch nicht. »Hat es begonnen?«

»Nein, aber der Informant ist gerade eingetroffen.«

»Und? Denkst du, er hat Neuigkeiten?«

Mez nickte. »Etwas Wichtiges möchte er wohl mitteilen. Näheres weiß ich jedoch noch nicht.«

Das Mädchen wandte sich zum Gehen und der Mann beeilte sich, ihr zu folgen.

»In der letzten Woche konnte man ein Augenschön in den Äußeren Schleifen ausfindig machen und umbringen.«

»Welches Jahr?« Das Mädchen klang gelangweilt.

»Ich glaube, es war recht früh ... 11. Jahrhundert. 1095 oder so.«

»Und wer hat es gefunden?«

»Xer war es«, erwiderte Mez. »Er meinte, es sei einfach gewesen.«

»Tatsächlich?«

»Ja. Es hat sich noch um ein kleines Kind gehandelt, vielleicht acht oder neun.«

»Und von welchem Gott ist es cyniert worden?« In der Stimme des Mädchens schwang ein Hauch von Interesse mit.

»Xer war sich nicht sicher. Er meinte, eine Wassergottheit. Hatte wohl blaue Augen.«

Das Gespräch flaute ab und die beiden liefen eine Zeitlang stumm nebeneinander her.

Von der Seite schielte der Mann das Mädchen an. Seiner Meinung nach stand ihr die Blässe hervorragend. Und auch wenn ihm die langen Haare besser gefallen hatten, sah sie auch mit kurzen gut aus. Sie verliehen ihr etwas Machtvolles und Selbstbewusstes. Außerdem konnte er sich kaum noch daran erinnern, wie sie früher ausgesehen hatte. Es war schon zu lange her, denn die gekürzten Haare waren ihre erste Veränderung gewesen.

Als der Blick des Mädchens kurz zu ihm hutschte, schaute er schnell weg. Er wusste, wie sehr sie es hasste, wenn man ihr zu nahe kam. Sie konnte ziemlich ungemütlich werden, wenn man es trotzdem tat. Doch ihre Unbarmherzigkeit und der unverhohlene Blutdurst waren etwas, was sie für ihn noch attraktiver machte.

Ja, bei Verstand waren sie wirklich nicht, die Nächtlichen Geschöpfe.

»War das kleine Augenschön das einzige in der letzten Woche?«, fragte sie und riss ihn damit aus seinen Gedanken.

»Ja, Miss.«

»Und wann wurde das davor getötet? Wie lange ist das her?«

Er schluckte kurz, bevor er ihr antwortete, denn er ahnte, dass sie seine Antwort nicht zufriedenstellen würde. »Etwa drei Monate. Zurzeit ist es etwas schwierig.«

Aus den Lippen des Mädchens wich die letzte noch vorhandene Farbe, als sie sie unzufrieden zusammenpresste.

Der Mann schauderte und hoffte, dass sie ihre Wut nicht an ihm auslassen würde. Die Schnitte, die ihre farbigen Augen verursachten, waren so viel schlimmer als jeder Krallenhieb oder Biss von seinen schwarzäugigen Übungsgefährten. Und wenn sie die Wunden nicht nur aus Spaß, sondern auch noch mit Wut verursachte, dann waren sie umso schrecklicher.

Doch glücklicherweise machte sie keine Anstalten zu einem Angriff, sondern ballte nur die Hände zu Fäusten, sodass sich die Haut über ihren Knöcheln spannte.

Der Mann wandte hastig den Blick ab und suchte verzweifelt nach etwas, das sie aufmuntern könnte. Dummerweise fiel ihm nichts ein und so konnte er nur darauf hoffen, dass der Informant gute Nachrichten hatte. Hinter der nächsten Biegung konnte er bereits leises Stimmengewirr hören und die beiden beschleunigten ihre Schritte. Durch ein breites Loch in der Wand stiegen sie in den Raum, in dem der Informant stets empfangen und befragt wurde. Für jeden, der in diesem Raum anwesend war, bestand immer ein gewisses Risiko, denn hier fanden auch die Wutausbrüche des Mädchens statt. Und das keineswegs selten.

Es wurde augenblicklich still, als das Mädchen zusammen mit Mez eintrat, und die Menge, die aus neugierigen männlichen Nächtlichen Geschöpfen in ihrer menschlichen Gestalt bestand, teilte sich.

Auf dem üblichen Stuhl in der Mitte saß der erwartete Gast, dem unverhohlene Aufregung ins Gesicht geschrieben stand.

Das Mädchen hatte noch immer ihre Lippen aufeinandergepresst und die Hände zu Fäusten geballt. Dennoch trat sie ruhig vor und sah dem Informanten in die leuchtenden Augen.

»Was gibt es für Neuigkeiten?«, fragte sie ihn barsch. Freundlichkeit war eine Eigenschaft, die sie noch nie besessen hatte.

Jetzt konnte die Person auf dem Stuhl das Grinsen nicht länger zurückhalten. »Es gibt wunderbare Nachrichten.«

»Hör auf, dich aufzuspielen, und spuck's aus!«, befahl das Mädchen, noch immer sichtlich angespannt.

»Ich hatte euch doch vor über einem Jahr von der Prophezeiung erzählt, die den Augenschönen offenbart hat, dass wir nach dem *Herzen der Zeit* suchen und dass sie eine Gruppe losschicken sollen, um uns aufzuhalten.«

Das Mädchen nickte ungeduldig. Sie bemühte sich, ihren Zorn darüber zu verbergen, dass der Informant sich mit dem »wir« zu ihnen zählte, denn auch sie hatte die Neugier gepackt. Sie wollte endlich mehr erfahren.

»Dazu gibt es Entwicklungen. Ich habe eine Notiz von einem der Nele gesehen. Drei der Augenschönen werden in einer Woche aufbrechen, um das *Herz der Zeit* zu finden und ...«, das Grinsen des Informanten wurde noch ein wenig breiter, »... die drei selbst wissen es noch nicht einmal.«

Das Herz des Mädchens begann vor lauter Aufregung, schneller zu schlagen. Manch einer mochte sich wundern, dass sie überhaupt noch eines besaß. »Und wer wird auf die Reise geschickt?«

»Atlas, James und die neue Augenschöne, Lucy. Sie ist die besagte Titanin.«

Ein boshaftes Lächeln huschte über das Gesicht des Mädchens, und endlich lösten sich die Fäuste. Sie wandte sich zu dem Mann um, der sie zuvor begleitet hatte. »Mez, komm her.«

Überrascht und etwas ängstlich trat er vor, unsicher, was sie von ihm wollte.

Doch bevor sie das Wort an ihn richten konnte, unterbrach sie der Informant.

»Vorausdenkend habe ich, gleich nachdem ich die Notiz gelesen hatte, einem der drei einen der präparierten Gegenstände zukommen lassen. Es ist der Dolch. Seine Magie hat auch sofort bei ihr angeschlagen. Wahrscheinlich hat er etwas mit ihrer Vergangenheit zu tun. Nur dann besteht eine so starke Verbindung, wie sie mir meine Magie übermittelt hat. Die Neue, Lucy, war ein leichtes Opfer dafür. Sie ist noch nicht vertraut damit. Mithilfe des Gegenstands und meiner Magie können wir sie in den Inneren Schleifen problemlos orten.«

Der anfängliche Ärger des Mädchens angesichts der Frechheit des Informanten, ungefragt zu sprechen, verflog schlagartig, als ihr die Bedeutung seiner Worte klar wurde. Sie fixierte Mez.

»Sind eure Techniken inzwischen so weit ausgefeilt, dass ihr aus der Erinnerung des Informanten die entsprechende Verbindung zum präparierten Gegenstand herstellen und ihn in den ungeschützten Inneren Schleifen finden könnt?«

Außer Wut und Zorn konnte man nur selten Gefühle aus ihrem Verhalten ablesen. Doch diesmal schwang ein Hauch von Aufregung in ihren Worten mit.

Mez atmete auf, weil er ahnte, dass sie dieses Mal mit seiner Antwort zufrieden sein würde. »Ja, unsere Techniken sind so weit entwickelt. Zwar nicht perfektioniert, dennoch sollten wir imstande sein, die Ortung einigermaßen auszuführen.« Er nickte zu der Person auf dem Stuhl hin. »Es muss uns eben nur ein tiefes Eindringen in die Erinnerung erlaubt werden, dann können wir der Spur folgen. Falls die Schleifen sich dagegen wehren, ist es uns immer noch möglich, anhand der Erinnerung Zeitlöcher zu weben. Aber das nur unter der gerade genannten Voraussetzung eines tiefen gedanklichen Eindringens.«

»Das ist kein Problem«, kam die fröhliche Stimme vom Stuhl.

Unwillig bewunderte das Mädchen den Sprecher. Sogar für sie war das Eindringen in ihr Denken unangenehm und so vermied sie es, wann immer es ging. Doch wenn der Informant bereit dazu war, umso besser für sie. Zufrieden fuhr sie sich mit der Zunge über die Zähne, eine Angewohnheit, die sie von den Nächtlichen Geschöpfen übernommen hatte, und ihre Augen funkelten blutrünstig.

»Endlich werden wir sie erwischen. Sie werden keine Woche in den Schleifen unterwegs sein, bis wir sie geschnappt haben. Es wird schnell gehen.«

Alle im Raum wussten, dass sie recht hatte. Wenn dieser Ausdruck in ihrem Gesicht erschien, konnte niemand sie aufhalten. Es gab keinen Zweifel an ihren Worten.

Die drei Augenschönen waren so gut wie tot.

… und Lucys Reise geht weiter in

Augenschön
Das Labyrinth der Zeit

Danksagung

Aus den Lexika der Augenschönen

Das wohl Schwierigste daran, sich mit dem Leben als Augenschön in den Inneren Schleifen abzufinden, ist der vorherige endgültige Abschied von den Menschen in den Äußeren Schleifen, die das Augenschön gewohnt war. Besonders schwer fällt hierbei die Lossagung von respektierten, verehrten, und geliebten Menschen.

Aus dem Bericht: Ein neues Leben
von E. Shepden

Ich kann mir selbst kaum vorstellen, wie sich ein solcher Abschied für immer anfühlen soll. In meinem Leben gibt es so viele fantastische Menschen, dass ich gar nicht daran denken möchte, wie es wäre, sie zu verlieren. Ich würde es längst nicht so gefasst und stark ertragen wie Lucy. Allerdings verdienen einige für weitaus mehr Dank und eine Erwähnung, als dafür, dass sie für mich unentbehrlich sind.

Erst mal ganz großen Dank an meine Eltern – dafür, dass ihr mich auch durch diesen Prozess begleitet und an mich geglaubt habt. Ohne euch wäre das nie etwas geworden.

Mausi, dir einen riesen Dank. Weil du mich nicht hasst, nachdem ich so unendlich viel Zeit mit diesem Projekt verbracht habe. Ich werde versuchen, das zu optimieren.

Danke an Janna – dass du mich immer wieder daran erinnert hast, dass man aufpassen muss, von seinem Leben nicht zu viel zu verpassen.

Danke an Caity und die eine Lea. Ihr wart von Anfang an so begeistert von diesem Projekt und habt mir die Kraft gegeben, weiterzumachen. Danke für die wunderbare Freundschaft, die mich mit euch verbindet.

Andere Lea – auch einen riesen Dank, dass ich deine Freundin sein darf. Du hast mich so oft aufgemuntert und dazu beigetragen, dass das hier gelingt.

Danke an meine Lektorin Petra – du hast dem Buch einen zauberhaften Schliff und Lucys Halbschwester einen perfekten Namen gegeben.

Einen ebenso herzlichen Dank an meine zweite Lektorin Christiane – deine Adleraugen haben auch noch die kleinsten Unstimmigkeiten entdeckt und fabelhaft geradegebogen.

Anna – ich erinnere mich genau daran, wie wir auf dem Pausenhof von so etwas geträumt haben. Und selbst wenn wir jetzt keine sieben mehr sind – ich finde es genauso toll, wie wir es uns vorgestellt haben. Sogar viel besser.

Außerdem einen Dank an Opa Jo. Einfach so. Danke, dass ich deine Prinzessin sein darf.

Einen großen Dank hinaus in die weite Welt, an all die Autoren dort, die die genialen Bücher geschrieben haben, von denen ich das Glück hatte, sie lesen zu können, und von denen mich jedes einzelne inspiriert hat.

Zuletzt eine virtuelle Umarmung an die Musik, die mich begleitet, inspiriert und zum Weitermachen motiviert hat.

Judith Kilnar

Aina Schüttler
Das Schicksal der Banshee
Taschenbuch
ISBN 9783964640093

Auf der neuen Schule in Schottland ist Felicity die Außenseiterin. Keine Überraschung für die Siebzehnjährige, denn ihre Mitmenschen haben sie schon immer gemieden. Doch als wäre das noch nicht schlimm genug, träumt und sieht sie unheimliche Dinge, die eigentlich nicht wahr sein können. Erst der geheimnisvolle Krieger Jack bringt ein wenig Licht ins Dunkle. Er warnt sie vor dem mysteriösen Schwarzen Orden und offenbart ihr ein unglaubliches Geheimnis: Felicity ist eine Banshee.

Gejagt von dem Geheimbund, der sie töten will, folgt sie Jack in die Parallelwelt Aldean. Dort findet sie endlich Freunde, muss sich aber auch gefährlichen Herausforderungen stellen, denn es droht ein Krieg. Als Felicity von neuen schrecklichen Visionen geplagt wird, erkennt sie endlich, dass sie der Schlüssel zu allem ist.

Ob Felicity bereit ist, ihr Schicksal als Banshee anzunehmen und an der Seite ihrer neuen magischen Freunde zu kämpfen, erzählt die außergewöhnliche Fantasy-Geschichte »Das Schicksal der Banshee« aus dem Tomfloor Verlag.

Lara Seelhof
Krallenspur
Taschenbuch
ISBN 9783981851960

Die erste Begegnung der siebzehnjährigen Celia McCall mit dem neuen Schulcasanova ist im wahrsten Sinne des Wortes umwerfend und es funkt zwischen ihnen.
Doch der rätselhafte Cassian hat nicht nur jede Menge Exfreundinnen, sondern auch dunkle Geheimnisse.
Spielt er etwa nur ein falsches Spiel mit ihr?

Als sie in tödliche Gefahr gerät, erkennt sie endlich die Wahrheit, doch die ist so verrückt, dass sie es selbst kaum glauben kann – es gibt tatsächlich Dämonen und sie wollen ihren Tod.

Doch warum? Und auf welcher Seite steht Cassian wirklich?